Lilli Thal

Tier aus Stein, Tier aus Gold

Lilli Thal

Tier aus Stein, Tier aus Gold

Einer
muss zu Stein
werden,
der andere
zu Gold,
der Dritte aber
wird sehend
blind
sein

GERSTENBERG

Zu einer Zeit, als die Götter noch auf der Erde wandelten.
Zu einer Zeit, als man bald Mensch, bald Tier sein konnte.
Zu einer Zeit, als die Träume von den Göttern kamen.
Oder von Dämonen.

Das Haus der Göttin

Hoch über einer Bucht stand ein Tempel, der in ganz Helladien für seine Schönheit und Heiligkeit gerühmt wurde. Zahllose Pilger fuhren übers Meer zu ihm, und schon von ihren Schiffen aus sahen sie die weißen Säulen und die goldenen Giebel leuchten. Von Sonnenaufgang bis tief in die Nacht legten die Schiffe im Hafen an, stiegen die Wallfahrer die ausgetretenen Stufen zu den Säulenhallen hinauf. Wohlgenährte Kaufleute, reiche Gutsbesitzer, Adelsfamilien mit einem Tross von Sklaven und Sänftenträgern, dazwischen vereinzelt barfüßige Bauern und Tagelöhner, die sich die Pilgerfahrt vom Mund abgespart hatten und untertänig Abstand zu den vornehmen Besuchern hielten.

Ausnahmslos alle Pilger brachten Weihegaben, so unterschiedlich wie ihr Herkommen: von den Zwiebeln und Rettichen der Armen bis zu den fetten Schafen und Rindern, die die Reichen hinauf zu den Altären führten.

Das Haus der Göttin wurde der Tempel genannt, und kein Pilger, ob reich oder arm, hegte auch nur den geringsten Zweifel daran, dass die Göttin wirklich in ihrem prachtvollen Tempel wohnte und in unsichtbarer Gestalt zwischen den Säulen und Altären umherwandelte. Auch die Priester und Tempeldiener in ihren roten Roben waren felsenfest davon überzeugt, dass die Erhabene sich vom Rauch und Blut der üppigen Tieropfer nährte und zur Stunde des Orakels aus ihrer silbernen Statue wisperte.

Sie irrten sich alle.

Wäre jemals einer von ihnen auf die Idee gekommen, einmal *hinter* der hohen Tempelmauer weiterzugehen, sich dabei von einer schwarzen Wildnis voller Dornengestrüpp und Schlangen nicht abschrecken zu lassen – er hätte das wahre Haus der Göttin entdecken können, keine Meile vom Tempel entfernt.

Eine Lichtung war es, ein paradiesischer Ort, tief im Wald verborgen. Hier gab es keine Mauern, weder Säulen noch Altäre. Auch keine Jahreszeiten, denn hier herrschte immer Frühling, das Gras blieb für immer frisch und jung. Wenn die Göttin zusammen mit ihrer Schar von Faunen und Nymphen in ihrem irdischen Haus einkehrte, war die Lichtung erfüllt von himmlischen Freuden, ein einziges großes Tanzen, Lachen und Lieben.

Ab und zu, wenn der Wind vom Tempel her wehte, drang näselnder Priestergesang an das Ohr der Göttin. Dann lachte sie vergnügt, während sie mit ihren Nymphen im kühlen Quellwasser badete, so wie man über einen Zaubertrick oder ein komisches Theaterstück lacht.

Hinter dem Tempel

Nach seiner ersten Fahrt übers Meer war Ion übel. Der steinerne Boden des Tempels schien zu schwanken wie zuvor der hölzerne Schiffsboden, die vielen Hundert weiß gekleideten Pilger in der Opferhalle machten ihn zusätzlich schwindlig.

Um sich abzulenken, betrachtete er die silberne Statue der Göttin. Sie war so hoch wie fünf Menschen, ihr geflochtenes Haar mit dem Diadem schien die Decke der Halle zu berühren. Mit riesigen türkisen Augen sah sie auf die Pilgerschar herab, schimmernd und mächtig, zum Fürchten geradezu und dabei wunderschön. Beim Orakel sprach sie zu den Priestern, hatte die Mutter ihm erzählt, und angeblich konnte sie sich auch bewegen. Solange Ion hinsah, blieb sie jedenfalls still und starr.

Er tastete nach dem Messer in seiner Tasche. Unmittelbar nach der Landung hatte er wohl wirklich elend ausgesehen, sonst hätte der sonst so knausrige Lysias ihm niemals ein Messer an einem der Souvenirstände vor dem Tempel gekauft. Es war nur Spielzeug und mit einer weichen Messingklinge ausgestattet, aber es gehörte ihm, sein erstes eigenes Messer überhaupt. Jetzt befühlte er glücklich den Griff und die Klinge und fühlte sich gleich ein wenig besser.

Vorne am Altar wurde ein Gong geschlagen. Tempeldiener schleppten Körbe voller Früchte und Getreide und Krüge voller Öl herbei, alles Gaben der frommen Pilger. Auch Schafe und Kälber wurden vor der silbernen Statue angebunden, darunter das Schaf von ihrem Gut, das Lysias und die Mutter als Opfergabe für die Göttin ausgesucht hatten. Gestern Abend hatte Ion ihm noch eigenhändig die Hörner vergoldet und sich dabei unbändig auf seine erste Reise übers Meer gefreut.

Wieder wurde der Gong geschlagen. Der Priester am Altar reckte die Arme nach oben und übertönte mit seiner Litanei das Meckern und Blöken der Opfertiere.

»Oh Göttin, Herrin der Natur und aller Geschöpfe,
sieh gnädig auf die Opfer deiner Gläubigen.
Mögen sie dich nähren und freundlich stimmen.
Fruchtbare, herrliche Himmelskönigin …«

Endlos lange ging die Litanei des Priesters. Er lobte die Göttin und flehte sie an, zwischendurch schwieg er, dann mussten die weiß gekleideten Pilger auf den Boden niederknien und sich wieder erheben, wenn er weitersang.

»Oh Göttin, die sie die Strahlende nennen,
ziehe ein in deinen Tempel.
Nimm Wohnung in deiner Statue.
Erhöre die Gebete deiner Priester.«

Ion trat dicht neben seine Mutter. Ihre schönen honigfarbenen Haare, die sie auf dem Gut immer offen trug, hatte sie für die Pilgerfahrt unter einem weißen Tuch versteckt. Fremd sah sie damit aus.

»Ich fühle mich nicht gut«, sagte er leise. Tatsächlich ließen die Wärme und Enge und der Geruch von so vielen Menschen neue Übelkeit in ihm aufsteigen.

Die Mutter sah ihn kurz prüfend an. »Geh ein wenig hinaus«, sagte sie. »Leg dich in den Schatten eines Baumes. Wenn es besser ist, komm wieder zurück.«

Während die Pilger die Arme in die Höhe reckten und zur Göttin beteten, bahnte sich Ion einen Weg zu den hohen, offenen Türen des Tempels. Dabei fing er den Blick eines Jungen auf, schwarzhaarig war er und etwas größer als er selbst. Er trug goldene Spangen an Hals und Armen und ein mit Purpur gesäumtes Gewand, wie Ion es noch nie gesehen hatte. Seine Eltern waren zweifellos das vornehme Paar unter einem Baldachin, der von vier Dienern gehalten wurde. Weitere Diener standen mit Früchtekörben und Ölkrügen bereit.

Der schwarzhaarige Junge hatte sich ein Stück vom Baldachin seiner Eltern entfernt. Mit einer entschiedenen Geste zeigte er jetzt von sich auf Ion, dann zur offenen Tür. Wollte er etwa mitkommen? Als Ion sich weiter durch die Pilgermenge schob, merkte er, dass der Junge ihm tatsächlich folgte.

Und dann waren sie durch die Türen und im Freien. Und der schwarzhaarige Junge sagte lächelnd: »Das haben wir gut gemacht, oder?«

»Was ist, wenn sie etwas merken?«, fragte Ion.

»Was ist bei dir?«

»Mir ist übel. Ich musste hinaus.«

»Dann ist mir auch übel.« Der Junge lachte sorglos. »Und wenn sie mir nicht glauben und böse werden, ist es auch egal. Niemand tut mir etwas.«

Er sah sich um. »Was wollen wir machen?«

Auf dem schattenlosen Vorplatz des Tempels hatten Händler zahlreiche Verkaufsstände mit Souvenirs aufgebaut: Töpferwaren, Orakeltafeln, Amulette, Spielkram, dazu an allen Ständen die silberne Statue der Göttin, von fingerklein bis menschengroß. Die Händler selbst lagen schlafend unter den Tischen auf ihren Bündeln. Es war brütend heiß.

Zu gerne hätte Ion sich die bunten Waren auf den Tischen näher angesehen. Doch der schwarzhaarige Junge lief zielstrebig die Säulenreihen entlang, umrundete den Tempel und hielt auf den nahe gelegenen Wald zu. Ion schloss sich ihm an.

Der Weg, eben noch sorgfältig geharkt und gekieselt, verlief sich jäh in der Wildnis. Vor ihnen erstreckte sich dichtes Buschwerk und dahinter der dunkle Wald. Ion blinzelte: Kurz hatte er das Trugbild einer Armee waffenstarrender Soldaten gesehen, graue Masken, spitze Lanzen, gepanzerte Arme und Beine.

Jetzt standen dort wieder schweigende Bäume.

»Wollen wir nachsehen, was im Wald ist?«, fragte der Junge. »Vielleicht finden wir ein Ungeheuer.« Seine Augen leuchteten, die Aussicht schien ihm zu gefallen.

Nein, dachte Ion. Doch er zuckte nur die Schultern.

»Wie heißt du?«, fragte der Junge.

»Ion. Und du?«

»Kedros.«

»Und ich, ich heiße Smirkos«, rief eine dritte Stimme. Aus der Richtung der Verkaufsstände lief ein Junge auf sie zu. Er war klein und dünn, seine Haare standen vom Kopf ab und hatten dieselbe schmutzig braune Farbe wie die viel zu großen Strohsandalen, in denen er breitbeinig daherlief wie eine Ente.

»Ihr dürft nicht hier sein«, sagte er zu Kedros. Der Goldschmuck und das vornehme Gewand schienen ihn nicht weiter zu beeindrucken. »Hinter den Tempel geht nie jemand und in den Wald hinein erst recht nicht.«

»Was redest du da?« Kedros zog die Stirn kraus. »Wie alt bist du und wie alt ist der Tempel? Hundert oder tausend Jahre alt. Natürlich war schon jemand in diesem Wald.«

»Ich bin neun«, sagte Smirkos. »Und nein, es war noch nie jemand in diesem Wald. Ich verkaufe hier Töpferwaren mit meiner Mutter und meiner Schwester. Alle Pilger gehen nur über die Stufen, den Vorplatz und in den Tempel hinein. Und so haben sie es schon vor hundert und vor tausend Jahren gehalten, das weiß ich ganz sicher.«

Kedros dachte nach. »Ich bin auch neun. Und ich bin mutig«, sagte er. »Wenn ihr Angst habt, kann ich auch allein in den Wald gehen. Aber zu dritt sind wir stärker. Stellt euch vor, wenn ihr euch traut, sind wir die ersten Menschen, die diesen Wald betreten.«

Ion glaubte ihm aufs Wort. Dieser Junge war bestimmt mutig und stark dazu.

»Ich trau mich«, sagte er und wunderte sich selbst darüber. »Und ich bin auch neun.«

Sie sahen Smirkos an. Der verzog das Gesicht und zwirbelte seine Haare. Dann spuckte er aus. »Wenn die Zeremonie im Tempel vorüber ist, muss ich zurück am Verkaufsstand sein. Sonst bekomme ich Prügel. Also gehen wir lieber gleich los.«

Zu dritt standen sie am Waldrand. Wieder hatte Ion den Eindruck, einer Armee von bewaffneten Kriegern gegenüberzustehen. Aber es waren doch nur Bäume, gedrungen und fremdartig, mit grauem Laub und langen, dunklen Dornen. Als er sich duckte und in die Dunkelheit spähte, entdeckte er mehrere große Schlangen, die auf dem Waldboden krochen. Oder waren es nur verschlungene Wurzeln?

»Die Dornen sehen aus wie Lanzen«, sagte Smirkos leise.

»Da sind auch Schlangen«, sagte Ion ebenso leise.

Entschlossen ging Kedros los und war nach wenigen Augenblicken zwischen den Büschen verschwunden. Sie hörten nur noch seine Stimme. »Kommt ihr?«

Sie liefen in den Wald hinein. Dicht an dicht standen die Bäume, sodass sie sich mühselig ihren Weg durch das Unterholz bahnen mussten. Ions Blut rauschte in seinen Ohren, sein Herz klopfte heftig. Äste knackten und das trockene Laub knisterte unter jedem ihrer Tritte. Wenn wirklich ein Ungeheuer auf sie lauerte, würde es sofort Bescheid wissen und sich auf sie stürzen.

Ob es damit vielleicht wartete, bis sie tiefer im Wald und damit unrettbar verloren waren?

Jedenfalls roch es unter den Bäumen nicht nach Ungeheuer, sondern gut und würzig nach Rinde und Harz. Die Äste trugen zwar *tatsächlich* eine Menge Dornen, die über ihre nackten Arme und Beine strichen, aber sie waren biegsam und weich wie junge Zweige. Auf dem Waldboden krochen *tatsächlich* große Schlangen, aber sie waren schreckhaft und verschwanden raschelnd im Laub.

Sie liefen durch den Wald, und es war nicht anders, als durch eine Pilgerschar oder eine Rinderherde zu laufen. Der Wald hatte sie aufgenommen. Was von außen schwarz und bedrohlich gewirkt hatte, war im Inneren eine wohltuende grüne Kühle. Ion merkte, dass seine Angst dahinschwand. Warum nur hatte er bewaffnete Krieger gesehen?

»Hier ist nichts Gefährliches«, sagte er verwundert. »Ich glaube, es soll nur Angst machen. Es ist vielleicht ein Zauber.«

»Und wenn schon«, sagte Kedros. »Da seht ihr, was für Angsthasen alle anderen sind. Und ihr beide und ich, wir sind die einzigen Mutigen.«

Weiter und weiter liefen sie. Die Baumkronen wölbten sich dicht und grün über ihren Köpfen. Selten einmal blitzte das Sonnenlicht durch das Laub, dann sprenkelten Lichtpunkte den schattigen Boden. Ab und zu krächzte verschlafen ein Vogel, sonst hörten sie nur ihren Atem und ihre Schritte.

»Wohin wollen wir noch?«, fragte Smirkos atemlos. Mit seinen viel zu großen Sandalen war er ein Stück zurückgefallen. »Ich darf nicht so lange wegbleiben.«

Kedros war ein Stück vorausgelaufen. Jetzt blieb er abrupt zwischen den Bäumen stehen.

»Wohin wir wollen?«, sagte er und lachte leise. »Na hierhin. Seht euch das einmal an!«

Aus dem Schatten des Waldes traten sie auf eine Lichtung hinaus, die schimmernd und hell zwischen den Bäumen lag. Von den Steinen einer Grotte rieselte glitzernd Wasser in einen Teich. Auf der Wiese blühten Blumen in allen Farben, Schmetterlinge flatterten und über die Gräser strich ein sanfter Wind. Und so wie Ion zuvor Soldaten gesehen hatte, dachte er nun an Töne, an eine schöne, fremdartige Musik.

Er sah sich um. *Was war das hier für ein Ort?*

»Na, was sagt ihr?«, rief Kedros. »Wir haben den dunklen Wald besiegt und das Geheimnis gefunden.«

Zu dritt saßen sie im Gras und es umschmeichelte sie weich wie Daunenfedern. Sie zogen die Sandalen aus, hielten die nackten Füße ins Wasser und es fühlte sich an wie eine Liebkosung.

Kedros streckte beide Hände aus. Sofort ließen sich Schmetterlinge darauf nieder, Dutzende von ihnen. Es sah aus, als wären seine Hände mit bunten Blüten bedeckt.

»Sie haben überhaupt keine Angst«, sagte Kedros und warf mit einer einzigen Bewegung die Schmetterlinge hoch in die Luft.

»Seht doch«, rief Smirkos. Er tauchte seine Hände als Schale geformt ins Wasser und hielt gleich darauf drei kleine Fische darin. »Sie lassen sich freiwillig fangen!«

Ein Vogel ließ sich auf Ions Knie nieder. Er sah ihn aus seinen blanken Augen an, dann begann er sich zu putzen. Als Ion ihn mit dem Finger streichelte, rückte er zutraulich näher und gab leise Laute von sich.

Was war das für ein Ort?

Während das Sonnenlicht auf dem Wasser glitzerte, der Vogel zum Abschied zwitscherte und wieder davonflog, spürte Ion, wie eine unerklärliche Angst in ihm aufstieg.

Auch zu Hause auf dem Gut gab es Wiesen und Blumen und zahme Tiere. Aber dort war alles ganz anders als hier. Einen Ort wie diese Lichtung konnte es nicht geben. Der Wind, das Licht, das Wasser, alles war zu sanft, zu rein, zu schön.

Das Gefährliche war hier, nicht im Wald. Das hier war der Zauberort, den kein Mensch betreten durfte. Nur wegen ihm gab es die vorgetäuschten Soldaten, das Dickicht, die Dornen und die Schlangen.

»Der Wald und die Lichtung«, sagte er. »Ich glaube, sie gehören zusammen.«

Kedros tauchte die Hände ins Wasser und kühlte sich das Gesicht. »Wald und Lichtung gehören doch immer zusammen. Ohne Wald gibt es keine Lichtung.«

Ion sah sich um und seine Angst wurde größer. »Etwas hier ist anders. Spürt ihr es nicht?«

»Doch.« Kedros ließ sich rücklings ins Gras fallen. »Aber wir müssen keine Angst haben. Das hier ist einfach der Ort der zutraulichen Tiere.«

Er zeigte Ion zwei Eidechsen, die auf seine Handfläche gekrochen waren. Wunderhübsche Tiere waren es, smaragdgrün und türkis mit leuchtend blauen Kehlflecken.

»Wir können Wagenrennen spielen«, schlug Smirkos vor. »Ich kann zwei Wagen aus Blättern bauen. Und dann spannen wir die Eidechsen davor.«

Nein, dachte Ion.

»Das wird lustig«, sagte Kedros und richtete sich auf.

Smirkos war geschickt, seine Blätterwagen hatte er im Nu fertig. Die Räder hatte er aus stabilen Pflanzenstängeln geflochten, den Sitz aus großen Ahornblättern. »Na, was sagt ihr?«

Kedros hatte sich die Zeit damit vertrieben, die Eidechsen über seine Arme laufen zu lassen. Jetzt zog er zwei Goldringe von seinen Fingern und streifte sie den Eidechsen über den Kopf. »Damit spannen wir sie an.«

Er riss hohe Gräser ab und band die goldenen Ringe an den Blätterwagen. Die Eidechsen hoben die Köpfe und verharrten still.

»Na los doch, ihr Schönen!«, sagte Kedros und schnipste mit den Fingern. »Zeigt uns, welch windschnelle Läufer ihr seid.«

Sie ließen die Eidechsengespanne über eine Kiesfläche am Teich laufen. Die Eidechsen rannten und die federleichten Blätterwagen hüpften lustig hinter ihnen her.

Es geschieht nichts Schlimmes, dachte Ion. *Nichts Schlimmes.* Warum klopfte sein Herz so hart?

»Und jetzt«, sagte Kedros, »spielen wir Tempelopfer.«

»Oh ja«, rief Smirkos. »Aber ich muss der Priester sein. Ich weiß genau, wie es geht.«

Ion sah zu, wie Kedros und Smirkos die beiden Eidechsen einfingen und von den Blätterwagen befreiten.

Die Eidechsen blieben zutraulich sitzen. Ja, sie reckten die Köpfe in die Höhe, als wollten sie nur zu gerne Tempelopfer spielen.

Was für ein Ort war das hier?

Smirkos hob die Arme zur Sonne. »Oh Göttin«, krähte er. »Du da oben im Götterhimmel, höre uns!« Er tanzte um die Eidechsen, er verdrehte die Augen. »Sieh unser Opfer!«

Kedros machte es ihm nach. »Oh Göttin! Höre uns!«

»Mach auch mit«, rief er Ion zu.

Ion hob halbherzig die Arme, blieb aber stehen. »Ich sehe euch zu«, sagte er. »Es muss doch auch einer den Priestern zusehen, wie die Pilger im Tempel!«

Kedros hielt inne. »Wir brauchen ein Messer«, sagte er.

»Ja, sonst ist es kein echtes Opfer«, pflichtete Smirkos ihm bei. Er sah Ion an. »Hat dir dein Vater nicht vorhin ein Messer bei Polyeidos gekauft?«

»Lysias ist nicht mein Vater.«

»Das ist egal. Hast du das Messer da?«

Ion fühlte in seiner Tasche. Da war das Messer, und er hätte alles dafür gegeben, es im Verborgenen zu halten. Aber er zog es heraus.

Sofort hörte Smirkos auf, Priester zu sein. Fachmännisch wog er das Messer in der Hand. »Jeden einzelnen Tag wünsche ich mir glühend so eins«, beteuerte er. »Ehrlich, für so ein Messer würde ich mein linkes Ohr hergeben.«

Kedros nahm es ihm ab und befühlte die Klinge. »Das ist nur Spielzeug.«

Smirkos sah Ion an und schüttelte den Kopf. *Der da hat keine Ahnung, wie ein echter Schatz aussieht.*

»Wir spielen ja auch nur«, sagte er.

Im nächsten Augenblick wurde er wieder zum Priester, er verneigte sich, hob die Arme zum Himmel, verneigte sich wieder, rollte die Augen und schwang das Messer über den Eidechsen.

»Bringt nun das erste Opfer vor mich«, sang er laut und falsch.

Kedros nahm eine der Eidechsen auf die Handfläche und präsentierte sie Smirkos. »Hier ist das Opfer, Priester«, sang er. Und Smirkos schwang das Messer.

Ion erschrak. Es wirkte so echt.

Und Smirkos schwang das Messer und ließ es auf die Eidechse herabfahren.

»Sie blutet«, sagte Kedros ungläubig. Er zeigte die Eidechse auf seiner Handfläche. Kleine helle Blutstropfen quollen an ihrer Flanke hervor.

Smirkos beugte sich über sie. »Das war doch gar kein richtiges Messer«, sagte er zu ihr. »Es war doch nur Spaß. Warum musst du denn gleich bluten?«

Die Blutstropfen vereinigten sich zu einem dünnen Rinnsal und tropften von Kedros' Fingern auf den Erdboden.

»Es kann nicht schlimm sein«, sagte Ion unsicher. »Nur ein Kratzer.«

Als Kedros die Eidechse auf den Boden setzte, verschwand sie sofort im Dunkel des hohen Grases.

»Nicht schlimm«, echote Smirkos. »Sie kann ja noch richtig schnell laufen.«

Kedros sah sich um. »Wo ist die zweite Eidechse hin?«

»Wo sind alle Tiere hin?«, fragte Smirkos.

Die Lichtung war wüst und leer, als hätte es die zutraulichen Schmetterlinge, Vögel oder Eidechsen nie gegeben. Nichts regte sich, die Stille war vollkommen. Der Teich lag da wie ein dunkler Spiegel.

Alles schien den Atem anzuhalten.

Ion starrte auf die Erde, auf die Stelle, wo die Blutstropfen der Eidechse versickert waren. Ein feuchter Fleck war da zu sehen, nicht größer als eine Münze. Es kam ihm vor, als würde sich die Erde dort auftun und er selbst kopfüber in die Tiefe gezogen, an einen stockfinsteren Ort, der unendlich weit weg war von den Menschen. Ein Brausen erfüllte seinen Kopf, gleichzeitig jaulten und winselten Stimmen um ihn herum und erfüllten ihn mit einem Schrecken, wie er ihn nie zuvor gespürt hatte.

»Was ist mit dir? Wir müssen los.«

Ion schreckte hoch. Wind war aufgekommen, eine jähe Bö fuhr über die Lichtung, kräuselte das Wasser und peitschte Blütenblätter in die Luft.

Kedros und Smirkos sahen ihn erschrocken an. Beide waren blass.

»Gehen wir zurück.«

War der Wald dunkler geworden? Standen die Bäume enger? Was zuvor grüne Kühle und Abenteuer gewesen war, wurde auf dem Rückweg zur Qual. Stumm zwängten sie sich zwischen den Stämmen hindurch und holten sich blutige Kratzer an den Dornen. Die großen Schlangen flohen nicht länger vor ihnen, sondern versperrten ihnen mit trägen Windungen ihrer Leiber den Weg, so lange, bis Kedros einen starken Ast abbrach und sie mit lautem Schreien vertrieb.

Erst als sie schmutzig und abgekämpft aus dem Wald stolperten und die weiße Rückwand des Tempels vor sich sahen, sprachen sie wieder.

»Es war nicht schlimm.«

»Es war gar nichts.«

»Nein.«

Der Wald lag hinter ihnen, den Göttern sei Dank. Die Mauern des Tempels warfen lange Schatten. Es war Abend geworden.

Smirkos sah Kedros an. »Jetzt ist dein schönes Gewand ganz verdorben.«

Kedros sah an sich herab und zuckte die Achseln.

»Also ich bekäme Prügel dafür«, meinte Smirkos.

»Ich nicht«, sagte Kedros leichthin.

Vor den offenen Tempeltüren blieben Ion und Kedros stehen und beobachteten, wie Smirkos an den Töpferstand zurückkehrte. Seine Mutter und seine Schwester waren inzwischen wach.

»Du Taugenichts solltest auf den Stand aufpassen.« Die Mutter nahm einen Stock zur Hand. »Wo bist du gewesen?«

»Hör mir zu, liebe, gute Mutter.« Smirkos hielt sorgsam Abstand zu ihr und dem Stock. »Ein Opferschaf ist davongelaufen. Also haben meine neuen Freunde und ich es wieder eingefangen und in den Tempel gebracht. Die Jagd ging über Stock und Stein, sieh nur, wie mein Freund dort drüben sein Gewand zerrissen hat. Der Priester hat uns persönlich gedankt und …«

»Schweig, du Lügner!« Die Mutter ließ sich von der heldenhaften Tat wenig beeindrucken. Sie drohte Smirkos noch immer mit dem Stock, als Ion und Kedros in den Tempel zurückkehrten.

Es war, als wären sie niemals fort gewesen. Vorne am Altar sang der Priester die Litanei, die weiß gekleideten Pilger knieten abwechselnd nieder oder hoben die Arme zum Gebet.

Kedros wurde von einem der Diener in Empfang genommen. Er verneigte sich tief vor dem Jungen, dann wischte er ihm schnell über die staubigen Sandalen und zog ihm ein frisches Gewand über. Die vornehmen Eltern unter ihrem Baldachin merkten von alledem nichts.

Triumphierend winkte Kedros Ion zu.

Als er sich zu seiner Mutter und Lysias gesellte, sah Lysias ihn misstrauisch an. »Du warst lange fort. Was hast du da draußen getrieben?«

Bevor Ion antworten konnte, wurde vorne der Gong geschlagen und die Mutter sagte: »Hört doch, unser Opfer ist aufgerufen. Die Göttin wird uns segnen!«

Rasch ordnete sie das Tuch über ihren Haaren neu. Sie griff nach dem Korb mit Früchten, Ion nahm den bis zum Rand gefüllten Ölkrug. Zu dritt gingen sie nach vorne zum Altar.

Der Altarstein war dunkel vom Blut der Opfer, es roch nach vergorenen Früchten und dem Angstschweiß der Tiere. Der Priester wies ihnen mit halb geschlossenen Augen ihre Plätze zu. Dann hob er die Arme und begann mit dem Opfergebet, das er an diesem Nachmittag schon Hunderte Male wiederholt hatte.

»Große Herrin der Natur und aller Geschöpfe, diese Menschen bringen dir Nahrung und Trank, Blut, Früchte und Öl.«

Aus der Nähe sah der Priester faltig und grau aus, wie eine alte Echse. Seine Stimme war heiser und er roch stark nach Wein.

»Nimm die Gaben dieser Menschen gnädig an. Erhöre ihr Bitten und Flehen.«

Ion merkte, dass er nicht bei der Sache war, und zwang sich zur Aufmerksamkeit. Vor die Göttin zu treten war das Wichtigste in seinem bisherigen Leben, in ihrer aller Leben. Das hatte die Mutter ihm nachdrücklich erklärt.

Ein Tempeldiener führte das Opferschaf heran. Es war tatsächlich ihr Schaf vom Gut, Ion erkannte es an der nicht vergoldeten Hornspitze, wo ihm gestern das Gold ausgegangen war.

Mit geübter Geste drückte der Tempeldiener den Kopf des Schafes auf den Opferstein.

Der Priester hob das Messer. »Nimm hier das Opfer, gnädige Göttin!« Er schwang das Messer über dem Hals des Schafes.

Erst als es klirrte, merkte Ion, dass ihm der Ölkrug aus den Händen geglitten war. Der Krug lag in drei Scherben zerbrochen vor dem Altar, das kostbare Öl floss grünlich über den Steinboden.

Ein Seufzen ging durch die versammelte Pilgergemeinde. »Unglück. Das bedeutet Unglück.«

Der Priester, jäh herausgerissen aus seiner Routine, hielt mit erhobenem Messer inne. Er schien nicht weiterzuwissen und sah sich hilfesuchend nach dem Tempeldiener um.

Der trat nach vorne und genoss sichtlich seinen großen Auftritt. »Das Opfer wird abgebrochen«, verkündete er mit lauter Stimme.

Das Schaf, vom zweiten Tempeldiener fortgeführt, meckerte froh. Als würde es ahnen, welchem Schicksal es soeben entronnen war.

Die Mutter sah Ion erschrocken an. »Wie konnte das passieren?«

»Es tut mir leid«, flüsterte Ion.

Der Priester hatte sich wieder gefangen. »Geht nun fort, fromme Pilgerfamilie«, sagte er. »Betet zu Hause und vertraut auf die Gnade der Göttin. Sie wird euch auch ohne Opfer gewogen sein.«

Ion hörte Lysias murmeln. »Dafür nun die lange Reise. Und auf dem Gut wird derweil alles drunter und drüber gehen.«

Gleich darauf vergaß er Lysias. Von seinem Platz aus konnte er sehen, wie die drei schwarzen Scherben vor dem Altar sich von selbst rot beschrifteten, langsam und zielstrebig, als wäre ein unsichtbarer Schreiber am Werk.

Ein Wispern drang an sein Ohr.

Tier aus Stein …

Er blickte sich um. Keiner außer ihm schien die rote Schrift zu sehen, keiner das leise Wispern zu hören.

Tier aus Gold …

Als er begriff, wurde ihm eiskalt.

Das Wispern kam von der silbernen Statue.

Sehend blind …

Er suchte Kedros in der Menge, doch der war unter dem Baldachin seiner reichen Eltern verborgen.

Und obwohl er sich inzwischen sehr fürchtete, bückte Ion sich und hob die drei Scherben auf.

Als er mit der Mutter und Lysias den Tempel verließ, drehte er sich noch einmal um.

Die silberne Statue. Er konnte es nur bemerken, weil er sie vorhin so aufmerksam betrachtet hatte. Der Unterschied war denkbar gering, der Kopf leicht geneigt, die rechte Hand etwas höher als zuvor. Dennoch war Ion sich sicher.

Die silberne Statue hatte sich bewegt.

Die Fluchgeister

Friedlich und still lag das Haus der Göttin im Sonnenlicht, als etwas Unerhörtes geschah.

Dort, wo fünf Jahre zuvor eine Eidechse ihr Blut vergossen hatte, begann der Boden zu beben. Ein Riss tat sich auf in der Erde, wurde rasch größer.

Inmitten von stinkenden Dämpfen krochen drei Wesen herauf ans Tageslicht. Zuerst waren sie nicht mehr als riesige, farblose Würmer. Doch beim ersten Sonnenstrahl, der auf sie fiel, verfärbten sie sich pechschwarz. Gleichzeitig trieb es ihnen Köpfe aus den Leibern, öffneten sich Augen für einen ersten Blick, Mäuler für einen ersten Ruf: »Besuch, Höchste.«

Beim Klang dieser Stimmen verstummten die Vögel in den Bäumen, und die Priester im entfernten Tempel verhaspelten sich in ihren Litaneien und dachten an Wölfe.

Danach geschah lange Zeit nichts mehr. Im Schatten eines Lorbeerbusches, die schwarzen Leiber an die feuchte Erde gepresst, warteten die drei Wesen mit unerschütterlicher Gewissheit. Sich zu zieren gehörte zum Spiel der Himmlischen. Die Göttin hatte ihren Ruf gehört, sie würde kommen. Sie *musste*.

Fast unmerklich veränderte sich das Blau des Himmels, wurde tief und leuchtend. Eine sanfte Brise kam auf, der Wind streichelte über Blätter und Gräser und flüsterte: »*Sie kommt. Sie kommt zurück in ihr Haus …*«

Barfüßig, einen Laubkranz im Haar, betrat die Göttin ihr Haus. Hinter ihr drängten sich ihre Faune und Nymphen zusammen. Beim Anblick der glänzenden schwarzen Leiber unter dem Lorbeerbusch rissen sie die Augen auf und fingen an, miteinander zu flüstern.

»*Kommt nicht näher*«, gebot die Göttin ihrer Schar. Dann trat sie allein vor den Busch: »*Ihr seid Untere. Ihr wagt es, mein Haus zu entweihen?*«

Die Antwort war Heulen und Hyänengelächter.

»Was denn, Göttliche? Ist das eine Art, uns zu begrüßen?«

»Deine eigenen Kinder!«

»Aus deinem Fluch geboren!«

»*Ich habe euch nicht gerufen.*«

»Wer fragt danach?«, tönte es unbeeindruckt. »Wir sind Arai, Fluchgeister. Wir erscheinen, wenn die Zeit gekommen ist.«

»Lange genug hast du uns in der Finsternis dort unten eingesperrt.«

»Im letzten gottverlassenen Winkel des Hades.«

»Hättest uns gern vergessen, was? Dumm nur, dass *wir* nicht vergessen.«

Rings um den Lorbeerbusch breitete sich ein beißender Gestank aus. Im Schatten schienen die schwarzen Wesen zu wachsen.

»Weißt du, Himmlische, wie ein offener Fluch sich anfühlt?«

»Es juckt und du kannst nicht kratzen.«

»Es brennt und du kannst nicht kühlen.«

»Dich hungert und du kannst nicht fressen. Dich dürstet und du kannst nicht saufen. Fünf lange Jahre hast du uns in der Hölle schmoren lassen. Aber jetzt ist es vorbei!«

»Nein!« Die Göttin hob abwehrend die schneeweißen Hände. *»Ihr werdet in die Unterwelt zurückkehren. Mein Fluch war ein Fehler.«*

»Ein Fehler! Ein Fehler, sagt sie!« Wieherndes Gelächter aus drei Kehlen gleichzeitig. Die schwarzen Leiber wälzten sich vor Vergnügen.

»Dumm nur, Himmlische, dass ihr Götter keine Fehler macht.«

»Ob es dir gefällt oder nicht, wir sind deine Kinder.«

»Deine Brut! Fluchgeister, vor fünf Jahren von dir geschaffen.«

»Hier an diesem heiligen Ort ist Blut geflossen! Du weißt es, Höchste!«

»Ich war wütend und habe den Fluch getan. Aber jetzt dauern mich die Sterblichen. Sie waren Kinder und wussten nicht, was sie taten.«

»Hört doch nur, wie rührend!«

»Dein Mitleid kommt zu spät, Himmlische. Nun sind sie keine Kinder mehr. Ihr Kranichfest wird unser Schlachtfest!«

»Schick uns los!«

Die Göttin seufzte unhörbar. Mit einer einzigen Bewegung ihres kleinen Fingers hätte sie die drei Fluchgeister in den tiefsten

Tartaros zurückschleudern können. Aber dann würden die Arai abermals hervorkriechen, wieder und immer wieder, bis in alle Ewigkeit. So lange, bis der Fluch in Erfüllung ging. Es gab kein Entrinnen – und die Arai wussten es und triumphierten.

»Gegen die Ordnung seid selbst ihr Götter machtlos!«

»Der Krug ist zerbrochen.«

»Drei Jungen. Drei Scherben.«

»Schwarzer Ton, rote Schrift.«

»Drei Flüche, einer für jeden. Sag sie, wir wollen sie endlich hören!«

»Unsere Namen aus deinem göttlichen Mund!«

»Sag die Flüche, Himmlische!«

Als die Göttin nun sprach, klangen ihre Worte wie ein dunkles, geheimnisvolles Lied.

»Einer muss zum Tier aus Stein werden,
der andere zum Tier aus Gold.
Der Dritte aber wird sehend blind sein.«

Die Arai stöhnten vor Wonne und Genuss. »Aaah! Sieh her! So vollendest du uns!«

Unter dem Lorbeerbusch erzitterten die schweren Leiber und schwollen an, schrumpften und streckten sich wieder. Noch während die Göttin sprach, erlangten die Fluchgeister ihre endgültige Gestalt: Als sie unter dem Busch hervorkrochen und sich zur vollen Größe aufrichteten, waren sie schwarz glänzende Drachen mit roten Flammenaugen und triefenden Fangzähnen. Bei ihrem Anblick wich die Schar der Nymphen und Faune weiter zurück.

Die drei Drachen witterten in alle Richtungen. »Bereit für die Jagd, Göttliche. Wir werden die drei Sterblichen aufspüren und mit ihnen verfahren, wie es dein Fluch befiehlt.«

Die Göttin rührte sich nicht von der Stelle, eine weiße, lichte Gestalt vor den Ausgeburten der Hölle.

Gereizt peitschten die Arai mit ihren Schwänzen die Erde auf.

»Worauf wartest du? Schick uns los!«

»Schick uns los, auf dass die Ordnung erfüllt werde!«

»Schick uns los!«

Auf der Lichtung richtete sich die Göttin hoch auf. Mit der Macht des Himmels sprach sie zwei Worte: *»Es sei.«*

Ein gellender Aufschrei aus drei Kehlen antwortete ihr. Jäh verdunkelte sich der Himmel, ein scharfes Knallen ertönte, wie nach einem Peitschenhieb. Als gleich darauf die Sonne wieder schien, war der Lorbeerbusch schwarz und tot.

Die Arai waren fort.

Der Helfer

Helfer, ich warte auf dich!«

Weder auf der Erde noch in der Unterwelt des Hades konnte man diesen Ruf hören. Aber er drang durch alle sieben Ebenen des Götterhimmels, von den rosigen Sälen der Morgendämmerung bis zur funkelnden Sternenhalle des Mondgottes.

»Wo steckt er nur wieder?«, sagte die Göttin, während sie den verbrannten Busch durch sanftes Streicheln ihrer Hände neu ergrünen ließ.

Neben ihr war eine Nymphe auf einen Baum geklettert und hielt Ausschau. Jetzt rutschte sie nach unten. »Herrin, er kommt!«

Wer da auch immer so ungeduldig erwartet wurde, er kam auf einem goldenen Wagen durch die Lüfte gebraust, gezogen von einem schneeweißen Ross mit weit ausladenden Flügeln.

Sanft landeten Wagen und Ross neben der Göttin. Der Wagenlenker kletterte vom Bock und klopfte sich den gefältelten Lederrock ab. Von stämmiger Gestalt, mit kurzen Beinen und breiten gefiederten Füßen, wirkte er etwas atemlos. Einige seiner Federn waren abgeknickt und die Bänder seines Hemdes schief eingefädelt, als habe er sich in allergrößter Eile angezogen.

»Du hast auf dich warten lassen, Helfer«, sagte die Göttin mit sanftem Tadel.

»Verzeih, Strahlende. Aber du weißt, der Weg ist weit. Und es gab Hagel und, äh … Blitz und Sturmwind über dem Hohen Atlasgebirge.«

Zerknirscht verneigte sich der Helfer, dabei bemerkte er, dass ihm Sand aus den Federn rieselte. Blitzschnell stellte er seine breiten Füße darauf. Dorcas, seine Himmelsstute, schlug mit ihren schneeweißen Flügeln und wieherte. Es klang wie Lachen.

»Du weißt, weshalb ich dich rufe?«

»Ich fürchte, ja. Ihr Gestank ist bis in den Himmel gestiegen.« Der Wagenlenker tat einen komischen Seufzer. »Drei ausgewachsene Arai. Ich weiß nicht, wann ich das letzte Mal das Vergnügen hatte.«

»Ich habe sie in die Welt geflucht. Nun wollen sie nicht mehr weichen.«

»So will es die Ordnung, Strahlende. Ihr Götter dürft keinen Fehler machen.«

»Auch du bist ein Gott, Helfer.«

»Ein sehr bescheidener, Höchste. Zwischen deinem strahlenden Göttergeschlecht und mir liegen sieben Himmel. Dir opfern Priester Stiere in marmornen Tempeln, mich verehren Bauern auf schlampig geschichteten Steinhaufen. Du zürnst und erschaffst Arai. Wenn ich fluche, springt höchstens ein quakender Frosch aus dem Morast.«

Als die Göttin lachte, wirbelten blitzende Sonnenfunken durch die Luft. »*Uns hohe Götter fürchten und verehren die Sterblichen. Dich aber lieben sie als ihren treuen Helfer. Du bist erprobt in Menschennöten, deshalb schicke ich dich.*«

Seufzend blickte der Wagenlenker auf seine gefiederten Füße. Was wussten die höchsten Götter von den Menschen? Morgenröte und Flötenspiel, Windsäuseln und Vogelgesang, Opfer und Altarfeuer – das war die irdische Welt für sie. In die menschlichen Tiefen, in dieses verworrene Labyrinth von Angst und Liebe, Hoffnung und Tod verirrten sie sich so gut wie nie. Wenn aber doch, dann brachten sie mit ihren Liebesgeschichten die armen Sterblichen endgültig um den Verstand.

»*Drei Jungen sind es, alle kurz vor ihrem Kranichfest*«, sagte die Göttin. »*Vor fünf Jahren habe ich sie verflucht, jetzt musst du ihnen beistehen.*«

»Du willst mich gegen deinen eigenen Fluch einsetzen? Gegen die Ordnung?« Der Wagenlenker kratzte sich hinter dem Ohr. »Bei allem Respekt, Höchste, damit balancierst du auf einem dünnen Seil. Wenn die Arai mir auf die Schliche kommen, werden sie deine Knaben auf der Stelle in Stücke zerreißen. Was Zeus und Hades anschließend mit mir anstellen, will ich mir gar nicht erst ausmalen.«

»*Du wirst Menschengestalt annehmen und im Verborgenen handeln. Ich vertraue auf deine Geschicklichkeit.*«

Der Wagenlenker seufzte noch einmal. »Wie lautet dein Fluch?«

»*Einer muss zum Tier aus Stein werden, der andere zum Tier*
aus Gold. Der Dritte aber wird sehend blind sein.«

»Schwierig. Eine harte Nuss«, sagte der Wagenlenker sofort.

»Die ersten beiden Flüche sind praktisch unzerstörbar. Bleibt der dritte: er sieht und ist blind … Wenn wir es schaffen, den Fluch umzukehren … er ist blind und sieht …« Nachdenklich wog er den Kopf. »Vielleicht gibt es da eine Möglichkeit, doch dafür werden deine drei Knaben einen harten, elenden Weg gehen müssen. Und ich kann dir nichts versprechen.«

»Du bist der Helfer, du wirst alles zu einem guten Ende bringen. Und du, Dorcas, meine windschnelle Traberin, wirst deinem Herrn beistehen, nicht wahr?«

Als die Göttin sanft über die Flügel des Pferdes strich, knickte das Tier graziös die Vorderbeine ein und neigte den Kopf vor ihr.

Der Wagenlenker kletterte auf den Bock. Während das weiße Himmelsross die Flügel weit ausspannte und in die Lüfte aufstieg, brummelte er: »Reicht es dir nicht, dass du fliegen kannst wie ein Vogel? Musst du dich auch noch vor ihr verneigen und mit den Wimpern klimpern wie ein Höfling? Auch wenn sie im siebenten und höchsten der Himmel wohnt, du bist bloß ein Klepper aus der untersten Etage. Wir beide sind das Gespann, Dorcas, vergiss das nicht. Hoppla!«

Heftige Windböen schüttelten den Wagen durch. Der Wagenlenker klammerte sich am Bock fest, dabei grummelte er immer weiter.

»Und ich vergesse nicht, dass meine süße Iphis am Strand des Korallenmeeres auf mich wartet. Da liegt sie im warmen Sand, mein Meermädchen, die Gischt des Meeres trocknet auf ihrer Haut und …«, seine Miene verdüsterte sich, »und mit jeder Stunde, die sie wartet, wird sie wütender werden. *Ich vertraue auf deine Geschicklichkeit, Helfer*«, flötete er. »*Du wirst alles zu einem guten Ende bringen*. Drei Arai, und zur Abwechslung hängt alles von mir ab.«

Höher und höher flogen sie, bis der Wagenlenker mit einem letzten wehmütigen Ausruf in den Wolken verschwand. »Iphis ade!«

Kedros

Auf seinem Lager, unter federleichten Seidendecken, lag Kedros in unruhigem Morgenschlaf. Ein Teil von ihm hörte bereits das Zwitschern der Vögel, das Klappern der Wasserkrüge am Brunnen. Durchs Fenster drangen Stimmen an sein Ohr, die Worte verschmolzen zu einem Bild von roten Segeln und schwarzen Kielen. Als Kedros erwachte, klang in ihm der Ruf nach: *Schiffe im Hafen!*

»Ich habe von Schiffen geträumt, Alphio.«

Sein Aufwartsklave hatte still am Fußende des Bettes gewartet. Jetzt trat er ans Fenster und stieß den hölzernen Laden zurück. Das Morgenlicht fiel auf den Ziegelboden und die gekalkten Wände.

»Du hast nicht geträumt, Archontensohn«, sagte Alphio. »In der Nacht haben fremde Schiffe Malios heimgesucht. Eine chrysische Flotte liegt im Hafen.«

Hastig richtete sich Kedros auf. »Was sagst du da?«

Chrysier. Von ihnen hieß es, sie trügen die Haarbüschel ihrer erschlagenen Feinde am Helm und kehrten nur alle fünf Jahre einmal nach Hause zu ihren Frauen und Kindern zurück. Die restliche Zeit verbrachten sie damit, mit ihrer schwarzen Kriegsflotte

Furcht und Schrecken zu verbreiten und den Städten und Inseln Schutzgelder abzupressen. An den Küsten Helladiens waren sie so willkommen wie Wölfe oder wie die Pest.

»Hat mein Vater schon davon erfahren? Was sagt er dazu?«

»Der Archont wird wissen, was zu tun ist.« Mit einem Stöhnen kniete der weißhaarige Sklave vor seinem jungen Herrn nieder und band ihm die Sandalen an die Füße.

»In den dreißig Jahren, die ich deinem Haus diene, haben drei chrysische Flotten Malios heimgesucht. Alle zehn Jahre, in schöner Regelmäßigkeit. Ich erinnere mich, beim letzten Mal habe ich dich gerade das Buchstabieren gelehrt. Jedes Mal haben die Chrysier ein Schiff mit Gold beladen und sind wieder davongesegelt.«

»Wir haben ihnen das Gold einfach so gegeben?«, fragte Kedros. »Ohne Widerstand?«

»Ich darf die Agora nicht betreten, deshalb weiß ich nicht, wie die Verhandlungen genau abgelaufen sind«, sagte Alphio mit ruhiger Würde. »Frag deinen Vater, Archontensohn.«

»Ist er denn noch zu Hause?«

»Noch ist er hier. Aber seine Leibwache wartet bereits draußen vor dem Tor.«

Als Kedros aus seiner Kammer auf die Galerie hinaustrat, hörte er, dass unter ihm in der Vorhalle gesprochen wurde. Immer drei Stufen überspringend rannte er die Treppe hinab – und stürzte an ihrem Ende förmlich in eine Gruppe vornehmer, weiß gekleideter Männer, die vor der Tür der Großen Halle warteten.

»Verzeiht mir, edle Herren des Rates«, sagte Kedros hastig in die Runde. »Die Göttin der Morgenröte lasse euren Tag frisch aufscheinen.«

Keiner der Männer war ihm böse, alle zwölf lächelten ihm zu. Als engste Ratgeber des Vaters hielten sie sich häufig im Haus des Archonten auf. Für Kedros waren die hochwürdigen Ratsherren von Malios eine bunte Mischung aus Onkeln und Großvätern. Der Ratsälteste, achtzigjährig, mit einem mächtigen Greisenkopf auf einem geschrumpften Kinderleib, tätschelte seine Schulter: »Wenn ich dich sehe, Archontensohn, so jung und schön wie der aufgehende Morgen, dann will ich nicht an einen schwarzen Tag glauben. Hast du gehört, dass chrysische Schiffe im Hafen liegen?«

Kedros nickte. »Wo ist mein Vater?«

Der Ratsälteste wies auf die geschlossene Tür der Großen Halle. »Der Archont berät sich mit euren Hausgöttern. Und er tut gut daran.« Er zwinkerte Kedros zu. »Die Götter eures Hauses sind schon immer hellsichtige Geister gewesen, ihre Orakel helfen mehr als unsere Ratschläge. Aber jetzt tu uns den Gefallen und hol deinen Vater da raus. Es ist höchste Zeit, in die Stadt zu gehen, nicht dass die Chrysier aus Langeweile anfangen, alles kurz und klein zu schlagen.«

»Das werden sie nicht wagen«, widersprach einer der jüngeren Ratsherren überzeugt. »Für einen solchen Frevel würden die Götter sie vom Meer fegen.«

Leise öffnete Kedros die Tür zur Großen Halle und trat ein. Wie es bei der Befragung der Hausgötter üblich war, war der

Raum abgedunkelt. Nur in der Opfernische brannten die Wachslichter. Im flackernden Licht sah es aus, als läge der Vater flach ausgestreckt vor der Vase mit den Holzstöcken, in denen die Hausgötter wohnten. Dann aber erkannte Kedros den leer ausgebreiteten Archontenmantel, sah die Goldbeschläge im Kerzenlicht glänzen.

»Vater?«

»Hier bin ich.«

Im weißen Untergewand, barfuß und mit überkreuzten Beinen saß der Vater auf einem Flechtteppich. In der Hand hielt er eine Schale Milch.

»Eine kleine Stärkung vor dem Sturm«, sagte er lächelnd, während Kedros sich vor ihn kniete und ihm Hand und Knie küsste. »Möchtest du?«

Er reichte Kedros die Schale.

»Danke. Die Zwölf vom Rat schicken mich, sie wollen aufbrechen.«

Während Kedros von der Milch trank, blickte er auf die krummen Stöcke in der Vase. Auf ihre Weise flößten sie ihm ebenso viel Respekt ein wie die meterhohe Goldstatue des Inselgottes, der Malios von seinem Hügel aus beschirmte. »Hast du mit unseren Hausgöttern gesprochen?«

»Ich habe sie um ihren Rat gebeten«, nickte der Vater, »und ein Rätsel erhalten, das mich gänzlich verwirrt. Aber auf diese Kunst verstanden sich die Hausgötter schon immer gut.«

Er nahm die Milchschale zurück und bewegte sie hin und her,

als könne er im Schwappen der Milch die Lösung entziffern. »Hör dir das Rätsel an: *Schwerer als Gold oder Blut wiegt das Tier aus Stein. Du wirst es herausgeben, auch wenn es dich in Stücke reißt. Hüte dich, Mensch, dich der Ordnung zu widersetzen.*«

»Was bedeutet das? Verstehst du etwas davon?«

»Kein einziges Wort.« Der Vater schüttelte den Kopf. »Ich habe den Verdacht, an manchen Tagen foppen mich die Hausgötter nur. Aus Rache, dass ich sie aus ihrem Schrank hole und damit ihre heilige Ruhe störe.«

Er lächelte Kedros zu. »Nach deinem Kranichfest wirst du unsere Hausgötter ja selbst kennenlernen. Auf eure erste Unterhaltung bin ich jetzt schon gespannt.«

Die Wachslichter flackerten, die Stöcke in ihrer Vase schienen sich zu regen. Wie merkwürdig das war, dachte Kedros. Eine fremde Kriegsflotte lag im Hafen, sicherlich war ganz Malios in hellem Aufruhr, vor der Tür wartete ungeduldig der Zwölferrat und vor dem Tor die alarmierte Leibgarde. Hier drinnen aber gab es nichts als Stille. Und die beunruhigende Präsenz der Götter.

»Was willst du jetzt tun?«, fragte er seinen Vater. »Ich meine, auf der Agora?«

Nach einem letzten Schluck Milch stellte der Archont die Schale zur Seite. »Das, was die Vernunft gebietet«, sagte er. »Wir geben den Chrysiern das Gold, das sie verlangen. Damit sie wieder fortsegeln, genau wie vor zehn Jahren. Vermutlich ist das die Ordnung, von der die Hausgötter gesprochen haben.«

Hitziger, als er es wollte, sagte Kedros: »Warum lädst du die

Chrysier nicht gleich ein, in zehn Jahren wiederzukommen? Zu den Malesiern, die nicht einmal auf die Idee kommen, Gegenwehr zu leisten?«

Der Vater sah ihn nachdenklich an. »In zehn Jahren«, wiederholte er. »Wer weiß, vielleicht bist du dann Archont.«

Kedros zuckte die Schultern. »Bestimmt werde ich die Chrysier nicht mit offenen Armen empfangen.«

»Dann sag mir, junger Archont: Wie viele Soldaten wirst du auf unserer Insel stationieren? Hundert? Fünfhundert? Oder gar tausend? Wo willst du die Wälle hochziehen, die Wachtürme? Soll Malios ein Bollwerk aus Stein werden? Und selbst wenn, was wäre gewonnen? Allein die Chrysier haben fünftausend Kämpfer, andere Kriegerstämme doppelt und dreimal so viele. Wie könnte eine kleine Insel wie Malios da mithalten?«

Als Kedros schwieg, fragte sein Vater: »Liebst du unsere Insel?«

»Malios ist der schönste Ort auf der ganzen Welt«, sagte Kedros innig. Gleich darauf ärgerte er sich über seinen Überschwang. »Darum geht es doch nicht. Du redest mit mir, als wäre ich ein kleiner Junge. In sechs Wochen fliegt mein Kranich.«

»Meiner hat es vor dreißig Jahren getan. Damals war ich wie du, seither aber habe ich ein oder zwei Dinge dazugelernt. Zum Beispiel, dass man für etwas, das man liebt, ruhig seinen Stolz opfern kann. Würde es dir gefallen, wenn die Chrysier Malios in Schutt und Asche legen würden? Lieber bezahlen wir Gold und sichern uns für die nächsten zehn Jahre unsere Freiheit und unser angenehmes Leben.«

»Dennoch bleibt es Raub und Erpressung«, beharrte Kedros. »Wir sollten uns dagegen wehren.« Er schüttelte den Kopf. »Ich glaube, ich möchte meinen Stolz niemals opfern. Für welches Ziel auch immer.«

Der Vater erhob sich und legte sich den goldglänzenden Archontenmantel über die Schultern. Er verneigte sich vor den Hausgöttern, bevor er die Vase in den Schrank zurückstellte. Und dann, schon fast an der Tür, sagte er zu Kedros' größter Verblüffung: »Wenn du willst, komm mit zur Agora. Von der Verhandlung heute wirst du mehr lernen, als dir deine Pädagogen in einem ganzen Jahr beibringen können.«

Nur erwachsene Malesier durften an der Bürgerversammlung teilnehmen. Und sein Vater, der Archont, achtete penibel darauf, niemals ein Sonderrecht zu beanspruchen. Es war ein ganz und gar außergewöhnliches Angebot.

»Danke, Vater, ich komme sehr gerne mit.«

Umringt vom Rat der Zwölf und seiner Leibwache verließ der Vater das Haus. Kedros rannte noch schnell die Stufen zu den Frauengemächern hinauf. Bis zur Agora würde er den Ratszug spielend eingeholt haben.

Zu seinem Erstaunen traf er seine Mutter im Ausgehmantel an. In einem Henkelkorb trug eine Sklavin Weihegeschenke für den Inselgott: Früchte, Salböl und purpurgefärbte Wolle, um die Füße der riesigen goldenen Statue zu umwinden.

»Während dein Vater mit den Chrysiern verhandelt, werde ich

mit den Frauen im Tempel um Malios' Schutz beten«, sagte die Mutter. »Wir wollen nichts versäumen.«

Kedros küsste ihr die Hand, bevor er sich über die Korbwiege der Zwillinge beugte. Seine winzigen Brüder schliefen fest, mit roten Wangen und gerunzelten Stirnen, als sei ihr Morgenschlaf ein anstrengender Wettkampf.

Behutsam streichelte Kedros über ihre feuchten Haare.

»Ich gehe mit auf die Agora«, sagte er. »Vater hat es erlaubt.«

»Ja, dein Kranich flattert schon heftig«, erwiderte seine Mutter mit hörbarem Stolz. »Es gefällt ihm nicht mehr im Pfauenhaus.«

»Er wird sich noch gedulden müssen. Genau wie ich.«

Sechs Wochen noch, die seinen Kranich vom Himmel trennten. Und ihn, Kedros, von seinen ersten Inselspielen. Seinem Sieg als Läufer. Niemand zweifelte daran, auch er selbst nicht.

»Geh jetzt, Kedros. Bring deinem Vater Glück. Heute Abend wissen wir mehr.«

Er nickte und wandte sich zur Tür.

Im kühlen Schatten von Zedern und Schirmakazien rannte Kedros hügelaufwärts. Er genoss das Tempo, seinen ureigenen Rhythmus, die Vorstellung, dass nichts und niemand ihn halten konnte. Es war wohl das Gefühl, das dem Fliegen am nächsten kam.

Auf der Kuppe des Hügels residierte der Inselgott in einem offenen Rundtempel. Hinter den Säulen schimmerte die riesige, goldene Statue. Von hier oben hatte Kedros einen freien Blick auf das Meer und Malios' Hafenbucht.

Wie vom Donner gerührt blieb er stehen.

Schiffe im Hafen. In der Bucht von Malios lagen zehn schwere Kriegsschiffe, schwarze, dornenbewehrte Monstren mit roten Segeln. Neben ihnen wirkten die wendigen Segler der Malesier wie Rindenschiffchen. Noch mehr als die reglosen Kolosse beunruhigte Kedros die wimmelnde Bewegung: In Dutzenden von Ruderbooten setzten Chrysier zur Sandsichel von Malios' Hafenbucht über. Von dort aus marschierten sie über den Küstenweg in Richtung Stadt, ein Zug schwarz gepanzerter Männer, die wie Ameisen unbeirrt der Spur folgten.

»Verschwindet.« Kedros merkte, dass er bis zu diesem Augenblick nicht an einen Überfall geglaubt hatte. »Was habt ihr bei uns verloren?« Halb erwartete er, dass der goldene Inselgott hinter ihm Blitze und Hagel über die feindlichen Schiffe regnen lassen würde. Doch der Himmel blieb veilchenblau, die Chrysier ruderten unbehelligt Richtung Strand, und Kedros wurde klar, dass er hier oben seine Zeit verschwendete. Also rannte er weiter hügelabwärts, wo ihn schon bald die Stadt mit ihren hellen Plätzen und Straßen, ihren Villen und Gärten aufnahm.

Am Brunnen des gabelschwänzigen Flussgottes holte er den Zug seines Vaters ein.

»Nanu, Archont?«, rief der Ratsälteste bei Kedros' Anblick. »Hast du deinen persönlichen Glücksgeist bestellt? Komm hierher zu mir, Kedros.«

Der Älteste ließ den Arm des Sklaven los, auf den er sich gestützt hatte, und hängte sich stattdessen bei Kedros ein.

»Dein Vater kann einen Glücksbringer brauchen«, erklärte er zutraulich. »Mit den Chrysiern zu verhandeln heißt, mit Vipern und Skorpionen zu musizieren. Die rasseln mit ihren Giftzähnen und Stacheln, unser Archont aber muss gelassen bleiben und darf immer nur sachte auf der Leier zupfen.«

Die anderen Männer lachten über seine Rede. Und der Vater sagte: »Es ist mein drittes Konzert dieser Art, vergiss das nicht. Ich denke, inzwischen beherrsche ich das Leierspiel.«

Die Passanten auf der Straße erkannten ihren Archonten schon von Weitem und grüßten ehrerbietig. Kedros aber strahlten sie ausnahmslos an, viele warfen ihm Kusshände zu.

Kedros lächelte und winkte zurück. Er war an die Begeisterung gewöhnt: Von klein auf liebten ihn die Malesier, hielten ihn für ihren Glücksbringer, einen Liebling der Götter. Auch jetzt noch, nachdem die Mutter im letzten Jahr zur Überraschung aller noch einmal Zwillinge geboren hatte.

»Sie lieben deinen Sohn mehr als dich, Archont«, sagte der Ratsälteste mit der Respektlosigkeit der Uralten. »Spätestens am Kranichtag, wenn Kedros seine ersten Inselspiele gewonnen hat, wird es heißen: Wer ist der grauhaarige Mann da neben unserem jungen Helden? Sollte er wirklich unser Archont sein?«

Je näher sie der Agora kamen, desto mehr Menschen drängten sich in den Gassen zusammen. Handwerker und Mägde standen in den Hauseingängen und reckten die Hälse.

»Die Chrysier sind nur auf unser Gold aus«, schimpfte ein zerlumpter Abfallsammler, der garantiert noch nie in seinem Leben auch nur einen Obolus besessen hatte. »Jag sie übers Meer zurück, Archont. Oder besser gleich über den Styx.«

»Die Barbaren entweihen unsere Agora«, ereiferte sich ein Lastenträger, der selbst niemals einen Fuß auf die Agora setzen durfte.

Eine Ladenmagd rief laut: »Gib nur acht auf deinen schönen Sohn, Archont. Dass sich kein Chrysier in ihn vergafft.«

An normalen Tagen war die Agora ein stilles, sonniges Oval im Zentrum der Stadt. Heute glich sie einem Hexenkessel.

Auf den Stufen der Bürgerversammlung saßen die weiß gekleideten Malesier, sichtlich erregt und gestikulierend. Überall sonst, unter den Toren und in den Gängen, auf den Treppen und Mauern, ja selbst auf den Dächern hatten chrysische Soldaten Aufstellung bezogen. Die ganze Agora war ein schwarzes Wogen.

Mit ihren gedrungenen Leibern, ihren Lederharnischen und Speeren erinnerten die Chrysier Kedros an übergroße Kampfinsekten. Und sogar die schlimmsten Gerüchte über sie schienen zuzutreffen: Jeder Chrysier hatte am Helm Haarbüschel baumeln, zwanzig, dreißig, manche gar an die hundert, alle mit roter Seidenschnur aneinandergebunden.

An Kedros' Arm steuerte der Ratsälteste seinen Platz in der untersten Sitzreihe an und ließ sich ächzend nieder. Dann klopfte er neben sich. »Hier, Archontensohn. Setz dich an meine Seite.«

Viel lieber wäre Kedros hinauf in die obersten Ränge geklettert, zu den jungen Malesiern, die alle erst letztes oder vorletztes Jahr ihr Kranichfest gefeiert hatten und unter denen er eine Menge Freunde hatte. So aber winkte er nur kurz in ihre Richtung und setzte sich neben den Ältesten.

Der kniff die Augen zusammen und murmelte: »Wer sagt's denn? Da haben wir ja schon ein wahres Prachtexemplar von Viper.«

Auf dem Redefeld der Agora wartete ein einzelner Mann. Er trug denselben abgeschabten schwarzen Harnisch wie die anderen Chrysier, kein Ehrenzeichen wies ihn als Anführer aus. Und doch gab es keinen Zweifel an seinem Rang. Allein seine Haltung sprach von uneingeschränkter Macht und seine Männer ließen keinen Blick von ihm. Der Ratsälteste hatte recht mit seinem Urteil: Eine Aura bestialischer Wildheit umgab den Mann.

»Wenn ich den da sehe«, murmelte der Ratsälteste, »wünsche ich mir die Frauen und Mädchen und Sklaven auf der Agora. Vielleicht wäre die Welt eine bessere.«

In diesem Moment betrat der Vater das Redefeld.

»Willkommen, Archont«, rief der chrysische Anführer. »Ich habe dich schon erwartet.«

Aus den Sitzreihen der Malesier stieg Protest wie Bienensummen auf: Dieser Fremde benahm sich, als besäße er das Hausrecht auf der Agora.

Der Vater sparte sich alle Höflichkeiten. »Gegen Menschen- und Götterrecht dringt ihr bei uns ein und entweiht unsere Agora«, sagte er kalt. »Sagt ohne Umschweife, was ihr wollt. Dann packt euch auf eure Schiffe und verschwindet wieder.«

»Aber, aber, Archont!« Der Chrysier schüttelte lächelnd den

Kopf. »Soll das die viel gerühmte Gastfreundschaft der Malesier sein? Wo sind die Kränze, wo der Begrüßungstrunk, wo die Reigentänzer?«

Der Vater verzog keine Miene. »Kränze und Reigen bringen wir willkommenen Gästen«, sagte er. »Nicht unerwünschten Plünderern, die nur auf unser Gold aus sind.«

»Gold?« Der Chrysier hob die Hände, als wolle er das Ansinnen weit von sich weisen. »Bei allen Göttern, ich schwöre, dieses Mal wollen wir kein Gold von euch.«

Ringsum war verwundertes Gemurmel zu hören. Auch Kedros richtete sich verblüfft auf. Kein Gold? Was dann?

»Wir sind müde Krieger auf der Durchreise und fordern lediglich ein wenig Frischfleisch von euch«, redete der Chrysier weiter. »Hundert junge Schafe, hundert junge Rinder …«

Die chrysische Flotte wollte nur Proviant fassen! Wenn das alles war! In den Reihen war erleichtertes Aufatmen zu hören.

»… und hundert junge Malesier für unsere Armee.«

Einen Moment herrschte Schweigen. Dann brüllten alle Malesier gleichzeitig auf, ein lang gezogener Protestschrei wie aus einer Kehle. Hunde begannen zu bellen, Tauben flatterten erschrocken auf die Dächer hinauf.

Breitbeinig stand der chrysische Anführer vor der Menge und nahm den Schrei wie einen Hymnos entgegen.

»Schreit nur, Malesier, tobt und jammert! Es hilft euch ja nichts! Was wollt ihr gegen meine fünftausend Soldaten ausrichten? Ihr werdet mir brav eure Söhne geben müssen!«

»Das ist Menschenraub, schändlich vor den Göttern!«, rief der Vater zornig. »Bist du von allen guten Geistern verlassen, Chrysier?«

»Das will ich doch meinen, Archont«, sagte der Flottenführer leichthin. Mit knappen Gesten dirigierte er seine Soldaten: »Holt hundert Jünglinge und treibt sie hier vor mir zusammen. Stellt sich einer der Malesier in den Weg, rammt ihm das Schwert in den Leib.«

Alles geschah blitzschnell. Kedros sah die chrysischen Soldaten mit gezogenen Schwertern durch die Sitzreihen streifen, alle jungen Malesier von ihren Plätzen reißen und nach unten zerren.

»Bei den Göttern, was geschieht da? Diese Hunde rauben uns die Zukunft.« Der Ratsälteste hatte nach Kedros' Hand gegriffen. Sein Atem ging rasselnd, er war aschfahl.

Auf dem Redefeld reihten die Soldaten die ausgewählten jungen Männer vor ihrem Anführer auf. Kedros sah ihre bleichen Gesichter, ihre vor Angst aufgerissenen Augen. Er konnte nicht glauben, was er doch klar vor Augen hatte. Die dort standen und zitterten, waren seine Freunde, Mitschüler im Gymnasion, Trainingspartner in der Arena, Rivalen bei den begehrtesten Mädchen. Und dieser barbarische Fremde, der sich um kein Recht oder Gesetz scherte, wollte sie alle verschleppen und in seine Armee pressen? Beim Schützer der Insel, bei allen guten Göttern, niemals durfte das geschehen!

Langsam und genüsslich schritt der chrysische Anführer die Reihe der hundert Jungen ab.

»Eine wahre Augenweide seid ihr«, lobte er. »So viel Jugend

und Schönheit verdient alle Ehre. Gleich in der nächsten Schlacht werdet ihr uns mit Blumenkränzen geschmückt vorangehen.«

Ringsum malte sich blankes Entsetzen in den Gesichtern der Malesier. Praktisch jeder hatte einen Sohn, Bruder oder Neffen dort unten stehen.

»Hör mich an, Chrysier.« Der Vater klang, als versuche er, ein gefährliches Raubtier zu beschwichtigen. »Ich weiß nicht, warum du unsere Söhne in den sicheren Tod schicken willst«, sagte er. »Aber eines weiß ich: Diese jungen Männer sind unser Stolz und unsere Zukunft. Von mir aus nimm unser Gold, plündere unser Schatzhaus, aber bei allem, was heilig ist: Gib unsere Söhne frei.«

»*Unsere* Söhne?« Lauernd umschlich der Flottenführer den Vater. »Sollte unter meinen neuen Rekruten etwa auch ein Sohn von dir sein?«

Für einen kurzen Moment flackerte der Blick des Vaters zu Kedros.

»Es geht nicht um meine Familie«, sagte er. »Als Archont bin ich der Vater aller Malesier. Die Söhne meiner Bürger sind auch meine Söhne.«

»Nun, Archont, da du so viele Söhne dein Eigen nennst, wird es dir auf einen mehr oder weniger nicht ankommen.« Unvermittelt hob der Flottenführer die Hand und deutete direkt auf Kedros. »Holt mir diesen Jungen her!«

»Nein, nicht diesen! Was wollt ihr von ihm?«, rief der Ratsälteste neben Kedros laut. »Er ist doch noch ein Kind!«

Kedros war vollkommen überrumpelt. Er wehrte sich nicht, als zwei chrysische Soldaten ihn packten und vor ihren Anführer zerrten.

Aus der Nähe waren die Wangen des Mannes von Narben wie durchlöchert, der Mund klein und grausam, die Augen glitzerten wie im Fieber oder im Rausch. Der Chrysier durchbohrte ihn mit seinem Blick, und Kedros war es, als nähme er ihn gewaltsam in Besitz: *Du gehörst mir mit Haut und Haaren!*

»Was willst du von mir?«, sagte er erschrocken. »Ich kenne dich nicht.«

Der chrysische Anführer gab ihm keine Antwort. Stattdessen wandte er sich an den Vater. »Hör mir jetzt gut zu, Archont von Malios, treu sorgender Vater aller Malesier. Ich mache dir ein großzügiges Angebot, das du nicht zurückweisen kannst.«

Er deutete auf die hundert gefangenen Jünglinge, die von den Schwertern der Chrysier in Schach gehalten wurden.

»Die da gebe ich dir alle zurück, bis auf den letzten Jungen. Keinem wird ein Haar gekrümmt, wenn du mir dafür …«, er streckte die Hand aus und streichelte Kedros damit sacht über die Wange, »diesen einzigen gibst.«

Mit einer heftigen Bewegung schüttelte Kedros die Berührung des Mannes ab. Er ist ein Fremder, dachte er fassungslos. Ein Chrysier. Hunderte von Meilen übers Meer gesegelt. Wegen mir? Das ist vollkommen verrückt. *Was will er von mir?*

Überall auf der Agora hörte er seinen Namen flüstern.

»Kedros.«

»Er will den Archontensohn.«

»Ihn allein. Die anderen sind frei.«

»Was wird jetzt?«

Alle Gesichter waren ihm zugewandt. In den Blicken der Malesier las er fassungslose Wut und tiefe Zuneigung. Immer war er ihr Glücksbringer gewesen, ihr Idol, ein Segen für die Insel. Und nun war er plötzlich das Pfand für ihre Söhne.

Einer gegen hundert. Seit er ein kleiner Junge gewesen war, hatte Kedros sich so gut wie nie mehr gefürchtet. Jetzt aber stieg eine neue, unbekannte Angst in ihm auf. Würde er mit dem Chrysier mitziehen müssen? Weit fort von Malios, seiner Welt, seinem Leben?

Er blickte zu den hundert anderen Jungen hinüber, die sich zwischen den Soldaten nicht zu rühren wagten. Alle sahen ihn an, doch er konnte ihre angstverzerrten Mienen nicht deuten. Sie waren seine Freunde, zusammen mit ihm hatten sie sich auf die Inselspiele gefreut, hatten trainiert, gelacht und Pläne geschmiedet. Fast alle wollten sie zu seinem Kranichfest kommen, mit ihm sein Erwachsenwerden feiern. Und jetzt standen sie *dort*, gemeinsam, und er *hier*, allein.

Mit brennenden Augen starrte Kedros auf den Chrysier. So unmenschlich war dieses Gesicht, so vollkommen ohne Gefühl, dass er erschauerte. Niemals gehe ich mit dir, dachte er. Die Entscheidung liegt allein beim Archonten. *Meinem Vater.*

Er drehte den Kopf nach ihm und erschrak. Der Vater sah plötzlich grau und eingefallen aus. Er schwankte, als wöge der Archontenmantel schwer wie Blei.

»Mein Sohn hat sein Kranichfest noch vor sich«, sagte der Vater heiser. »Pressen die Chrysier jetzt Kinder in ihre Armee?«

»Er ist alt genug für sein Schicksal«, erklärte der chrysische Anführer.

»Wer bist du, das zu entscheiden?«

»Wer ich bin?« Der Chrysier sah nicht den Vater an, stattdessen starrte er Kedros direkt in die Augen.

Der Zorn der Götter bin ich, auf dich losgelassen. Ich bin dein Schicksal. Dein Fluch.

»Nenn mich einen, der einen Narren an deinem schönen Sohn gefressen hat«, sagte er leichthin. »Ich will ihn haben, ihn allein. Weigerst du dich, ihn herauszugeben, nehme ich die hundert Jünglinge. Keinen von ihnen werdet ihr jemals wiedersehen. Entscheide dich also, Archont, jetzt sofort.«

Mit einer hilflosen Geste, die Kedros ins Herz schnitt, wandte der Vater sich an die Versammlung. »Sagt ihr mir doch, Malesier, was ich tun soll. Wie kann ich eure Söhne dem sicheren Tod ausliefern? Wie kann ich meinen Sohn dem Teufel geben? Bei den Göttern, wie soll ich mich entscheiden?«

Drückendes Schweigen lag über der Agora. Das Schwert eines Soldaten fiel klirrend zu Boden. Dann begann irgendwo ein Esel zu plärren: »*Iaaah! Iaaah!*« Es klang wie Hohngelächter.

Die lauernde Stimme des Chrysiers. »Ich warte, Archont.«

Es ist gut, Vater. Ich gehe freiwillig mit.

Hatte er es laut gesagt? Nein, noch nicht. Aber er musste es tun, jetzt gleich, wenn er nicht zusehen wollte, wie es seinen Vater in

Stücke zerriss. Egal, was geschah, er musste diesem Schrecken jetzt ein Ende machen …

Die Stimme des Chrysiers bellte über die Agora. »Hundert oder einer, Archont?«

Der Vater hatte den Blick gesenkt. Kedros erkannte, dass er betete.

»Du betest um ein Wunder«, höhnte der chrysische Anführer. »Aber die Götter sind heute leider taub und stumm. Es ist allein eine Sache zwischen dir und mir. Deine Entscheidung, Archont, ich will sie jetzt aus deinem Mund hören.«

Der Vater setzte zu sprechen an, dann schüttelte er den Kopf. Er sah Kedros an, gequält und voller Liebe. Wieder fühlte Kedros würgende Angst: Der Vater *musste* ihn opfern. Und das aus seinem Mund zu hören würde ganz und gar unerträglich sein.

»Es ist gut, ich gehe schon«, stieß er hervor. »Ich gehe freiwillig mit.«

»Nein!«

Kedros sah seinen Vater erstarrt dastehen, sah den Chrysier den Kopf zurückwerfen und lachen. Dann wurde ihm von hinten etwas Schweres über den Kopf geworfen. Das Gewicht riss ihn von den Füßen, stinkendes Leder hüllte ihn ein, *ein Viehsack*, dachte er. Aus Leibeskräften wehrte er sich, er schrie und schlug um sich, doch der Sack zog sich immer enger um ihn, legte sich auf sein Gesicht und raubte ihm den Atem, bis er jede Gegenwehr aufgab.

Gedämpft durch das Leder hörte er wütende Protestschreie, das

Klirren von Schwertern, die Drohungen der Soldaten. »Bleibt weg von ihm oder ihr seid des Todes!«

Gleich darauf fühlte Kedros sich hochgehoben und fortgetragen. Auf dem langen Weg zur Hafenbucht führte er in seinem engen Gefängnis einen verzweifelten Kampf gegen das Ersticken. Als die Soldaten ihn schließlich auf das Holzdeck eines der schwarzen Schiffe kippten, lag er lange Zeit nur da und röchelte. Irgendwann übergossen ihn die Männer mit einigen Eimern Wasser, dann schoben sie ihn in einen Verschlag unter den Ruderbänken und verriegelten die massive Holztür sorgfältig.

»Keine Sorge, Frischluft kommt von oben«, sagte einer der Soldaten. »Wenn die Ruderer nicht gerade Zwiebeln gefressen haben.« Er lachte über seinen eigenen Witz.

»Zu gerne möchte ich das Geheimnis dieses Jungen kennen«, meinte ein anderer. »Der Flottenführer war ja regelrecht versessen auf ihn. Schlägt Berge von Gold und hundert junge Rekruten in den Wind. Wäre er nicht unser Herr, könnte man meinen, er sei nicht mehr bei Trost.«

»Noch ein respektloses Wort über unseren Flottenführer, und ich schneide dir die Zunge heraus«, drohte ein dritter. »Und jetzt marsch an die Segel. In Kürze ist Aufbruch.«

Als viel später wieder jemand vor der Tür redete, waren sie längst auf hoher See und Kedros im stockfinsteren Verschlag damit beschäftigt, seinen rebellierenden Magen an die Schiffsbewegung zu gewöhnen.

Von draußen drang ein heiseres Flüstern an sein Ohr.

»Liegst du auch bequem, Archontensohn? Nein, ich will dich Kedros nennen, meine schöne, starke Zeder. Fünf lange Jahre habe ich auf dich gewartet. Leicht hätte ich in der Nacht über dich kommen können, dich von deinem Lager reißen und auf Nimmerwiedersehen entführen. Aber warum hätte ich mich um den Spaß bringen sollen? Dieser Festschmaus heute! Die äffische Liebe zwischen euch Menschen, wie ihr umeinander zittert, eure reine, unverfälschte Seelenpein, süßer Honig für unsereins!«

So verstört und seekrank Kedros auch war, er lauschte mit widerwilliger Faszination. Der Mann, der eine Flotte von fünftausend chrysischen Soldaten anführte, war ein Wahnsinniger.

Der vor der Tür gluckste. »Freiwillig bist du mitgekommen, du ahnungsloser, dummer Junge. Bereust du deine Entscheidung bereits? Ich kenne viele Menschen, die froh darüber sind. Deine hundert Freunde, Kedros, die jetzt sicher in ihren schönen Häusern sitzen. Und willst du wissen, wer der Glücklichste von allen ist?«

Umsonst presste Kedros die Hände auf die Ohren, das erbarmungslose Flüstern drang direkt in seinen Kopf.

»Dein Vater, Archontensohn. Du hast ihm die Antwort erspart und jetzt wird er als Retter der Insel gefeiert. Du magst fort sein, aber ihm bleiben die Zwillinge. Wann, glaubst du, hat er dich vergessen: in einem Jahr? In zwei?«

Kedros krümmte sich. Die Worte waren Pfeile, er in seinem Loch dem Beschuss hilflos ausgeliefert.

»Unser gemeinsamer Weg fängt gerade erst an«, fuhr die heisere Stimme fort. »Vorerst genieße deine Reise übers Meer und freue dich schon auf dein Ziel. Ich werde da sein, dich zu empfangen.«

Fünf Tage lag Kedros im finsteren Verschlag. Er atmete im Takt mit dem Klatschen der Ruder und sein Herz schlug schnell und hart dazu. Am betrunkenen Grölen der Soldaten erkannte er den Abend. Dann wartete er auf die Hand, die Brot und Wasser hereinschob, auf das einzige Wort am Tag: »Hier!« Sonst gab es nichts zu tun, nur liegen, atmen und warten …

Smirkos

Smirkos stieg hangaufwärts. Vorbei an Wiesen, Fichten und Felsbrocken. Felsbrocken, die er genauso gut um den Hals hängen haben könnte, so schwach und wackelig, wie sich seine Knie anfühlten.

Die Raben im Wald krächzten es ihm zum Hohn hinterher: *Kein Töpfer darf jemals eine Lehmerin lieben.*

Lehmer hausten unter ihresgleichen in ihrem Lehmerdorf, das wie ein Vogelnest hoch oben am Berghang klebte, gleich neben den Lehmgruben. Töpfer wohnten unten am Fluss in sauberen Häusern und spuckten hinter den schmutzigen, gelben Gestalten her, wenn diese ihre Lehmbrocken am Rand des Dorfes abluden. So hielt man es seit Menschengedenken und so hatte es auch Smirkos gehalten.

Bis vorgestern Abend.

Auf Anweisung seines Vaters hatte er Feuerholz für den Brennofen gesammelt, als sie wie ein Waldgeist plötzlich zwischen den Bäumen stand: einen halben Kopf größer als er, mit zwei langen gelben Zöpfen und einem unaussprechlichen Lehmernamen, der in seinen Ohren wie *Trakraxi* klang.

Zuerst hatte Smirkos ihr die üblichen Schimpfworte zugerufen und Fichtenzapfen nach ihr geworfen. Aber statt wegzulaufen, wie es sich für ein anständiges Mädchen gehört hätte, hatte sich Trakraxi auf ihr Holzbündel gehockt und gelacht, als sei ein schimpfender, mit Zapfen werfender Töpfer das Komischste unter der Sonne.

Mit dunkler, rauer Stimme hatte sie ihn gelockt: »Hast du Angst? Komm her zu mir, kleiner, hübscher Faun.«

Und dann hatte sie ihn geküsst, mit festen, fordernden Lippen und einer Zunge, die zuerst nach Lehm und dann nach frischem Wasser schmeckte. Am Ende hatte er wie ein Idiot ihre Hand gehalten und sie aus seinem Vorrat von getrockneten Weinbeeren gefüttert, während sie »ja, ja, ja«, sagte und dabei immerzu weiterlachte.

Der Zweikampf mit ihrem Bruder war um die Mittagsstunde angesetzt.

Sie musste ihn schnurstracks an ihre Lehmersippe verraten haben. Sechs Wochen vor seinem Kranichfest war er wie ein Idiot in die Falle getappt.

»Trakraxi, pah«, grummelte Smirkos. »Trau niemals einer lachenden Lehmerin.«

Eine Wiese auf halber Höhe des Berghangs war die althergebrachte Kampfarena zwischen Töpfern und Lehmern. Smirkos bog um die letzten Felsen und seine Laune sank endgültig in den Keller.

Ob Töpfer oder Lehmer, wer von den jungen Burschen sich von der Arbeit hatte davonstehlen können, stand feixend bereit: auf der einen Seite die Lehmer mit ihren nackten gelben Füßen und den schmutzigen Turbanen, ihnen gegenüber die Töpfer mit geflochtenen Sandalen und Strohhüten.

Smirkos' Herausforderer, Trakraxis Bruder, stolzierte bereits zwischen den Parteien auf und ab und zeigte dem Publikum seine prachtvollen Lehmermuskeln. Neben ihm war im Gras ein Haufen kindskopfgroßer Lehmkugeln aufgeschichtet.

Bei dem Anblick begann Smirkos leise zu fluchen. Der Lehm war das ureigene Material der Lehmer, die natürliche Verlängerung ihrer Arme und Hände. Auf einen Zweikampf mit einem Lehmer ließen sich nur vollkommen Verrückte ein. Vielleicht kam er mit heilen Knochen davon, wenn er sich hier und jetzt in den Staub warf und um Gnade flehte.

Je länger Smirkos darüber nachdachte, desto besser gefiel ihm die Idee. Doch dann hörte er vom Waldrand her ein dunkles, gurrendes Lachen. Unter einer hohen Fichte stand zwischen zwei anderen Lehmermädchen Trakraxi mit ihren langen gelben Zöpfen, sie winkte und warf ihm eine Kusshand zu. Und obwohl Smirkos den sicheren Untergang vor Augen hatte, merkte er, wie er bei diesem Luftkuss schon wieder dahinschmolz.

Entschlossen trat er nach vorne.

Die Lehmer grölten bei seinem Anblick. »Da kommt ja das Töpferschwein! Der Wüstling, der es gewagt hat, eine Lehmerin anzugrapschen!«

Trakraxis Bruder ließ seine Muskeln spielen. »Dich hau ich um wie nichts«, prophezeite er. »Und dann stampfe ich dich Kopf voraus in den Boden und klopf den Rest noch hinterher.«

Wie konnte dieser Lehmerklotz eine so umwerfende Schwester haben?

Hinter Smirkos blieben die Töpfer auffallend schweigsam. Ein einziger rief: »Zeig dem Maulaufreißer, was eine Töpferfaust aus ihm macht!« Gleich darauf duckte er sich und schielte zu den Lehmern hinüber.

»In Ordnung, bringen wir es hinter uns«, sagte Smirkos resigniert. »Werft die Entscheidung.«

Einer der Lehmer warf eine beidseitig bemalte Holzscheibe in die Höhe: Lehmgelb, töpferrot wirbelte sie durch die Luft. Und fiel zu Boden. »Gelb liegt oben! Der Lehmer beginnt!«

»Ihr Götter, mein Glückstag«, murmelte Smirkos.

Sein Gegner hob eine Lehmkugel hoch. »Oh großer Pelodes, heiliger Lehmergott, steh mir bei!«

Voll Unbehagen dachte Smirkos an den fünf Meter hohen, ungeschlachten Schutzgott der Lehmer. Drei Würfe musste er einstecken, ohne sich wehren zu dürfen, so lautete die Regel. Danach würde er an der Reihe sein.

Falls es ein *Danach* geben sollte.

Smirkos schielte zu den Mädchen. Trakraxi strahlte und winkte ihm zu. Er seufzte tief und straffte sich.

Der Lehmer holte aus.

»Eins!«

Die Kugel traf Smirkos mitten vor die Brust. Er krümmte sich, er würgte und hustete, er hörte das Triumphgeschrei der Lehmer.

»Zwei!«

Zweifellos hatte der wüste Lehmergott seine Finger im Spiel. Die Kugel erwischte Smirkos' linkes Ohr. Von der Wucht des Schlages vibrierten seine Zähne und in seinem Kopf begann es zu läuten.

»Drei!«

Die letzte Kugel traf sein Kinn, mit der Wirkung eines mörderischen Faustschlags. Smirkos' Blick wurde trübe, die Beine knickten ihm weg. Schon verrutschte der Himmel in eine bedenkliche Schieflage, der Boden kam ihm schneller entgegen, als ihm lieb war, da drang ein dunkles Lachen an sein Ohr: »Ja, ja, ja! Jetzt bist du an der Reihe, kleiner Faun.«

Nein, er durfte nicht schlappmachen, nicht vor den Augen des Mädchens, das ihm den besten Kuss seines ganzen Lebens gegeben hatte. Die Zuschauer johlten, als Smirkos wie ein Betrunkener über die Wiese torkelte. Es dauerte ziemlich lange, irgendwann aber rückten oben und unten wieder an die richtige Stelle. Er hatte standgehalten.

Und jetzt! Jetzt!! War er an der Reihe. Vor ihm stand der Lehmer, der plötzlich aussah, als wünschte er sich weit weg. Hinter Smirkos klatschten die Töpferburschen, trampelten auf den Boden und feuerten ihn an: »Hau den Lehmer um! Stampf ihn zu Brei!«

Genau das würde er jetzt tun. Und nach seinem Sieg würde er Trakraxi vor den Augen ihres geschlagenen Bruders küssen. Ihr Götter, das Leben war herrlich.

Genüsslich wog Smirkos die Lehmkugel in der Hand.

»Eins!«

Ein riesiger Schatten verdunkelte ihm die Sonne, eine Faust

schlug ihm die Kugel aus der Hand. »Hab ich dich, du Faulenzer! Hast du nichts Besseres zu tun, als dich mit dem Lehmerpack zu prügeln?«

Megalos. Sein Bruder Megalos. Der allerletzte Mensch, den Smirkos jetzt brauchen konnte. Megalos war fünf Jahre älter als er und eine traurige Existenz. Jedes Wort des Vaters galt ihm als Gesetz, er war dumm wie ein Ochse und genauso stark. Erbarmungslos packte er jetzt Smirkos am malträtierten linken Ohr und zerrte ihn hinter sich her. »Dir werde ich das Herumtreiben abgewöhnen. Zu den Ziegen, und zwar sofort!«

In Smirkos' Ohren klang das Hohngelächter der Lehmer. »Ziegenkämpfer! *Meckmeckmeck!*«

Statt seine Ochsenkräfte gegen die Spötter einzusetzen, grinste Megalos nur dümmlich. »Hehe, Ziegenkämpfer.«

Smirkos hätte ihn ohne Gewissensbisse töten können.

Kurze Zeit später hockte er mit den sieben Ziegen und zwei Böcken, die den Viehbestand seiner Familie darstellten, auf dem Distelfeld, das die Ländereien seiner Familie darstellte. Die entgangene Revanche rumorte in ihm, so richtete er seinen ganzen Zorn gegen die unschuldigen Ziegen. Brüllend rannte er hinter ihnen her, scheuchte sie rücksichtslos mit der Gerte auf das Grenzmäuerchen zu. Sollten sie sich von ihm aus die Köpfe einrennen!

Die Ziegen scheuten vor der Mauer, meckerten erschreckt. In Smirkos' Ohren klang es wie Hohngelächter. »Ah! Lauft, ihr stinkenden Distelfresser!«

Irgendwann wurde ihm die Wut zu anstrengend. Kein Lüftchen regte sich, die Mittagssonne brannte herab und ließ die rote Erde zwischen den Disteln dampfen. Smirkos ließ sich im Schatten der Mauer nieder, trank aus seiner Tonflasche und stellte sich seine drei Treffer vor. Der erste mitten auf die Lehmernase, *paff!* Der zweite genau in den Magen, *pang!* Der dritte weiter unten, genau zwischen die …

»Schöne Ziegen hast du da, junger Hirte.«

Träge blinzelte Smirkos gegen die Sonne. Vor ihm stand ein alter Mann, Arme und Beine wie dürres Geäst, das Gewand ein zusammengezurrter Sack. Der Alte streckte ihm einen hölzernen Becher entgegen.

»Den Göttern zuliebe, junger Hirte, einen Tropfen Ziegenblut für einen armen Bettelmann.«

Smirkos hatte nicht recht gehört. »*Was* willst du?«

Der Alte verzog das faltige Gesicht und schmatzte verlangend. »Einen Tropfen Ziegenmilch, mein guter Junge.«

Lustlos erhob sich Smirkos. Er nahm den Becher entgegen und ging damit zu den Ziegen, die jetzt wieder ruhig Disteln fraßen. Das Tier mit dem prallsten Euter molk er, dann brachte er den vollen Becher zurück zu dem Bettler.

»Hier, und jetzt geh deiner Wege.«

»Der Götter Lohn für dich, mein Junge!«

Ehe Smirkos sich versah, hatte der Bettler ihm den Becher aus der Hand geschlagen. Die Milch versickerte im Boden.

»He, was soll das?«, protestierte er. Doch da hatte der Alte ihm schon die gichtigen Finger in seine Haare gekrallt und sein Gesicht zu sich herabgezogen. Und dann, es war unaussprechlich widerwärtig, küsste er ihn. Mit seinen trockenen Greisenlippen saugte er sich an seinem Mund fest und hauchte ihm seinen Atem ein, der nach Fäulnis und Blut schmeckte.

Heftig stieß Smirkos den Bettler zurück. »Bist du ganz und gar übergeschnappt, alter Narr?«

Der Alte lachte unbeeindruckt und hob den Becher auf.

»Wir sehen uns wieder, mein Junge«, sagte er, bevor er quer über das Distelfeld schlurfte und hinter der Mauer verschwand.

»Pfui, wie ist das ekelhaft!« Smirkos setzte die Tonflasche an und spülte seinen Mund aus. Misstrauisch spähte er über die Mauer, doch der Bettler war verschwunden. Die Ziegen hatten sich niedergelegt und dösten. Auch Smirkos fühlte sich plötzlich todmüde.

»Einfach ekelhaft«, murmelte er noch einmal, streckte sich im Schatten der Mauer aus und schlief ein.

Smirkos erwachte, von einem unglaublichen Durst gepeinigt. Seine Zunge fühlte sich dick und pelzig an, seine Kehle war wie ausgedörrt. Noch im Liegen angelte er nach der Tonflasche neben sich. Sie glitt unter seinem Griff weg, einmal, zweimal. Bis er ungeduldig zupackte und die Flasche klirrend zerbrach.

Er fluchte und hob den Kopf, um den Schaden zu besehen. Rote Tonscherben auf roter Erde. Daneben ein schwarzer Huf. Ein struppiges Ziegenbein.

Mit einem Mal fühlte Smirkos sich miserabel. Er legte den Kopf zurück und schloss die Augen. Wenn nur der verflixte Durst nicht gewesen wäre! Er würde die Ziegen an den Bach treiben, dort konnte er trinken und sich in den Schatten der Weiden legen. Entschlossen stand er auf und fiel wie von einem Bleigewicht gezogen nach vorne auf seine Hände. Nein, keine Hände, es waren Hufe! Und blieben Hufe, so fest er die Augen auch zusammenkniff.

Auf allen vieren verharren zu müssen war einfach zu demütigend. Doch egal, wie Smirkos sich auch streckte und verrenkte, länger als drei Atemzüge hielt es ihn nicht auf seinen Füßen. Die, wie er schon fast beiläufig registrierte, ebenfalls Hufe waren.

Umsonst machte er den Hals lang, er konnte nicht mehr über die Mauer blicken. Auch seine Augen schienen ihm nicht mehr an der richtigen Stelle zu sitzen. Fliegen umschwirrten aufdringlich sein Gesicht, gereizt wackelte er mit den Ohren, um sie zu vertreiben. *Er konnte mit den Ohren wackeln?*

Als ihm von unten ein überraschend süßer Duft in die Nase stieg, stutzte er. Was da wie Dattelkuchen duftete, konnten es die Disteln sein? Vorsichtig senkte Smirkos seine Nase in einen Distelstrauch und versank in einer Wolke von Wohlgeruch. Weit sperrte er den Mund auf, aber da: »Smirkos! Wo steckst du, Faulenzer?«

Schon zum zweiten Mal an diesem Tag stapfte das Unglück in Gestalt von Bruder Megalos heran. Nach alter Gewohnheit ergriff Smirkos die Flucht. Mit einem beherzten Sprung wollte er über die Mauer setzen, geriet dabei mit seinen Armen und Beinen durcheinander und krachte schmerzhaft gegen die Steine. Benommen duckte er sich.

»Hä? Was war das jetzt?« Megalos beäugte ihn von oben und kratzte sich ausgiebig die Stirn. »Der Bock scheint krank zu sein.«

Wie hatte dieser ausgemachte Hornochse ihn genannt?

»Ich erzähl dir gleich was vom Bock!«, rief Smirkos erbost. Doch alles, was er von sich gab, war ein hohes, melodisches Gemecker. Allmählich wurde ihm sonderbar zumute. Nicht einmal ein Dummkopf wie Megalos würde seinen eigenen Bruder mit einem Ziegenbock verwechseln! Und der vierbeinige, gehörnte Schatten da neben ihm, wo war das Tier, das ihn warf?

Ohne Vorwarnung packte Megalos ihn mit seinen Schaufelhänden und walkte seinen Bauch und die Schenkel durch, Körperteile, die plötzlich überaus empfindlich waren.

»Fass mich da unten nicht an«, schimpfte Smirkos. »Wenn du nur mehr als Stroh im Kopf hättest, wüsstest du, dass hier etwas nicht stimmt.«

»Wie verrückt meckert das Vieh«, brummte Megalos. »Vielleicht hat er Blähungen.«

Ohne weitere Umstände klemmte er Smirkos' Vorder- und Hinterbeine zusammen und warf ihn über seine Schultern. »Jetzt geht's heim in den Stall.« Die übrigen Ziegen trieb er mit der Gerte zusammen und machte sich mit der kleinen Herde auf den Heimweg.

Auf dem breiten Kreuz seines Bruders lag Smirkos leidlich bequem. Er ließ die Ziegenbeine baumeln und versuchte, sich einen Reim auf alles Ungereimte zu machen. Hatte der Bettler ihm mit seinem widerlichen Kuss einen Ziegenleib angehext? Oder steckte vielleicht ein Faun dahinter? Es war ja bekannt, was die Bocksfüßigen mit jungen Hirten so trieben.

Nur die Ruhe, redete er sich selbst zu. Inwendig fühlte er sich ganz und gar wie ein Mensch an. Er steckte nur vorübergehend in der falschen Haut, beziehungsweise im falschen Fell.

Im heimischen Hof stellte Megalos ihn auf die Hufe. Nach alter Gewohnheit strebte Smirkos geradewegs auf den Hauseingang zu, doch dort stand seine Schwester Irini mit dem Besen.

»*Kschsch*«, machte sie und drohte ihm mit dem Bestenstiel. »Ab mit dir in den Ziegenstall.«

Verlangend spähte Smirkos in die offene Haustür. »Liebe, gute Irini, lass mich doch ins Haus«, schmeichelte er mit seinem schönsten Meckern.

»Der Bock benimmt sich komisch.« Megalos kratzte sich am Hinterkopf. Vor lauter Nachdenken musste er schon ganz wund sein.

Zutraulich streckte Smirkos seinen Kopf nach der Schwester aus. »Sieh mich doch genau an. Ich bin es, dein kleiner Bruder Smirkos, den du tausendmal lieber hast als dieses Dumpfhirn Megalos.«

»Bleib mir bloß vom Leib, stinkender Bock«, sagte Irini. »Ist das Vieh vielleicht tollwütig?«

Der Vater trat aus dem Töpferschuppen. »Warum sind die Ziegen da?«, fragte er, während er die staubigen Hände im Wasserfass wusch. »Smirkos sollte sie hüten. Wo steckt der Faulpelz wieder?«

Das Wasser plätscherte im Fass, und Smirkos fiel ein, dass er

Durst hatte. Riesigen, unaufschiebbaren Durst, also schnell dorthin! Als er aber vor dem Wasserfass stand, reichte er gerade mit der Nase an den Rand. Es war zum Verrücktwerden!

»Smirkos hat die Ziegen alleingelassen«, erklärte Megalos. »Und jetzt versteckt er sich aus Furcht vor Schlägen. Aber ich find ihn schon, und dann erlebt er was!«

Dieses Mal kannst du dir die Augen ausglotzen, Großmaul, dachte Smirkos triumphierend.

»Fremder, was suchst du hier bei uns?«, fragte der Vater plötzlich jemanden hinter Smirkos' Rücken.

Eins und zwei, hauruck! Drei und vier, hauruck! Das Umdrehen auf vier Hufen war ein hartes Stück Arbeit. Dann aber erkannte Smirkos die dürren Arme und Beine, den Sackkittel: Der alte Bettelmann stand neben dem Schuppen.

»Hab ich mir doch gedacht, dass *du* dahintersteckst«, meckerte er. »Verwandle mich auf der Stelle zurück. Aber rühr mich dabei ja nicht an!«

»Du hast da ein hübsches Böckchen«, sagte der Alte zum Vater und deutete auf Smirkos. »Verkauf es mir.«

»Was soll das? Du weißt genau, wer ich bin!«, rief Smirkos.

»Hört nur, wie das Vieh meckert«, sagte der Vater kopfschüttelnd. »Megalos, ist das überhaupt einer von unseren Ziegenböcken?«

Megalos schien nachzudenken. »Ich glaub schon.«

»Du dreimal gehörnter Riesenochse«, sagte Smirkos erbost. »Du kannst nicht einmal zählen.«

»Verkauf mir das Böckchen«, wiederholte der alte Bettler.

»Langsam, Fremder«, sagte der Vater. »Womit willst du bezahlen?«

»Genau! Er ist ein dahergelaufener Bettler und hat keinen Obolus. Jag ihn vom Hof, Vater«, meckerte Smirkos von unten dazwischen.

»Das Vieh macht mich noch wahnsinnig«, stöhnte Megalos.

Der alte Bettelmann streckte dem Vater etwas auf der flachen Hand entgegen. So sehr Smirkos den Kopf auch reckte, er konnte nicht hinaufsehen. »Den hier biete ich dir.«

»Er glänzt wie die Sonne selbst«, sagte der Vater bewundernd. »Wenn du solche Steine besitzt, Fremder, warum bettelst du?«

Der Alte lachte leise. »Wer will Steine, wenn er Seelen haben kann?«

»Väterchen, mir scheint, du bist so verrückt wie dieser Ziegenbock.« Der Vater hielt einen pflaumengroßen, schimmernden Bernstein gegen das Licht. »Von mir aus gilt der Handel.«

»Bei allen Göttern, Vater, tu es nicht!«, flehte Smirkos. »Bei meiner lieben Mutter, die uns aus dem Reich der Toten zusieht, du kannst doch deinen eigenen Sohn nicht verkaufen.«

»Gut, dass wir das Biest los sind«, sagte der Vater ungerührt und schickte Megalos ins Haus, um einen Strick zu holen.

Ion

Jemand bläst das Signalhorn.

Kerzengerade sitzt Ion auf seinem Lager, sein Herz pocht schneller. Sind die Tiere ausgebrochen, brennt das Gut? Er wartet auf das hektische Getrappel der Knechte, auf Rufe und Hundegebell. Aber in den Gesindekammern und draußen auf dem Hof bleibt alles still. Nur das Horn ruft immer weiter, rau und dringlich.

In der Dunkelheit seiner Kammer tastet Ion sich zur Tür, läuft auf bloßen Füßen die Außenstiege hinunter. Plötzlich hält er inne: Er erinnert sich, zwischen der vierten und der fünften Sprosse ist der Handlauf gebrochen, seit Tagen will Lysias ein Holzstück einflicken. Verwundert streicht er jetzt über den glatten unversehrten Holm.

Der Klang des Horns hallt über den nächtlichen Hof, fängt sich in den Zweigen des großen Olivenbaums und wird von den Mauern zurückgeworfen. Warum wachen die Hunde nicht auf, warum nicht Lysias, der sonst die Flöhe husten hört?

Fröstelnd steht Ion auf der Stiege und lauscht. Der Hornbläser muss draußen stehen, vor dem verschlossenen Tor.

Niemand darf das Tor in der Nacht öffnen, zu groß ist die Gefahr, dass Wölfe oder Diebe eindringen. Doch das Horn ruft gebieterisch nach ihm, und Ion gehorcht und schiebt den Riegel zurück.

Langsam, knarrend schwingt das schwere Tor nach innen.

Draußen steht ein Mann in einem weiten schwarzen Mantel, mit den dicksohligen Sandalen der Botenläufer. Das Signalhorn trägt er an einem Schulterriemen. Ion kann sein Gesicht nicht erkennen, doch eines weiß er sofort: Der mit dem Horn meint es nicht gut mit ihm.

Dennoch, als der Mann ihm winkt zu folgen, läuft er, ohne zu zögern, mit ihm in die Nacht hinaus. Hinter ihnen bleibt das Tor weit offen stehen.

Am Himmel steht ein winziger Sichelmond, die Schwärze ist von weißen Sternen durchlöchert. Siebenschläfer rascheln unter den Ginsterbüschen. Über nebelschwere Felder gehen sie, in der Ferne sieht Ion die Schattenrisse von Olivenbäumen. Kalt fühlt sich das nasse Gras unter seinen nackten Füßen an. Er hätte Mantel und Stiefel anziehen sollen.

Wie lange gehen sie so? Ion hat kein Gefühl für Zeit oder Raum. Irgendwann wandelt sich das Gras unter seinen Sohlen zu harten Kieselsteinen. Unvermittelt taucht eine Mauer aus dem Dunkel auf, hebt sich als heller Umriss vor dem Nachthimmel ab. Dahinter wachsen Weiden und Erlen, ihre Äste bewegen sich im Nachtwind. Eine Eule schwingt sich auf und fliegt mit flappenden Flügelschlägen davon.

Mit schnellen Schritten läuft der Schwarze die Mauer entlang. Er scheint etwas zu suchen. Im Vorübergehen streicht Ion über die Ziegel. Träumt er? Der raue Stein unter seiner Hand fühlt sich wirklich *an. Weiter vorne erkennt er ein schwarzes Viereck im Mauerwerk: ein offenes Tor. Der Eingang.*

Bei dem Anblick fühlt Ion unerklärliche Furcht aufsteigen. »Bitte«, sagt er. »Nicht dort hinein.«

Sein Führer lacht leise. »Gerade dort hinein.« Die Stimme klingt körperlos fauchend, als würde sie von einem Blasebalg erzeugt.

Ion widerstrebt, er will umkehren. Aber seine Füße laufen dem Schwarzen hinterher.

Hinter dem Tor stehen zu beiden Seiten des Weges steinerne Götterbilder, zwischen denen Feuer in eisernen Schalen brennen. Die Flammen werfen zuckende Schatten auf Marmorleiber, Hörner und Tierköpfe. Die Steingötter scheinen zu tanzen.

»Sieh nach vorne«, befiehlt der Schwarze.

Ion hebt den Kopf, er erkennt Sandbahnen, Zielschranken, Tribünen. Eine Arena, ein Ort für Athleten und Spiele, fast meint er, Rufe und Jubel zu hören. Aber in der Nacht gibt es keine Wettkämpfe, still und verwaist liegt der Platz im Mondlicht da.

Nein, nicht ganz verwaist: Ein einsamer Läufer trainiert auf der Sandbahn, nur mit dem Lendentuch der Athleten bekleidet. Er ist noch ein Junge, nicht älter als Ion selbst. Seine Füße scheinen den Boden kaum zu berühren, er läuft mit vollendeter Leichtigkeit und Harmonie. Wie schön er ist, denkt Ion bewundernd.

Dicht an seinem Ohr hört er die Fauchstimme des Schwarzen. »Gleich geschieht es.«

»Nein«, sagt Ion, von böser Ahnung erfüllt. »Ich will das nicht sehen.«

»Du musst sehen«, flüstert es weiter.

Der junge Athlet, gerade noch vollkommen versunken in sein Laufen, schreit plötzlich auf. Ion steht festgebannt, kann den Blick nicht abwenden. Er sieht, wie der Junge taumelt, nach seinen Beinen greift, Beine, die nicht länger aus Fleisch und Blut sind. Vor Ions Augen verwandelt sich der Läufer in Stein. Schon sind Beine, Bauch und Brust erstarrt, kann er nur noch die Arme bewegen. Ungläubig befühlt er den harten Stein, zu dem sein Leib geworden ist. Und die Verwandlung geht weiter, immer weiter. Am Ende ist der Läufer, der gerade noch so kraftvoll und lebendig war, zu Stein erstarrt, eine im Mondlicht schimmernde Statue. Nur die Augen bleiben schrecklich lebendig, sie flehen Ion an: Siehst du denn nicht? Hilf mir!

»Ich sehe dich«, flüstert Ion erstickt. »Aber ich kann nichts tun.«

»Sehen und nichts tun«, zischelt die körperlose Stimme in sein Ohr. »Dafür büßt du.«

Ohne Übergang stehen sie vor einem zweiten Tor und wieder muss Ion dem Schwarzen folgen. Im Schein der Fackel leuchten goldene Statuen auf, Traumbildern gleich. Wer hat sie an diesem lichtlosen Ort aufgestellt?

Unvermittelt öffnet sich der dunkle Gang in eine hohe, fast kreisrunde Grotte. Die felsigen Wände liegen im Schatten, nur die Mitte wird von einem prasselnden Feuer erhellt.

Nahe bei den Flammen steht ein weiterer Junge, kleiner und zierlicher als der Läufer in der Arena. Auch er ist nackt, man hat ihn von

Kopf bis Fuß golden angestrichen. Wenn er sich bewegt, wandern schimmernde Lichtreflexe über seine Haut.

Die fauchende Stimme flüstert an Ions Ohr. »Sieh hin!«

Der goldene Junge dreht und wendet sich im Schein der Flammen, bewundert seine goldenen Glieder. Er merkt nicht, wie sich aus dem Felsenschatten eine vermummte Gestalt löst und auf ihn zuhuscht. Er sieht nicht das Messer, das aus dem grauen Umhang ragt.

»Bring mich weg«, sagt Ion flehend. »Ich will das nicht sehen.«

»Du musst sehen«, flüstert der Schwarze neben ihm.

Ein grauer Arm hebt sich, das Messer blitzt im Feuerschein auf. Im nächsten Moment ist die Gestalt zurück in den Schatten gesprungen.

Der Junge am Feuer hat jetzt zwei Münder. Der erste steht offen vor Staunen, ein zweiter darunter klafft von Ohr zu Ohr, er scheint zu lachen über den Strom aus Blut, der sich über den goldenen Körper ergießt. Der Junge sieht Ion an, streckt die Hand nach ihm aus. Bei den Göttern, bitte, hilf mir! So hilf mir doch! Aber Ion kann kein Glied rühren, nur hilflos starren.

»Sehen und nichts tun. Dafür büßt du«, tönt die Fauchstimme des Schwarzen. »Ich werde dich lehren, deine Träume zu fürchten.«

Die Grotte und der goldene Junge sind verschwunden. Ion steht mit dem Schwarzen auf freiem Feld, über ihnen wölbt sich der Sternenhimmel.

»Wer bist du?«, fragt er.

»Wer ich bin? Sieh her!«

Vor Ions Augen verwandelt sich der Schwarze. Das, was Ion für einen Mantel gehalten hatte, wird zu Schwingen, so riesig, dass sie die Sterne verdunkeln. Die Schwingen hüllen ihn ein, Ion riecht Blut und Fäulnis.

Voll Angst und Ekel will er den Schwarzen zurückstoßen, doch seine Arme fahren durch Nebel und Rauch.

»Wer ich bin?« Ein irres Gelächter ertönt. »Ich bin dein Fluch.«

Mit einem Ruck fuhr Ion aus dem Schlaf. Sein Herz raste, heftig atmend starrte er in die Dunkelheit.

Wieder derselbe Traum. Jetzt schon die neunte Nacht hintereinander. Unter der Decke war er schweißgebadet. Der Schrecken wurde durch die Wiederholung nicht kleiner, im Gegenteil.

Ion ließ sich zurücksinken, schloss die Augen und versuchte nachzudenken. Das Schicksal der beiden Jungen erschreckte ihn fast zu Tode. Was konnte dieser Traum bedeuten?

Träume schickten die Götter, hieß es, aber dieser hier schien ihm eher direkt aus dem Tartaros zu stammen.

Noch immer hatte Ion den Gestank des Schwarzen in der Nase. Nach Blut, nach Schlachttag, so präsent, so wirklich … *Ich bin dein Fluch* … Aber er wusste von keinem Feind und hatte daher auch keine Angst vor einem Fluch. Selbst wenn es auf dem Gut hier und da Ärger gab, würde ihn nie jemand verfluchen, da war er sich ganz sicher. Und die beiden Jungen? Er kannte sie nicht, hatte sie nie im Leben gesehen. Nein, wenn tatsächlich jemand diesen Traum schickte, dann ins falsche Haus, zum falschen Schläfer.

»Ihr Götter habt euch geirrt«, sagte er laut in seine dunkle Kammer hinein. »Das kann vorkommen.« Der Klang seiner Stimme beruhigte ihn ein wenig.

Vielleicht war alles ganz einfach. Vor drei Jahren hatte er sich ein heftiges Fieber eingefangen und nächtelang von Gespenstern und wilden Tieren mit glutroten Augen fantasiert. Gut möglich, dass er nun wieder etwas ausbrütete. Oder etwas Falsches gegessen hatte. Oder noch ein Stück wuchs, was ihm durchaus recht wäre. Jedenfalls durfte er sich nicht von seinen Träumen verrückt machen lassen. Morgen früh wartete Lysias mit den Saatgutlisten auf ihn.

Mit einem Seufzer drehte er sich auf die Seite und bemühte sich nach Kräften, wieder einzuschlafen.

Im ersten Morgenlicht kletterte Ion auf das Dach des Kornspeichers. Still stand er da und folgte mit seinem Blick dem braunen Band der Staubstraße, vorbei an den Hecken und Toren der Nachbarhöfe, vorbei an Schafweiden und silbrigen Olivenhainen. Bis die Straße schließlich acht Meilen weiter südlich im grauen Gewimmel der Marktstadt endete, die jetzt nur eine ferne Ahnung im Morgendunst war.

Alle auf dem Gut belächelten seine Marotte, aber Ion liebte es, den Tag in luftiger Höhe zu beginnen. Sein Blick konnte umherschweifen wie der eines Vogels, und die kühle Morgenluft weckte seine Lebensgeister und verscheuchte die schlechten Träume.

Es war nicht allein der Traum von dem steinernen und dem

goldenen Jüngling. Da gab es noch weitere Träume, die ihn fast ebenso verstörten.

In einem seiner Träume heute Nacht zum Beispiel war eine Schlange vorgekommen. Schillernd grün war sie durchs Gras geglitten, dann ohne Vorwarnung hochgeschnellt. Vier rote Bissmale auf einem weißen Knöchel, das Bild hatte sich ihm eingeprägt. Und auch in diesem Traum hatte er die Anwesenheit des Schwarzen gespürt, als lauere dieser knapp außerhalb seiner Wahrnehmung.

Ion fröstelte. Doch jetzt brach zum Glück der helle Tag an, über den dunstigen Bergen im Landesinneren erschien strahlend rosig die Morgensonne. Wie zur Antwort glänzte im Westen ein silberner Streifen auf: das Meer, zu dem sie niemals fuhren. Keiner vom Gut hatte Zeit für eine solche Reise. Auch Ion hatte das Meer nur ein einziges Mal aus der Nähe gesehen, vor fünf Jahren, auf einer Pilgerfahrt mit Lysias und der Mutter.

Unter ihm klapperten Türen, scharrten Schritte über den Lehmboden des Hofes. Die Knechte holten ihre Tagesverpflegung aus der Küche: gekochtes Fleisch, Oliven, Gerstenfladen. Ion hörte die weiche, schleppende Sprache der elyrischen Küchenmagd, den einsilbigen Dank der Männer. In das friedliche Gemurmel fuhr wie ein Trompetensignal Lysias' Kommando, mit dem er die Knechte zusammenrief, um die Tagesarbeit zu verteilen.

»Herhören, Stallknechte! Ihr werdet heute die Stierjährlinge aus dem Kälberhaus in den großen Stall umsiedeln. Zuvor reinigt ihr Böden und Wände und zieht neue Gatter ein.«

Es wurde gemurrt, wie zu erwarten war. Doch nur ein Knecht

wagte, offen zu widersprechen. »Nicht heute, Verwalter. Den großen Stall können wir zusätzlich zur normalen Arbeit nicht schaffen.«

»Das werden wir sehen«, entgegnete Lysias ungerührt. »Sind die Jährlinge heute Abend nicht in ihrem neuen sauberen Stall, gibt es zum Nachtmahl halbe Rationen und keinen Wein. Achtet darauf, dass die Jungstiere nicht in die Nähe der Kühe kommen, damit sie nicht wild werden.«

Er wartete, bis das Gemurmel sich legte. Dann redete er weiter: »Feldarbeiter, herhören! Ihr werdet die Hanfstecklinge auf den östlichen Feldern ausbringen. Dicht an dicht, damit die Reihen später nicht schief stehen wie Zahnstummel! Spätestens zur Mittagsstunde seid ihr damit fertig. Den Rest des Tages schneidet ihr die Kronen der Olivenbäume aus.«

»Das, Verwalter, lass besser den jungen Herrn machen«, rief einer der Knechte. Ion spähte über den Rand des Kornspeichers hinab und sah, wie die Männer zu ihm hinaufdeuteten. »Er liebt es ja, wie ein Vogel in der luftigen Höhe zu hocken. Da kann er auch für uns in die Bäume klettern.«

Die Knechte lachten, und einer rief Ion zu: »Kannst du nicht zu uns herunterfliegen, Herr?« Ein anderer drehte sich zur Küchentür: »Xhemile, schnell, komm heraus. Du musst den jungen Herrn in deinem Rock auffangen.«

Um ihnen die Freude zu machen, breitete Ion die Arme aus und tat, als wollte er gleich losfliegen. Unter sich sah er die Knechte mit ihren Proviantbündeln, ihre lachenden Gesichter ihm zugewandt.

Davon habe ich auch geträumt, fiel ihm jäh ein. Und gleich wird Lysias dreinfahren …

Dong, dong. Der Verwalter trommelte mit seinem Stecken gegen den Bronzegong, der neben dem Kücheneingang hing und als Feuermelder diente. »An die Arbeit, Männer, oder muss ich euch erst Beine machen?«

Auf seinem Ausguck blickte Ion nach Osten, wo purpurfarbene Streifen den Himmel überzogen. »Sie sollen nicht zu spät nach Hause kommen«, rief er Lysias zu. »Heute Abend wird es Gewitter geben.«

»Die Knechte kommen heim, wenn die Arbeit getan ist«, entgegnete der Verwalter. »Und jetzt steig herunter, Wetterprophet.«

In der Küche hatte die Köchin das Morgenmahl, Gerstenbrei, Käse, Feigen und Honig, bereits gerichtet. Die elyrische Küchenmagd bediente sie bei Tisch, ihre beiden kleinen Söhne saßen vor dem Herdfeuer und spielten mit trockenen Bohnenkernen. Hingerissen sahen sie zu, als Ion mit den Händen für sie Schattentiere an die Wände warf: einen Pfau mit Krönlein, eine dreiköpfige Schlange, einen Drachen.

Wieder kamen ihm die Träume der Nacht in den Sinn. Das Flattern der schwarzen Schwingen. Die hochschnellende Schlange.

Lysias schob die halbvolle Schale beiseite. »Der Brei schmeckt bitter«, beschwerte er sich. »Köchin, nimmst du verdorbene Gerste für deine Herrschaft?«

Die Köchin setzte geräuschvoll den Wasserkessel aufs Feuer. »Wenn dem Verwalter der Wurm im Zahn das Essen vergällt, schmeckt mein Brei bitter«, grollte sie. »Wann wird der Verwalter endlich zum Zahnreißer gehen?«

»Meinen Zähnen fehlt überhaupt nichts«, behauptete Lysias. »Aber auf deinen, Weib, wachsen Haare.«

Nach dem Essen sagte er zu Ion: »Komm in die Saatkammer nach, wenn du deine Mutter begrüßt hast.«

Immer wenn Lysias von Ions Mutter sprach, wurde sein Ton noch ein Grad schroffer. Der von allen gefürchtete Verwalter, dem auf dem Gut nicht einmal das Rascheln einer Maus verborgen blieb, hielt seine große, vergebliche Liebe für sein gut gehütetes Geheimnis. Dabei wusste jeder davon, natürlich auch die Mutter selbst.

Als Ion in die helle Frauenstube im Obergeschoss trat, arbeiteten seine Mutter und zwei ihrer Mägde am großen Webstuhl.

Das aufgespannte Tuch war zur Hälfte fertig, und schon jetzt erkannte man geometrisch stilisierte Bäume, in deren Zweigen Vögel saßen, alles in den leuchtenden Farben, für die die Webereien der Mutter gerühmt wurden.

»Ion, ich komme gleich zu dir. Nur die eine Reihe noch.«

Die Mutter schritt am Webstuhl entlang und warf rhythmisch das Schiffchen. Die jungen Mägde rechts und links von ihr wiederholten getreulich ihre Bewegungen, drei webende Tänzerinnen. Eine vierte Magd kämmte Wolle unter dem offenen Fenster, neben ihr ließ die älteste Webmagd den Spinnfaden laufen.

Sein ganzes Leben lang war Ion diese Szenerie vertraut, war er hier zu Hause gewesen. Und doch war in diesem Frühjahr alles anders: In knapp sechs Wochen, nach seinem Kranichfest, würde er die Frauengemächer nicht mehr betreten. Kein erwachsener Mann tat das, und schon jetzt fühlte Ion sich unbehaglich und fehl am Platz. Verlegen machte ihn auch die jüngste Webmagd, die erst seit einem halben Jahr in Diensten der Mutter war. Nicht weil das Mädchen irgendetwas getan hätte, im Gegenteil, sie war sehr schüchtern und wagte nicht einmal, Ion anzusehen. Aber wie sie beim Weben anmutig auf und ab schritt und dabei ihre langen, dunklen Haare zurückstrich, wollte Ion nicht mehr aus dem Kopf gehen.

Plötzlich war er sich sicher, dass die Schlange in seinem Traum die junge Webmagd gebissen hatte. Auf dem Tisch in der Küche hatte sie gelegen und gejammert, und die Köchin hatte sie versorgt. Ob er den Frauen davon erzählen sollte? Gleich darauf schüttelte er den Kopf. Es reichte, wenn die Träume ihn ängstigten.

Die Mutter trat zu ihm. »Du siehst blass aus, Ion. Hast du heute Nacht gut geschlafen?«

»Vor lauter Träumen bin ich fast nicht zum Schlafen gekommen«, antwortete er.

Seine Mutter horchte auf. »Die Götter schicken dir Träume? Welche?«

Noch vor einem Jahr hätte er ihr von dem steinernen und dem goldenen Jüngling erzählt, von der Angst, die ihm die Träume einjagten. Doch das war vorbei.

»Fast immer vom Gut«, sagte er.

»Dein Kranichfest steht bevor«, nickte die Mutter. »In deinen Träumen nimmst du das Gut in Besitz. Bald bist du der Herr über alles hier.«

Ion zog eine Grimasse. »Frag Lysias, was er davon hält. Ohne sein Kommando werden sich die Stiere mit den Schweinen paaren und die Knechte kopfüber in den Weinfässern ertrinken, so denkt er.«

»Du wirst Lysias weiterhin brauchen«, sagte die Mutter. »Doch wenn du Änderungen willst, wird er sich fügen müssen. So wie er sich mit anderen Dingen auch abfinden muss. Nein, warte, Mädchen«, unterbrach sie sich, trat neben die junge Webmagd und führte ihr die Hand, »den Kettfaden darfst du nur ganz leicht ziehen. Siehst du, so.«

Die Magd neigte den Kopf. »Verzeih, Herrin.«

Ihre sanfte Stimme machte Ion noch verlegener. Wie sich ihre Hand wohl in seiner anfühlen würde? Vielleicht konnte er sie bei seinem Kranichfest ganz unverfänglich darum bitten, für ihn zu singen oder zu tanzen. Danach würde er sich freundlich bei ihr bedanken. Und danach …

»Auf deinen Kranichtag freuen sich die Knechte schon jetzt, junger Herr«, sagte die alte Webmagd vom Spinnrad her. »Von Lysias kennen sie nur Beschimpfungen und böse Worte. Der Verwalter ist zu hart mit ihnen.«

Was hatte Lysias ihn gelehrt? »Du musst die Knechte antreiben wie störrische Ochsen! Maulen sie, gib ihnen doppelt Arbeit! Schaffen sie das Pensum nicht, streich ihnen den Wein und halbiere ihre Rationen! Strenge ist die einzige Sprache, die sie verstehen.«

Ion seufzte. Vierzig Knechte und zwanzig Mägde, viele von ihnen hatten schon vor seiner Geburt zum Gut gehört. Und jetzt würde er in wenigen Wochen ihr Herr sein. Manches wollte er ändern, aber nichts überstürzen. Zum Glück hatte er viel Zeit.

Er rührte an die Schulter der Mutter. »Mögen die Götter deinen Tag segnen.«

»Und dir den deinen, Ion.« Sie drehte sich um und küsste ihn auf die Stirn. »Wir sehen uns beim Nachtessen.«

Hochgewachsen und hellhaarig war seine Mutter, wie eine der sagenhaften Nordfrauen. Ion würde immer kleiner als sie sein. Aber immerhin war er schon einen halben Kopf größer als Lysias.

Auf dem Weg zur Kornkammer stattete er noch schnell seinem Kranich einen Besuch ab. Zwei von den Schafhirten, erfahrene Vogeljäger, hatten den Kranich vor ein paar Tagen mit Netzen eingefangen und in den Hühnerstall gesperrt. Inmitten der scharrenden, sich plusternden Hühner stand er jetzt hochbeinig und reglos, wie ein vom Himmel gefallener Fremdling. Auch als Ion ihn mit einer Handvoll Körner lockte, rührte er sich nicht von der Stelle.

»Du bist eingeschnappt«, murmelte Ion. »Ich kann es dir nicht verdenken. Sechs Wochen musst du noch da drin aushalten. Aber tröste dich, in Helladien gibt es im Augenblick Tausende von beleidigten Kranichen. Was glaubst du, wie es sein wird, wenn ihr am Kranichtag alle zusammen in den Himmel steigt?«

Der Kranich ruckte ein wenig mit dem Kopf. Er wirkte nicht beeindruckt.

»Dann bis morgen«, sagte Ion und warf die Körner durchs Gitter. »Sei nicht dumm, halt dich wenigstens am gedeckten Tisch schadlos.«

Den halben Tag lang hockte er mit Lysias in der Kornkammer und rechnete Saatgutlisten durch. Der Verwalter flitzte durch die endlosen Zahlenreihen wie ein Fisch durchs Wasser. Ion gab sich alle Mühe mitzuhalten; als aber zur Mittagszeit ein Hirte zwei vermisste Mutterschafe meldete, machte er sich nur allzu bereitwillig auf die Suche.

Bis auf ein paar winzige Wolken am Horizont war der Himmel klar und tiefblau. Von den Bergen her blies ein kräftiger Wind und bauschte Ions Mantel. Auf den Feldern des Gutes schleppten die Knechte Wasserschläuche, um die frischen Stecklinge zu wässern. Andere arbeiteten in den Kronen der Olivenbäume, wie Lysias es ihnen befohlen hatte. Einige Männer saßen müßig im Schatten der Bäume und sprangen hastig auf, als sie Ion erkannten. Auf den riesigen Rinder- und Schafweiden rannten ihm die Hütehunde entgegen und begrüßten ihn freudig, und die Hirten winkten mit ihren Hüten.

Kreuz und quer durchstreifte Ion die Ländereien, bis seine Aufmerksamkeit von einer Senke voller blühender Apfelbäume angezogen wurde. Und tatsächlich: Unter den Bäumen standen die beiden verlorenen Schafe mit ihren Lämmern und fraßen andächtig die jungen Triebe ab.

Nachdem Ion die Tiere in den Pferch getrieben hatte, kehrte er zum Gutshaus zurück und steuerte die Küche an. Um ein Haar wäre er nicht zur Tür hineingekommen: Sämtliche Mägde des Gutes, dazu einige Knechte und ein gutes Dutzend Kinder drängten sich um den großen Küchentisch, auf dem jemand lag und leise jammerte.

Ein Stallknecht entdeckte Ion als Erster. »Es ist die jüngste Webmagd Eurer Mutter, Herr«, meldete er wichtig. »Eine Schlange hat sie gebissen.«

Das Mädchen lag auf dem Tisch. Ihr Gewand war ein wenig hochgerutscht und Ion erkannte die vier roten Bissmale auf ihrem Knöchel. Es war das Bild aus seinem Traum.

»Aus dem Weg, alle!« Resolut schleppte die Köchin einen Kessel mit heißem Wasser zum Tisch. »Keine Sorge, junger Herr, es sieht schlimmer aus, als es ist«, sagte sie zu Ion. »Das ist nicht mein erster Schlangenbiss.« Sie begann, sorgfältig unter ihren Messern zu wählen.

Noch vor ein paar Wochen hätte Ion wie alle anderen gebannt zugesehen. Heute besann er sich auf seine neue Rolle. »Wer nicht in die Küche gehört, geht auf der Stelle wieder an seine Arbeit«, befahl er. »Vergesst nicht, bei den Göttern die Genesung der Webmagd zu erflehen.«

Als alle hinaus waren, stand Lysias unter der Tür. Er wirkte milde beindruckt.

»Du machst dich, Gutsherr«, sagte er. »Ich hätte es nicht besser befehlen können.« Dann wandte er sich an die Köchin: »Sollen wir dir helfen?«

Bevor die Köchin antworten konnte, richtete sich die junge Webmagd auf. Sie sah mit großen Augen auf das Messer, dann auf

Ion. »Ich schäme mich«, sagte sie mit leiser Stimme. »Bitte, ihr Herren, geht hinaus!«

Zu gern hätte Ion ihr die Hand gehalten und sie getröstet. Doch er folgte Lysias.

»Ich habe heute Nacht geträumt, dass sie von einer Schlange gebissen wird«, erzählte er, während sie zu den Rinderställen hinüberliefen. »Ich habe die vier Bissmale auf ihrem Knöchel gesehen.«

Er sah Lysias von der Seite an. »Was sagst du dazu?«

Der Verwalter zog die Augenbrauen hoch. »Du träumst von der jüngsten Magd auf dem Hof, von ihrem weißen Knöchel, das ist wirklich außergewöhnlich«, brummte er spöttisch. »Wenn du mich fragst, so ist es höchste Zeit, dass du den Frauengemächern fernbleibst.«

Am Abend, nach getaner Arbeit, wusch Ion sich zusammen mit den Knechten am Brunnen im Innenhof des Gutshauses. Genau wie die Arbeiter zog er sich nackt aus, goss kübelweise kaltes Wasser über sich und rubbelte sich den Schmutz von der Haut. Ion liebte dieses Ritual, bei dem die Männer ausgelassen wie Kinder waren, Witze rissen und sich gegenseitig nass spritzten. Noch etwas, das mit dem Kranichfest und seiner neuen Rolle als Herr des Gutes für immer vorbei sein würde.

»Seht euch den Himmel an«, sagte einer der Knechte.

Vom Meer her zog eine schwefelgelbe Wolkenfront rasch landeinwärts. Blitze zerrissen den Abendhimmel, Donner grollten, gleich darauf goss es in Strömen. Fluchend und lachend rafften die Knechte ihre Kittel zusammen und rannten zu ihren Quartieren.

»Komm rasch ins Trockene, junger Herr«, rief einer vom Tor her. »Bevor der große Donnerer mit seinen Keilen nach dir wirft.«

Ion stand reglos am Brunnen und wandte den Blick nicht vom wetterleuchtenden Himmel.

»Alles trifft ein«, murmelte er, während der Regen über sein Gesicht lief. »Alles. Aber warum?«

Kedros

Du da drinnen, das Faulenzen hat ein Ende.«

Die Tür wurde aufgerissen. Hände griffen nach Kedros und zerrten ihn heraus. Die Sonne schleuderte grellweiße Lanzen nach ihm und er flehte um die Dunkelheit. Die Männer lachten über seine Not, erbarmten sich aber und banden einen Leinenstreifen vor seine Augen. Sie wuschen und kämmten ihn und bekleideten ihn mit einem frischen Kittel. Kedros hörte ein Poltern und Knirschen, als ob viele Schiffsrümpfe aneinander rieben, dazu in einiger Entfernung das Rumpeln von Karrenrädern und das Stimmengewirr von vielen Menschen.

»In welchem Hafen sind wir?«, fragte er.

»Unwichtig«, antwortete einer der Soldaten barsch. »Deine Reise geht noch weiter.«

»Ich will den Flottenführer sprechen.«

»Er will den Flottenführer sprechen«, äffte der Mann ihn nach. »Du hast nichts mehr zu wollen, Bürschchen.«

»Unser Anführer ist mit seinem Schiff längst in anderen Gewässern«, sagte ein zweiter deutlich freundlicher. »Aber wir haben Order für dich.«

Bevor sie Kedros von Bord führten, lösten sie seine Augenbinde. Langsam erstanden vor seinen geblendeten Augen Schiffe, schwarze, schwere Monstren, wie die Kriegsschiffe der Chrysier im Hafen von Malios. Hier aber lagen Hunderte von ihnen, an der Mole vertäut wie Vieh. Und wie Vieh wurden sie gefüttert und gemolken, beladen und entladen von endlosen Ameisenreihen von Trägern. Auf dem Hafengelände herrschte ein unüberschaubares Gedränge von Menschen, Lasttieren und Karren.

Die Soldaten dirigierten Kedros zu einer Gruppe Männer. Scheinbar gelangweilt hockten sie auf Klappstühlen neben einem Tischchen, auf dem ein Weinkrug und Teller mit Oliven standen. Tatsächlich aber entging ihrem scharfen Blick kein Neuankömmling: Sie waren Sklavenhändler, Menschenfischer, wie sie in jedem großen Hafen auf Beute lauerten.

Einer von Kedros' Begleitern fragte: »Wer von euch Händlern geht ins Landesinnere?«

»Ich. Emporios der Händler«, stellte sich ein schwerer, kahlköpfiger Mann vor. »Morgen schon breche ich mit einem Sklavenzug auf, nach Adama, in die Königsstadt.«

Der Soldat schob Kedros nach vorne. »Du wirst diesen hier mitnehmen und in Adama auf dem Markt verkaufen.«

»Langsam, Herrschaften.« Schwerfällig erhob Emporios sich von seinem Stuhl, trat neben Kedros und griff nach seiner Hand. »Was sagst du dazu, mein Junge?«, fragte er ihn, während er die Innenseite seiner Hand genau inspizierte. »Haben die beiden das Recht, dich zu verkaufen?«

»Ganz und gar nicht«, erwiderte Kedros wütend. »Die Chrysier haben mich verschleppt. Meine Heimatinsel ist Malios. Mein Vater ist der Archont, er wird dir …«

»Das genügt. Schweig jetzt wieder«, befahl Emporios, der ihm genau auf den Mund gesehen hatte. Zu den Chrysiern sagte er: »Zähne wie Marmor, Finger wie Schnee. Ein Herrensohn, noch dazu schön wie der Mundschenk der Götter. Sucht euch einen anderen Händler, ich kann keinen Ärger gebrauchen.«

»Wie du willst.« Die beiden Soldaten machen Anstalten, Kedros fortzuführen. »Hier im Hafen gibt es mehr Menschenhändler als Fische im Wasser. Irgendeiner wird ihn schon gegen Götterlohn nehmen.«

Für seine Leibesfülle konnte Emporios sich erstaunlich behände umdrehen. »Was hast du gerade gesagt?«

»Das, was du verstanden hast«, sagte der Chrysier. »Du hättest den Jungen umsonst bekommen. Verkaufst du ihn in Adama, gehört die erste Hälfte des Kaufpreises dir, die zweite musst du für die ewig Verdammten des Tartaros vergraben. So lautet unsere Order.«

Der Sklavenhändler blähte die Nasenflügel. »Die Sache stinkt zum Himmel.«

»Was schert's dich?«, fragte der Chrysier. »Fünf Tage Seereise hat der Bursche hinter sich. Dazu kommen fünf weitere Tagesmärsche zwischen hier und Adama. Spätestens dort hat sich jede Spur verloren. Also, schlägst du ein?«

In der Königsstadt Adama wurde der Sklavenmarkt auf der Rückseite des großen Haupttempels abgehalten. Abgeschirmt vom Marktbetrieb auf dem Tempelplatz, dem lautstarken Feilschen um Fische und Früchte, Käse und Tuchballen, stellten die Menschenhändler ihr Angebot vor der kalten, stillen Marmorwand aus. Die einzelnen Stände waren wie Hühnerställe mit hölzernen Gittern eingezäunt, dazwischen standen Wächter, bewaffnet mit Stöcken und Peitschen.

Als der Händler Emporios im Morgengrauen zwanzig neue, junge Sklaven durch die Gasse zu seinem Stand trieb, erntete er Pfiffe und scheele Blicke seiner Kollegen. »Da hat einer den Rahm mal wieder abgeschöpft.«

Der beleibte Menschenhändler achtete nicht auf das Murren. Mit geschultem Blick dirigierte er seine Jungen auf die Plätze: vorne die jüngsten, dahinter die größeren, die schon Manneskräfte hatten. Abseits davon, dicht an den Gitterzaun, platzierte er etwas erhöht seine beiden Glanzstücke: Der erste Jüngling war zart und mandeläugig wie ein Mädchen, der zweite athletisch und schön wie seine eigene Statue. Das Geschäft mit diesen beiden würde er erst später am Tag machen. Die Einkäufer des Königshofes kamen nie vor der Mittagsstunde.

Die ersten Kunden schlenderten durch die Gasse hinter dem Tempel, spähten durch die Zäune, musterten die menschliche Ware. Von seinem geflochtenen Stuhl aus warb Emporios um Kundschaft: »Tretet ein, ihr Herrschaften! Bei anderen schaut, bei mir aber kauft!«

Ein weiß gekleideter Mann trat durch den Eingang, die erste Kundschaft des Tages. In den Händler kam Bewegung.

»Lächelt!«, zischte er den Knaben zu. »Wer von euch nicht binnen drei Tagen verkauft ist, den schicke ich in die Silbergruben. Wisst ihr, wie man solche wie euch dort nennt? Fliegentänzer, Sommerlarven, weil keiner von euch den ersten Winter überlebt. Lächelt also, meine Süßen, bis euch die Zähne wehtun!«

Die meisten der Jungen folgten dem Befehl und zogen tapfer die Mundwinkel auseinander, während der Weißgekleidete mit verschränkten Armen das Angebot betrachtete.

Kedros lehnte am Gitterzaun und ließ den Mann nicht aus den Augen.

Ich werde da sein, um dich zu empfangen.

Nein, der große, untersetzte Mann mit dem Allerweltsgesicht hatte keinerlei Ähnlichkeit mit dem chrysischen Flottenführer. Der Blick, mit dem er die Jungen musterte, war eher besorgt. Als fürchte der Mann, beim Kauf einen Fehler zu machen.

»Meister, verrate mir deine Profession«, sagte der Sklavenhändler.

»Sieht man das nicht?« Etwas verlegen klopfte der Mann sich den Staub vom Kittel. »Ich bin Bäcker.«

»Und du brauchst einen anstelligen Knaben, der dein Brot verkauft. Da bist du bei mir genau an der richtigen Adresse.« Willkürlich griff der Händler in die vordere Reihe und zog einen schmächtigen Jungen heraus. »Hier habe ich den Richtigen für dich: einen kleinen Ägypter.« Er drehte und wendete den zitternden Jungen. »Haben nicht die Ägypter das Brot und das Bier erfunden?«

Kedros fasste einen spontanen Entschluss. Statt darauf zu warten, dass der wahnsinnige Flottenführer auftauchte, würde er jetzt gleich mit dem Bäcker gehen. Und bei der ersten Gelegenheit würde er fliehen. Er wäre schon längst auf und davon, hätte der erfahrene Menschenhändler ihm nicht auf dem langen Marsch nach Adama die Füße gefesselt und ihn zusätzlich auf Schritt und Tritt bewachen lassen. Doch der Bäcker hier wirkte harmlos, und das war seine große Chance.

Entschlossen trat er vor. »Nimm mich«, sagte er und zwang sich, den Mann anzulächeln. »Ich will gut und tüchtig für dich arbeiten.«

Der Sklavenhändler zischte aufgebracht. »Was fällt dir ein, Bursche! Zurück auf deinen Platz, aber sofort!«

Er lächelte den Weißgekleideten entschuldigend an. »Nichts für ungut, Meister, aber dieser hier ist für eine andere Käuferschaft gedacht.«

Der Bäcker betrachtete Kedros, der sich nicht von der Stelle rührte. »Du bist athletisch gebaut, mein Junge«, stellte er fest. »Bist du ein Läufer?«

Kedros nickte. Genau wie er es gehofft hatte, sagte der Bäcker: »Er gefällt mir. Was soll er kosten?«

Der Händler versuchte, seinen Ärger zu verbergen. »Glaub mir, Meister, es lohnt nicht, dass wir darüber reden.«

»Warum nicht?«

»Du hast doch selbst Augen im Kopf. Ein schöner Jüngling wie er ist mehr wert als deine ganze Bäckerei. Für dich ist einer von hier drüben besser geeignet.«

Sichtlich unentschlossen schritt der Bäcker die Reihe der anderen Knaben ab. Gleich darauf stand er wieder vor Kedros.

»Das Bäckerhandwerk ist einträglicher, als mancher denken mag«, sagte er und zwinkerte Kedros dabei zu. »Sieh doch einmal hier hinein.« Er warf dem Händler einen prall gefüllten Beutel zu.

Als der Sklavenhändler den Inhalt prüfte, leuchteten seine Augen gierig auf. »Wie kann ich wissen, dass dieses Geld kein Diebesgut ist?«, fragte er.

»Erkundige dich nach meinem Leumund«, bot der Bäcker an. »Jeder in der Stadt weiß, dass ich ein rechtschaffener Handwerksmeister bin, und ich schwöre bei den Göttern, dass alles nach der Ordnung ist.« Er wies auf den Beutel. »Wie steht es, ist der Junge damit bezahlt?«

Der Händler warf einen letzten abschätzenden Blick auf Kedros. Dann zuckte er die Achseln. »Mehr zahlt mir selbst der König nicht. Wenn du dich unbedingt ruinieren willst, soll das nicht meine Sorge sein. Der Bursche gehört dir«, sagte er und ließ den Beutel hastig unter seinem Gewand verschwinden. »Auch wenn es Verschwendung ist.«

Der Bäcker nickte Kedros lächelnd zu. »Wie heißt du?«

»Kedros.«

»Dann also, Kedros: Willst du mit mir gehen und fleißig arbeiten?«

Kedros erwiderte das Lächeln des Mannes. *Fliehen will ich, so weit mich die Füße tragen. Und nichts und niemand wird mich aufhalten.* »Ja, das will ich.«

An der Seite des Bäckers verließ Kedros den Sklavenmarkt. Durch die belebten Gassen Adamas führte der Mann ihn hügelanwärts, dabei redete er pausenlos. Als sei Kedros sein Gast, zeigte er ihm die Sehenswürdigkeiten der Stadt, wies ihn auf diesen Brunnen und jene Statue hin. Kedros nickte zu allem höflich, dabei dachte er fieberhaft nach. Er könnte jetzt sofort weglaufen, untertauchen im Gewühle der vielen Menschen. Die Gelegenheit wäre günstig. Allerdings gab es in großen Städten wie Adama professionelle Sklavenjäger. Wenn sie seine Flucht beobachteten, würden sie ihn wieder einfangen und ihm ein Sklavenmal auf die Stirn brennen.

Als Kind hatte er einmal eine solche Brandmarkung auf dem Marktplatz von Malios erlebt und nie mehr vergessen.

Nein, sagte er sich, nichts überstürzen. Besser den Schutz der Dunkelheit abwarten.

Oben auf dem Hügel war nichts mehr von der Geschäftigkeit der Unterstadt zu spüren. Stille Villen säumten die Straße, die Eingänge waren von Zypressen und weißen Säulengängen umstanden. Vor der Statue eines Flussgottes kehrte eine grauhaarige Frau das Pflaster, neben ihr trug ein struppiger Esel einen Korb für den Kehricht auf seinem Rücken. Als der Bäcker und Kedros vorübergingen, richtete die Frau sich auf und sah ihnen lange hinterher.

Das Haus des Bäckers war ein grauer, schmuckloser Würfel, mit einem Vorhang aus Holzperlen vor dem offenen Eingang. Inmitten der weißen Hügelvillen wirkte es ärmlich und fehl am Platz. Aber es roch gut nach Brot daraus und Kedros merkte, wie hungrig er war.

Neben dem Eingang, im Schatten einer Platane, plätscherte Wasser in einem kleinen gemauerten Brunnen. Kedros hätte liebend gern getrunken und sich Hände und Stirn erfrischt, doch der Bäcker hielt seinen Arm weiter gefasst. Durch die Perlenschnüre hindurch schob er Kedros in einen weitläufigen, dämmrigen Raum, der offensichtlich als Backstube und Laden in einem diente: Vorne auf dem Verkaufstisch stapelten sich die Brote, Kuchen und Fladen, seitlich an den Wänden standen die Arbeitsbretter des Bäckers und mehrere große Teigtröge. Den hinteren Teil der Bäckerei nahmen zwei riesige gemauerte Ziegelöfen ein. Aus den Lüftungslöchern loderten dunkelrot die Flammen, deren Gluthauch Kedros selbst vorne an der offenen Tür spürte.

Wie der Eingang zum Hades, dachte er.

Im Raum zwischen den beiden Backöfen stand eine Getreidemühle: zwei große runde Steine, der obere von beiden drehbar, in der Mitte eine eiserne Achse, mit der eine hölzerne Schiebestange verbunden war. Von den Eselsmühlen auf Malios kannte Kedros die Konstruktion.

»Weib, komm her und sieh, was ich mitgebracht habe«, rief der Bäcker.

Auf seinen Ruf hin kam eine kleine, korpulente Frau herbeigelaufen. Ihr schwarzes Haar war von weißen Strähnen durchzogen, auch ihre Augen waren schwarz und ihr Gesicht wirkte trotz ihrer runden Wangen müde und abgehärmt.

»Was für ein schöner Junge. Ist er nicht zu schade für das, was du mit ihm vorhast?« Sie sprach mit sehr leiser Stimme, dabei schien sie sich vor ihrem Ehemann zu ducken.

»Er ist ein Läufer, also genau der Richtige«, sagte der Bäcker.

Ohne weitere Umstände führte er Kedros nach hinten, zwischen die beiden Ziegelöfen zum Mahlstein in der Mitte.

»Nimm die Schiebestange in beide Hände«, forderte er ihn auf.

Kedros bückte sich und griff nach der hölzernen Stange. Glatt und heiß fühlte sie sich an, nicht wie Holz, eher wie poliertes Eisen.

»Jetzt schieb den Stein an.«

Als Kedros anschob, rührte sich nichts. Erst als er sich mit aller Kraft gegen die Stange stemmte, setzte der obere Stein sich langsam und rumpelnd in Bewegung.

Aus einem Sack schaufelte der Bäcker Getreide in die hölzerne Schütte. »Dein Tagwerk sind fünf Scheffel.«

Mehl staubte aus den Ritzen, zwischen den schweren Platten wurden die ersten Weizenkörner zerrieben. Der Stein wehrte sich gegen die Bewegung wie ein großes störrisches Tier. Die beiden Öfen rechts und links verströmten Gluthitze, in kürzester Zeit war Kedros schweißüberströmt.

Der Bäcker sah ihm zu, etwas besorgt, wie es schien. »Wird es so gehen?«, fragte er.

Kedros keuchte vor Anstrengung. »Die Arbeit ist schwer.«

»Aber genau dafür brauche ich dich«, sagte der Bäcker entschuldigend. »Ich backe, mein Weib verkauft, du drehst die Mühle. Hier«, er schob Kedros einen Wasserkrug hin. »Bis heute Abend werde ich mir etwas ausdenken, um dir die Sache zu erleichtern. Morgen sieht die Welt dann anders aus.«

»Danke«, sagte Kedros. *Bestimmt tut sie das,* dachte er. *Weil ich morgen schon weit weg sein werde.*

Stunde um Stunde schob Kedros die Mühle, Runde um Runde, unterbrochen nur durch einen Napf Brotsuppe, den die Bäckersfrau ihm hinstellte. Die Arbeit im Gluthauch der Öfen war eine unvorstellbare Schinderei, doch er biss die Zähne zusammen und hielt eisern durch, um den Bäcker ja nicht misstrauisch zu machen. Sein Entschluss stand fest: Gleich bei Einbruch der Dunkelheit würde er fliehen. Mit dem Mantel des Bäckers, die Taschen vollgestopft mit Brot, und dann nichts wie fort, hinaus in die schützende Nacht. Bei Tage würde er sich verstecken, die Nächte aber durchrennen, immer weiter, bis er den Hafen wieder erreicht hätte, von dem aus die Schiffe die westlichen Inseln anliefen. *Malios …*

Den ganzen Nachmittag hindurch kamen Menschen in die Bäckerei, um Brot zu kaufen. Aus Scham, wie ein Tier die Mühle drehen zu müssen, sah Kedros niemanden an. Erst am Abend wurde es ruhiger. Die Frau des Bäckers verschwand in den hinteren Bereich des Hauses. Der Bäcker selbst stand untätig gegen den Verkaufstisch gelehnt. Er schien auf etwas zu warten.

»Für den ersten Tag hast du ordentlich gearbeitet. Man merkt, dass du ein Läufer bist«, sagte er zu Kedros. »Morgen musst du allerdings noch etwas an Tempo zulegen.«

In der Schütte war der Bodensatz erreicht. Erschöpft hielt Kedros inne und wischte sich mit dem Handrücken den Schweiß von der Stirn. Er sah an sich herab: Vom Mehlstaub war seine Haut wie weiß gekalkt.

»Ich kann diesen Stein nicht jeden Tag drehen«, sagte er. »Niemand kann das. Es ist eine unmenschliche Plackerei.«

»Ich habe dir gesagt, dass ich dir die Sache leichter machen werde«, erwiderte der Bäcker. Er blickte zur Tür: »Ah, wie aufs Stichwort: Da kommen sie.«

Der Perlenvorhang teilte sich, vier Männer traten ein. Kedros registrierte, dass sie Eisenbänder, Ketten und Zangen bei sich trugen, aber eingelullt von der Freundlichkeit des Bäckers begriff er eine Sekunde zu spät. Als ihm klar wurde, auf *wen* der Bäcker gewartet hatte, stürzte er Hals über Kopf zum Eingang, doch zwei der Männer warfen sich ihm in den Weg und brachten ihn zu Fall.

»Was sollen wir mit ihm machen?«, fragte der Schmied, während seine drei Gehilfen Kedros festhielten.

»Er wird an die Mühle gekettet«, sagte der Bäcker.

Die Gehilfen schleppten Kedros zum Mahlstein zurück. Der Schmied schürte das Feuer im Backofen, dass es hoch aufloderte. Dann legte er Eisenbänder und Nägel in die Flammen.

»Nein!« Kedros wehrte sich aus Leibeskräften, die Männer hatten alle Mühe, ihn zu bändigen.

»Mach schneller, Schmied«, verlangte der Bäcker.

Obwohl der Schmied Kedros' Hals und Handgelenke mit breiten Lederstreifen schützte, verbrannten die heißen Eisen seine Haut. Kedros schrie vor Schmerzen, noch mehr aber vor blankem Entsetzen. Als die Männer endlich von ihm abließen, war er mit eisernen Schellen und Ketten unauflöslich an die Stange und Nabe des Mahlsteins geschmiedet.

Der Bäcker gab dem Schmied seinen Lohn, doch der Mann ging nicht gleich fort. Man sah, dass ihm sein eigenes Werk nicht gefiel.

»Er ist fast noch ein Kind«, sagte er. »Fürchtest du, dass er dir fortläuft?«

»Alle laufen fort, wenn sie können. Der hier bleibt.«

Der Schmied sah Kedros mitleidig an. Dann zuckte er die Schultern. »Deine Angelegenheit, Bäcker.«

Als die Männer hinaus waren, trat der Bäcker zu Kedros. Mit der Hand strich er über den Halsring und die Kette, wie man ein eingeschirrtes Pferd prüft.

»Nun, Läufer, habe ich zu viel versprochen?«, fragte er. »Wunderbar einfach wird dein Leben von nun an sein. Nicht länger musst du dir den Kopf darüber zerbrechen, auf welche Weise du mir entwischen kannst. Jetzt wirst du laufen, immer im Kreis, solange du nur kannst.«

Kedros wich vor dem Mann zurück, bis er gegen den Mahlstein stieß. Er zitterte vor Hass und Ekel. »Warum tust du das?«, fragte er.

Der Bäcker lachte leise. »Habe ich nicht gesagt, ich werde da sein, um dich zu empfangen?«, fragte er. »Zum zweiten Mal bist du mir freiwillig in die Falle gegangen. Willkommen also, Kedros, starke, schöne Zeder. Kedros, Archontensohn aus Malios, den sein Vater nur allzu bereitwillig herausgegeben hat.«

»Das kannst du nicht wissen«, flüsterte Kedros. »Du bist nicht der Flottenführer. Du bist …« Als er begriff, keuchte er erschrocken auf. »Du bist *kein Mensch*. Was bist du?«

»Was ich bin?« Mit einem Ruck zog der Bäcker die Stange zu sich heran, dass Kedros von der Kette gezogen folgen musste. »Sieh, was ich bin!« Kedros sah seine Augen: glühend und gierig, ein Raubtier, das sein Opfer an der Kehle gepackt hält.

»Du bist kein Mensch«, flüsterte er noch einmal.

Beinahe liebevoll strich der Bäcker ihm über den Hals, die Schultern. »Du wirst den Stein drehen, Läufer, so lange, bis du selbst zu Stein geworden bist. Dann wirst du wissen, was ich bin.«

Smirkos

Kaum war das Töpferdorf außer Sicht, fiel alle steife Gebeugtheit von dem alten Bettler ab. Mit erstaunlicher Behändigkeit und Ausdauer rannte er den steinigen Pfad am Fluss entlang. Smirkos an seinem Strick trabte verdrossen hinterher. Den ganzen Weg durch das Dorf hindurch hatte er sich gewehrt, hatte gekämpft und ausgekeilt. Bis der Bettler wortlos eine Gerte aus einem Haselnussbusch brach und vor seiner Nase schwenkte.

Danach beschränkte Smirkos sich darauf, stumm und lustlos hinter ihm herzutrotten. Immer wieder geriet er durcheinander und stolperte über die eigenen vier Hufe. Am besten klappte das Laufen noch, wenn er nicht darüber nachdachte. Am Wegesrand wuchsen Kamille und Klee, grün und appetitlich. Sein Magen rumpelte, nichts sprach gegen zwei, drei Maulvoll frischer Blätter …

»Wirst du wohl laufen!« Unbarmherzig zog der Alte ihm die Gerte über.

»Autsch! Hör auf damit!«, rief Smirkos wütend. »Bei den Göttern, wer bist du? Warum hast du mich verwandelt?«

»*Meckmeckmeck*«, höhnte der Bettler. »Mehr bringst du nicht mehr zustande. Das ist gut, sehr gut!«

»Du verstehst mich doch ganz genau! Also sag mir, was soll das alles?«

Smirkos' Beine knickten ein, als sich der Alte ohne Vorwarnung auf seinen Rücken schwang. »He! Bist du verrückt geworden?«

»Hüh und hott! Vorwärts und Tempo!«, rief der Bettler und schlug Smirkos die nackten Fersen in die Flanken, dass er einen Satz nach vorne machte.

Smirkos bockte, er bäumte sich auf, doch seinem höllischen Reiter entkam er nicht. Wie festgewachsen klebte der Alte auf seinem Rücken und Smirkos schleppte ihn über Stock und Stein.

Etwa zwei Stunden ging es so dahin. Es dämmerte schon, als sie am Rande eines Fichtenhains zwei hohe, schwarze Zelte erreichten, weit weg von jeder menschlichen Behausung. Im Schatten der Bäume kamen Smirkos die Zelte wie düstere Tempel vor.

Der Alte schwang sich von seinem Rücken, führte ihn zum größeren der beiden Zelte und band ihn an einem Pfahl fest. Dann schlug er den schwarzen Teppich zurück, der als Tür diente, und verschwand im Zeltinneren.

Kaum war er außer Sicht, fiel Smirkos sein Durst wieder ein. *Durst*? Er war am Verschmachten! Gleich neben dem Zelteingang stand ein Kupferkessel voll Wasser. Aber obwohl Smirkos sich an seinem Strick fast erwürgte, reichte er nicht an ihn heran. Doch halt, war er ein dummes Tier oder ein Mensch mit Erfindungsgeist?

Rückwärts schob Smirkos sich an den Kessel heran, Zoll um Zoll, bis es ihm gelang, ein Hinterbein über den Kesselrand zu schwingen. Mit größter Behutsamkeit zog er das Wasser zu sich. Na also, jetzt war es nah genug, er musste sich nur noch umdrehen und trinken ...

Ein scharfer Gertenhieb ließ ihn vor Schreck hell aufmeckern und mit einem Satz vom Kessel wegspringen.

Als gebeugter Bettler war der Alte im Zelt verschwunden, als majestätischer Zauberer stand er nun vor Smirkos, wundersam verjüngt und in die Höhe gewachsen. Sein schwarzes Gewand war aus feinstem Stoff, die Kappe auf seinem Kopf glänzte wie aus reinem Gold gefertigt. Unsicher schielte Smirkos zu ihm hoch: Für seinen Geschmack war das ein Mann mit eindeutig zu viel Zauberkräften.

Der Zauberer trug das Wasser an Smirkos' Maul vorbei, ohne auf sein protestierendes Meckern zu achten. Unter einem Dreifuß schürte er Feuer und stellte den Kessel darauf. Dann begann er, am Kesselrand ein Messer zu wetzen.

Smirkos wurde es heiß im Ziegenfell. Was wollte der Alte mit dem Messer? Hatte er vergessen, dass im Tierleib ein Mensch steckte?

Während der Alte seelenruhig seine Klinge schärfte, scharrte Smirkos in fieberhafter Eile Steinchen zusammen. Lesen und Schreiben hatte er niemals gelernt, so legte er mit dem Maul einen Fisch, sehr kunstvoll und lebensecht, mit Schwanz und vier Flossen und einem schwarzen Kiesel als Auge.

»Sieh her!« Smirkos stampfte mit den Vorderhufen auf, um die Aufmerksamkeit des Zauberers zu erregen. »Glaubst du wohl, ein Ziegenbock brächte so etwas zustande?«

Wortlos griff der Alte nach einem Besen und fegte den Fisch beiseite.

»Was fällt dir ein?«, ärgerte sich Smirkos. »Verwandle mich sofort wieder zurück.«

Der Alte rückte seine goldene Kappe zurecht und prüfte die Schärfe seiner Klinge. Aus einem Tonfläschchen träufelte er eine Flüssigkeit in den Kessel und rührte mit einer Kelle um. Das Wasser wallte blutrot im Kessel auf.

»Jetzt sieh, was aus dir wird, stinkender Bock.«

Beleidigt warf Smirkos den Kopf zurück. »Du würdest als Ziegenbock auch nicht nach Veilchen duften.«

Mit dem Messer feilte der Alte ihm die Hörner zu runden Stummeln. Anschließend schnitt er ihm mit einem Ratsch den Ziegenbart ab. Doch das Schlimmste kam, als er sein Fell mit dem blutroten Sud aus dem Kessel begoss. Das brannte und sengte auf der Haut, dass Smirkos laut zu jammern begann.

»Schimpf du nur. Wer schön will sein, der leide Pein«, sagte der Zauberer und warf die Schöpfkelle beiseite. »Jetzt sieh dich an, *Tier aus Gold!*«

Als Smirkos an sich herabsah, vergaß er schlagartig seine Nöte. Entzückt verdrehte er den Kopf, drehte sich um seine eigene Achse. Von den Hörnern bis zu den Hufen war er *golden! Und wunderschön!*

»Bitte, oh großer Zauberer oder was immer du sein magst, du musst mich zurückverwandeln. Jetzt gleich, auf der Stelle«, bettelte er. Dann wäre er ein goldener Jüngling, reich und schön! Trakraxi würde Augen machen, oder von ihm aus auch eines der Töpfermädchen, die ihn bisher als Megalos' kleinen Bruder abblitzen ließen.

Der Zauberer packte ihn an den Hörnerstummeln und zog ihn nah zu sich heran, so nah, dass Smirkos seine Ausdünstung nach Blut und Fäulnis roch. In Erwartung eines weiteren Verwandlungskusses kniff er die Augen zusammen. Und riss sie erschrocken wieder auf, als er die Messerklinge an der Kehle spürte.

»Jetzt müssen wir nur noch warten, du und ich«, sagte der Zauberer und kitzelte ihm mit der Klinge sanft die Kehle. »Schon bald wirst du alles vergessen haben: deine Herkunft, deinen Namen, am Ende dein Menschsein. Und dann, Smirkos Töpfersohn, wenn du endgültig zum Tier geworden bist, werde ich dich schlachten.«

An Smirkos' Fell richtete sich jedes Haar einzeln auf. Was redete der Alte da bloß? Und woher kannte er seinen Namen?

»Meinst du nicht, du hast deinen Spaß gehabt?«, fragte er. Ihm brannte der Pelz, ihm brummte der Kopf. »Mach dem Spiel jetzt ein Ende. Verwandle mich zurück.«

»Ein Spiel, denkst du?« Der Zauberer lachte. »Das ist blutiger Ernst. Ich führe dich deiner Bestimmung zu, Tier aus Gold.«

»Also doch! Du verstehst jedes Wort von mir«, sagte Smirkos erbost.

Am Strick führte der Zauberer ihn hinüber zum zweiten Zelt, das sich in seinem Innern als gewöhnlicher Ziegenstall entpuppte, komplett mit Gatter, Tränke und Heuraufe.

Bei seinem Eintreten hoben neun goldene Tiere gleichzeitig die

Köpfe: sieben Ziegen und zwei Böcke. Smirkos blickte dem größeren der beiden Böcke in die blutunterlaufenen Augen und wusste sofort, dass es Ärger geben würde.

Dann zerbrach er sich nicht länger den Kopf: Er hatte den Wassertrog entdeckt. Gierig versenkte er das Maul darin, endlich *trinken!* Aber wie? Smirkos machte die Zunge lang, er rollte sie ein, er schnaubte, blubberte und blies. Umsonst, kein Tropfen Wasser erreichte seine ausgetrocknete Kehle.

Der Zauberer stand am Gatter und lachte ihn aus. »Lern trinken, sonst verdurstest du mit dem Maul im Wasser.«

Damit ging er hinaus und überließ ihn seiner Not.

Smirkos tauchte seinen Kopf waagrecht in den Trog. Jetzt lief ein wenig Wasser in seinen Mund, weitaus mehr aber in seine Nasenlöcher. Während er noch keuchend nach Luft schnappte, stellte sich eine der goldenen Ziegen neben ihn. Lässig und elegant tauchte sie das Maul ein und schlürfte das Wasser in tiefen Zügen nach oben. Smirkos begriff und tat es ihr dankbar nach.

Ich trinke Wasser, in das neun Ziegen ihr dreckiges Ziegenmaul getunkt haben, dachte er.

Beim Anblick der Futterraufe begann sein Bauch zu grummeln.

Heu, Baumrinde, Gras. Alles zusammen duftete nach Milch und Honig, Smirkos aber musste an die Worte des Zauberers denken. Er war ein Mensch, kein Tier! Und er würde es nicht vergessen, niemals! Menschen fraßen kein Heu und auch keine Baumrinde. Also stellte Smirkos sich trotzig den Spießbraten vor, mit dem auf dem Dorfplatz das Kranichfest der jungen Burschen gefeiert wurde. Förmlich sah er das goldbraun geröstete Fleisch vor sich, hörte das Zischen des Fettes, roch den Bratenduft …

Ohne Vorwarnung wurde ihm speiübel.

»Schon gut.« Schnell richtete er seine Sinne auf die Futterraufe. »Fress ich halt Heu und Gras. Füllt ja auch den Bauch.« Tief wühlte er die Nase ins duftende Heu und merkte erleichtert, wie die Übelkeit nachließ.

Als er sich umwandte, standen die beiden Böcke vor ihm und stampften angriffslustig auf.

»Alles wie zu Hause«, murmelte Smirkos und taxierte mit erfahrenem Blick seine Gegner. Die abgefeilten Hörnerstummel waren harmlos wie seine eigenen, aber mit ihren tellerförmigen Hufen und ihren gelben Zähnen würden ihm die beiden Dummköpfe gewaltig Ärger einbrocken können. Davon aber hatte Smirkos für heute endgültig genug.

Während er noch überlegte, wie er sich möglichst ehrenvoll im Stroh verkriechen konnte, stellte sich die goldene Ziege, seine Lehrerin am Wassertrog, mit ruhiger Autorität vor ihn.

»Haha, genau wie Megalos«, höhnte Smirkos, als die Böcke den Rückzug antraten. »Ein einziger Weiberrock, schon verlässt euch der Mut.«

Seine Beschützerin sah ihn aus sanften Ziegenaugen an. Sie war einen vollen Kopf größer als Smirkos und besaß nur ein vergoldetes Horn, das ihr fast aus der Mitte des Kopfes herauswuchs.

»Bist du vielleicht ein Mädchen oder eine Frau, die der Zauberer verhext hat?«, fragte Smirkos hoffnungsvoll.

Die Goldene beugte den Kopf über ihn und knabberte sanft an seinen Ohren.

»He, hör auf, das kitzelt«, wehrte er sie ab. Dann rief er laut durch den Stall: »Wenn es unter euch einen Menschen gibt, bitte, lasst es mich wissen.«

Er wartete, doch nicht das kleinste Meckern antwortete ihm.

»Ach Einhorn«, seufzte er und rückte nah an die goldene Ziege heran. »Du wirst es nicht glauben, aber du erinnerst mich an meine Schwester Irini. Sie hat die gleichen Ohren wie du.«

In der sicheren Deckung ihres warmen Leibes legte er sich ins Stroh und schlief ein.

Am nächsten Morgen erwachte er, alle vier Beine nach oben gestreckt. Offenbar hatte er aus alter Gewohnheit auf dem Rücken geschlafen. Für Ziegen war dies eine denkbar ungünstige Schlafposition, und Smirkos musste einen harten Kampf fechten, bis er endlich wieder auf seinen Hufen stand.

Vorne am Gatter standen die neun goldenen Ziegen und ließen den Zelteingang nicht aus den Augen. Unbehelligt konnte Smirkos zum Wassertrog trotten. Nachdem er lange getrunken hatte, blieb er über das Wasser gebeugt stehen und betrachtete sinnend seine goldenen Hörner. Das Grübeln war nicht seine Gewohnheit, jetzt aber musste er dringend über seine verfahrene Lage nachdenken.

Doch gerade als er damit anfangen wollte, wurde der Teppich am Zelteingang zurückgeschlagen. Eine junge Magd kam herein, unter beiden Armen jeweils ein Bündel Heu. Sie stopfte das Heu in die Raufe, dann trat sie ans Gatter.

»Guten Morgen, meine Goldenen, meine Schönen.«

Vom Wassertrog her beobachtete Smirkos, wie die Ziegen sich gegenseitig wegdrängten, um ja als Erste von ihr gestreichelt zu werden. Vor allem die beiden Böcke taten sich hervor, rollten die Augen und bleckten die gelben Zähne.

»Ja, ja, ihr seid doch alle meine Lieben, meine Guten.«

Als die Magd Smirkos entdeckte, stutzte sie. »Nanu, ein Neuer? Du bist ja ein hübsches kleines Böckchen. Komm her zu mir, oder hast du Angst?«

»Angst? Wer? Ich?« Betont langsam schlenderte Smirkos zum Gatter. »Ich verlier bloß nicht gleich den Verstand, nur weil eine Ziegenmagd mich ruft.«

Von unten schielte er in ihr Mädchengesicht. Sie hatte ihre braunen Haare als Kranz um den Kopf geflochten und lächelte ihn breit an.

»Ich bin ein Mensch, weißt du«, sagte er zu ihr. »Du kannst es mir gerne sagen, wenn dir das auffällt.«

Sie lachte und kraulte ihn zwischen den Hörnern. Es war offensichtlich, dass sie ihn nicht verstand. Dennoch gefielen ihm ihr Kraulen und die kleine Lücke zwischen ihren Vorderzähnen ganz außerordentlich gut.

Wieder wurde der Teppich am Eingang zurückgeschlagen. Der Zauberer trat ein und die Magd knickste hastig vor ihm.

»Mögen die Götter dir einen guten Morgen schenken, Herr!«

Der Zauberer erwiderte den Gruß nicht. »Es gibt Arbeit, Herse«, sagte er kurz angebunden. »Wir brechen auf.«

»Ja, Herr.« Herse knickste abermals. »Aber Herr, willst du mir vielleicht sagen, woher das neue Böckchen stammt und wie es heißt?«

»Es hat keine Herkunft und auch keinen Namen.«

Die Magd wirkte verwundert. »Wirst du es denn Kunststücke lehren wie die anderen?«

»Nein. Und jetzt hör auf zu fragen. Mach dich besser an die Arbeit!«

»Ja, Herr.«

Während Herse die Zeltstangen aus der Erde zog und die Stoffbahnen einrollte, redete sie mit den Ziegen.

»Wisst ihr, früher war er immer freundlich zu mir. Und auch großzügig, ein guter Herr. Aber seit Kurzem jagt er mir beinahe Angst ein. Es kommt mir vor, als wäre er über Nacht ein anderer geworden.«

Sie sah Smirkos an. »Na ja, nicht alles, was über Nacht auftaucht, ist schlecht. Du bist jedenfalls das niedlichste Böckchen, das ich je gesehen habe. Wir beide werden viel Freude miteinander haben.«

Die zwei Zelte waren abgebrochen und verstaut, die zehn goldenen Ziegen aneinandergebunden.

»Wohin gehen wir, Herr?«, fragte Herse. Sie hatte für den Marsch einen ledernen Umhang mit bunten Kordeln angezogen.

Was bei jedem anderen Mädchen komisch gewirkt hätte, sie kleidete es großartig, fand Smirkos.

»Nach Adama, in die Königsstadt«, erklärte der Zauberer. »Dort warten meine Brüder auf mich.«

»Brüder, Herr?«, fragte Herse verwundert. »Ihr habt noch nie von ihnen gesprochen.«

Smirkos stampfte mit dem Huf auf. Bei allen Himmeln, da hatte der höllische Zauberer auch noch Brüder! Er verspürte nicht die geringste Lust, den Rest der Familie kennenzulernen.

Die schweren Zeltbündel, sah er voller Schadenfreude, bekamen die beiden großen Ziegenböcke aufgeladen. Doch das Feixen verging ihm schnell, als der Zauberer sich abermals auf seinen Rücken schwang und ihm die Fersen in die Flanken hieb. »Vorwärts!«

»Aber er ist doch so klein«, sagte Herse mitleidig.

»Groß genug, um sein Schicksal zu tragen«, entgegnete der Zauberer. »Du ahnst nicht, Magd, wie gerne er dir seine traurige Geschichte erzählen würde.«

»Wie sollte das wohl gehen, Herr? Ein Ziegenbock wie er kann doch nur meckern.«

Von unten funkelte Smirkos den Zauberer an. »Mach dich nur lustig über mich. Aber ich bin ein Mensch, und ich werde meinen Namen niemals vergessen: Smirkos. Smirkos Töpfersohn.«

Bis zum Sonnenuntergang schleppte Smirkos seinen Reiter und wünschte ihn aus tiefstem Herzen hinter Sonne und Mond. In der Nachmittagssonne trottete er dahin, den Blick auf die staubigen

Hufe der anderen Ziegen gerichtet. Bilder vom heimatlichen Fluss kamen ihm in den Sinn: wie die jungen Töpferburschen nach Feierabend ins Wasser sprangen und den roten Tonstaub abwuschen. Wie die Töpfermädchen ein Stück flussabwärts dasselbe taten und laut kreischten, wenn plötzlich Fische zwischen ihnen auftauchten, große Fische mit neugierigen Händen. Wie die Mädchen kurze Zeit später mit den Fischen friedlich vereint in der Abendsonne trockneten …

Smirkos spürte ein merkwürdiges Ziehen in der Gegend des Brustbeins, dort, wo er sein Herz vermutete, und seufzte. Fühlte sich so Kummer bei Ziegen an? Er drehte sich nach Herse um, die mit bloßen Füßen und wiegenden Schritten neben der Ziegenkarawane herlief, und fühlte sich gleich ein wenig besser.

Am Abend schlugen sie die schwarzen Zelte vor den Mauern einer kleinen Stadt auf. Im Dämmerlicht zogen sie durch die Gassen, der Zauberer spielte die Flöte, Herse schlug die Trommel. Und die Menschen der Stadt, von der Musik und dem Goldglanz der Ziegen wie magisch angezogen, folgten ihnen in großer Zahl auf den Marktplatz.

Dort zeigten die Ziegen bei Fackelschein allerhand Kunststücke: Sie übersprangen sich gegenseitig, tanzten zur Musik, konnten zugerufene Zahlen mit dem Vorderhuf klopfen und sogar Wörter in den Staub schreiben.

Gebannt beobachtete Smirkos die Vorführung. Wie gelehrig diese Ziegen waren! Zu dumm, dass er nicht wie sie schreiben konnte.

Helft mir!, würde er für alle sichtbar in den Sand kritzeln. *Ich bin Smirkos, ein Mensch. Ich bin verzaubert und gehöre nicht in diesen Ziegenleib!*

Ihn würde der Zauberer niemals schreiben lehren, das stand fest.

»Warum steht der hübsche kleine Bock bloß herum?«, rief ein Mädchen und deutete auf Smirkos. »Ist er vielleicht zu dumm für Kunststücke?«

»Da hast du recht«, sagte der Zauberer. »Der da ist nur ein dummes Tier und kann gar nichts.«

Smirkos durchzuckte es. Das hier war seine Gelegenheit, er musste sie nur beim Schopf packen. Alle im Publikum sollten merken, dass er ein Mensch war!

Findig und einfallsreich ging er es an. Er schritt die Reihen der Zuschauer ab und reichte jedem zierlich seinen Vorderhuf, bis das Publikum raunte. Mit dem Maul rupfte er Blüten von einem nahen Hibiskusstrauch und trug sie galant zu den Frauen im Publikum.

»Was bin ich nun?«, meckerte er laut. »Mensch oder Tier?«

»Bravo! Gut gemacht! So ein kluges Tier!« Die Zuschauer am Marktplatz applaudierten und Smirkos verneigte sich nach allen Seiten.

Aber niemand zeigte auf ihn und rief: »Seht hin, das ist ein Mensch!«

Smirkos zerbrach sich den Kopf: Was, bei den Göttern, machte einen Menschen zum Menschen?

Da kam ihm ein grandioser Einfall. Damit alle ihn gut sehen konnten, stellte er sich direkt in den Schein einer Fackel. Dann quetschte er mit aller Kraft Tränen aus seinen Ziegenaugen.

»Begreift ihr jetzt?«, meckerte er. »Habt ihr schon einmal Ziegentränen gesehen? Können Tiere vielleicht weinen?«

»Seht doch nur, der Ziegenbock weint wie ein Mensch! Bravo!« Ein Regen von Kupfermünzen prasselte auf Smirkos nieder.

»Du bist findig in deinem Ziegenkopf«, spottete der Zauberer, als er Smirkos nach der Vorstellung in den Stall sperrte. »Mach ruhig weiter so. Es hilft dir alles nichts. Du machst mich nur reich.«

Am nächsten Morgen zog die Ziegenkarawane weiter. Viele Stunden wanderten sie über die schattenlose Landstraße, bis Smirkos vor dem violetten Abendhimmel eine Stadt auf einem Hügel liegen sah. Mit mehreren Mauerringen befestigt, thronte sie machtvoll über der Ebene und wurde selbst wiederum überragt von einem schneeweißen Palast, den fünf goldene Kuppeln krönten. Überirdisch schön war der Anblick und Smirkos staunte mit offenem Maul: Genau so stellte er sich den Wohnsitz der Götter vor.

»Wie heißt diese Stadt, Herr?«, fragte Herse.

»Das ist Adama, die Stadt des Königs. Hier warten meine Brüder auf mich. Auf dass der Fluch sich erfülle!«

»Falls die Sache irgendetwas mit mir zu tun hat«, brummelte Smirkos unter ihm, »dann kannst du es vergessen. Ich heiße Smirkos, und dabei bleibt es!«

Ion

Die ganze Nacht hindurch blitzte und donnerte es. Das Prasseln der Regentropfen auf den Dächern vermischte sich mit dem Schnauben der Tiere, dem Rascheln von Stroh und den anderen nächtlichen Geräuschen des Gutes.

»Junger Herr! Junger Herr! Was ist mit dir? Wach doch auf!«

Ion fuhr hoch. Mit aufgerissenen Augen starrte er den Knecht an, der sich mit einem brennenden Talglicht über ihn beugte. Gerade noch war da der Brunnenschacht gewesen, der tote Pferdeleib, die Beine nach oben gereckt, schrecklich verrenkt und verdreht. Und wie immer der Schwarze, knapp außerhalb des Sichtfeldes …

»Es ist nichts«, murmelte er. »Nichts. Ich habe nur geträumt. Von einem Pferd.«

»Das muss ja ein Pferd gewesen sein«, sagte der Knecht beeindruckt. »So wie du gestöhnt und gejammert hast! Die anderen Knechte haben behauptet, ein Inkubus hocke auf deiner Brust.« Stolz fügte er hinzu: »Ich war der Einzige, der sich zu dir getraut hat.«

»Das hast du gut gemacht«, sagte Ion schwach.

Das Talglicht flackerte und der Knecht hielt schützend die Hand davor. »Herr, soll ich ein wenig bei dir bleiben?«, fragte er freundlich. »Bis du wieder eingeschlafen bist?«

Am liebsten hätte Ion zugestimmt. Aber er schüttelte den Kopf. »Geh wieder schlafen. Ich danke dir.«

Allein im Dunkeln fragte er sich, ob der Schwarze jetzt wohl wütend war, weil er ihn im Traum hatte stehen lassen.

Später kam der Schlaf zurück und trug Ion davon wie ein dunkler Fluss. An jeder Flussbiegung aber warteten neue Träume.

Am nächsten Morgen sagte Ion beim Frühstück: »Ich werde heute zu den Pferden hinausgehen.«

Lysias hob den Kopf von seiner Breischale. »Heute kommen die Nachbarn zur Jungtierbeschau. Es gehört sich, dass du sie persönlich willkommen heißt und bewirtest.«

»Bis sie da sind, bin ich wieder zurück«, sagte Ion. »Aber vorher will ich kurz zu den Pferden. Wenn ich mich nicht bei ihnen sehen lasse, erkennen sie mich bald nicht mehr.«

Der Verwalter musterte ihn mit misstrauischem Blick. »Hast du vielleicht wieder von weißen Mädchenknöcheln geträumt und brauchst deshalb frische Luft?«, fragte er. »Du bist zu beneiden, Ion. Seit Wochen träume ich von einem Wurm, der mir die Zähne zernagt. Auch wenn es nur ein Traum ist«, betonte er schnell mit einem Seitenblick auf die Köchin, »es gibt Schöneres.«

»Ich kann die ewige Leier nicht mehr hören«, brummte die Köchin über ihrem Kessel. »Geh endlich zum Zahnreißer, Verwalter.«

»Wie geht es der jungen Webmagd?«, fragte Ion betont beiläufig.

»Keine Sorge, sie ist munter wie ein Vogel und noch hübscher als zuvor.« Die Köchin zwinkerte Ion zu. »Ein Tropfen Schlangengift wirkt bei Mädchen wie ein Liebestrank. Nanu, junger Herr, du wirst ja ganz rot!« Lachend rührte sie weiter.

»Was kümmert's dich, Weib?«, schimpfte Lysias. »Schau lieber in deinen Kessel.«

Das Gewitter hatte sich am frühen Morgen verzogen, der Himmel war klar und morgendlich hell. Ein frischer Wind bewegte die Äste der Bäume.

Auf dem Weg zur Pferdeweide sprach Ion sich selbst Mut zu. Es wird nichts Schlimmes geschehen, dachte er. Nicht, wenn ich Vorkehrungen treffe.

Die Pferdezucht war der ganze Stolz des Gutes. Als Ion das Gatter hochhob und auf die Weide trat, umringten ihn die Stuten und Jährlinge zur Begrüßung. In ihrem freudigen Ungestüm stießen sie ihn beinahe um, und er brauchte mehrere Anläufe, sie durchzuzählen: dreißig Stuten, zwölf Jährlinge. Gut.

»Sind die Hengste im Stall?«, fragte er den Pferdeknecht.

»Alle vier, Herr«, nickte der Knecht. »Willst du ausreiten?«

»Nicht heute. Ich möchte, dass du die Stuten und die Fohlen ebenfalls in den Stall bringst.«

»Soso.« Der Pferdeknecht schob sich den Hut in den Nacken. »Erst vor einer halben Stunde habe ich sie alle herausgeschafft. Warum sollen sie jetzt wieder rein?«

»Wegen der Wölfe«, sagte Ion schnell. »Die Jäger haben Wolfsgeheul gehört. Sie meinen, das Rudel könnte hierher kommen.«

Er nahm Seile und Lederhalfter und half, die Stuten und Jährlinge in die Ställe zu führen. »Halte die Pferde den ganzen Tag fest eingeschlossen«, schärfte er dem Knecht ein.

Er kam gerade rechtzeitig zum Hof zurück, um die Nachbarn zu begrüßen. Drei Bauern aus der Umgebung waren gekommen, und Ion führte sie zusammen mit Lysias durch die Ställe. Zum ersten Mal überließ der Verwalter ihm die Tauschgeschäfte: Wein und Honig für die Lämmer, Gerste und Weizen für die Stierkälber.

Beim Gastmahl in der Küche – die Köchin trug gebratene Rebhühner auf, die elyrische Küchenmagd goss kühlen geharzten Wein dazu ein – redeten die Nachbarn und Lysias über das Wetter, ihre faulen Knechte, das Wetter, den nächsten Markttag und wieder über das Wetter. Ion hörte nur mit halbem Ohr zu, er musste sich dazu zwingen, still sitzen zu bleiben.

Nach dem Essen begleitete Lysias die drei Männer hinaus, während Ion in der Küche blieb. Geistesabwesend sah er der Elyrerin beim Spülen der Schüsseln und Teller zu. Ihm wurde klar, dass er wartete, und in einer jähen Eingebung wusste er auch, worauf. Was war er doch für ein Idiot!

Als er aufgeregte Stimmen auf dem Hof hörte, eilte er hinaus.

»Ich hatte es vor dem Tor angebunden. Es muss sich losgerissen haben«, hörte er einen der Nachbarn sagen.

»Dein Pferd wird sich finden«, versicherte Lysias. »Wir machen uns gleich auf die Suche.«

Ohne ein Wort ging Ion los. Er musste nicht überlegen. Auf dem Gut gab es nur einen Brunnen, der groß und tief genug war, um derjenige aus seinem Traum zu sein: die Zisterne bei den Getreidefeldern.

Er beugte sich über den gemauerten Rand und schluckte. Das ertrunkene Pferd des Nachbarn bot einen erbärmlichen Anblick. Es war kopfüber hinabgestürzt, seine Hinterbeine ragten nach oben, genau wie Ion es im Traum gesehen hatte.

»Du armes Tier«, sagte er leise, dabei fühlte er sich schuldig. Er hätte auf der Hut sein und den Brunnen bewachen lassen können.

Wovon würde er heute Nacht träumen?

»Ihr Götter, ich will das nicht«, sagte er und ging los, um Lysias und die Nachbarn zu holen.

Nachdem er zusammen mit einem sehr verwunderten Stallknecht die Stuten und Jährlinge wieder hinaus auf die Weide gebracht hatte, zog Ion sich in seine Kammer zurück. Er fühlte sich müde und zerschlagen, eine Zeit lang überlegte er, ob er sein Schicksal herausfordern und einfach schlafen sollte. Schließlich griff er nach einem Stück Olivenholz und begann, eine kleine Ziege für die Söhne der Küchenmagd zu schnitzen. Er arbeitete den Kopf heraus und stellte sich vor, wie die kleinen Jungen sich freuen würden. Die Ohren, die Stirn, die Nase, den Hals …

Das Schnitzmesser fährt ins Holz, schnitzt die Kehle der Ziege, fährt in die Kehle des goldenen Jungen. Holz und Gold … Stein und Gold …

Ion warf die angefangene Schnitzerei auf den Tisch zurück. Er spürte eine tiefe Unruhe in sich und begann, rastlos in der Kammer auf und ab zu laufen. Irgendwann hielt er inne: Sein Blick war auf einen Beutel aus Kalbsfell gefallen, der an der Wand hing. Seit Jahren hatte er nicht mehr hineingesehen, nun aber leerte er den Beutel auf sein Lager.

Kinderschätze, gesammelt auf Kinderart. Ein Kupferamulett zu seiner Geburt, das sein Vater hatte anfertigen lassen. Ein rotes Tuch mit einem eingewebten Hundekopf von seiner Mutter. Ein Messer. Ein Stierhorn. Eine große schimmernde Muschel. Drei beschriebene Scherben, schwarzer Ton mit roter Schrift. Ein paar Glasperlen und Kieselsteine.

Ion griff nach dem Messer. Lysias hatte es für ihn gekauft, während der Pilgerreise über das Meer. Es war nur Kinderkram, die Klinge weich und stumpf. Doch als Neunjähriger, erinnerte sich Ion, war er davon hingerissen gewesen.

Er legte das Messer aufs Bett zurück. Dann drehte er die Tonscherben so, dass er die Schrift erkennen konnte. Die Scherben stammten von derselben Pilgerreise: Während der Zeremonie im Tempel hatte Ion versehentlich einen Krug mit Öl fallen lassen und anschließend die Scherben aufgeklaubt. Aber warum eigentlich waren sie beschriftet? In ihm regte sich eine leise Erinnerung, als hätten die roten Schriftzeichen früher einen Sinn ergeben, eine Art Reim oder Beschwörung. Jetzt aber konnte er nichts mehr entziffern.

Achselzuckend räumte er die Stücke wieder in den Beutel und nahm sich erneut seine Schnitzarbeit vor.

»Ich mache mir Sorgen«, sagte Ion beim Nachtmahl.

Sie saßen zu sechst um den großen Holztisch, wie immer, wenn sie keine Gäste hatten. Seit Ions Vater vor acht Jahren gestorben war, bestand die Mutter darauf, dass die Köchin, die alte Webmagd und der älteste Knecht am gemeinsamen Nachtessen teilnahmen. Es war ihre Art, Lysias' Blicken und stillen Seufzern zu begegnen.

»Erzähl, was dich bedrückt«, sagte die Mutter, die wie immer keinen Schleier trug. Ihr helles Haar hatte sie mit silbernen Kämmen hochgesteckt, ein Anblick, der Lysias regelmäßig noch mehr leiden ließ.

»In meinen Träumen sehe ich Dinge, die am nächsten Tag Wirklichkeit werden. Ich wusste im Voraus, dass das Pferd des Nachbarn ertrinken wird. Und ich wusste auch«, Ion wurde ein wenig rot, »dass die junge Webmagd von einer Schlange gebissen wird. Ich ...« Er stockte, dann sprach er seine große Befürchtung aus. »Ich fürchte, dass ich mit meinen Träumen das Unheil auf den Hof ziehe.«

Lysias gab einen ärgerlichen Schnaufer von sich. »Wir haben auf dem Gut zwanzig Mägde, vierzig Knechte und fünfhundert Tiere. Unglücksfälle kommen immer wieder vor, sie haben mit deinen Träumen nichts zu tun.«

»Träumst du denn nur von schlimmen Dingen?«, fragte die Mutter.

»Nein, nicht nur«, sagte Ion, während er versuchte, sich zu erinnern. »Oft ist es ganz banal, wie das Wetter am nächsten Tag, die Farbe eines Gewandes oder irgendein Besucher. Dinge, die weder gut noch böse sind.«

Über seine tiefsten Ängste zu sprechen, die vor dem schwarzen Traumdämon und dem steinernen und goldenen Jüngling, brachte er nicht über sich.

»Die Träume beunruhigen mich. Was ist, wenn ich von richtig großen Schrecknissen träume und dann werden sie Wirklichkeit?«

»Ich möchte dich etwas fragen, Junge.« Lysias beugte sich über den Tisch und fixierte Ion. »Kann es sein, dass du dich vor deinem Kranichfest und damit vor deiner neuen Verantwortung fürchtest?«

Ion erwiderte fest seinen Blick. »Das glaube ich nicht, nein.«

»Es ist das Alter«, mischte sich die alte Webmagd ein. Der uralte Knecht, der neben ihr zahnlos an einem Hühnerbein lutschte, nickte bedächtig dazu. »Unser Ion verlässt das Haus seiner Kindheit und geht in sein wahres Leben hinaus. Und an dieser Pforte lauern die Dämonen.«

»Ihr solltet einen Traumdeuter befragen«, schlug die Köchin vor. »In der Stadt gibt es einen neuen Magier, der wahre Wunder tut. Überall auf den Höfen schwärmen die Frauen und Knechte von ihm. Es heißt, er habe wirklich starke magische Kräfte.«

»Hokuspokus für abergläubische Dummköpfe«, sagte Lysias. Die Köchin kniff die Lippen zusammen. »Ich empfehle eiskalte Bäder und harte Arbeit gegen die Träumerei.«

»Verwalter, du glaubst hoffentlich an die Götter«, sagte die Mutter freundlich. »Warum soll es keine Magier geben, die in ihrem Namen Wunder tun?«

Lysias nickte steif in ihre Richtung. »Herrin, ich fürchte, ich habe verlernt, an Wunder zu glauben.«

Als die elyrische Küchenmagd die Becher neu mit Wein füllte, hielt die Köchin sie am Rock fest.

»Meine Elyrerin hier versteht etwas von Zauberdingen, junger Herr«, erklärte sie, während die Magd verlegen die Augen niederschlug. »Wir werden heute Nacht in deine Kammer kommen und einen Abwehrzauber gegen die Träume wirken.«

Ions Tür und Fenster wurden mit Fellen verhängt, die Türstöcke mit Efeu umwunden. In einem Kohlebecken entzündete die Köchin scharf riechende Pflanzenstängel, die einen beißenden Qualm absonderten.

Ion selbst lag auf seinem Lager und wurde von der Elyrerin magisch behandelt. Die sonst so stille junge Frau hatte ihre langen Haare gelöst und ihre Röcke geschürzt. Sie wirbelte um Ion wie ein entfesselter Naturgeist, sie kreischte und heulte und spuckte ihm erstaunlich zielsicher ins Gesicht. Ion war heilfroh, als die Köchin die Prozedur für beendet erklärte, die Elyrerin daraufhin ihr Haar zusammenband und sich vor ihm verneigte, wieder ganz demütige Magd.

»Nun solltest du gegen jede magische Gefahr gefeit sein«, sagte die Köchin. »Schlaf tief und traumlos, junger Herr.«

Schon kurze Zeit später umflatterten Ion schwarze Schwingen. Und im Traum sah er Lysias tot auf einer Bahre liegen.

Im Morgengrauen schlug Ion die Augen auf. Er nahm sich nicht die Zeit, sich anzukleiden, barfuß und im Hemd stürzte er über den Hof zu Lysias' Kammer.

Der Verwalter kürzte gerade seinen Bart mit einer Schere und fuhr erschrocken hoch, als Ion hereinstürmte. »Ion! Willst du, dass ich mir die Nase abschneide?«

»Du musst fortgehen«, sagte Ion hastig. »Jetzt gleich. Bleib den ganzen Tag vom Hof fern.«

»Weshalb?«, fragte Lysias sanft, als spräche er zu einem kleinen Kind.

»Etwas Schlimmes wird dir zustoßen, wenn du hierbleibst. Ich habe es geträumt.«

Wortlos tastete Lysias nach seinem Bart und schnitt weiter.

»Wirst du weggehen?«, beharrte Ion. »Es ist nur für heute.«

»Nein.«

»Lysias, du wirst sterben! Meine Träume gehen in Erfüllung!«

»Meine zum Glück nicht«, brummte der Verwalter. »Sonst hätte ich keinen einzigen Zahn mehr.« Energisch klapperte er mit der Schere. »Rede, was du willst, ich bleibe hier. Jemand muss dir die fixen Ideen ja austreiben.«

Im Nachhinein wusste Ion nicht, wie er den Vormittag überstanden hatte. Wie ein Schatten folgte er Lysias in die Stallungen und Lagerräume. Obwohl der Verwalter kerngesund wirkte und wie üblich arbeitete wie ein Pferd, rechnete Ion jeden Augenblick mit seinem Ableben.

Nach dem Mittagsmahl in der Küche erhob sich Lysias.

»Ich gehe jetzt zum Abort und danach in meine Kammer«, betonte er mit Blick auf Ion. »Lass dir nicht einfallen, mir hinterherzugehen.«

Natürlich kehrte Lysias nicht vom Mittagsschlaf zurück. Ion suchte ihn überall im Haus, danach auf sämtlichen Ländereien. Es war später Nachmittag, als er mit hängendem Kopf zur Halle trottete, überzeugt davon, dass er den Verwalter nicht lebend wiedersehen würde.

Er musste nicht lange warten. Krachend flog die Tür auf, zwei Männer trugen Lysias auf einer Bahre herein und setzten ihn wortlos vor Ions Füßen ab. Der Verwalter lag da, genau wie Ion es im Traum gesehen hatte, sehr bleich und sehr tot.

Bei den Göttern, er würde der Mutter die Nachricht beibringen müssen. Wie sollte das Leben auf dem Gut ohne Lysias weitergehen?

»Wie ist es passiert?«, fragte er schwach.

Die beiden Bahrenträger sahen sich an. »Er hat es selbst gewollt«, sagte der eine und kratzte sich am Kopf. »Wir haben ihm bloß geholfen.«

»Er hat euch gesagt, dass ihr ihn *umbringen* sollt?«

»Das nicht gerade, Herr«, sagte der zweite. »Übrigens war er da auch noch ganz schön lebendig. Gebrüllt hat er wie ein Ochse.«

»Was habt ihr mit ihm gemacht?«, fragte Ion entsetzt.

»Herr, wir sind die Pferdeschmiede vom Nachbargut«, erzählte der erste. Zum Beweis räumte er eine schwere Zange aus seiner Ledertasche und schwenkte sie vor Ions Augen. »Der Herr Verwalter hat den Wurm im Zahn nicht länger ertragen können. Und zum

Zahnreißer wollte er partout nicht. Also kam er zu uns. Und wir haben ihm geholfen.«

»Aber dann«, ergänzte der zweite, »hat's ihm doch wehgetan. Da ist der Herr Verwalter vor Schreck umgefallen.«

»Keine Bange, der wird schon wieder«, sagte der andere. »Den Wurm ist er jedenfalls los. Und den Zahn auch.« Stolz hielt er Lysias' großen, gelben Backenzahn in die Höhe.

Bis zum Abendessen hatte Lysias sich genug erholt, um Ion zu verspotten. »Etwas Schlimmes wird geschehen. Du wirst sterben«, äffte er ihn nach. »Den Zahnwurm bin ich los, das ist alles. Mögen die Götter die beiden Pferdeschmiede segnen und dich endlich wieder zu Verstand kommen lassen.«

Ion hatte sein Essen noch nicht angerührt. Nach dem überstandenen Schrecken fühlte er sich krank. »Du konntest dir denken, dass ich mir Sorgen mache«, sagte er zu Lysias. »Warum hast du dir den Zahn ausgerechnet heute ziehen lassen?«

»Warum? Es war an der Zeit, darum«, entgegnete der Verwalter. »Wenn ich anfange, mir von Träumern und Propheten dreinreden zu lassen, werden wir hier auf dem Gut bald Mondkälber züchten.«

Die Köchin funkelte ihn an. »Ich wäre stolz und glücklich, wenn der junge Herr sich so um mich sorgen würde«, giftete sie.

Bis jetzt hatte Ions Mutter nicht viel gesprochen. Nun wandte sie sich an Lysias: »Verwalter, kannst du nach dem Essen mit mir in der Webstube die Tuchverkäufe abrechnen?«

Für einen verräterischen Augenblick leuchtete Lysias' Gesicht auf. Gleich darauf sagte er betont gleichmütig: »Natürlich, Herrin. Wenn dir daran liegt.«

Nach dem Essen, als Lysias bereits zur Tür hinaus war, nahm die Mutter Ion beiseite. »Reite jetzt gleich in die Stadt«, sagte sie leise. »Dieser Magier, von dem die Köchin gestern gesprochen hat, bietet seine Dienste bis spät in die Nacht an.«

»Du kennst ihn?«

Zu seinem Erstaunen wirkte die Mutter verlegen. »Die Köchin hat ihn mir empfohlen. Er, nun«, sie räusperte sich, »er scheint tatsächlich magische Kräfte zu besitzen.«

Ion wusste nicht recht, was er sagen sollte. Seine Mutter glaubte an einen billigen Wahrsager vom Markt? Einen Magier, wie es sie zu Dutzenden in der Marktstadt gab?

»Sein Karren steht in der Hundeschwanzgasse. Wenn du ihm zehn Obolus gibst, wird er dir deine Träume deuten.«

Niemand konnte genau sagen, warum die schmale Gasse hinter dem Haupttempel der Stadt Hundeschwanz genannt wurde. Vielleicht, weil sie so gekrümmt war oder weil sich tagsüber so viele Menschen in ihr aufhielten wie Flöhe auf einem Hundeschwanz. Die Hundeschwanzgasse war der angestammte Platz der Heiler und Geburtshelfer, der Tränkebrauer und Traumdeuter. Während der Markttage herrschte hier reger Betrieb, dann warteten Traumbänke und Heilstühle auf Kundschaft, klimperten Amulette und Orakelschnüre und aus den Zelten drangen Gesänge und raunende Zaubersprüche.

Jetzt, schon spät am Abend, stand lediglich ein einzelner, hochrädriger Holzkarren im Schatten der Tempelmauer. Über seiner rot gestrichenen Tür hing ein Schild:

Poias – Magier und Wahrseher
Mit den Göttern auf Du und Du
Orakel, Traumdeutung, Heilzauber
Zufrieden oder Geld zurück

Trotz der vorgerückten Stunde warteten vor dem Karren noch etwa zwanzig Frauen und Männer, alle in den groben Wollumhängen der Mägde oder Knechte.

Ion stieg ab und band seine Stute an den nächsten Baum. Dann näherte er sich zögernd der roten Karrentür.

Die Wartenden waren dankbar für die Abwechslung.

»Zu so später Stunde willst du noch zum Magier, mein Junge?«, fragte ein älterer Knecht. »Da hast du wohl ein mächtig eiliges Problem.«

Darüber lachten sie alle.

»Ich kenne dich«, sagte eine Magd. »Du bist der junge Herr vom Gut, auf dem Lysias Verwalter ist.«

»Mmh«, antwortete Ion einsilbig und trat von einem Fuß auf den anderen. Zu allem Überfluss schlenderten jetzt auch noch zwei Stadtwächter vorbei, die die Ansammlung von Menschen mitten in der Nacht misstrauisch musterten. Trotz der frischen Nachtluft begann Ion zu schwitzen. Er war froh, als die Wächter kommentarlos weitergingen.

Die Wartenden ließen einen Weinkrug herumgehen. »Wenn der große Magier sich weiterhin so viel Zeit lässt, stehen wir noch die halbe Nacht hier.«

»Glaubt mir, das Warten lohnt sich«, sagte eine Frau schwärmerisch. »Ich komme schon das fünfte Mal zu ihm. Der Mann hat wahrlich magische Kräfte.«

Mit einem Ruck flog die Karrentür auf. Die Wartenden seufzten und drängten sich erwartungsvoll nach vorne.

Aus dem Karreninneren quoll giftgrüner Nebel, in dem der Magier Poias sich als schwarzer Schatten im Eingang abzeichnete. Im ersten Moment schien er Ion groß und breitschultrig, ein wahrer Hüne. Als er aber genauer hinsah, erkannte er einen hohen, spitzen Lederhut, einen Mantel mit gepolsterten Schultern und darunter einen eher kleinen, gedrungenen Mann, an dem nur eines auffallend groß war: seine Füße, die in roten Schlupfschuhen steckten.

Der Magier blickte über die Schar seiner Klienten wie ein Hirt über seine Herde. »Willkommen, meine armen, geplagten Schwestern und Brüder, willkommen! Wer von euch will der Erste sein? Nur immer mutig herein! Erzählt mir eure Nöte, zeigt mir eure Warzen und Furunkel und ich weissage euch euer Schicksal daraus! Alpha und Omega, was war und was sein wird, ich lese darin wie in einem offenen Buch. Auf Du und Du mit den Göttern, beherrsche ich sieben mal siebzig verschiedene Orakel: Baumorakel, Bleiorakel, Fischblasenorakel, Giftorakel, was immer euer Herz begehrt … Ah!«

Er hatte Ion entdeckt, was ihn kurz aus dem Tritt brachte. Gleich darauf fing er sich wieder und wandte sich mit einem breiten Lächeln an die Wartenden.

»Ich bitte um eure Nachsicht, aber die Götter in ihrem unerforschlichen Ratschluss befehlen mir, als Erstes diesen frommen Jüngling aufzurufen. Geht also nach Hause, meine lieben Brüder und Schwestern, und kommt alle morgen wieder. Poias der Magier freut sich schon auf euch.«

Die Knechte und Mägde sahen Ion hinterher, als er über die Holzstufen in den Karren kletterte. Offensichtlich nahmen sie es ihm nicht übel, dass sie wegen ihm fortgeschickt wurden. Eine Magd rief ihm sogar nach: »Viel Glück, junger Herr!«

Die Luft im Karreninneren war zum Schneiden dick, es stank beißend nach Schwefel. In einem Dreifuß schwelte ein Feuer; der grünliche Rauch umwaberte Körbe und Schüsseln, die sich vollgestopft mit Tierkrallen, Salbentiegeln und Amuletten bis zur Decke hinauf stapelten. An den Karrenwänden hingen Sternenkarten, Felle und Tiergeweihe.

Der Magier ließ sich an einem Tisch nieder und wies auf einen zweiten Hocker. »Setz dich, mein Junge.«

Auf der Tischplatte gaben sich die verschiedensten Gegenstände ein Stelldichein: Pinzetten und Zangen, eine getrocknete Schlange, ein Kuhschwanz, die Mumie einer Fledermaus, ein Menschenschädel. Dazwischen krabbelten unerschrocken einige lebendige Hirschkäfer.

Unauffällig musterte Ion den Magier. Das grüne Licht verlieh ihm eine ungesunde Farbe, doch er war bestimmt auch bei Sonnenschein keine Schönheit. Seine Nase war spitz, die Augen klein und listig, die Haare lugten als fettige Kringel unter dem spitzen Hut hervor. Der ganze Magier schien Ion so schmuddelig wie sein Karren.

Ein feines Lächeln umspielte Poias' Lippen. Siedend heiß fiel Ion ein, dass er einem Magier und Seher gegenübersaß. Was, wenn Poias seine Gedanken lesen konnte?

Hastig suchte er nach einem höflichen Gesprächsstoff: »Ehrwürdiger Poias, wie sprechen die Götter zu dir?«

»Auf alle möglichen Arten und Weisen«, erklärte der Magier. »Durch den Flug eines weißen Raben, durch die Eingeweide einer giftigen Kröte, durch singende Winde aus dem Orient. Manchmal aber auch durch liebliches Münzengeklingel.«

Damit fixierte er unverhohlen Ions Gürteltasche. »Hol diesen Jüngling nur schnell herein, sprechen die Götter dann zu mir. Seine zehn Obolus werden deine magischen Kräfte beflügeln.« Er hielt Ion die offene Hand hin.

»Woher weißt du von dem Geld?«, fragte Ion verblüfft, während er in seiner Tasche kramte.

»Ich sehe auf den Grund der Seelen und der Beutel. Wobei sich beides nicht so sehr unterscheidet, wie man glauben möchte.«

Poias nahm die Münzen in Empfang, zählte sie und warf sie dann lässig durch die Nasenlöcher des Menschenschädels.

»Ich kannte ihn. Geld war schon zu Lebzeiten das höchste

Glück für ihn«, erklärte er leichthin. »Also, mein Junge, was kann ich für dich tun?«

»Ich komme zu dir wegen meiner Träume«, sagte Ion unsicher.

»Nur zu.« Der Magier wedelte ermutigend mit der Hand. »Erzähl mir alles frisch und frei von der Leber weg. Du brauchst dich für nichts zu schämen. Poias der Magier kennt die Träume der Menschen wie den Rotz in seinem Schnupftuch. Ein schmucker Jüngling wie du«, er zwinkerte schelmisch, »wird wohl von mehr als nur von Bohnenkernen träumen. «

Es klopfte an der Karrentür. Im selben Augenblick blitzte eine Traumerinnerung in Ion auf.

»An deiner Stelle würde ich nicht öffnen«, sagte er.

Der Magier zog die Augenbrauen hoch. »Warum nicht? Da draußen steht eine der Frauen, die ich gestern Nacht geheilt habe, und bringt mir zum Dank eine Amphore Honigwein. Höchst willkommen an diesem trockenen Abend.«

»Ehrwürdiger Magier, es könnte sein, dass du dich irrst«, konnte Ion noch sagen. Doch da hatte Poias schon schwungvoll die Tür geöffnet. Eine mächtige Faust schoss herein und packte den Magier am Mantelkragen. Dann schob sich der dazugehörige Mann durch die Tür und brachte damit den Karren gefährlich ins Schwanken.

»Du bist also der Kerl mit den magischen Kräften, von denen mir mein Weib ständig vorschwärmt.«

Der Mann war ein kahlköpfiger Riese, seine Muskeln sprengten fast die Ärmel seines Leinengewandes. Mit einem Ratsch zog er Poias den Spitzhut über die Augen.

»Weißt du, was ich denke? Ich denke, deine stinkenden Hände haben sich unter ihr Brustband und unter ihren Rock verirrt. Deshalb wirst du jetzt die Wirkung meiner magischen Fäuste kennenlernen.«

Mit fast liebevoller Präzision hieb er dreimal hart auf Poias Nase. Dann stellte er den Magier auf seine großen Füße zurück.

»Was die Magie angeht, so sind wir jetzt quitt«, erklärte er und polterte die Karrenstufen hinab. Draußen hörte Ion ihn vergnügt pfeifen.

Poias rückte seufzend seinen Spitzhut zurecht und wischte sich mit einem Tuch das Blut von der Nase.

»Oh Pyktes, himmlischer Faustkämpfer, auch wenn du nicht zu meinen Freunden zählst«, grummelte er. »Zeig diesem irdischen Barbaren bei passender Gelegenheit *deine* Magie.«

Er sah Ion mit mildem Tadel an. »Wenn du schon gewusst hast, dass dieser Muskelmann über mich herfällt, hättest du mich da nicht warnen können?«

»Das habe ich ja«, verteidigte sich Ion. »Du hast nicht auf mich gehört.«

»Kommst du deshalb zu mir? Weil du die Zukunft kennst?«

Ion nickte. »Ich träume sie.«

»Dann willkommen in der Gilde, junger Seher«, sagte Poias und schnäuzte blutig in sein Schnupftuch. »Soll ich dir helfen, deine Gabe weiter zu verfeinern?«

Ion schüttelte den Kopf. »Ich bin kein Seher. Und ich will auch bestimmt keiner werden«, erklärte er. »An meinem Kranichfest werde ich Herr über ein Gut. Zwanzig Mägde und vierzig Knechte und fünfhundert Tiere.«

»Was du nicht sagst. Donnerwetter«, sagte Poias anerkennend. »Das trifft sich gut: Wenn du als Gutsherr das Wetter vorhersagen kannst, muss keiner mehr auf das Quaken der Frösche achten. Deine Knechte kannst du strafen, noch bevor sie wissen, dass sie etwas anstellen werden. Allerdings will es mir scheinen«, fuhr er nach einem Blick in Ions Gesicht fort, »als würdest du auf deine so überaus vorteilhafte Gabe nicht den geringsten Wert legen.«

»Ich habe Angst, dass ich mit meinen Träumen das Unheil auf das Gut ziehe«, sagte Ion. »Da ist dieser Dämon im Traum, gesichtslos, mit schwarzen Schwingen. Er ist böse, das spüre ich, und er will mir Böses.«

Der Magier Poias hatte aufmerksam zugehört. Jetzt kniff er die Augen zusammen. »Sag mir, dieser Dämon mit den schwarzen Schwingen, von dem du da sprichst, wie groß erscheint er dir im Traum? Vielleicht so wie ein Rabe?«

»Er ist riesig und seine Schwingen verdunkeln den Himmel«, antwortete Ion.

Die Miene des Magiers verdüsterte sich. »Und das ist der schwächste der drei Arai«, murmelte er. »Gute Arbeit, Höchste. Wie mögen die beiden anderen beschaffen sein?«

»Wovon redest du?«, fragte Ion verwundert.

Blitzschnell glättete Poias sein Gesicht wieder. Er strahlte Ion an. »Ich habe nur kurze Zwiesprache mit den Göttern gehalten«, behauptete er. »Und die Götter sagen mir, diesem frommen Jüngling kann geholfen werden. Morgen habe ich noch zu tun, schließlich darf ich all die braven Menschen der Stadt nicht enttäuschen. Sagen wir also, Aufbruch übermorgen im Morgengrauen?«

Verständnislos schüttelte Ion den Kopf. »Aufbruch? Wohin?«

»Nach Adama. In die Königsstadt«, sagte der Magier. »Ich bringe dich an den Hof von König Melitorgos. Der König hat die berühmtesten Magier und Seher des Reiches um sich geschart. Zauberer dieses Kalibers brauchen dich nur anzuhauchen, und deine Träume flattern davon wie flüchtige Mondfalter.«

»Aber ich kann nicht mit dir nach Adama gehen«, sagte Ion entgeistert. »Das ist ganz und gar unmöglich.«

»Dann, junger Ion, wünsche ich dir weiterhin angenehme Träume.« Poias riss die Tür auf, und ehe Ion sich versah, hatte er ihn aus dem Karren in die Dunkelheit geschoben. »Es hat mich gefreut, deine Bekanntschaft zu machen.«

Klapp, war die Karrentür zu.

Ion stand fröstelnd auf den Stufen. »Ich dachte, du bist selbst ein großer Magier«, rief er. »Kannst du meine Träume nicht hier an Ort und Stelle vertreiben?« Doch die rote Tür blieb geschlossen, der große Magier Poias unsichtbar.

Während Ion über die nächtliche Straße nach Hause ritt, dachte er an Adama und versuchte, sich das Leben und Treiben in der großen Königsstadt vorzustellen. Erst kurz vor dem Hoftor begann er zu überlegen, wann genau er dem Magier seinen Namen genannt hatte.

In seinem Traum, während der goldene Junge vor seinen Augen jämmerlich verblutete, flüsterte der Schwarze in Ions Ohr: »Nichts von dem, was du treibst, entgeht mir. Glaubst du, mit Hilfe eines windigen Scharlatans kannst du deinem Fluch entrinnen? Du Narr! Komm nur mit diesem Magier Poias nach Adama, ich erwarte dich dort! Alles sollst du sehen, nichts verstehen! Das wird ein Spaß!«

Der helle Lichtbalken unter dem Fensterladen verriet Ion, dass er hoffnungslos verschlafen hatte. Mit einem Satz sprang er von seinem Lager, schob den Laden zurück und atmete tief die frische Morgenluft ein. Wie so oft hatte er in der Nacht vom Gut geträumt, doch was er diesmal gesehen hatte, konnte einfach nicht in Erfüllung gehen! Der Bann war gebrochen!

»Jetzt hast du den Bogen überspannt«, sagte er laut. »Und da du Fehler machst, muss ich dich nicht mehr fürchten. Von nun an lache ich einfach über dich und deine Träume! Und weißt du was, das hätte ich von Anfang an tun sollen!«

Auf dem Gut hatte der Arbeitstag längst ohne ihn begonnen. Im Hof versiegelten Knechte ausgehöhlte Baumstämme mit Erdpech, durch sie würde in der kommenden Trockenzeit Flusswasser zu den Feldern geleitet. In seiner Hochstimmung sprang Ion übermütig über die Stämme, und die Knechte sahen sich grinsend an.

»Wo ist Lysias?«, fragte er.

»Im Stall. Eine Kuh macht beim Kalben Schwierigkeiten.«

Ion erschrak kurz. *Sein Traum.* Aber er würde nicht in Erfüllung gehen. Diesmal nicht.

Er fand die Küche verlassen und leer vor. Das Herdfeuer brannte noch, die Köchin hatte ihm ein Mahl aus Gerstenfladen, Ziegenfleisch und sauer eingelegtem Fenchel gerichtet. Während Ion aß, fühlte er steigende Unruhe und ärgerte sich. Heute war der Tag, an dem Träume wieder Träume wurden und er selbst frei von allen Sorgen. Warum schmeckte ihm der Gerstenfladen wie Sägemehl?

Nach einem letzten Schluck aus dem Wasserkrug verließ er die Küche und lief zum großen Kuhstall hinüber. Gerade trat einer der Knechte aus der Stalltür. Der Kittel des Mannes war blutig verschmiert, auf seinem Gesicht malte sich abergläubische Furcht.

»Bei den Göttern, junger Herr, das musst du dir ansehen.«

Als er Ion in den Stall zog, hinterließ er einen blutigen Abdruck auf seinem Arm. Ion merkte es nicht, er hatte auch keinen Blick für die Kühe rechts und links, die ihm die Köpfe zudrehten und zutraulich brummten.

»Hier hinten, Herr.«

Im grünlichen Zwielicht des Stalls lag das neugeborene Kalb im Stroh. Die rotbraune Mutterkuh war bereits wieder auf die Beine gekommen. Lysias, von dem Ion nur die Beine sah, machte sich an ihrem Euter zu schaffen. Die Kuh beachtete ihr Kleines nicht, daran erkannte Ion, dass es tot war.

»Was ist mit dem Kalb?«, fragte er unsicher.

»So etwas habe ich noch nicht gesehen«, tönte Lysias' Stimme unter dem Tierleib hervor. »Sieh es dir selbst an.«

Nur widerwillig beugte Ion sich über das blutige Bündel. Auf den ersten Blick entdeckte er zwei Köpfe, so identisch, dass er unwillkürlich blinzelte, um das Doppelbild zusammenzufügen. Der gesamte Kälberleib war merkwürdig verwachsen und verdreht: Ein Bein ragte senkrecht aus dem Rückgrat heraus – als sei der Bildner im Mutterleib durcheinandergekommen.

Stöhnend richtete Lysias sich auf. »Wir müssen den Stall ausschwefeln lassen«, sagte er. »Nicht dass sich das Unreine bei uns einnistet.«

Abwesend nickte Ion. Er schob eine hölzerne Heuforke unter das tote Kalb und drehte es um. An der Nahtstelle, wo die zwei Köpfe sich zu einer Kehle vereinigten, baumelte ein Hautbeutel in der Größe eines Apfels. Ion stellte die Forke beiseite, dann zog er mit den Fingern behutsam die blutige Haut auseinander.

Der dritte Kopf. Winzig klein und missgebildet.

Ion wusch sich die Hände im Wasserzuber. Wie Rüben oder Pilze mussten die Kälberdrillinge im Mutterleib miteinander verwachsen sein. Das dreiköpfige Kalb, von dem er in der Nacht geträumt hatte. Das es nicht geben konnte und das jetzt doch Wirklichkeit war.

Die rotbraune Kuh gab einen rauen Ton von sich. »Du Arme klagst um dein Junges«, sagte Ion und kraulte sie zwischen den Hörnern.

»Fass die Kuh nicht an, Herr«, warnte der Stallknecht. »Sie ist von den Göttern verflucht.«

Um Unglück vom Hof abzuwenden, wurde die Rotbraune noch am selben Nachmittag geschlachtet und auf dem steinernen Feldaltar verbrannt. Hoch oben auf dem Kornspeicher sah Ion die

Flammen inmitten der grünen Felder, den Rauch dunkel zum Himmel steigen.

Ein dreiköpfiges Kalb, das es nicht geben konnte. Der Schwarze hielt ihn im Würgegriff, das hatte er heute eindrucksvoll bewiesen. Ob er sich wohl gerade ins Fäustchen lachte, an dem namenlosen Ort, an dem er sich aufhalten mochte?

Nein, nicht länger namenlos: *In Adama warte ich auf dich*, hatte die Stimme geflüstert. Und dieser Magier Poias wollte ihn genau dorthin bringen, schöne Aussichten! Wenn er aber hierblieb, welche Träume würde der Schwarze ihm als Nächstes schicken? Eine Bande von Mördern, die in das Gut eindrang? Eine grauenvolle Seuche, die jeden einzelnen dahinraffte?

Alles konnte er träumen. Alles würde in Erfüllung gehen.

»Warum nur? Warum?«

Vom Feld herüber wehte beißender Qualm. Die arme Rotbraune brannte lange und ergiebig. Die Götter würden ihre Freude an ihr haben.

Ion

Der Himmel war noch nächtlich dunkel. Über den Bergen weit im Osten zeigte sich zaghaft ein erster heller Streifen, als Ion die Tür zum Pferdestall öffnete.

»*Schscht*«, machte er, als die Stuten ihn mit leisem Wiehern begrüßten. Er wählte sein Lieblingspferd aus, eine graue Stute, die erfahren genug war, allein von der Marktstadt zum Gut zurückzufinden.

Gerade als er sie zur Stalltür hinausführte, kam der Pferdeknecht, der die Nachtwache hielt, knüppelschwingend aus seiner Hütte gestürzt. »Hab ich doch richtig gehört! Du elender Pferdedieb, dich werde ich … Na hoppla! Du bist es, junger Herr! Das hätte ins Auge gehen können! Was hast du vor?«

Der Knecht deutete auf den Kalbsfellbeutel, den Ion geschultert trug, dann hinauf zum Mond. »Willst du unter Selenes Segen aussäen?«

Ion schüttelte den Kopf. »Nein. Das heißt, ja, warum nicht, viele Gutsleute schwören auf Mondsaaten. Ich wollte …«

»Hä, habe ich jetzt schon Erscheinungen oder was hat das wieder zu bedeuten?«, unterbrach ihn der Pferdeknecht und stierte dabei auf etwas hinter Ions Rücken. »Da hat sich wohl einer auf dem Weg zum Hundeschwanz verfahren.«

Ion drehte sich um. Mit einem Blick erfasste er, wer da ratternd und klimpernd den Feldweg entlanggefahren kam.

»Es ist in Ordnung«, sagte er zu seinem Knecht. »Bring die Stute für mich in den Stall zurück.«

Doch der Pferdeknecht blieb wie angewurzelt stehen und glotzte.

»Sieh dir diesen Karren an, junger Herr«, sagte er entzückt. »Würden wir so zimmern, der Verwalter würde uns aufspießen und über kleinem Feuer rösten. Und erst das Pferd davor!«

Vor Vergnügen klopfte er sich auf die Schenkel. »Wann ist dir jemals ein solcher Klepper begegnet?«

Eine uralte Stute zog den Karren. Ihr Rücken hing durch, ihre Rippen standen hervor, und durch die vielen kahlen Stellen ihres Fells schimmerte rötlich die Haut. Das Pferdegesicht war schlohweiß, was ihr irgendwie einen gelehrten Ausdruck verlieh.

Als das klapprige Pferdchen nahe genug heran war, machte es einen langen Hals und gab Ions grauer Stute einen freundlichen Nasenstüber.

»Na, was sagst du zu Dorcas, meinem Himmelsross?«

Stolz wie ein Fürst thronte der Magier Poias auf seinem Karren. Sein spitzer Hut ragte kerzengerade hinauf in den Nachthimmel. »Hier sind wir, pünktlich im Morgengrauen. Ich habe mir sagen lassen, dass dein Gut direkt auf dem Weg nach Adama liegt. Also dachte ich, komme ich gleich vorbei und erspar dir den Umweg in die Stadt.«

»Du warst dir also sicher, dass ich komme«, sagte Ion.

»Aber ja«, strahlte Poias. »Der Magier, der das Gras wachsen hört, kann auch über zehn Meilen hinweg die Gedanken in deinem Kopf knistern hören.«

»Hat er gerade behauptet, du hättest Stroh im Kopf, junger Herr?«, fragte der Knecht und packte seinen Knüppel fester.

»Nein. Es ist alles in Ordnung.« Ion drückte dem Knecht die Zügel seiner Stute in die Hand. »Gib meiner Mutter und Lysias und dem ganzen Gut Bescheid, dass ich nach Adama fahre und so schnell wie möglich wieder zurückkomme.«

Der Knecht blinzelte ungläubig. »Nach Adama willst du? Mit diesem Klappergestell?«

Es war nicht klar, ob er den Karren, das Pferd oder den Magier selbst meinte. »Das ist nicht dein Ernst, junger Herr.«

Mit der Faust stieß der Knecht gegen den Karren, dass die Holzspäne herabrieselten. »Siehst du das? Spätestens nach zehn Meilen wird der Kasten unter euch zusammenbrechen. Wenn nicht zuvor schon der arme Klepper zusammenbricht. Wenn du schon nach Adama musst, warum nimmst du nicht deinen eigenen Wagen und deine eigenen Pferde?«

»Nein, meine Freunde, das kommt überhaupt nicht in Frage«, erklärte Poias vom Kutschbock herab. »Ich kann meiner Dorcas die Freude nicht nehmen. Wie der Sturmwind wird meine Schöne nach Adama brausen!«

Das Pferdchen hob den Kopf und wollte wiehern, brachte aber nur Töne wie ein alter Blasebalg heraus.

»Das ist kein Pferd, das ist ein Witz«, urteilte der Knecht. »Du hast eine lustige Reise vor dir, junger Herr.«

Der Magier klopfte auf den Sitz neben sich. »Komm herauf, mein Junge. Unsere Fahrt beginnt.«

Als Ion oben saß, griff Poias nach den Zügeln und schnalzte. Mit aller Kraft zog das dürre Pferdchen an, doch der Karren rührte sich nicht vom Fleck.

»Warte, das haben wir gleich.« Der Magier reichte Ion die Zügel. Dann sprang er vom Wagen und schob Dorcas' mageres Hinterteil an. »Selbst das prachtvollste Feuer muss man zuerst anfachen.«

Die Räder knarrten und quietschten. Sehr langsam setzte der Karren sich in Bewegung.

»Ich wusste, du schaffst es. Jetzt flieg wie der Wind, mein Himmelsross«, jubelte Poias und kletterte erstaunlich behände auf seinen Sitz zurück.

Mit der grauen Stute am Halfter stand der Knecht da und gaffte ihnen nach.

»Trotz allem eine glückliche Reise, junger Herr«, rief er noch. »Wird schon schiefgehen, was schiefgehen kann.«

»Das ist ein guter Mann«, meinte Poias herzlich. »Er versteht nur rein gar nichts von Pferden.«

Im Zuckeltempo bogen sie auf die Staubstraße und nahmen Kurs auf die Berge im Landesinneren. Ion spürte das Gut in seinem Rücken wie eine lebendige Kraft, die ihn mit aller Macht zurückziehen wollte. Dort gehörte er hin, dort war er sicher und glücklich. Aber auch wenn es ihn schier umbrachte, musste er fort, um das Wichtigste in seinem Leben zu schützen.

Irgendwie schaffte er es, sich nicht umzudrehen.

Neben ihm musterte der Magier wie beiläufig Ions Kalbsfellbeutel.

»Ich habe kein Geld bei mir, um dich für die Fahrt zu bezahlen«, sagte Ion frei heraus. »Wenn du jetzt lieber umkehren willst, dann tu es.«

Poias warf ihm einen gekränkten Blick zu. »Denkst du, es geht mir hier um die Bezahlung?«, fragte er. »Umsonst und gratis bringe ich dich an den Königshof. Und warum? Einfach weil ich dich in mein Herz geschlossen habe.«

Die Regenfälle der letzten Tage hatten in der Staubstraße tiefe Löcher ausgewaschen. Die alte Dorcas umging sie umsichtig, nicht aber der Karren hinter ihr. In jedem Loch legte er sich ächzend zur Seite, als bejammere er sein trauriges Los.

Den Magier schien das Geschlingere nicht zu stören. Fröhlich pfeifend hielt er die Zügel in der Hand.

»Wie kannst du dir sicher sein, dass die königlichen Magier mir helfen werden?«, fragte Ion.

Poias grinste verschwörerisch. »Weil ich dem König einen Schatz anbieten werde, für den er jeden Preis der Welt zahlen wird.«

Ion dachte an das Durcheinander im Karreninneren, die Körbe voller Fläschchen und Tiegel, Kräuterbüschel und Hühnerfüße. Neugierig fragte er: »Was um alles in der Welt besitzt du so Wertvolles, um damit einen König zu beeindrucken?«

Der Magier legte den Finger an die Lippen. »Vertrau mir, mein Junge. Wenn der große König Melitorgos erst von meinem Wunderding weiß, ist unser Glück gemacht. Aufgepasst, Dorcas, mein Himmelsross, es geht linksherum.«

Kurze Zeit später ließen sie die Felder und Mauern der Gutshöfe endgültig hinter sich und fuhren hinaus in die weite grüne Ebene, die sich bis zum Fuß der Berge erstreckte. Am wolkigen Himmel kreisten Milane, in der Ferne grasten Schafe und Ziegen, verstreut wie weiße und braune Kieselsteine. Noch immer weilte Ion in Gedanken auf dem Gut, doch allmählich fühlte sich das Heimweh leichter an, verschmolz mit dem Himmel und der Landschaft zu einem gänzlich unbekannten Gefühl. Als sei er selbst ein Vogel, aufgebrochen in neue Gefilde, zu unerhörten Abenteuern.

Das Dahinzuckeln nahm ein jähes Ende, als Dorcas ihre vier Hufe in die Erde rammte und nicht einmal durch Anschieben zum Weiterlaufen zu bewegen war.

»Sie ist der Meinung, es sei Zeit für einen Imbiss«, erklärte der Magier. »Recht hat sie, meine Schöne. Wer weit reist, soll auch gut essen.«

Ion schirrte Dorcas vom Wagen ab und führte sie zum Grasen auf eine nahe gelegene Wiese. Als er zum Karren zurückkehrte, schwenkte Poias den Beutel aus Kalbsfell, den Ion als einziges Gepäck von zu Hause mitgenommen hatte.

»Lass deine Leckerbissen sehen.« Der Magier schmatzte erwartungsvoll. »Die sahnigen Käse, die samtenen Oliven, das frisch gebackene Brot …«

Ohne Ion um Erlaubnis zu fragen, durchwühlte er den Beutel. Wobei sein Gesicht immer länger wurde.

»Steine, Scherben, Stoff, ein Messer, ein Horn. Oh weh!«, rief er kummervoll. »Junge, du kommst von einem Gut, wo es Milch und Honig regnet und der Käse an den Bäumen wächst, und hast keinen Proviant eingepackt?«

Ion nahm ihm den Beutel ab. »Jetzt bereust du es wohl doch, dass du mit mir aufgebrochen bist.«

»Da kennst du mich schlecht«, erwiderte Poias. »Ich bringe dich nach Adama, und wenn ich dafür deine Tonscherben in Essig und Öl essen muss.«

Ion suchte im Karren nach einem Wolltuch und trat damit neben Dorcas. Sorgfältig wischte er die alte Stute trocken und verscheuchte die Fliegen, die sie umschwärmten.

»Ärgern sie dich? Bitte deinen Magier doch um einen Gegenzauber. Kostet dich nur zehn Pferdeäpfel.«

Dorcas' leises Schnauben klang wie Lachen. Jetzt erst fielen Ion ihre wunderschönen glänzenden Augen auf, die überhaupt nicht zu ihrem schlohweißen Gesicht passen wollten.

Im Gegensatz zu ihnen war Dorcas satt und zufrieden und ließ sich willig wieder anspannen. Dieses Mal machte Ion den Anschieber und bald schon zockelten sie weiter.

»Warum hast du all den nutzlosen Kram mitgenommen?«, fragte Poias.

Verlegen blickte Ion auf seinen Beutel. »Es sind Erinnerungen.«

»Erinnerungen, soso.« Poias schwieg eine Zeit lang. Plötzlich hellte sich seine Miene auf. »Halt an, Dorcas! Rettung naht!«

Ein Stück voraus, inmitten einer kärglichen Distelwiese, erkannte Ion einen kleinen Feldaltar, den man aus Bruchsteinen geschichtet hatte. Obwohl weit und breit kein Mensch zu sehen war, lagen frische Feldblumen auf den Steinen. Daneben stand ein irdener Topf.

Poias sprang vom Bock, hob den Topf hoch und roch daran. Dann fischte er kurzerhand einen Brocken heraus und schob ihn sich in den Mund.

»Was tust du da?«, fragte Ion erschrocken.

»Wonach sieht es denn aus? Ich esse.« Der Magier kaute. »Hammelleber. Etwas zu lang geschmort. Doch wie heißt das Sprichwort? Dem Verhungernden schmeckt Galle süß.«

Ion war wie vor den Kopf geschlagen. »Poias, das ist ein *Altar!* Du isst von einer Opfergabe, die einem *Gott* geweiht ist!«

»Einem sehr unwichtigen, dessen sei versichert.« Unbeeindruckt angelte Poias nach dem nächsten Brocken. »Seine hervorstechenden Merkmale sind ein großes Herz, große Füße und eine noch größere Gastfreundschaft. Er wird glücklich darüber sein, dass wir unseren Hunger bei ihm stillen.«

»Wie heißt dieser Gott?«

»Man kennt ihn unter vielen Namen. Schmeichelhafte und weniger schmeichelhafte.« Poias reichte den Topf zu Ion hinauf. »Hier, greif zu.«

Entschieden schüttelte Ion den Kopf. »Niemals, nein.«

»Selbst schuld.« Seelenruhig aß der Magier den Topf leer. Dann rülpste er zufrieden.

Hoch über ihnen ertönte ein gellender Ruf. Ein einzelner großer Vogel flog mit flappendem Flügelschlag über sie hinweg.

»Der Traumgeist mit dem Signalhorn und den schwarzen Schwingen, der aus meinem Traum«, sagte Ion. »Er weiß, dass ich mit dir nach Adama fahre.«

In Poias kam plötzlich Bewegung. Schwungvoll warf er den Tontopf in die Disteln. »Lass uns lieber weiterfahren, bevor die Geier noch Nester auf unseren Köpfen bauen«, sagte er.

Ion kam es vor, als behielte der Magier argwöhnisch die Wolken im Auge. Erst als sie geraume Zeit in Dorcas' gemächlichem Zuckeltrab dahingefahren waren, entspannte er sich wieder.

»Was sagst du zu meinem Rennpferd?«, fragte er stolz. »Ist sie nicht ein würdiges Geschöpf des Ippodromios?«

»Des wessen?«

»Ippodromios, der windschnelle Gott der Wagenrennen.«

»Den gibt es?«, fragte Ion ungläubig.

»Und ob. Fuchsteufelswild würde er, wenn er dich jetzt hören könnte, der eitle Geck. Zum Glück hat der Applaus in den Arenen ihn taub gemacht.«

»Wie du von den Göttern redest«, sagte Ion. »Als wären sie deine Verwandtschaft. Du hast vom Altar gegessen. Hast du keine Angst? Es heißt, die Götter können auch zornig werden.«

Der Magier sah ihn von der Seite an. »Das heißt es, ja.«

Der Tag verging, die Sonne wanderte über den Himmel und versank schließlich hinter dem Horizont, so geruhsam, als hätte sie wie Dorcas alle Zeit der Welt. Allmählich senkte sich die Nacht über die Ebene, und noch immer zuckelten sie übers Land. Rechts und links tauchten Bäume wie geisterhafte Wegweiser auf, nur um gleich darauf wieder in der Dunkelheit zu versinken. Ion fröstelte.

»Leg dich ruhig im Karren schlafen«, bot Poias an. »Auf der Bank findest du eine Decke.«

»Was ist mit dir?«, fragte Ion, da der Magier keine Anstalten machte, die Zügel beiseitezulegen.

»Wir beide halten noch ein wenig durch, nicht wahr, Dorcas, meine Schöne?« Das Pferdchen schnaubte leise, ganz als würde es zustimmen. »In unserem Alter braucht man nicht mehr viel Schlaf. Aber du, mein Junge, musst die ganze Nacht lang träumen. Damit wir den königlichen Magiern genügend Stoff vorlegen können.«

Ion wünschte eine gute Nacht und kletterte in den Karren. Bevor er sich niederlegte, pflückte er noch einen Hirschkäfer von der Holzbank. Die Bank war hart, die Wolldecke roch nach Pferdeschweiß. Mit geschlossenen Augen lag er da und wartete aufs Einschlafen. Er war müde genug, doch sein Magen knurrte, und sobald er seine Gedanken losließ, wanderten sie zum Gut zurück.

Was hatten sie heute alle ohne ihn getan? Vermissten seine Leute ihn genauso wie er sie? Er kam sich vor wie ein Ausgestoßener, das Gefühl, das Schönste und Wichtigste im Leben verloren zu haben, quälte ihn. Aber er war sich sicher, den Schwarzen und seine unheilvollen Träume mit sich gezogen zu haben, und allein darauf kam es an. Während er sich noch sehnsüchtig die Abendmahlzeit auf dem Gut vorstellte, schlief er ein.

Die schwarzen Schwingen umflattern ihn.

»Du kommst näher«, flüstert die körperlose Stimme. »Das ist gut. Je näher du kommst, desto mehr Macht habe ich über dich.«

»Kwie – kwääk! Kwie – kwääk!«

Ion erwachte von Tönen, die ihn an eine eingerostete Pumpe denken ließen: Dorcas wieherte.

»Komm heraus, Langschläfer«, hörte er Poias' Stimme. »Es gibt etwas zu sehen.«

Gähnend erhob sich Ion, stieß mit dem Kopf gegen ein ausgestopftes Krokodil, das von der Decke baumelte und heftig Schuppen rieseln ließ, dann öffnete er die Karrentür.

Die Berge vor ihnen waren in ein helles, klares Morgenlicht getaucht. Ion kam es vor, als hätten sie über Nacht einen riesigen Sprung in ihre Richtung gemacht, so nah wirkten sie plötzlich. Deutlich waren an den bewaldeten Hängen die einzelnen Furchen und Felsen zu erkennen.

Auf einem der vorgelagerten Hügel entdeckte er eine Stadt: Mächtig und imposant, mit mehreren Mauerringen befestigt, thronte sie über der Ebene. Den unteren Teil des Hügels bedeckten zahllose graue, unscheinbare Häuser, die von Weitem wie Geröll aussahen. Nach oben hin wurde die Stadt immer lichter und schöner, mit hellen Villen, großen Schirmakazien und ausgedehnten

Gärten. Alles aber wurde von einem schneeweißen Palast überragt, über dem fünf goldene Kuppeln schwebten.

»Den Palast habe ich vorhin im Traum gesehen«, sagte Ion versonnen. »Wie heißt die Stadt auf dem Hügel?«

Poias linste vom Bock herab. »Wie wohl? Das Schmuckstück ist Adama, die Königsstadt!«

»Du machst dich über mich lustig«, sagte Ion, während er zu Poias hinaufkletterte. »Adama liegt mehr als ein Dutzend Tagesreisen von unserem Gut entfernt.«

»Für eure Zugochsen vielleicht«, spottete der Magier. »Habe ich dir nicht gesagt, dass meine Dorcas die größte Rennerin unter der Sonne ist? Während du geschlafen hast, ist sie dahingebraust wie der Nachtwind persönlich.«

Wie um ihren stolzen Besitzer Lügen zu strafen, trottete die größte Rennerin unter der Sonne mit hängendem Kopf dahin.

»Ganz nebenbei und in aller Bescheidenheit«, fuhr Poias fort, »bin ich Poias, der Magier, der das Gras wachsen hört. Ich kenne jeden verborgenen Weg und so manche Abkürzung.«

Er lachte über Ions ungläubige Miene. »Glaub es ruhig: Die Stadt dort auf dem Hügel ist Adama und das Wolkenschloss ist König Melitorgos' bescheidene Heimstatt. Und jetzt sag mir, junger Seher: Hast du von den Herrlichkeiten geträumt, die dort oben auf uns warten?«

Ion blickte auf die goldenen Kuppeln, versuchte sich zu erinnern. »Da ist ein Gewimmel von kleinen Tieren«, sagte er tastend. »Sie sind pelzig und sie können fliegen. Hummeln, oder Bienen.«

»Bienen, hm?«, brummelte Poias.

»Du verneigst dich vor einem Mann auf einem purpurnen Ruhebett«, fuhr Ion fort.

»Der König!« Begeistert ruckelte Poias an den Zügeln. »Das klingt schon besser. Ist er freundlich und huldvoll gestimmt?«

»Er kam mir eher verdrießlich vor.«

»Das muss gewesen sein, bevor er meinen Schatz gesehen hat«, behauptete der Magier. »Deine Sehergabe ist phänomenal, mein Junge. Du brauchst weder Vogelflug noch dampfende Eingeweide oder sybillinische Schriften. Du könntest dein eigenes Orakel gründen.«

»Ich will kein Prophet sein«, sagte Ion mit Nachdruck. »Ich gehöre auf unser Gut. Ich will düngen und pflügen und säen und Kälber und Fohlen aufziehen, von mir aus auch Saatlisten durchrechnen und die Knechte antreiben. Ich will *mein* Leben. Stattdessen sitze ich hier mit dir. Warum geschieht mir das alles?«

»Das wirst du hoffentlich am Hof des Königs erfahren«, sagte der Magier freundlich. Er reichte Ion einen Tonkrug. »Willst du frühstücken? Hier, das habe ich am Wegesrand gefunden.«

»Getrocknete Feigen«, sagte Ion, nachdem er hineingeblickt hatte. »Hast du die wieder von einem Altar gestohlen?«

Feierlich hob Poias eine Hand in die Höhe: »Hört mich an, ihr Götter! Wenn diese Feigen nicht mein rechtmäßiges Eigentum sind, soll mich auf der Stelle ein Blitz zu Asche verbrennen!«

Die einzige Reaktion kam von Dorcas, die leise vor sich hin schnaubte.

»Bist du jetzt zufrieden?«, fragte Poias. »Dann schlag dich ordentlich voll. Bis zum Festmahl im Königspalast dauert es noch eine Zeit lang.«

Vor dem Stadttor der königlichen Stadt Adama herrschte ein ähnliches Treiben wie im Hundeschwanz. Zu beiden Seiten des Tores hatten Zauberer und Heiler, Hebammen, Zahnreißer und Friseure ihre Stände aufgeschlagen. Behandlungsstühle, die mit ihren Seilen und Haken wie Folterbänke wirkten, warteten auf ihre Kundschaft. Amulette klimperten, Räucherbecken qualmten, zwischen den Zelten baumelten Girlanden aus Hühnerfüßen und aufgefädelten Vogelköpfen.

»Aaah!« Poias sog die vertraute Atmosphäre ein wie eine welke Blume das Wasser.

»Nur ein wenig fachsimpeln«, rief er und war schon vom Wagen gesprungen. »Du kannst dich ruhig umsehen, mein Junge. Ich werde Dorcas und den Karren im Auge behalten.«

Ion beobachtete, wie Poias von Stand zu Stand schlenderte, hier an einem Tiegel roch, dort an einer Amulettschnur zupfte. Gleich darauf verlor er den Magier aus dem Blick: Hinter einem Gatter hatte er eine Schar schöner goldener Ziegen entdeckt, die allerhand Kunststücke vorführten. Ion mochte Ziegen, ihre Sprünge, ihre gewitzte Art, sogar ihr Meckern. So schlenderte er hinüber zum Gatter und mischte sich unter die Schar der Zuschauer. Zusammen mit ihnen machte er »Ah« und »Oh«, als die goldenen Tiere sich wie Tänzer im Kreise drehten, kreuzweise übereinandersprangen, auf Zuruf Zahlen und Buchstaben in den Sand schrieben. Ein besonders hübscher kleiner Ziegenbock lief sogar einige Schritte auf zwei Beinen, genau wie ein Mensch.

Von den Kunststücken abgelenkt merkte Ion erst nach einiger Zeit, dass der Mann mit der goldenen Kappe, der die Ziegen vorführte, ihn unablässig anstarrte. Konnte er wirklich ihn meinen? Als Ion einige Schritte zur Seite machte, drehte der Ziegendompteur weiter den Kopf nach ihm. Sein durchdringender Blick beunruhigte Ion, dann aber drangen plötzlich laute Rufe an sein Ohr und er vergaß den Mann und seine Ziegen.

Vom Stadttor her trugen zwei Männer im Laufschritt eine Bahre herbei. *Sie tragen eine Rose*, dachte Ion und wusste nicht, weshalb.

»Helft uns!«, rief einer der Träger. »Mein Weib hat ein Kind geboren. Aber etwas stimmt nicht, da ist«, seine Stimme überschlug sich, »so viel Blut! Helft, ihr Heiler und Magier! Ich kann guten Lohn bezahlen.«

Auf seinen Ruf hin wurden Zelteingänge zurückgeschlagen, Patienten hilflos auf den Behandlungsstühlen zurückgelassen, nahezu alle Heiler und Zauberer folgten dem Ruf und eilten zur Bahre. Das Gesicht der Frau war weiß wie das Leintuch, in das sie gehüllt war. Als der Mann das Tuch zurückzog, sah Ion den großen roten Fleck auf ihrem Untergewand. Er sah aus wie eine purpurne Rose.

So schnell sie herbeigerannt waren, machten die Heiler wieder kehrt. »Deinem Weib ist nicht mehr zu helfen«, beschied einer. »Leg ihr einen Charonspfennig unter die Zunge und bezahl ihr damit die Überfahrt in die Unterwelt.«

»Ist das alles? Mehr wisst ihr nicht? Bei den Göttern, bleibt doch hier!« Verzweifelt liefen der Ehemann und sein Begleiter den Heilern hinterher, fassten sie an den Ärmeln ihrer Gewänder. »Versucht es doch wenigstens, bitte!«

Die Frau auf der Bahre blieb unbeachtet liegen. Auch als ein Straßenhund sie ausgiebig beschnupperte, regte sie sich nicht. Entweder war sie ohne Bewusstsein oder schon tot. Der Hund lief weiter, dafür sah Ion plötzlich Poias wie zufällig herbeischlendern.

Verstohlen blickte der Magier sich um, dann beugte er sich über die Bahre. Ion kniff die Augen zusammen: Was tat Poias da? Er schien die Frau hastig zu befühlen, und jetzt, hauchte er sie etwa an?

Niemand bemerkte etwas, die beiden Männer flehten immer noch die Heiler um Hilfe an. Irgendwann gaben sie auf und schlichen mit hängenden Köpfen zur Bahre zurück. Doch da stand Poias längst schon neben Dorcas und hielt ihr ein Grasbüschel vors Maul.

»Nun, wie haben dir die Ziegen gefallen?«, fragte er, als Ion zum Karren zurückkehrte.

»Ziegen? Welche Ziegen?«, sagte Ion abwesend. Dabei ließ er die Bahre nicht aus den Augen.

Der Magier verdrehte die Augen. »Sehend blind«, murmelte er. »An deinem Fluch kann ich mir die Zähne ausbeißen, Höchste.«

Von der Bahre her drang ein fassungsloser Aufschrei. Die Frau hatte sich unter ihrem Leintuch aufgerichtet; ihr Gesicht war nicht länger blass, sondern gesund und rosig, und sie *lächelte.*

»Wer von euch hat dieses Wunder gewirkt?«, rief der Ehemann. »Er soll sich zu erkennen geben, damit ich ihn belohnen kann!«

Während alles Volk um die Bahre zusammenströmte, bestieg Poias seelenruhig seinen Karren. »Komm herauf zu mir«, sagte er. »Die Fahrt geht weiter.«

Aber Ion blieb an Ort und Stelle. »Du warst das«, sagte er. »Du hast die Frau geheilt.«

»Ich? Aber was redest du da?«, wehrte der Magier ab. »Ich versteh mich vortrefflich auf Warzen, Liebestrank und Krähenflug. Für echte Wunder sind die Götter zuständig.«

»Du hast etwas an ihr getan«, beharrte Ion.

Poias nahm den Hut ab und kratzte sich am Ohr. »Also gut, ich gebe es zu. Aber verrat mich nicht.« Auf seiner Hand hielt er Ion einige dunkle Locken hin.

Fassungslos starrte Ion darauf. »Du hast ihr Haare abgeschnitten?«

»Bei dem Geschrei der Männer dachte ich, sie sei so gut wie tot«, sagte der Magier entschuldigend. »Für meine allseits gerühmte Haarwuchstinktur ist Frauenhaar unverzichtbar. Und jetzt tu mir den Gefallen und bring mein Himmelsross in Schwung. Auf uns wartet der Königspalast.«

Während er Dorcas anschob, schüttelte Ion ungläubig den Kopf. Aber hätte jemand wie Poias sich freiwillig die Belohnung entgehen lassen? Vielleicht hatten ihn seine Augen doch getäuscht.

Ion

In Dorcas' gemächlichem Zuckeltrab ließen sie den Jahrmarkt der Heiler hinter sich und gelangten durch das Stadttor in die Gassen von Adamas Unterstadt. Zwischen den kleinen Läden und Werkstätten herrschte ein Gedränge, das Ion an die Schafspferche zu Hause denken ließ. Fliegende Händler schoben ihre hölzernen Handkarren durch die Menge und priesen lautstark ihre Fladenbrote und Trockenfische an. Lastenträger, oft mit einem eingebrannten Sklavenzeichen auf der Stirn, schleppten Kisten und Ballen. Von den zahlreichen Bettlern am Straßenrand sprach keiner sie an. Die zerlumpten Gestalten warfen einen einzigen Blick auf Poias' Karren und wandten sich achselzuckend ab.

Unbeeindruckt steuerte Poias sein Gefährt durch die Menge wie ein Kapitän sein Schiff durch stürmische See. Mit allen Sinnen nahm Ion die Stadt wahr, blickte durch die offenen Eingänge in verrauchte Garküchen, in Webstuben und Schuhmachereien, roch die unbeschreiblichsten Gerüche, hörte Fett zischen und Hämmer klopfen, hörte Lachen und Gekeife und …

»*Willkommen! Du wirst schon erwartet!*«

Es war nicht mehr als ein flüsterndes Fauchen an seinem Ohr.

Ion fuhr herum, aber da war niemand. Keiner in der Menge trug einen schwarzen Mantel oder ein Signalhorn. Und doch spürte er, wie ihn ein Blick aus glühenden Augen durchbohrte.

»Ich träume nicht«, sagte er laut. »Es ist helllichter Tag und du hast keine Macht über mich. Verschwinde!«

Poias sah ihn von der Seite an. »Wir kommen der Sache anscheinend näher«, sagte er ruhig.

Gleich darauf hatten sie die vor Leben überquellende Unterstadt durchquert und Dorcas begann, sich bedächtig den Hügel hinaufzuarbeiten. Je weiter sie nach oben kamen, desto stiller wurden die Straßen, desto prachtvoller die Villen unter den mächtigen Schirmakazien. Ion fiel das allgegenwärtige Plätschern auf: An allen Wegkreuzungen gab es Brunnen, deren klares Wasser verschwenderisch über die Becken lief. Manche dieser Brunnen wurden von einer steinernen oder goldenen Tierskulptur gekrönt, von Pferden oder Hirschen oder Pfauen, die mit bunten Glasaugen über den Wasserstrahl wachten.

Stein und Gold. Wenn er doch nur eine Ahnung hätte, was der Traum vom steinernen und goldenen Jüngling zu bedeuten hatte. Aber vermutlich wussten die Brunnentiere mehr darüber als er.

Das letzte Stück hinauf zum Königspalast führte so steil nach oben, als wollte die Straße bis zum Mond reichen. Die arme alte Dorcas gab ihr Bestes, doch auf halbem Wege rutschten ihr die Hufe weg. Mit einem Satz sprang Poias vom Wagen: »Rasch, hilf mir! Sonst geht die Rutschpartie abwärts!«

Gemeinsam schoben sie den Pferdehintern nach Kräften an,

wobei Poias sich in saftigen Flüchen erging. »Willst du wohl, du Unflat! Du Schande deiner armen Pferdemutter! Nein, pfui aber auch! Wehe, du äpfelst noch einmal, alte Schindmähre!«

»Ich denke, Dorcas ist dein Himmelsross«, keuchte Ion neben ihm.

»Nur bergab und in der Ebene.« Poias blickte gen Himmel. »Oh Rope, himmlische Göttin der Schwerkraft, hilf!«

»Rope! Noch nie gehört.« Mit aller Kraft stemmte Ion sich gegen Dorcas' Schenkel. »Langsam glaube ich, du denkst dir die Götter nur aus.«

»Da irrst du dich. Alle Welt kennt nur die großen, die strahlenden Gottheiten in der vordersten Reihe.« Poias ächzte und spuckte aus. »Aber glaub mir, mein Junge, die wahre Arbeit erledigen die dahinter.«

Fluchend und schwitzend schoben sie Ross und Karren den Berg hinauf. Und dann waren sie endlich oben und am Ziel: Ein ebener, weiter Platz empfing sie, dahinter leuchteten weiß und golden die Säulen des Königspalastes. Dorcas hob den Kopf zum Himmel und stieß ein asthmatisches Wiehern aus. Es klang wie ein Fanfarenstoß.

Nervös blickte Ion zum Eingang des Palastes. Die beiden vergoldeten Türflügel waren so hoch, als wären sie von einem sagenhaften Riesengeschlecht der Vorzeit gezimmert. Und sie standen einladend offen.

»Du glaubst wirklich, wir beide können da jetzt einfach so hineinspazieren?«, fragte er.

»Aber ja! Ich kann weder Torwächter noch Vorhängeschlösser oder andere ungastliche Vorkehrungen entdecken«, erklärte Poias. »Deshalb werden wir jetzt direkt … Hoppla!«

Durch das offene Tor kam im Eilschritt ein Trupp von sechs keulenschwingenden Wächtern auf sie zugerannt. Im Handumdrehen hatten sie Poias und Ion vom Wagen gezerrt.

»Euer Begehr!«, bellte einer der Wächter.

Untertänig lüpfte Poias seinen Spitzhut. »Sagt eurem gnädigen König, der berühmte Magier Poias bringt ihm einen Schatz, den er auf der ganzen Welt kein zweites Mal findet.«

»Ihr bringt dem König einen Schatz?« Die Wächter sahen sich grinsend an, als hätten sie gerade einen richtig guten Witz gehört. »Nun, wenn das so ist, dürft ihr selbstverständlich eintreten. Nur zu, König Melitorgos wird euch persönlich empfangen.«

»Was habe ich dir gesagt?«, raunte Poias Ion zu. »Alles läuft genau nach Plan.«

Als er nach Dorcas' Zügel greifen wollte, hielt ihn einer der Wächter zurück. »Deinen Klepper und den Karren musst du draußen lassen. Du findest sie in den Stallungen, falls du sie wider Erwarten noch einmal brauchen solltest.«

»Was meint er damit?«, flüsterte Ion.

Poias winkte ab. »Lass ihn nur reden. Hauptsache, wir kommen zum König.«

Dorcas ließ sich von den dunklen Anspielungen nicht beeindrucken. Bereitwillig ließ sie sich von einem der Wächter fortführen. Ion sah sie noch freundschaftlich an den Haaren des Mannes rupfen.

Während sie einem anderen Wächter durch mehrere prunkvolle Vorhöfe folgten, blickte Ion auf Poias' leere Hände. »Wo hast du diesen Schatz, von dem du dauernd sprichst?«

»Sei unbesorgt, junger Ion. Ich lasse ihn keinen Augenblick aus den Augen.«

Auf ihrem Weg ins Innere des Palastes durchquerten sie goldfunkelnde Hallen und kunstvoll verschachtelte Innenhöfe. Weiß gekleidete Würdenträger und gelockte Höflinge flanierten durch die Gänge. Als eine Gruppe junger Musikantinnen mit Flöten und Zymbeln vorbeihuschte, schnalzte Poias vor Begeisterung mit der Zunge: »Bei Euterpe, der göttlichen Flötenspielerin! Was für ein Ort!«

In einem der nächsten Gänge öffneten sich Bogenfenster zu einem weitläufigen Garten. Zahllose Bäume blühten darin, ein duftiges weißes und rosa Schneegestöber. Die Luft vibrierte von Summen und Brummen, so laut, dass Ion den Widerhall in seinen Eingeweiden spürte. Er erkannte das braune Gewimmel unter den Bäumen im selben Augenblick, als der Wächter sagte: »Hier, Fremde, seht ihr den berühmten Bienengarten des Königs.«

Ein Windstoß fuhr durch die Bäume, das Summen der Bienen wurde lauter. Der Wind trug den schweren, süßen Duft von Honig heran. Doch unter dem Honig nahm Ion etwas anderes wahr. Es dauerte, bis er den typischen Geruch der Schlachttage erkannte: Angst, Schweiß und Blut. Wie passte das zu den blühenden Bäumen?

Er deutete auf ein dunkles Ziegelgebäude, das den Garten auf der gegenüberliegenden Seite begrenzte. »Was ist dort drüben?«

Seine Frage schien dem Wächter ausnehmend zu gefallen.

»Das, ihr ahnungslosen Fremden«, sagte er fröhlich, »sind die nicht minder berühmten Kerker des Königs.«

Das düstere Gebäude besaß keine Fenster, dafür aber ein gutes Dutzend waagrechte Mauerschlitze, durch die ohne Unterlass Bienen ein- und ausflogen. Ion überlegte, was die Bienen wohl im Kerker taten, doch es wollte ihm keine beruhigende Erklärung einfallen. Er war froh, als der Wächter sie schließlich weiterführte und Bienengarten und Kerker wie ein Spuk zurückblieben.

Immer tiefer folgten sie dem Wächter in den Palast hinein. Und je weiter sie ins Innere vordrangen, desto mehr Menschen bevölkerten die Hallen und Säulengänge, desto aufgeregter schwirrten alle durcheinander. Allmählich kam Ion der Königspalast selbst vor wie ein riesiger Bienenstock. Und in der innersten Wabe hockte der König.

»Da sind wir.« Der Wächter stieß ein doppelflügliges Portal auf. »Verneigt euch, Fremde!«

Aber vor wem? Der hohe Saal war voller Menschen. Sie waren hell- oder dunkelhäutig, schlank oder beleibt, sie trugen die unterschiedlichsten Trachten und Frisuren und schienen aus aller Herren Ländern zu kommen. Nur von einem König war nichts zu sehen.

Vor Ungeduld hüpfte Poias in die Höhe, so lange, bis ihm der Spitzhut vom Kopf rutschte.

»Ist schon jemals jemand zu seinen Lebzeiten bis zum König vorgedrungen?«, fragte er den Wächter.

»Keine Sorge. Besucher, die einen Schatz anbieten, bekommen

bei unserem König eine Vorzugsaudienz«, erklärte der Wächter. Er legte die Hand an den Mund und brüllte: »Achtung! Hier ist jemand, der dem König einen Schatz verkaufen will!«

Es war, als hätte er eine Zauberformel ausgerufen. So schnell, wie sich ein Vorhang teilt, gab die Menge den Weg frei. Und tatsächlich, da war der König! Schwer und fleischig lagerte er auf einem Ruhesofa und musterte aus trüben Augen das Treiben vor ihm. Zu beiden Seiten fächelten Diener mit Schwanenflügeln die Fliegen von ihm fort. Ein junger Sklave kniete zu seinen Füßen und bearbeitete seine Sohlen mit einer goldenen Raspel.

Das Kopfende des Königs umstanden etwa zwanzig Männer und Frauen. Sie steckten alle in kostbar bestickten blauen Mänteln mit so steifen und hohen Kragen, dass sie ihre Köpfe wie Marabus hochrecken mussten.

»Das sind die berühmten Magier des Königs«, flüsterte Poias. Er rückte seinen Spitzhut zurecht und straffte sich. »Dann wollen wir mal.«

Doch als er zu einer tiefen Verneigung vor dem Thron ansetzen wollte, hielt der Wächter ihn am Kragen fest. »Nichts da. Ihr müsst warten, bis der König euch aufruft.«

König Melitorgos auf dem Sofa waren die Augen zugefallen. Ab und zu gab er ein Brummen von sich, dann wedelten die Schwanenflügler heftiger und der Sklave beugte sich noch tiefer über seine Füße. Jetzt winkte er matt mit der Hand. »Bringt meine Lieblinge zu mir.«

Die Fächler hielten in der Bewegung inne. Der Fußraspler berührte mit der Stirn den Boden und huschte davon. Unter den Anwesenden machte sich Flüstern breit. »Macht Platz! Der Bienentänzer tritt auf!«

Ein junger Mann, nackt bis auf ein Lendentuch, trat vor den König. Vorsichtig setzte er Schritt für Schritt, als balanciere er über einen Abgrund. Sein Gesicht war vor Anspannung verzerrt, sein Körper glänzte vor Schweiß. In den Händen trug er etwas vor sich her, das Ion im ersten Moment für einen Haufen gezupfter brauner Wolle hielt. Bis er die wimmelnde Bewegung wahrnahm.

Es waren Bienen. Hundert oder mehr, die größten und schönsten Exemplare, die Ion je gesehen hatte. Samtbraun, mit goldgelben Flanken und ruhelosen Fühlern, krochen sie über die Hände und Arme ihres Trägers, der regungslos vor dem König stand.

Mühsam stemmte der König seinen schweren Leib hoch. »Ah, meine entzückenden kleinen Lieblinge. Kommt nur, kommt, ich will euch liebkosen.«

Mit einem elfenbeinernen Stäbchen strich Melitorgos sacht über die Bienenleiber. Ion sah den Bienenträger zucken: Zweifellos stachen die Bienen zu, doch über seine Lippen drang kein Laut.

»Fliegt auch nur eine einzige Biene auf, ist der Bienentänzer des Todes«, erklärte der Wächter.

Bienentänzer! Tatsächlich sah es aus wie ein Tanz, wie der Mann unter den Stichen zuckte, ohne die Füße vom Boden zu nehmen. Mit aufgerissenen Augen starrte er auf das Gewimmel in seinen Händen. Wieder und wieder strich der König über die Bienen, weidete sich unverhohlen an der Angst des Unglücklichen. Doch es schien, als besäßen die Tiere mehr Mitgefühl als die Menschen: Nicht eine einzige Biene flog auf.

Der König ließ sich zurücksinken. »Meine Lieblinge sind heute gnädig, Bienentänzer«, sagte er mit hörbarer Enttäuschung. »Sie schenken dir einen Tag Aufschub. Morgen sehen wir uns wieder.«

Seine federleichte und gleichzeitig tonnenschwere Last vor sich hertragend, verließ der Bienentänzer den Saal.

»Ach ja, fürwahr ein trauriges Los«, seufzte der Wächter hinter ihm her. Und setzte dann beiläufig hinzu: »Er war der Letzte, der unserem König einen Schatz verkaufen wollte.«

Erschrocken fuhr Ion herum. »Was sagst du da? Du meinst, der König könnte dasselbe mit Poias und mir machen?«

»Wenn du mich fragst, so würde ich meine Keule darauf verwetten. Ihr beide werdet die nächsten Bienentänzer.« Der Wächter gluckste. »Alle kommen sie mit ihren Schätzen gerannt und glauben, sie werden dafür mit Gold überschüttet. Der Unglückselige, den ihr gerade beobachtet habt, brachte eine zwitschernde Uhr, die des Königs Schlaf störte. Oh, wie unser König es hasst, wenn seine Zeit mit wertlosem Plunder vergeudet wird.«

Poias tätschelte Ion die Schulter. »Keine Sorge, mein Junge. Der Schatz, den ich dem König anbiete, wird unwiderstehlich für ihn sein.«

Auf seinem Sofa hatte der König wieder gelangweilt die Augen geschlossen. Jetzt bewegte er kaum merklich den kleinen Finger.

»Ihr seid dran.« Der Wächter schob Poias und Ion nach vorne. »Viel Glück!«

Katzbuckelnd näherte Poias sich dem Sofa. »Herrlicher König, großmächtiger Melitorgos! Es ist mir eine Ehre, dass du mir eines deiner anbetungswürdigen Ohren leihen willst …«

Ohne die Augen zu öffnen, knurrte Melitorgos: »Wenn dieser Hund nicht gleich damit herausrückt, was er mir verkaufen will, reißt ihm die Zunge heraus.«

Poias blinzelte kurz. »Aber Majestät, das wäre ein großer Fehler!«, rief er. »Ohne meine Zunge könnte ich dir nicht mehr von dem wundersamen Schatz berichten, den ich dir bringe. Hör mich also an, mein König.«

Er senkte seine Stimme zu einem geheimnisvollen Flüstern. »Kämpfst du morgen eine Schlacht, mein Schatz kann dir Sieg oder Niederlage voraussagen. Er kennt das Wetter besser als ein Wetterfrosch, findet verlorene Schätze schneller als eine Elster. Bricht am Nachmittag ein Feuer im Palast aus, sorgt er am Morgen schon für Löschwasser. Will dich ein Attentäter vergiften, droht der Himmel über dir einzustürzen, mein Schatz weiß alles schon im Voraus und kann dich warnen.« Poias warf sich in die Brust. »Denn was ich dir anbiete, mächtiger Melitorgos, ist nicht weniger als dein ganz persönliches Schicksalsorakel.«

Etwas rastete schmerzhaft in Ions Kopf ein. »Nein«, sagte er. »Das ist nicht wahr.«

Poias überhörte ihn geflissentlich. »Sieh dir meinen Schatz nur genau an, mein König«, säuselte er. »Du wirst es nicht bereuen.«

Der König öffnete die Augen zu schmalen Schlitzen. »Und wo verbirgst du dein angebliches Orakel?«

»Hier ist es, mein König, direkt neben mir!« Mit einem strahlenden Lächeln zeigte Poias auf Ion. »Mein junger Seher träumt die Zukunft, bevor sie eintrifft. Was, göttlicher Melitorgos, kann dir mit ihm noch geschehen? Du wirst unsterblich sein, der mächtigste Herrscher auf der Welt! Und das zu einem geradezu lächerlichen Preis von«, in falscher Bescheidenheit schlug Poias die Augen nieder, »nun, fünfhundert Golddrachmen!«

In Ions Ohren rauschte es. »Das ist nicht wahr«, wiederholte er. »Du erbärmlicher Betrüger hast mich nur hierhergeschleppt, um mich zu verkaufen?« Er konnte es nicht fassen. Lysias hatte ihn gewarnt, aber er hatte ihm nicht glauben wollen. Blind und naiv war er diesem Verräter, diesem Scharlatan in die Falle getappt!

Die Schar der Hofmagier war spürbar unruhig geworden. Wie gehässige Stelzvögel ruckten sie mit den Köpfen. Der vorderste deutete mit einem spitzen Zeigefinger auf Poias.

»Du kommst auf die Idee, unserem König ein Orakel anzubieten?«, fragte er. »Ausgerechnet dem Mann, der die machtvollsten magischen Kräfte der Erde und des Himmels samt aller Gestirne um sich versammelt hat: nämlich uns!« Mit großer Geste wies er auf sich und seine Kollegen.

Poias verneigte sich vor ihm. »Erlaube mir dazu eine kurze Fabel, ehrwürdiger Magier. Ein Mann besaß einen Beutel Katzengold, erfreute sich am Glanz und dünkte sich reich. Bis jemand ein echtes Goldstück dazuwarf.«

»Du wagst es«, fauchte der Magier. »Wir sollen uns mit einem dahergelaufenen Bauernjungen messen? Niemals!«

»Das braucht ihr auch nicht«, sagte Ion. »Ich gehe. Jetzt gleich.« Mit einem wütenden Seitenblick auf Poias setzte er hinzu: »Mit diesem Betrüger will ich nichts mehr zu tun haben.«

König Melitorgos sah ihn versonnen an. »Ich fürchte nur, dein Wunsch wird nicht in Erfüllung gehen«, sagte er. »Dein Spitzhut und du, ihr werdet gemeinsam in den Tod gehen. Wie alle Dummköpfe, die es wagen, mir meine Zeit zu stehlen.«

Und dann, wie um seine Worte zu bekräftigen, nieste er dreimal hintereinander. Sofort ruckten die Magier mit den Köpfen und zogen bedenkliche Mienen. »Hört, hört! Der König hat geniest!«

»Tut eure Pflicht, ihr überbezahlten Hellseher«, forderte König Melitorgos sie auf. »Was habt ihr in meinem Niesen gehört?«

»Dein Niesen klang wie ein mächtiger Donner«, behauptete ein Magier. »Zweifellos steht dir ein großer Sieg bevor.«

»Also ich hörte ein feines Klingeln heraus«, widersprach ein anderer. »Bald schon wird eine große Goldlieferung eintreffen.«

König Melitorgos richtete seinen Blick auf Ion. »Machen wir uns den Spaß, fragen wir den kleinen Hochstapler«, sagte er. »Also, Junge: Was hat mein Niesen zu bedeuten?«

Ion sah, wie Poias ihm dringliche Zeichen machte: *Sag ihm, was er hören will!* Doch er dachte nicht daran, diesem Lügner und Betrüger einen Gefallen zu tun. Und seine Wut ließ ihn jede Vorsicht vergessen.

»Dein Niesen, König?«, sagte er laut. »Keine Ahnung. Vielleicht ist dir eine Fliege in die Nase gekrochen.«

»Erlaube mir, gnädiger König«, rief Poias hastig dazwischen.

»Bevor wir das Vergnügen haben, deine berühmten Kerker von innen zu besichtigen, will ich noch ein kleines Wort mit meinem Orakel reden.«

Damit packte er Ion am Arm und zog ihn beiseite. Angewidert schüttelte Ion ihn ab. »Fass mich nicht an, du mieser Betrüger!«

»Nenn mich, wie du willst«, raunte Poias. »Gib mir Schimpfnamen, von mir aus Ohrfeigen, aber überzeuge den König von deiner Sehergabe. Denn sonst *stirbst du.*«

»Du auch, ganz nebenbei«, fauchte Ion.

Ohne auf seinen Einwurf zu achten, redete Poias weiter. »Die Dinge sind leider komplizierter, als du begreifen kannst. Ich beherrsche viele Künste, mein Junge, aber Tote auferwecken kann ich nicht.« Er redete mit ungewöhnlichem Ernst. »Also tu mir den Gefallen und ERINNERE DICH AN DEINE TRÄUME, UND ZWAR SCHNELL!«

Ion funkelte ihn wütend an. Dann drehte er sich widerwillig zum König zurück.

»Es gibt da jemanden an deinem Hof«, sagte er. »Eine Gestalt. Sie bewegt sich sehr anmutig, und sie trägt Schleier mit …«, er konzentrierte sich, um das Bild in sich heraufzurufen, »Augen. Ja, mit vielen Hundert Augen. Wenn sich die Gestalt bewegt, tanzen die Augen.«

Der König stierte ihn an. Dann wandte er sich an den Wächter. »Hat er sie gesehen?«, raunzte er.

Entschieden schüttelte der Mann den Kopf. »Ausgeschlossen, Majestät. Ich habe die beiden vom Tor weg direkt zu euch geführt.«

Die Hofmagier flüsterten miteinander. »Man kennt sie schließlich auch außerhalb der Palastmauern«, sagte eine Magierin. »Zweifellos hat der Junge irgendwo in den Gassen der Stadt von ihr gehört. Worauf wartet ihr noch, mein König? Schickt die beiden Hochstapler in den Kerker!«

Ion hörte Poias leise Verwünschungen murmeln. »Elende Wichtigtuer, allesamt! Ich komme ja selbst nur höchst ungern in seine Nähe, aber wenn dieser blendend aussehende Apollon irgendwann Langeweile haben sollte, kann er sich euch ruhig einmal vorknöpfen, ihr miserablen Pseudo-Orakel.«

Vom Eingang her hörte man es nun rufen: »Macht Platz für die Favoritin des Königs!«

Die Menschen im Saal wichen ehrfürchtig zurück, als ein von Schleiern umwehtes Zauberwesen auf den König zuschwebte. Ion nickte: Hier waren sie, die tanzenden Augen aus seinem Traum. Die Schleier waren hauchfein, dabei aber vollkommen undurchsichtig und über und über mit Augen bestickt. Hunderte von Augen starrten Ion an, tanzten in der Bewegung davon, tauchten an anderer Stelle wieder auf. Und irgendwo dahinter musste ein echtes Augenpaar sein, als Einziges unbeweglich inmitten des Gewirbels. Ion wurde ganz schwindlig vom Hinsehen.

»Meine Hundertäugige. Gerade sprachen wir von dir.« König Melitorgos streckte die beringten Hände nach ihr aus. »Es grenzt an ein Wunder, wie du immer zur rechten Zeit erscheinst.«

Die Stimme aus den Schleiern war hell und jung. »Mein inneres Gesicht sagt mir zuverlässig, wenn mein König nach mir verlangt.«

Mit einer anmutig fließenden Bewegung ließ sich die Hundertäugige zu Füßen des Königs nieder.

Mit dem Finger zeigte Melitorgos auf Ion. »Dieser Knabe da behauptet, er hätte dich im Traum gesehen. Allein dafür müsste ich ihn hinrichten lassen.«

Ion spürte, dass er gemustert wurde. Jedes einzelne ihrer Augen schien ihm spöttisch zuzuzwinkern.

»Was meinst du, mein vieläugiges Juwel?«, fragte der König. »Soll ich den Jungen als Orakel prüfen? Oder ihn und seinen Spitzhut gleich in den Kerker schicken? Ich überlasse dir die Entscheidung.«

Das Wesen unter den Schleiern schwieg eine Zeit lang. »Ist das wahr?«, fragte es dann in Ions Richtung. »Siehst du die Zukunft?«

»Ich träume sie, ja«, sagte Ion, die Stimme rau vor Verlegenheit.

Die Augen auf den Schleiern wirbelten wild durcheinander, als die Hundertäugige sich zum König zurückdrehte und ihm die Hand küsste.

»Stell ihn auf die Probe. Lass ihn für dich träumen«, schlug sie vor. »Ist er wertlos, kannst du ihn zu den Bienen schicken. Und seinen Magier mit ihm.«

»Ach, meine Schönste, meine einzig wahre Hellsichtige«, seufzte der König. Sämtliche Magier an seinem Kopfende kniffen die Lippen zusammen. »Warum nur weißt du immer den richtigen Rat?«

Er wedelte matt in Richtung der Wächter. »Ihr wisst nun also, was zu tun ist. Als Erstes badet sie gründlich.«

Flankiert von keulenbewehrten Wächtern liefen sie durch die Palastgänge zurück. Wieder kamen sie an dem prachtvoll blühenden Garten vorbei, hörten das unheilvolle Summen der Bienen.

Ion kochte vor Wut. »Weißt du was? Ich hoffe, du kommst als Erster dran. Wie freue ich mich darauf, deinen Tanz mit den Bienen zu sehen!«

Poias lächelte ihn freundlich an. »Ruhig Blut, mein junger Freund. Es läuft alles bestens. Du wirst träumen und der König wird mehr als glücklich sein.«

»Alles läuft bestens«, ahmte Ion ihn nach. »Du widerlicher, elender Lügner!«

Poias hob die Hände. »Alaxon, der Gott der Lügner und Windbeutel, sei mein Zeuge: Ich würde dich nie belügen.«

»Dieser Alaxon soll dich dorthin schicken, wo Kümmel und Pfeffer gemeinsam wachsen. Er soll dir den Pfeffer direkt in die Nase reiben, du miese Kreatur! Dann kannst du dich zu Tode niesen!«

»Immer langsam. Die Köpfe einschlagen könnt ihr beiden euch im Kerker«, brummte einer der Wächter. »Jetzt wird erst einmal gebadet. Die Bienen des Königs bekommen nur saubere Speise.«

In den königlichen Bädern waren die Wasserhähne aus Gold, die Wannen aus Jade und Türkis und die Wände mit Mosaiken geschmückt, auf denen sich Flussgötter, Wassermänner und Nixen tummelten. Junge Dienerinnen, die selbst schön wie Nixen waren, führten Ion und Poias zu den Wannen, in denen heißes Wasser dampfte.

Obwohl Ion Poias keines Blickes würdigte, registrierte er doch, wie sehr der Magier in seinem Element war. Wortreich machte er den Dienerinnen Komplimente und bot ihnen an, sämtliche Wehwehchen zu behandeln, »für Götterlohn, weil ich ein so großes Herz und magische Hände habe.« Nur in die Wanne wollte er nicht.

»Baden ist eine Angewohnheit der Barbaren«, erklärte er kategorisch. »Ich bade nie!«

»Das werden wir ja sehen.« Zwischen den jungen Mädchen war die Aufseherin der Bademägde aufgetaucht. Stämmig und resolut stemmte sie die Arme in die Seite.

»Überlasst den da mir!«, befahl sie ihren Mädchen.

Mit der Miene eines Feldherrn, der wusste, wann er die Schlacht verloren hatte, blickte Poias dem Badeweib entgegen.

»Hast du schon jemals gehört, dass die Götter baden?«, fragte er anklagend. »Es kostet sie nur ein Fingerschnippen und ihre Leiber sind rein wie frisch gefallener Schnee.«

»Papperlapapp, die Götter. Ich habe auch noch niemals gehört, dass die Götter stinken wie die Iltisse.«

Ungerührt räumte das Badeweib Poias den Spitzhut vom Kopf und zog ihm den speckigen Kittel aus. »Wenn wir beide miteinander fertig sind, kann ich in deinem Waschwasser Rüben züchten.«

Ion wurde von einer der jungen Dienerinnen ausgekleidet und starb dabei fast vor Verlegenheit. Das Mädchen bemerkte seine Not, lächelte freundlich und reichte ihm ein Lendentuch, das er sich umbinden konnte. Dann hockte er in der Wanne und die Dienerin wusch ihm sanft kreisend Kopf und Rücken. Er hielt die Augen geschlossen; für einen wunderbaren Augenblick versanken all seine Sorgen und Träume im warmen Wasser und es gab nur noch Wohlbehagen.

Währenddessen kämpfte Poias wie ein Löwe darum, seine großen, roten Schlupfschuhe anzubehalten.

»Ich kann und darf sie niemals ausziehen«, behauptete er. »Eine Nymphe hat sie mit ihren schneeweißen Händen eigens für mich gewebt.«

»Ja, und mir hat Göttervater Zeus die Schürze genäht«, sagte das Badeweib trocken. »Aber tröste dich: Ich bin wahrlich nicht darauf erpicht, den Inhalt dieser Stiefel kennenzulernen. Von mir aus gehst du eben mit den Dingern in die Wanne. Ich muss ja heute Nacht nicht neben dir schlafen.«

»Die Götter bewahren mich«, murmelte Poias.

Beim anschließenden Essen rückte Ion so weit wie möglich von Poias weg. Doch auch so verging ihm schnell der Appetit: Ob Brot oder Fleisch, Fisch oder Kuchen, alle Speisen waren dick mit Honig übergossen. War das die übliche Kost am Hof des Bienenkönigs? Oder machten sie sich einen Spaß daraus, ihnen Angst einzujagen? Ion wusste es nicht.

Nach dem Mahl, draußen war es noch heller Tag, wurden sie von den Wächtern in eine fensterlose Kammer gebracht. Im Schein von Talglichtern huschten geisterhaft Diener umher. Zwei Schreiber hockten mit gekreuzten Beinen auf dem Boden, die Papyri dienstfertig vor sich ausgerollt.

Ion wurde auf eine hohe Flechtbank gelegt. Dicht neben seinem Kopf schwelten merkwürdig gezackte Blätter in einem Kohlebecken und sonderten einen schweren, süßen Duft ab. Mattigkeit legte sich wie ein Mantel über ihn. Nicht länger wütend, sondern unendlich gleichgültig betrachtete er Poias' Spitzhut, der in der Dunkelheit mal hier, mal dort auftauchte.

»In dieser dumpfen Kammer kann niemand träumen«, hörte er ihn quengeln. »Wir brauchen Frischluftfächler, eine Amphore Wein, vielleicht ein paar in Salz eingelegte Fische, nach all dem Honig …«

»Magier, geht es um dich oder um ihn? Setz dich da in die Ecke und schweig, bis wir wissen, woran wir mit euch sind.«

Ion wurde dunkel vor Augen, seine Sinne schwanden.

Das Signalhorn ruft nach ihm, bedrohlich und unwiderstehlich. Traumwandlerisch findet Ion seinen Weg durch die Gänge des Palastes. Der Schwarze wartet vor dem Palastportal. Schweigend führt er ihn durch Adamas Straßen, die in der nächtlichen Kühle still und verlassen sind. Nur die Brunnen plätschern noch und nebelfarbige Katzen verschwinden in den Toreingängen.

An einem kleinen Platz, neben einem gemauerten Brunnen, macht der Schwarze mit ihm halt. »Hier hinein.« Er schiebt Ion durch einen Perlenvorhang in einen finsteren Raum, in dem es nach Teig und Brot riecht.

Hinten im Raum lodern Flammen aus zwei Öfen. Im flackernden Licht läuft ein Junge im Kreis. Er ist von Kopf bis Fuß weiß, vom Mehl, das aus der Mühle stäubt, die er dreht. Der runde Mahlstein ist schwer, der Junge muss sich mit ganzer Kraft gegen die Schiebestange stemmen.

»Sieh hin!«, wispert ihm die fauchende Stimme ins Ohr.

Es beginnt an den Füßen des Jungen, zieht sich über die Waden, Knie, Oberschenkel, Hüften. Der Jüngling sieht an sich herab, tastet nach seinem Bauch, seiner Brust, schreit in purem Entsetzen. Langsam und qualvoll wird er zu Stein. Am Ende steht er da, eine steinerne Statue, angekettet an einen Mahlstein. Nur seine Augen sind noch schrecklich lebendig, schwarze Kohlen im weißen Gesicht.

Ion stöhnt. Der Anblick ist unerträglich.

Unvermittelt steht er vor dem Stadttor, durch das er heute Morgen auf Poias' Karren in die Stadt Adama gefahren ist. Die Wiese der Zauberer und Heiler ist verlassen, etwas abseits erkennt Ion ein Zelt, das sich schwärzer als schwarz vom Nachthimmel abhebt.

Die Fauchstimme an seinem Ohr: »Dort hinein!«

Hinter einem Gatter steht ein Junge, umringt von den goldenen Ziegen, die Ion schon am Morgen bewundert hat. Auch die Haut des Jungen schimmert golden; selbstvergessen blickt er an sich herab, bestaunt seine eigene Schönheit. Als sich von hinten eine geduckte Gestalt mit einem Messer nähert, weichen die Ziegen ängstlich zurück. Nur der goldene Jüngling merkt nichts von der Gefahr, bis die Gestalt mit einem einzigen Schnitt seine Kehle aufschlitzt und er röchelnd im Stroh verblutet.

»Nein! Ich will das nicht sehen!«

»Du siehst, es hat sich nichts geändert«, flüstert die Stimme des Schwarzen. »Du bist näher gekommen, aber deine Träume gehören noch immer mir! Du gehörst mir!«

Ion wird jäh klar, dass er schlafend auf einer Pritsche im Königs-

palast liegt. Und er weiß, ddass er den Traum vom steinernen und goldenen Jüngling schon oft geträumt hat.

»Meine Träume gehören nicht länger dir«, sagt er zu dem Schwarzen. »Ich träume jetzt für den König.«

Der Schwarze faucht wütend. »Ich werde dir zeigen, für wen du träumst.« Er hält zwei Scherben in die Höhe: dunkler Ton, rote Schrift. »Lies sie«, befiehlt er.

Ion versucht es, doch sein Blick gleitet von den Schriftzeichen ab. »Ich kann nicht.«

»Dann werde ich dich lesen lehren.«

Ohne Vorwarnung packt der Schwarze seinen Kopf und drückt mit aller Kraft die Scherben gegen seine Augen. Ion, festgebannt, kann nur hilflos schreien: Seine Augen werden bersten, bei den Göttern, es tut so weh! Er sieht Blitze zucken, feurige Räder tanzen. Zeichen flimmern auf, rot auf Schwarz, sie fügen sich zusammen, ergeben plötzlich Sinn, und er liest …

»Tier aus Stein. Tier aus Gold.«

»Lies nur. Morgen früh hast du alles vergessen«, höhnt der Schwarze. »Sehend blind bist du!«

Schwarze Schwingen wirbeln davon. Ion hört nur noch die körperlose Stimme.

»Hier am Königshof wirst du an deinen Träumen ersticken! Aber vergiss niemals, wer dich träumen lässt!«

Kedros

Er ist der Läufer.

Das Scharren des Mahlsteins gibt ihm den Takt vor. Für eine Umdrehung benötigt er zwölf Schritte. Zwölf Schritte bestimmen den Rhythmus seiner Tage. Ein Kunde im Laden? Fünf Umdrehungen, sechzig Schritte. Brot im Ofen? Dreißig Umdrehungen, dreihundertsechzig Schritte.

Ein ganzer Tag an der Mühle? Ein schwarzer Abgrund, der ihn verschlingt.

Niemals daran denken. Nur an den Takt der zwölf, der sechzig, der dreihundertsechzig. Niemals weiter.

Aus dem Winkel der Getreidemühle hat er das helle Viereck der offenen Tür im Blick. Davor hängt der Perlenvorhang, längst hat er die Schnüre und die Perlen durchgezählt: zweiundfünfzig Schnüre, zweitausendsechsundsechzig Perlen. Vierzehn Perlen müssen im Laufe der Zeit abgefallen sein, er kann die Lücken erkennen.

Im Augenblick bewegt sich der Vorhang leicht, die Schnüre schlagen mit leisem Klackern aneinander. Draußen muss es Wind geben. In seinem glutheißen Winkel kann er ihn nicht spüren, dennoch begrüßt er ihn wie einen Freund. Genau wie den seltenen Regen, der auf das flache Dach der Bäckerei trommelt.

Immer wenn Menschen eintreten, öffnet sich der Perlenvorhang ein Stück. Für einen kurzen Augenblick kann er einen Streifen Pflaster sehen, ein Büschel Gras, einen Löwenzahn, der aus einer Ritze wächst. Um den Himmel zu sehen, ist die Kette zu kurz. Aber er feiert es wie ein Fest, wenn er einen der kleinen, braunen Vögel entdeckt, die ihre Nester in der Nähe der Bäckerei haben müssen. Er malt sich aus, wie sie aus dem Brunnen neben der Bäckerei trinken.

An den Brunnen denkt er viele Male am Tag. Er stellt sich die helle Einfassungsmauer vor, das Wasser, wie es in den Steintrog fließt, durchsichtig klar und wunderbar sauber.

Wenn er diesen Brunnen jemals wiedersieht, wird er gerettet sein.

Er fühlt die Holzstange heiß zwischen seinen aufgeriebenen Händen. Das ist gut. Solange er fühlt, hat der Bäcker keine Macht über ihn.

»Fühlen, Hoffen, Glauben, Lieben. Alles, was euch Menschen ausmacht, den innersten Kern, das Weiche, werde ich dir austreiben. Ich mache dich zum Tier aus Stein.«

Der Bäcker macht kein Hehl daraus, welches Ziel er verfolgt. Das ist gut für ihn, Kedros. Denn so gibt es etwas, wogegen er kämpfen kann.

Noch fühlt er alles im Übermaß. Die Hitze, die ihm aus den Öfen rechts und links entgegenschlägt. Die raue Oberfläche des

Mahlsteins. Die Blicke, die ihn jeden Tag streifen, flüchtig oder gleichgültig oder betroffen. Er ist ja nicht verborgen, alle, die das Brot des Bäckers kaufen, sehen ihn die Mühle drehen. Manchmal wendet sich eine Frau rasch ab, wie man bei einem entstellten Krüppel oder einem geprügelten Hund wegsieht. Ab und zu fragt jemand nach dem Vergehen, für das er bestraft wird, und bekommt vom Bäcker eine harsche Abfuhr.

Wann immer einer der Kunden ihn anblickt, nicht als Ding oder Tier, sondern als Mensch, beginnt er ein wenig zu hoffen. Das ist gut. Er braucht jedes noch so kleine Stück Hoffnung, um im gnadenlosen Kampf gegen den Bäcker bestehen zu können.

An seinen ersten Tagen an der Kette hatte er sich geweigert, die Mühle zu drehen. Er wappnete sich gegen Prügel und Misshandlungen, aber nichts dergleichen geschah. Stattdessen malte der Bäcker ihm aus, wie die kleinen Zwillinge zu Hause auf Malios leiden mussten.

»Für jeden Tag, jeden einzelnen Augenblick, den du die Mühle nicht schiebst, leiden deine kleinen Brüder Schmerzen und Qual. Du hast die Wahl.«

Kedros weiß, dass der Bäcker die Macht dazu hat. Also dreht er seither die Mühle, vom frühen Morgen bis zum Abend, wenn das letzte Brot verkauft ist und der Bäcker den hölzernen Laden vor den Eingang rückt.

Die meiste Zeit ist er stark. Nur ganz selten, wenn die Ofenglut unerträglich wird oder wenn er sich zu sehr wünscht, den Himmel zu sehen, wird die Not übermächtig.

Dann flieht er.

Auf seinen Fluchten sieht er ihn, den blauvioletten Himmel über Malios. Wenn er flieht, dann schwimmt er in der Bucht unterhalb der Archontenvilla, taucht tief hinab ins Wasser, streicht mit den Händen über das schwingende Seegras, steigt langsam wieder empor, die Kühle bis zum Letzten auskostend. Anschließend lässt er sich zusammen mit den Freunden auf den Felsen von der Sonne trocknen, lässig, sorglos sprechen sie über ihre Pläne, ihre Zukunft …

Unendlich kostbar sind diese Fluchten und gefährlich. Nicht einen Augenblick lang darf er vergessen, wo er wirklich ist. Denn wenn er es vergisst, wenn er mit allen Sinnen auf Malios weilt, ändert der verfluchte Stein den Tonfall und der Bäcker weiß Bescheid. Dann wird der Himmel über der Bucht schlagartig schwarz, das Meerwasser stinkender Schlick, die Pflanzen verdorren und die Freunde verwandeln sich in Leichname, aus deren Augenhöhlen die Würmer kriechen.

Der Bäcker stammt aus den Tiefen der Hölle und er kann die Hölle in einem Augenblick erschaffen. Und er, Kedros, kann nie wissen, ob er nun die Wahrheit sieht oder der Bäcker ihm eine Lüge vorgaukelt, um ihn zu quälen.

Das ist das Schlimmste. Dass alles jederzeit wahr werden könnte. Deshalb dürfen die Fluchten nicht stattfinden, darf er die Aufmerksamkeit des Bäckers nicht auf Malios richten.

Er darf nicht fliehen, er muss kämpfen. An seinem Platz an der Mühle bleiben und alles ertragen, alles fühlen. Sonst gewinnt der Bäcker.

Seine Haut juckt, sie blutet, dort, wo der Halsring und die Schellen um die Handgelenke ihn scheuern. Vom Mehlstaub ist er weiß gekalkt wie eine Statue. Oft stellt er sich vor, wie das Mehl und sein Schweiß irgendwann ein harter Panzer werden.

An einem der ersten Tage war die Bäckersfrau mit einem Zuber Wasser und einem Lappen zu ihm getreten.

»Was tust du da, Weib?«

»Was wohl? Ich wasche den Jungen. Er kann es ja nicht selbst tun.«

»Lass das bleiben. Tu nie wieder etwas an ihm.«

Seither hat die Frau ihn nicht mehr angesehen. Mit abgewandtem Gesicht schiebt sie ihm die Schüssel Brotsuppe zu und trägt den Notdurfteimer fort. Ob sie ahnt, dass ihr Ehemann kein Mensch mehr ist? Manchmal, wenn kein Kunde im Laden ist, wird ihr Gesicht ganz leer und verloren. Gleich darauf klappert der Perlenvorhang, Kundschaft kommt, und sie belebt sich wieder.

Am Abend, wenn die Tür zur Bäckerei verriegelt ist und Kedros auf dem Mahlstein liegt, der sein Fluch bei Tage und sein Bett bei Nacht ist, fragt er sich, was der Bäcker und seine Frau im hinteren Teil des Hauses wohl tun. Sitzen sie an einem Tisch, unterhalten sie sich wie normale Eheleute?

So zerschlagen und müde Kedros ist, er schläft nicht ein. Er weiß, es ist noch nicht vorbei für heute.

Immer dann, wenn die Welt draußen endgültig dunkel und still wird, geht die hintere Tür auf und der Bäcker kommt im Dunkeln auf ihn zu. Kedros riecht seine scharfe Ausdünstung, bevor er ihn sieht. Als Erstes öffnet der Bäcker die Ofenklappen und schürt die Glut nach. Er liebt die Dunkelheit, das rote Dämmerlicht. Vielleicht erinnert es ihn an die Hölle, aus der er stammt.

Der Bäcker setzt sich zu ihm auf den Stein und redet mit ihm. Die Gespräche, die sie führen, sind leise und gemurmelt, wie unter Vertrauten.

Der Bäcker erzählt Kedros vom Tartaros. Davon, wie sehr die Schatten der Toten sich nach dem Leben sehnen. Wie sie einsam und verzweifelt über die schattigen Gründe des Asphodelienhains wandeln, auf der Suche nach ihren Liebsten, die sie niemals mehr sehen werden.

»Dein Vater stirbt schon bald«, sagt der Bäcker. »Dann wird er sich im Jenseits vor Hunger selbst verzehren, vor Durst sein eigenes Blut trinken. Jeden Tag stirbt er einen elenden Tod und ist am nächsten Tag wieder am Leben, sein Los auf ewig bejammernd.«

Kedros beißt die Zähne zusammen. »Mein Vater stirbt nicht. Du lügst.«

Der Bäcker antwortet ihm nicht, er redet einfach weiter. »Auch deine Mutter wird sterben. Als Tote geht sie auf dem Kopf umher. Alles kehrt sich dort unten um. Wenn deine Mutter sich an die Liebe erinnert, schmerzt es sie wie Messerstiche. Und doch können die Toten nicht anders, als sich nach der Liebe und dem Leben zurücksehnen. Sie haben buchstäblich nichts anderes mehr als Leid und Schmerz.«

»Du lügst!«

Obwohl Kedros weiß, dass der Bäcker ihn nur quälen will, kann er nichts gegen die Bilder in seinem Kopf tun.

Wie die Toten im Tartaros sehnt auch er sich verzweifelt nach seinem Leben zurück. Doch wenn er der Verzweiflung nachgibt und alle Hoffnung fahren lässt, verliert er den Kampf.

An manchen Abenden ändert der Bäcker seine Taktik. Dann ist er scheinbar milde gestimmt, erzählt nette, lustige Dinge, Begebenheiten aus Malios, von den kleinen Brüdern, die gerade laufen lernen, vom Eifer, mit dem die Freunde sich auf die Inselspiele vorbereiten, von einem neuen, prächtigen Schiff, das den Namen seines Vaters, des Archonten, trägt. In diesen Momenten erscheint er Kedros wie ein alter Freund, der gerade aus Malios kommt und ihm die Neuigkeiten mitbringt.

Doch danach kommen die schlaflosen Stunden in der Dunkelheit und die verzweifelte Trauer um das Verlorene.

Er ist stark. Tag für Tag dreht er weiter die Mühle. Seine Muskeln sind hart wie Zedernholz, die weiße Mehlschicht ist seine Rüstung.

»Es ist nicht einfach mit dir«, sagt der Bäcker. »Ich habe dich krummgeschlossen, doch im Inneren bist du noch immer hoch aufgerichtet wie eine Zeder. Du bist stark. Umso größer wird am Ende mein Triumph sein.«

Smirkos

Er war verliebt.

Über beide Ohren verliebt in ein Traummädchen, das freundlichste und hübscheste Wesen, dem er je begegnet war.

Und er steckte in diesem Ziegenleib fest. Es war zum Auswachsen!

Er liebte Herse mit allen Fasern seines Ziegenherzens, einfach alles an ihr: ihre dunkle Stimme, ihren breiten Mund, ihre Zahnlücke und jeden einzelnen ihrer festen, geschickten Finger. Der raue Ruf, mit dem sie die Ziegen lockte, war für ihn das schönste Lied der Welt.

Herse lachte fast immer. Und sie liebte ihn auch, das bewies sie ihm jeden Tag. »Mein hübscher, süßer Kleiner, da bist du ja!«

Wer bekam die meisten Liebesworte? Wer wurde länger liebkost als alle anderen?

Er selbst zeigte ihr jeden Tag seine große Liebe. Während Herse Strohballen schleppte und Mist kehrte, durchwühlte er das Heu in der Raufe nach getrockneten Blumen, die er ihr eine nach der anderen vor die Füße legte. Dann lachte Herse vergnügt und kraulte ihn zwischen den Hörnern.

»Ihr seid ja alle meine Lieben und Guten«, sagte sie. »Aber du bist ein ganz Besonderer. Wenn du ein junger Mann wärst und mich so hofieren würdest …« Sie tippte ihm auf die Ziegenstirn. »Schade eigentlich.«

Solange Herse im Stall war, schien die Sonne, die er sonst nicht zu Gesicht bekam. War sie fort, träumte Smirkos stundenlang mit der Nase im Heu, das nach ihr roch.

Seine Liebe zu Herse machte ihm sogar das Leben im Ziegenstall süß. Früher oder später würde er den elenden Ziegenleib hinter sich lassen und wieder ein Mensch sein, da war er sich vollkommen sicher. Er malte sich Herses offenen Mund aus, wenn er, Smirkos, sich vor ihren Augen in einen Jungen zurückverwandeln würde. Wenn alles gut ging, würde er dabei golden bleiben. Das gäbe ein Hurra im Töpferdorf, wenn er als goldener Jüngling zusammen mit Herse zurückkehren würde! Smirkos stellte sich das Gesicht seines Bruders Megalos vor und klopfte vor Vergnügen mit dem Vorderhuf.

Dummerweise gab es weit und breit nur einen Menschen, der diese Verwandlung bewerkstelligen konnte. Doch obwohl er, Smirkos, längst der Liebling des Publikums war und bei den Auftritten vor Adamas Stadtmauer mit Münzen geradezu überschüttet wurde, hatte der Zauberer kein Einsehen und lachte ihn stattdessen aus.

»Mecker du, so viel du nur willst, du bleibst doch, was du bist. Tier aus Gold, das ist dein Fluch.«

Und wenn er schon bei den Ärgernissen war: Fast so schlimm wie der sture Zauberer waren die beiden großen Böcke, die ihm das Leben nach Kräften schwer machten. Ob vorne am Gatter, an der Raufe oder an der Tränke, immer passten sie ihn ab und traten und bissen nach ihm.

Herse schimpfte zwar mit ihnen, aber sie lachte dabei, als wäre alles ein Kinderspiel und die Böcke Lehmer, die naturgemäß einen Töpfer triezen mussten.

Er ging zum Zauberer und beschwerte sich. »Die anderen Böcke treten und beißen mich. Sieh mich an, ich bestehe nur noch aus Schrammen und blauen Flecken. Bald bin ich zu schwach, um im Fackelschein aufzutreten und deine Münzen zu verdienen. Du musst mir helfen!«

Der Zauberer war gerade dabei, Einhorn das Kunststück beizubringen, über eine hölzerne Stange zu balancieren und an ihrem Ende ein bronzenes Glöckchen zu läuten. Die schöne Ziege begriff beinahe augenblicklich und erledigte die Aufgabe anmutig und ohne Schwierigkeiten. Smirkos staunte.

»Sie ist klug, klüger als mancher Mensch. Und doch nur eine Ziege.« Der Zauberer richtete die Gerte auf Smirkos. »Und was dich betrifft, wenn du zu schwach wirst, um aufzutreten, wirst du geschlachtet. So halte ich es mit allem nutzlosen Vieh.«

»Ihr Götter, nein«, sagte Smirkos erschrocken. »Aber wie wäre es, wenn ich nicht länger bei den Ziegen wohnen würde, sondern in dem anderen Zelt?« Dort, wo auch Herse wohnen musste, der Ort aller seiner Sehnsüchte. Er würde seine beiden goldenen Hornstummel dafür geben, in ihrer Nähe zu sein. »Dann wäre ich wieder gesund und stark, würde weiter auf zwei Beinen laufen und tanzen und im Fackellicht weinen. Und du würdest reicher und reicher dabei.«

Es half alles nichts, dachte er, als er kurze Zeit später hinter den vertrauten Gattern des Ziegenstalls hockte. Er würde die Sache selbst in die Hände nehmen müssen.

Seine Hände. Wie oft hatte er sie, als er noch Mensch gewesen war, sträflich vernachlässigt. Hatte sie einfach herunterbaumeln lassen oder müßig auf dem Bauch gefaltet, während er im Schatten eines Baumes döste. Nie hatte ihm viel daran gelegen, mit diesen Händen Taten zu vollbringen.

Wenn er nur diese zwei Wunderdinge, seine Hände, jetzt noch hätte! Dann wäre alles anders. Er könnte jederzeit das Gattertor öffnen und Herse besuchen. Er könnte die beiden Muskelprotze von Böcken nach allen Regeln der Kunst verschnüren, sie mit Sirup bestreichen und draußen von den Fliegen auffressen lassen. Und natürlich könnte er diesen Widerling, den Zauberer, mit aller Kraft würgen, bis ihm die Augen aus dem Kopf träten und er ihn, Smirkos, mit Freuden zurückverwandeln würde.

Die Götter wollten es anders, er hatte keine Hände mehr. Smirkos ließ den Kopf hängen und seufzte tief.

Am Abend kam Herse in den Stall und sah mit dem Heubündel auf den nackten Armen einfach hinreißend aus. In aller Eile strebte Smirkos nach vorne zum Gatter, doch die Böcke standen bereit und empfingen ihn mit harten Tritten.

»So lasst ihn doch. Er ist doch viel kleiner als ihr«, sagte Herse und lachte.

An diesem Abend dachte Smirkos nicht länger resigniert an seine verlorenen Hände. Er würde allen hier, Herse, dem Zauberer, und vor allem diesen Mistkerlen von Böcken, zeigen, wozu er fähig war. Er war ein Mensch, und ein heller Kopf dazu! Hatte er keine Hände mehr, musste eben sein Maul seine Hände sein!

Den ganzen nächsten Tag lang trug Smirkos Hanfseile, die in einer Ecke des Stalls lagen, nach vorne zum Gatter. Unermüdlich tat er das, ignorierte dabei heroisch seine schmerzende Zunge und die Bisse und Tritte der beiden Mistböcke.

Ob sie etwas ahnten?

Am Abend, als nach der Vorstellung Ruhe im Ziegenstall eingekehrt war, begann für Smirkos die eigentliche Arbeit. Er staunte über sich selbst, mit welcher Wut und Energie er Seilstücke abbiss, sich dann am Gatter auf seine Hinterbeine stellte und die Seile zu seinen berühmten Spezialschlingen verknotete, genau in der Höhe der großen Böcke.

Alles aus Liebe, dachte er. Herse, seine große, einzige Liebe.

Am Ende tanzten feurige Ringe vor seinen Augen und seine Zunge blutete. Aber er hatte es geschafft.

»Wartet nur, ihr Dumpfhirne«, sagte er zufrieden, als er sich neben Einhorn ins Stroh kuschelte. Sie schleckte ihm sanft über die Stirn und er schloss die Augen und fühlte sich einfach großartig.

Am nächsten Morgen wurde er von einem entsetzlichen Schreien und Keuchen aus dem Schlaf gerissen. Er sprang auf, blickte nach vorne zum Gatter und erstarrte.

Die beiden Böcke hingen mit ihren Köpfen in den Schlingen. Sie zappelten und bockten und keilten nach allen Richtungen und erreichten doch nur, dass sich die Schlingen enger und enger um ihre Hälse zogen.

»Hahaha«, lachte Smirkos, nachdem er den ersten Schrecken überwunden hatte. »Was sagt ihr nun, ihr tapferen Ziegenkämpfer! Wer hat jetzt gewonnen?«

Er legte sich gemütlich ins Stroh zurück und weidete sich an dem Anblick. Das war seine ganz persönliche Rache an den Böcken, an seinem Bruder Megalos, an dem Zauberer, an allen Widerlingen dieser Welt, die nichts Besseres zu tun hatten, als Kleinere und Wehrlose zu triezen.

Das Zappeln der Böcke wurde allmählich schwächer. Die Augen traten ihnen wie Blasen aus den Köpfen, die Zungen hingen lang und dunkelblau aus den offenen Mäulern. Sie boten einen grausigen Anblick und Smirkos bekam es mit der Angst zu tun.

»Also gut. Ich habe meinen Spaß gehabt.«

Er rannte nach vorne zum Gatter, um die Seile durchzubeißen. Doch die beiden Böcke in ihrer Todesangst traten wild um sich und ließen ihn nicht heran.

»Bei Pan und all seinen stinkenden Ziegen! Ihr seid noch dümmer als Stroh! Ich will doch nur eure Köpfe aus den Schlingen holen!«

Er drehte sich zu Einhorn um. »Kannst du mir nicht helfen?« Doch die schöne goldene Ziege blieb gelassen im Stroh liegen und beobachtete ihn.

Smirkos fluchte. »Warum beherrsche ich nicht wenigstens die Ziegensprache, wenn ich schon in diesem Leib stecke?«

Als die Böcke schon blutigen Schaum vor dem Maul hatten, stand plötzlich Herse am Gatter.

Ihre Augen wurden groß und rund. Sie ließ ihr Bündel Heu fallen, holte ein Messer aus ihrer Tasche und schnitt die Böcke ab.

»Ich weiß, ihr seid alle unfassbar schlaue Tiere«, sagte sie, während die beiden Böcke vor ihr im Stroh lagen und mit offenen Mäulern nach Luft schnappten. »Aber bei allen Göttern, wer von euch ist zu so etwas fähig?«

Nacheinander musterte sie alle Ziegen. Ihr Blick blieb an Smirkos hängen.

»Was ist los?«, meckerte Smirkos. »Sonst lachst du immer, warum jetzt nicht? Das war doch ein großer Spaß, oder nicht?«

Er machte den Hals lang, um gestreichelt zu werden, doch Herse stemmte die Arme in die Seiten und blickte ihn nur an. Bis er schuldbewusst den Kopf senkte und brummte: »Ich geb es ja zu, die Sache ist ein wenig aus dem Ruder gelaufen.«

Sie sah ihn weiter nachdenklich an. Schließlich schüttelte sie den Kopf.

»Nein, mein Kleiner, lass den Kopf nicht hängen«, sagte sie und kraulte ihn zwischen den Hörnern. »Du bist ein Ziegenbock, du kannst es nicht gewesen sein. Es waren Eindringlinge. Üble Burschen aus Adama, die Spaß daran hatten, unsere Böcke zu quälen.«

»Jaja.« Hastig nickte Smirkos mit dem Kopf. »Üble Burschen. Ziegenquäler aus Adama. Die waren es.«

An diesem Nachmittag fand der Auftritt der goldenen Ziegen ohne die beiden Böcke statt, die mit Salbeiwickeln um ihre Hälse im Stroh lagen und unruhig träumten.

Nicht dass sie irgendjemandem fehlen würden, dachte Smirkos. Die Zuschauer, die sich im Schatten von Adamas Stadtmauer um die Ziegen geschart hatten, waren auch so restlos begeistert von den tanzenden, den rechnenden und glöckchenläutenden Ziegen. Und von ihm, Smirkos, dem weinenden Böckchen, der unangefochtenen Hauptattraktion.

Während er routiniert auf den Hinterbeinen lief und mit den Vorderhufen ins Publikum winkte, fiel sein Blick auf einen Jüngling ganz vorne am Gatter.

»Dich kenne ich doch«, rief er aufgeregt. »Das war zu der Zeit, als meine Mutter noch gelebt hat, die Götter mögen sie im Jenseits schützen. Wir waren im Wald hinter dem Tempel, zusammen mit einem dritten Jungen. Er hatte sein teures Kleid zerrissen, weißt du noch? Aber das war ihm ganz egal. Warte mal, gleich fällt mir dein Name ein.«

Noch während er auf ihn zulief und lauthals meckerte, drehte der Jüngling sich achtlos um und ging fort.

Enttäuscht ließ Smirkos sich auf seine vier Hufe zurückfallen und rupfte ein Büschel Gras. »Ion«, murmelte er kauend. »Du heißt Ion.«

»Hast du einen alten Freund entdeckt?«, fragte der Zauberer spöttisch. »Zu schade, dass er nichts von dir wissen wollte.«

»Er heißt Ion«, wiederholte Smirkos stur. »Und der andere, Vornehme mit dem zerrissenen Kleid heißt Kedros.«

»Du erinnerst dich also. Aber das hilft dir nichts, der Fluch wird euch alle drei zermalmen.«

»Ion, Kedros, Smirkos. Wir waren zusammen im Wald spielen und basta. Dein Märchen vom Fluch kannst du einem anderen erzählen.«

Ion

An sein Ohr drang hektisches Geflüster.

»Er wird wach.«

»Schnell, legt frische Blätter nach.«

Er wollte die Augen öffnen, doch seine Lider gehorchten ihm nicht. Der Schlaf hielt ihn wie schwarzer Honig gefangen und er glitt wieder zurück in den Traum.

Geflüsterte Fragen. Saugen an einer saftigen Frucht. Und er träumte, träumte …

Er schlief noch immer, doch er spürte bereits, dass sein Rücken schmerzte und seine Kehle ausgetrocknet war. Langsam kam er zu sich. Als er die Augen öffnen wollte, schrie er auf vor Schmerz.

»*Schschsch.*« Eine Stimme an seinem Ohr. »Sie haben dir die Augen mit Bienenwachs zugeklebt. Das ist nicht weiter schlimm, es dauert nur einige Zeit. Bleib einfach ruhig liegen.«

Hände machten sich an seinen Augen zu schaffen. Ion stöhnte auf, als er Hitze auf seinen geschundenen Lidern spürte. Wieder und wieder wurde ihm über die Augen gewischt, mit kochend heißer Flüssigkeit, wie ihm schien. Zwischendurch strichen ihm kühle Finger über die Stirn. »Hab Geduld. Gleich ist es vorbei.«

Das Flechtbett drückte sich schmerzhaft in seinen Rücken. Irgendwann schaffte er es, die verklebten Augen einen Spaltbreit zu öffnen. Und sah vor sich Augen, Hunderte davon. Sie tanzten vor seinem Gesicht auf und nieder und machten ihn ganz wirr im Kopf. Alles drehte sich um ihn.

»Wie lange habe ich geschlafen?«, fragte er mit krächzender Stimme.

»Drei Tage und drei Nächte.«

»Was?«

Er versuchte sich aufzurichten, fiel aber hilflos wieder zurück.

Erinnerungsblitze tauchten auf, einzelne Szenen. Und immer wieder Fragen, gemurmelte Fragen, ein stetes Flüstern an seinem Ohr. Sie mussten ihn viele Male aus dem Schlaf geholt haben.

Wovon hatte er nach der Begegnung mit dem Schwarzen geträumt? Vom König, ja: Melitorgos in einem roten Prunkmantel. Melitorgos zusammen mit einem Juwelenhändler. Melitorgos neben einem merkwürdigen Tier. Melitorgos beim Mittagsmahl. Melitorgos auf einem Ruhebett. Immer wieder dasselbe verdrießliche, aufgedunsene Gesicht.

Die Hundertäugige, sie war es wohl, räumte Lappen und Wasserschüssel beiseite. Ihre Schleier umtanzten sie dabei, doch hier in der Kammer erschien sie Ion nicht als das ätherische Feenwesen aus dem Thronsaal, sondern durchaus irdisch und handfest.

»Erinnerst du dich an deine Träume?«, fragte sie.

Er schüttelte den Kopf, was erneut atemberaubenden Schwindel auslöste. »Es sind zu viele Bilder, ich kann sie nicht einordnen. Sind die Träume eingetroffen?«

Sie schwieg eine Zeit lang. »Folgendes hast du geträumt«, sagte sie dann. »Eine Gesandtschaft aus Chamissia wird eintreffen und dem König ein junges Kamel schenken. Ein Händler versucht, dem König gefälschte Juwelen zu verkaufen. Hier im Palast findet man hinter einem Ofen ein Geheimversteck mit einem Goldschatz. Ein Leibwächter des Königs wird betrunken aufgegriffen. Nach einem üppigen Festmahl bekommt der König Leibschmerzen und muss das Bett hüten.« Sie sah Ion an. »Nicht schlecht für drei Tage, oder?«

Ion schluckte. »Und?«

»Jeder einzelne Traum ist eingetroffen. Du hast alles in der Nacht vorhergesehen, bevor es am nächsten Tag geschehen ist. Gerade ist der Leibarzt beim König und verabreicht ihm einen Einlauf. Der Juwelenhändler und der Leibwächter sitzen im Kerker und warten auf ihren Bienentanz. Der gefundene Goldschatz wird dem König einen neuen Kriegszug finanzieren.«

Als die Hundertäugige sich neben ihm auf ein Kissen niederließ, erhaschte Ion einen Blick auf braune Mädchenbeine, die mit weißen Bändern geschnürt waren. Der Anblick gefiel ihm ausgesprochen gut, darüber hinaus war er beruhigend normal. Umsonst versuchte er, hinter den Schleiern ihr Gesicht zu erahnen.

»Du hast im Traum auch noch einen Bienenfresser im Garten gesehen«, fuhr sie fort. »Die Knechte haben den armen Vogel mit ihren Steinschleudern vom Ast geholt, bevor er auch nur eine Biene erwischen konnte. Allein damit hast du das Herz des Königs gewonnen.«

Ion setzte sich auf. Seine Augen brannten, doch er konnte wieder klar sehen. »Und was geschieht jetzt?«

»Statt mit den Bienen zu tanzen, wird dein Magier mit Gold und Edelsteinen überschüttet.«

»Und was passiert mit mir?«

»Du wirst offizieller Hellseher des Königs sein und weiter für ihn träumen. Melitorgos wird dich niemals mehr ziehen lassen. Er plant ein Dutzend Kriegszüge, wenn du ihm Sieg oder Niederlage vorhersagst, was kann ihm noch geschehen? Mit dir kann er die Welt erobern. Dein Magier hat recht: Du bist kostbarer als Gold.«

Ion schüttelte den Kopf. »Du vergisst die Kehrseite der Münze«, sagte er. »Was ich träume, geschieht unweigerlich. Was tut der König, wenn ich seinen Tod träume?«

»Melitorgos fürchtet den Tod nicht. Er hält sich für unsterblich.«

Die Hundertäugige nestelte ihre Hände aus den Schleiern. Es waren kleine, braune Mädchenhände, mit goldenen Ringen an allen zehn Fingern. Wieder fragte sich Ion, wie sie wohl aussah.

»Dein Magier ist nur ein alter Narr und du scheinst ein ganz gewöhnlicher Junge zu sein«, sagte sie. »Woher hast du diese unglaubliche Gabe?«

Ion zuckte die Schultern. »Für mich ist es keine Gabe. Es ist ein Fluch.« Er benutzte die Worte des Schwarzen, ging ihm auf. *Sehen und nichts tun können. Das ist dein Fluch.*

»Ich habe noch eine Frage an dich«, sagte sie. »Was ist das: Tier aus Stein, Tier aus Gold? Du hast diese Worte mehrfach wiederholt, deine Stimme zitterte dabei vor Angst.«

Traumbilder blitzten vor Ion auf. Schwarze Scherben mit roter Schrift.

Lies!

Jemand drückt diese Scherben mit aller Kraft auf seine Augen.

Tier aus Stein,

Tier aus Gold …

»Ich weiß es nicht«, sagte er.

Zwei der keulenbewehrten Palastwächter kamen herein und verneigten sich respektvoll vor der verschleierten Gestalt.

»Sie kommen dich holen«, sagte sie zu Ion.

»Wozu?«

»Du wirst wieder eingeschläfert, diesmal in Melitorgos privaten Räumen. Ab jetzt sollst du Tag und Nacht für den König träumen.«

Ion starrte zu Boden. Um seinen Träumen zu entfliehen, war er an den Königshof gekommen. Und jetzt wurde er Dauerträumer für den Bienenkönig! Im ständigen Schlaf würde er dem schwarzen Dämon hilflos ausgeliefert sein: Wie oft konnte er den Traum vom steinernen, vom goldenen Jüngling träumen, bevor er verrückt wurde? Und wem hatte er das alles zu verdanken? Diesem stinkenden Verräter Poias!

Neben sich hörte er die Stimme der Hundertäugigen: »Es kommt noch schlimmer. Melitorgos wird dich noch heute blenden lassen.«

Ions Herz begann heftig zu schlagen. »Was sagst du da?«

»Kein Lichtstrahl darf dich bei deinem immerwährenden Schlaf stören. Unser König macht keine halben Sachen.«

Ion warf einen hastigen Blick auf die beiden Keulenträger, die sie von der Tür her stoisch beobachteten. Verzweifelt fragte er: »Was kann ich tun?«

Sie neigte ihm den verschleierten Kopf zu. »Flieh«, sagte sie fast unhörbar. »Jetzt gleich. Ich helfe dir.«

In einem jähen Moment glaubte er, ihre echten Augen entdeckt zu haben, schwarz funkelnd und lebendig. Doch schon im nächsten Moment schwangen die Schleier darüber.

In einer anmutigen Bewegung erhob sie sich und trat vor die Türwächter. »Habt ihr Frau und Kinder?«, fragte sie.

»Jawohl, Hundertäugige«, nickte der erste Wächter stolz. »Acht Kinder mittlerweile, mein Weib ist stark und gesund.«

»Ich habe zwei Kinder, Säuglinge noch«, erzählte der zweite Wächter. »Aber meine Frau ist selbst noch ein halbes Kind. Bestimmt bekomme ich in meinem Leben noch mehr als ein Dutzend Kinder.«

Die Hundertäugige trat ein wenig zurück, als wollte sie Anlauf nehmen. »Wenn ihr beide heute heimkommt, werden euch eure Frauen und Kinder nicht mehr erkennen. Weil ich euch in dicke schwarze Mistkäfer verwandeln werde, sobald ihr über eure Hausschwelle tretet.«

Unter ihrem Schleier spreizte sie die Finger und richtete sie drohend auf die Wächter. »Eure eigenen Ehefrauen werden euch mit dem Holzschuh erschlagen, weil ihr dicke schwarze Mistkäfer seid. Habt ihr das verstanden?«

»Aber warum willst du das tun?«, fragte der eine Wächter bestürzt. »Ich bin ein guter Ehemann und dem König ein treuer Diener. Ich habe nichts Böses getan.«

Sie war zwei Köpfe kleiner als die Wächter, jeder von ihnen hätte sie mit einer Hand packen und zur Tür hinauswerfen können. Stattdessen wichen sie vor ihr zurück wie vor einem gefährlichen Raubtier. In ihren Gesichtern malte sich abergläubischer Schrecken.

»Das tue ich euch an und noch Schlimmeres.« Die Hundertäugige hielt ihre Hände weiterhin auf die Wächter gerichtet. »Es sei denn, ihr beide geleitet den Gefangenen jetzt sofort durch das Palasttor nach draußen.«

Die Wächter sahen sich ratlos an. »Warum hast du es auf uns abgesehen?«, fragte der zweite. »Wenn der König davon erfährt, kommen wir zu den Bienen.«

»Das wird nicht geschehen, dafür sorge ich«, sagte sie knapp. »Hat einer von euch Geld bei sich?«

»Ich, Hundertäugige«, sagte der erste Wächter unglücklich. »Vier Halbdrachmen.«

»Gib sie dem Gefangenen.«

Ion konnte es nicht fassen, als der Mann ihm tatsächlich die Münzen in die Hand zählte.

»Danke«, sagte er schüchtern zu der verschleierten Gestalt.

»Dank mir nicht. Die Hälfte der königlichen Magier sind wegen dir bereits zu Schweinehirten degradiert. Je eher du weg bist, desto besser für uns alle.«

Sie drehte sich zu Ion um, tanzende Schleier und Augen. »Du bist ein echter Seher. Drei Tage lang hatte ich Angst, du könntest von mir träumen.«

Während Ion zwischen den beiden Wächtern durch die Gänge lief, wagte er kaum zu atmen. Ohne die machtvolle Aura der Hundertäugigen konnten sich die Wächter immer noch besinnen, kehrtmachen und ihn dem König und damit seinem künftigen Los als blindem Orakel ausliefern.

Als sie eine kleine Halle durchquerten, stolperte Ion beinahe über Poias, der dort auf einem Ruhebett den Schlaf der Ungerechten schlief. Selbst im Bett trug er den nagelneuen braunen Pelz, in dem er bereits in Ions Träumen herumstolziert war. Neben ihm stand aufrecht sein spitzer Magierhut.

Ion starrte auf das schlafende Gesicht, den selig offenen Mund. Für einen Moment überlegte er, Poias den vermaledeiten Hut Spitze voran in den Hals zu stopfen. Dann beschloss er, sein Glück nicht herauszufordern.

Die Wächter schoben ihn durch die hohen Palasttüren nach draußen. Im strahlend hellen Licht der Mittagssonne wurde ihm sofort schwarz vor Augen. Seine verletzten Lider brannten wie Feuer, Tränen liefen ihm übers Gesicht.

»Nun geh schon«, hörte er die Wächter hinter sich. »Worauf wartest du? Verschwinde, schnell!«

Geblendet und tränenblind schaffte Ion es irgendwie, den großen Platz vor dem Palast zu überqueren. Bis ihn schließlich die erlösenden Schatten von Adamas Gassen und Gässchen aufnahmen.

Jetzt um die Mittagszeit war die Stadt still und leer. Kaum ein Mensch begegnete ihm, während er immer weiter den Hügel hinablief. Nur möglichst weit fort von dem Irrsinn, der hinter ihm lag, fort vom König und seinen Bienen und dem elenden Verräter Poias!

Irgendwann blieb er im Gewirr von Adamas Gassen stehen und sah sich um. Wohin sollte er sich wenden?

Vor einem der unzähligen Brunnen kehrte eine grauhaarige Frau die Straße. Ein struppiger Esel neben ihr trug geduldig den Korb voller Kehricht.

Ion grüßte sie höflich. Dann sagte er: »Wenn du hier in der Stadt einen Rat bräuchtest, wen würdest du fragen?«

Die Frau richtete sich auf. »Meinen Esel hier. Ich würde ihn fragen: ›Meinst du nicht, dass wir für heute genug gekehrt haben? Wollen wir nicht lieber nach Hause gehen und eine schöne Mittagsruhe halten?‹ Und weißt du, was er sagen würde?: ›Nein, wir sind fleißig und arbeiten weiter.‹ Weil er ein Esel ist!«

Ion lächelte. »Und wenn es um etwas Großes ginge? Etwas sehr, sehr Wichtiges?«

»Dann würde ich die uralte Sybille befragen. Es heißt, sie lebt am Berg Boibe, ungefähr drei Tagesreisen von hier, immer Richtung Süden.«

»Warst du schon einmal bei ihr?«

Die Frau strich ihre grauen Haarsträhnen zurück. »Junger Herr, die uralte Sybille war einst die Geliebte eines Gottes. Glaubst du, sie würde sich mit einer Straßenfegerin wie mir abgeben?«

Etwas an der Frau flößte Ion Vertrauen ein. »Du selbst hast keinen Rat für mich?«

»Ich?« Die Straßenkehrerin lachte. »Ich bin nur eine unwissende Bettlerin. Vor einiger Zeit ging ein Mann an mir vorüber, ein böser Mann, er hatte einen Jungen bei sich, der schön wie ein Gott war. Seither denke ich über diesen Mann und diesen Jungen nach. Sag selbst, bin ich nicht ein albernes Weib mit albernen Gedanken?«

Ion kraulte den Esel zwischen den großen Ohren. »Ich verstehe dich nicht. Ist das dein Rat?«

Die Straßenfegerin nickte ihm zu. »Die, die Rat geben, führen oft etwas im Schilde. Besser ist es, selbst die Augen offen zu halten. Sieh dir genau an, was dir begegnet. Vertraue dir selbst, mein Junge.«

Drei Tagesreisen nach Süden. Er würde Wegzehrung brauchen, Wasser und Brot, getrocknete Feigen.

Ihm fiel ein, dass er weiter oben am Hügel das Ladenschild einer Bäckerei gesehen hatte. Also kehrte er um und stieg die Gassen wieder hügelaufwärts.

Da war das Schild, er hatte sich nicht geirrt. Die Bäckerei war ein grauer flacher Würfel, ein hässlicher Vogel inmitten der weißen Hügelvillen. Immerhin roch es gut daraus. Ion teilte den Perlenvorhang und trat ein.

Die Bäckersfrau stand hinter dem Verkaufstisch und fragte ihn freundlich nach seinem Begehr. Ion verlangte fünf Gerstenfladen.

»Frau, kannst du sie mir zum Bündel packen?«

Es dauerte eine Weile, bis die Bäckersfrau die runden Brote verschnürt hatte. Ion wartete schweigend. Drückend heiß war es in der Bäckerei. An einem langen Arbeitsbrett formte der weiß gekleidete Bäcker Teigfladen. Zwischen zwei Öfen an der Hinterwand, aus denen die Flammen schlugen, drehte ein staubiger Sklave die Mühle. Man hatte ihn wie einen Hund an den Mahlstein gekettet, ein elender Anblick, und Ion sah schnell weg. Niemand sprach, die einzigen Geräusche im Raum waren das Knistern des Feuers und das Rumpeln des Mahlsteins.

Die Bäckersfrau reichte Ion das Brotbündel und sah ihm ins Gesicht.

»Deine Augen, junger Herr«, sagte sie. »Sie sind ganz rot und geschwollen. Was hat dich so zugerichtet?«

Der Bäcker hatte den Kopf gehoben und musterte ihn aus zusammengekniffenen Augen. Ion zwang sich zur Ruhe.

»Sie sind ein wenig entzündet, das ist alles. Es sieht ärger aus, als es ist.« Er legte eine der Münzen auf den Tisch. »Reicht das?«

»Danke, Herr, sehr großzügig. Dafür gebe ich dir noch einen Feigenkuchen mit auf den Weg.«

An der hinteren Wand richtete sich der Mehlsklave auf, so weit die Ketten es zuließen, und presste die Hände gegen seinen Rücken. Er war noch jung, Ion konnte sehen, wie schön und kräftig sein Leib gebaut war. Weiß vom Mehlstaub sah er aus wie eine Statue aus Marmor.

Der Sklave blickte Ion an, die Augen wie dunkle Kohlen im weißen Gesicht. Dann machte er eine kleine, merkwürdige Bewegung mit dem Kopf, als zeige er von sich auf Ion. Dabei klirrte die Kette gegen den Stein und der Bäcker wandte sich abrupt nach hinten.

Der Sklave bückte sich und schob den Stein erneut an. Mehl staubte aus den Ritzen.

»Hier, junger Herr.« Die Bäckersfrau reichte Ion das Bündel. »Die Götter mögen deine Wege segnen.«

Ungefragt mischte sich der Bäcker ein. »Die Wege da draußen sind gefährlich«, sagte er und lachte dabei, als erzähle er Ion eine lustige Begebenheit. »Leicht mag einer da in die Irre gehen.«

Einen Augenblick starrte Ion in sein lachendes Gesicht. Dann wandte er sich zur Ladentür.

»Hab Dank für deinen Segenswunsch, Frau«, murmelte er und schob den Perlenvorhang zurück.

»Hüte dich vor dem Wald. Und vor den wilden Tieren«, rief der Bäcker ihm nach. Ion hörte sein Lachen, als er am Brunnen vor der Bäckerei seine Lederflasche füllte.

Kedros

Der Mahlstein ist lebendig, ein schweres Untier, das sich störrisch gegen ihn stemmt. Schweiß rinnt ihm den Rücken hinab, beißt seine Haut wund. Er leckt sich die blutenden Hände.

Vor alldem könnte er fliehen. Nicht mehr nach Malios wie noch in den ersten Tagen, dafür fehlt ihm jetzt die Kraft. Aber er könnte sich tief in sich selbst zurückziehen, wo kein Schmerz ist, kein Heimweh, keine Not.

Es gibt diesen Zufluchtsort tief in ihm.

Wenn er dorthin geht, ist der Bäcker am Ziel. Dann ist er nur noch steinerne Hülle, und nichts und niemand kann ihn je zurückholen.

Der Perlenvorhang teilt sich. Eine Frau betritt den Laden und kauft Brot. *Zwölf Schritte.* Die Bäckersfrau verabschiedet die Frau mit freundlichen Worten. *Sechzig Schritte.* Mehlstaub brennt in seinen Augen, in seiner Nase, er keucht und ringt um Atem.

Die Nische ist sein Grab, er wird erdrückt von der Hitze und Enge.

Er ist stark, er leistet Widerstand, aber er weiß nicht, wie lange er den Kampf noch bestehen kann.

Verzweifelt sucht er nach Auswegen. Der Blick durch den Perlenvorhang, ein Grasbüschel draußen, ein brauner Vogel, ein freundlicher oder mitleidiger Blick eines Kunden, wann immer er einen Hauch von Hoffnung spürt, kann er sich aufrichten und leichter atmen. Doch immer wieder endet er elend am Mahlstein und der Bäcker wird von Tag zu Tag stärker.

»Du und der Stein, ihr müsst eins werden«, sagt der Bäcker. Er nimmt ein Teigmesser von seinem Arbeitsbrett und tritt damit auf Kedros zu. Mit der Ruhe des Jägers, der weiß, dass seine Beute nicht ausweichen kann, sticht er ihn in die Seite, und Kedros schreit auf. »Wenn du das nicht mehr spürst, sind wir am Ziel.«

»Schon bald ist dein Kranichfest«, sagt der Bäcker. »Du bist seit vielen Tagen in meiner Gewalt. Warum kommt dein Vater nicht, um dich zu retten?«

»Er weiß nicht, wo ich bin.«

»Er ist der Archont, reich und mächtig. Er könnte es spielend herausfinden.«

»Du hast dafür gesorgt, dass er mich nicht findet.«

»Das musste ich nicht. Dein Schicksal ist ihm nämlich vollkommen gleich.«

»Du lügst.«

An einem der nächsten Abende, während die Schatten im roten Licht der Glut an den Wänden tanzen, erzählt das Wesen, das sich des Bäckers bemächtigt hat, von sich selbst. Wie es erschaffen wurde, im Tartaros fünf Jahre lang bei Feuer und Pein wartete, in der absoluten Gewissheit, irgendwann sein Opfer jagen und erlegen zu können.

Ein Fluchgeist, einzig und allein geschaffen, um ihn, Kedros, ins Verderben zu reißen.

»Aber warum?«, fragt er ehrlich erstaunt. »Was habe ich vor fünf Jahren Schlimmes getan?«

»Warum wird ein Wurm zertreten?«, fragt der Bäcker. »Was seid ihr Erdenmenschen für die Götter anderes als Würmer?«

Kedros schüttelt den Kopf. Seine Ketten klirren leise. »Welcher Gott oder welche Göttin könnte so unbarmherzig sein?«

Der Bäcker lacht. »Wenn du wüsstest! Die dich verflucht hat, sie ist die Strahlende, die Herrlichste von allen, die Königin der Himmel. Ihr Irdischen liebt sie und verehrt sie über alle Maßen!«

Den ganzen nächsten Tag, während er die Mühle dreht, versucht er sich zu erinnern. *Zwölf Schritte.* Vor fünf Jahren. Als er gerade neun Jahre alt war. *Sechzig Schritte.* Eine Göttin, von allen verehrt.

Er *muss* sich erinnern.

Am Abend, als der Bäcker das letzte Brot in die Öfen schiebt, als seine Hände bluten und jeder Muskel in seinem Leib schmerzt, fällt ihm der fremde Junge ein, der vor wenigen Tagen Brot gekauft hat.

Einen Augenblick lang hatte er geglaubt, ihn zu kennen. Doch der Fremde hatte seine fragende Kopfbewegung ignoriert. Vielleicht hatte er ihn wegen seiner verletzten Augen nicht richtig sehen können.

Ihr Irdischen liebt sie und verehrt sie über alle Maßen.

Das Haus der Göttin, denkt er unvermittelt.

Und als der Name da ist, kommt auch alles andere.

»Es war die Eidechse«, sagt er.

Der Bäcker sitzt im rötlichen Licht neben ihm. Es ist einer seiner freundlicheren Abende: Er hat ihm ein Stück Käse mitgebracht. Manchmal tut er das, warum, weiß Kedros nicht.

»Es war die Eidechse«, wiederholt er. »Auf der Lichtung damals. Wir haben gespielt.« Fassungslos schüttelt er den Kopf. »Du existierst, weil drei kleine Knaben im Wald gespielt haben.«

Plötzlich kann er nicht anders, er fängt an zu lachen.

»Deshalb geschieht das alles?«, fragt er. »Wegen der Eidechse? Wir haben ihr nicht einmal wehgetan. Deshalb bist du hier?«

Er lacht und lacht, es schüttelt ihn förmlich, und seine Ketten klirren. Er fühlt sich, als würde er auf dem Stein tanzen. »Du, ein so mächtiger Dämon? Mein Fluch? Fünf Jahre im Tartaros gewachsen und erstarkt? Wegen der Eidechse?«

Ohne ein Wort erhebt sich der Bäcker und geht hinaus.

Kedros legt sich auf den Stein nieder, sucht nach einer erträglichen Schlafposition. Er weiß nicht, was morgen geschehen wird, es ist ihm egal. In diesem Augenblick will er nur sein Hochgefühl auskosten.

Er hat den Bäcker ausgelacht.

Ion

Die uralte Sybille. Der Berg Biobe. Richtung Süden, drei Tagreisen von hier.

In Ions Vorstellung bedeutete das dreimal den Weg vom Gut zur Marktstadt. Das konnte so schlimm nicht werden.

Seine Beine waren nach dem dreitägigen Zwangsschlaf schwach und wehrten sich gegen die ungewohnte Anstrengung. Er zwang sich dazu, ruhig und gleichmäßig auszuschreiten.

So weit sein Auge reichte, lagen Getreidefelder und Olivenbäume vor ihm, dazwischen das vertraute geometrische Muster der Wassergräben. Feldarbeiter hackten Schilfrohr, zum Schutz gegen die messerscharfen Halme hatten sie die Hände mit Bast umwickelt.

Er wollte es nicht, doch das Heimweh nach dem Gut stieg unaufhaltsam in ihm auf. Er dachte an die Pferde, die jeden Tag umsonst auf ihn warten würden. An seinen Ausblick vom Getreidespeicher am frühen Morgen, den Silberstreif des Meeres, die Knechte unter ihm, die mit ihm scherzten. Ob die junge Webmagd der Mutter sich um ihn Gedanken machte?

Genug davon. Es lief sich leichter, wenn man nicht heimwehkrank war.

Immer weiter wanderte er in Richtung Süden. Kam er durch ein Dorf, schlugen die Hunde an und die Kinder liefen dem fremden Jungen mit dem Wanderstab neugierig hinterher.

»Woher kommst du? Wohin gehst du?«

Die erste Nacht verbrachte er in einem Olivenhain. In seinen Mantel gewickelt saß er im Schutz einer Mauer, lauschte den Eulenrufen und sah sich die Sterne an. Zwischendurch biss er von seinem Fladen ab und trank große Schlucke aus seiner Flasche.

Stand seine Mutter gerade in seiner leeren Kammer? Durfte kein Knecht und keine Magd fröhlich sein und feiern, nur weil er fort war? War Lysias noch strenger und bitterer als sonst?

Hör auf, bei den Göttern. Nicht mehr das Gut.

Er griff nach seinem Beutel und holte die drei Tonscherben heraus.

Der Schwarze, der ihm zwei der Scherben auf die Augen presst.

Ohne die Hundertäugige hätte er sich nicht an den Traum erinnert und auch nicht daran, was auf den Scherben geschrieben stand.

Tier aus Stein. Tier aus Gold.

Was stand auf der dritten?

Auf der Pilgerreise, von der das Messer und die Scherben stammten, war er ein Junge von neun Jahren gewesen. Was war damals passiert? Die Delfine fielen ihm ein, die das Pilgerschiff begleitet hatten und die er geliebt hatte. Der Kapitän, ein bärenstarker Mann, hatte zwei Gesichter: nach vorne zum Passagierdeck stets lächelnd, nach hinten zu den Ruderern und Matrosen fluchend und keifend. Dann der Hafen, die unzähligen Stufen hinauf zum Tempel, die Priester in ihren roten Gewändern, die geschmückten Opfertiere und eine Zeremonie, die nicht enden wollte.

Etwas an diesen Erinnerungen war quälend. Aber was war es? Irgendetwas war geschehen, doch statt eines klaren Bildes kreisten seine Gedanken nur um eine leere Mitte.

Er zog seinen Mantel enger und legte sich zum Schlafen nieder. Während er den Sternen bei ihrer ruhigen, harmonischen Reise über den Himmel zusah, fühlte er plötzlich unendliche Erleichterung. Was immer geschehen würde, was immer er heute Nacht träumen würde, er musste keine Angst mehr um das Gut haben. Er war weit, weit weg.

Die Sterne sind verschwunden. Nebelschwaden steigen zwischen den Olivenbäumen auf, sie tanzen um die Äste wie Geister. Dicht neben sich hört er die fauchende Stimme des Schwarzen. »Sag mir: Wo steckt jetzt dein Helfer, der wundertätige Magier?«

Ion gibt keine Antwort.

»Er hat dich verraten und verkauft. Niemand hilft dir. Du bist vollkommen allein dem Verderben ausgeliefert.«

»Das ist nicht wahr. Ich bin unterwegs zu jemandem, der Rat geben kann.«

»Wer soll das sein?«

Das verrate ich dir nicht«, sagt Ion.

Im selben Augenblick erwachte er.

Der zweite Tag seiner Wanderung nach Süden verlief wie der erste geradlinig, durch Felder und Olivenhaine und vereinzelte Dörfer, in denen die Menschen aus ihren Häusern traten und ihm verwundert nachblickten.

Am dritten Tag geriet er in eine Wüstenei.

Sein ganzes bisheriges Leben lang hat Ion nur grünes, fruchtbares Land gekannt. So betrachtete er anfangs fasziniert die rote, rissige Erde, die dürren Büsche, die umgestürzten Bäume, die wie ausgeblichene Tierknochen in der Ebene lagen.

Heißer Wind blies ihm von vorne entgegen. Der Schweiß rann ihm den Rücken hinab, seine Beine waren bis zu den Knien rot vom Staub. Die feinen Körnchen setzten sich in seinen Augen und Nasenlöchern fest, drangen in seine Sandalen und rieben ihm die Zehen wund.

Er besaß noch zwei getrocknete Feigen und eine Handbreit Wasser in seiner Flasche. Vor ihm gab es nur Felsen, Geröll und roten Staub.

Die Sonne war bereits über den Mittagszenit gewandert, als Ion sich erschöpft in den Schatten eines Felsen setzte. Seine Wasserflasche war bis auf den letzten Tropfen geleert, die Feigen gegessen. Und noch immer gab es in der trockenen roten Landschaft keinen grünen Strauch, keinen Grashalm.

Mitten in Helladien verhungert und verdurstet. Dabei gab es im ganzen Land keine nennenswerte Wüste, das wusste er vom Unterricht seiner Mutter. Aber dennoch, hier im roten Staub würde er zugrunde gehen, auch wenn Häuser und Menschen und Wasser gleich hinter dem nächsten Hügel waren. Oder dem übernächsten …

Tatsächlich musste Ion noch ein gutes Dutzend Hügel überqueren, bis er, halb tot vor Durst, von der letzten Kuppe aus ein Dorf erspähte. Eigentlich nahm er nur das gelblich grüne Rund am Rande der Häuser wahr, und dieser Anblick genügte, dass er seine Müdigkeit und seine wunden Knöchel vergaß und mit langen Sätzen den Hügel hinabrannte.

Er hielt sich weder mit Wasserschöpfen noch mit Ausziehen auf. Komplett mit Mantel, Gewand und Sandalen sprang er in den Teich, tauchte unter und trank in vollen Zügen.

Das Wasser war warm und schmeckte merkwürdig salzig, doch für Ion war es das reine Labsal. Immer wieder tauchte er das Gesicht ein und schluckte, bis seine Kehle brannte und sein Bauch zu platzen drohte.

Erst jetzt sah er den schwarzhaarigen Jungen, der ein Schwein am Knöchelstrick führte und ihn schweigend beobachtete. Mit einem kleinen verwunderten Lächeln, als wäre Ion der erste durstige Mensch, den er in seinem Leben sah.

Den Mund machte er erst auf, als Ion aus dem Tümpel geklettert war. »Das hier ist das Schweinebad«, sagte er. »Den Trinkbrunnen findest du auf dem Dorfplatz.«

Ion wischte sich das Wasser vom Mund.

»Wie heißt dein Dorf?«, fragte er.

»Es hat keinen Namen«, erklärte der Schwarzhaarige. »Aber das da«, er zeigte auf einen bewaldeten Bergrücken, »ist der Berg Boibe.«

Er hatte es tatsächlich geschafft.

»Wo finde ich die uralte Sybille?«, fragte er den Jungen.

Das Schwein grunzte und zog an seinem Fußstrick. Es wollte offensichtlich ins Wasser.

»Ich kenne keine alte Frau, die so heißt«, sagte der Schwarzhaarige. »Frag die Männer im Weinhaus. Dort drüben.« Er wies die Richtung.

Das Weinhaus bestand aus einem Strohdach auf vier Holzbalken und einem einzigen Fass, aus dem der Wirt mit einer Kanne den Wein schöpfte.

Dem Fass gegenüber saßen ein Dutzend Männer auf zwei Balken aufgereiht, wie zu Hause die Stallknechte über der Latrine hockten. Ion musste den Impuls unterdrücken, hinter die Balken zu spähen.

»Auf euer und Dionysos' Wohl«, sagte er höflich. »Ich möchte zur uralten Sybille.«

Die Männer blickten in ihre Becher. »Das geht nicht«, sagte einer von ihnen.

»Ist sie inzwischen gestorben?« Das mochte leicht möglich sein bei einer Frau, die sie die Uralte nannten.

Keiner der Weintrinker sagte ein Wort, als ob jeder auf den anderen wartete.

»Sie lebt wohl noch«, brummte schließlich einer von ihnen.

»Was man so leben nennt«, ein anderer.

Der Wirt hatte seine Kanne leer geschenkt. Mit einem Eselsschwanz fischte er die ertrunkenen Fliegen aus dem Fass, dann füllte er die Kanne nach.

»In welchem Haus finde ich sie?«

Die Männer sahen sich an, und Ion hatte den Eindruck, etwas Anstößiges gefragt zu haben.

»Nicht bei uns im Dorf«, sagte der Wirt. »Oben am Hang. In einer Felsenhöhle.«

»Kann mich jemand hinführen?«

Als alle schwiegen, fügte er hinzu: »Ich bezahle auch dafür.«

Wieder sahen sich alle schweigend an.

»Das tut nicht not«, sagte der Wirt. »Du findest allein hin. Der Pfad hinauf ist gut ausgetreten.«

Während er den steilen Hang zum Berg Boibe hinaufstieg, überlegte Ion, wann wohl das letzte Mal jemand nach der uralten Sybille gesehen haben mochte. Anfangs hatte er den Weg durch den Wald mühelos gefunden, Astbündel und weggeworfene Feuersteine wiesen ihm die Richtung. Doch je höher er kam, desto schwieriger wurde es, und auf halber Hanghöhe verlor sich der Pfad völlig. Ion kletterte über Felsen und Dornengestrüpp, durch Senken und tiefe Einschnitte, dabei achtete er darauf, immer weiter nach oben zu steigen. Unten in der Ebene hatte ihm die Sonne den Nacken beschienen, später Nachmittag, hatte er geschätzt. Um keine Zeit zu vergeuden, hatte er einer Bauersfrau aus dem Dorf ein Stück Brot und ein paar Feigen abgekauft und beim Weitergehen verzehrt.

Hier oben am Hang, im Schatten der hohen Eschen und Zedern, schien bereits die Nacht anzubrechen. Selbst die Stimmen der Waldvögel klangen gedämpft, als wären sie in ihre sicheren Nester heimgekehrt.

Unter einer großen Esche fand Ion unerwartet auf den Pfad zurück, der sich schmal, aber deutlich erkennbar zwischen den Bäumstämmen und Sträuchern abzeichnete.

Je länger er ihm folgte, desto trockener und lebloser wurde der Wald rings um ihn. Nirgendwo gab es hier oben mehr frisches Grün, die Blätter der Bäume rollten sich vor Trockenheit, die Gräser waren dick mit Staub bedeckt. Oder lag es am Dämmerlicht und seine Augen spielten ihm einen Streich?

Zu seinen Füßen blies der Wind das Laub raschelnd nach vorne, immer den Pfad entlang. Als Ion aufblickte, entdeckte er vor sich den Eingang zu einer Höhle, flankiert von zwei dürren Zypressen.

Eine Frau in einem groben, schmutzigen Kittel saß davor auf einem Hocker. »Was willst du?«

»Ich möchte zur uralten Sybille.«

Die Frau schob sich eine Handvoll Blätter in den Mund und kaute lange und gründlich. Dann zeigte sie mit dem Daumen in die Höhle. »Ich bin ihre Aufwärterin. Du findest sie da drin.«

Im Inneren der Höhle gab es in einem Steinrund ein Feuer, daneben ein zerwühltes Nachtlager und einen grob gezimmerten Tisch mit Hocker. Aber nirgendwo eine alte Frau.

Ion sah sich genauer um. An einem geschwärzten Holzbalken

direkt über dem Feuer hing ein Lederbeutel. In solchen Beuteln wurden daheim auf dem Gut die Ziegenkäse zum Reifen in die Bäume gehängt. Doch niemand war so verrückt und hängte Käse übers Feuer.

Noch während Ion darauf starrte, bewegte sich der Beutel. Ein Ton drang an Ions Ohr, hoch und kläglich, wie von einem verlassenen Vogeljungen. Vom Feuer her wehte ihn ein süßlich fauliger Gestank an und raubte ihm den Atem.

»Da hast du sie«, sagte die Stimme der Aufwärterin hinter ihm.

»Was?«

»Die, um derentwillen du gekommen bist«, sagte die Frau verdrossen. »Die uralte Sybille.«

»Im Beutel?«

»Wo sonst? Die Wärme tut ihr gut.«

Vom Beutel her drang ein Laut. Ein Windhauch, ein Vogelzirpen. *»Sterben.«*

Die Aufwärterin trat ans Feuer und versetzte dem Beutel einen Knuff.

»Sterben, sterben, ach was. Du lebst lustig weiter, Sybille. Wir haben es doch schön hier zusammen, du und ich.«

Der Lederbeutel pendelte über den Flammen. Ion zog den Mantelzipfel vor die Nase.

Ein Wispern wie trockenes, raschelndes Laub. *»Sterben.«*

»Niemand kommt mehr hierher«, sagte die Aufwärterin. »Früher, ja, da wollten alle die Uralte sehen, älter als die Bäume, älter als die Felsen. Vor hundert oder zweihundert Jahren, da hat sie wohl noch auf dem Dreifuß gesessen. Aber jetzt heißt es nur noch jammern und klagen: sterben, sterben.«

»*Sterben*«, flüsterte es.

Ion blickte auf den schaukelnden Beutel. Ein einziger Schnitt, und er würde in die Flammen fallen.

»Warum hat keiner Erbarmen und tötet sie?«, fragte er.

»Weil es nicht geht«, erwiderte die Aufwärterin gelangweilt. »Die uralte Sybille kann nicht sterben. Nicht im Feuer, nicht im Wasser. Ein Geschenk ihres göttlichen Buhlen. Apollon selbst soll es gewesen sein, vor Tausenden von Jahren. Ewiges Leben hat sie sich von ihm gewünscht!«

Wieder knuffte sie den Beutel. »Hättest es schlauer anfangen sollen, Uralte. Ewige Jugend wär der rechte Wunsch gewesen. Was nützt dir nun die Ewigkeit?«

Die Aufwärterin ließ sich auf dem Stuhl nieder und schob eine Kugel neuer Blätter in ihren Mund. »War's das jetzt?«

»*Komm.*« Ein Wispern vom Feuer her. »*Komm. Komm.*«

»Na geh schon zu ihr«, sagte die Aufwärterin kauend. »Sie will dir etwas sagen.«

Ion trat an den Beutel heran. Der Gestank in der Hitze des Feuers war schier unerträglich.

»*Sieh. Sieh. Sieh.*«

Mit äußerster Überwindung zog Ion den Beutel zu sich heran und blickte hinein.

Knochensplitter in grauem Staub. Und dazwischen eine Öffnung, ein grauenhaft wispernder Mund.

»*Umkehren.*«

»Du möchtest wohl umkehren, Uralte«, sagte die Aufwärterin auf ihrem Stuhl. »Würdest viel dafür geben, deine Buhlschaft mit Apollon rückgängig zu machen. Der Junge kann dir nicht helfen. Keiner kann das.«

»*Umkehren*«, wisperte es. »*Umkehren.*«

Ion riss den Blick los.

»Danke für die Auskunft«, murmelte er und wandte sich zum Gehen.

Die Aufwärterin rief ihm nach: »Von anständigen Leuten bekomme ich einen Lohn für meinen Dienst.«

Ion legte eine Halbdrachme auf einen Felsvorsprung, dann verließ er die Höhle. Dunkelheit und Kälte schlugen ihm entgegen.

Ion

Hinter ihm lag die Höhle, in der ein Lederbeutel über dem Feuer schaukelte wie eine Kinderwiege in der Hölle. Ihn schauderte, als er an die flüsternde Öffnung inmitten der grauen Splitter dachte.

Konnten die Götter wirklich so grausam sein?

Hier draußen herrschte inzwischen vollkommene Dunkelheit, Ion erkannte seine Hände nicht mehr vor Augen. Er dachte an den steilen Aufstieg, die Felsbrocken und tiefen Einschnitte. Nein, es half nichts, heute Nacht würde er nicht mehr ins Dorf zurückfinden.

Während er auf Knien nach einer ebenen Stelle für ein Nachtlager tastete, hob er mit einem Mal den Kopf und spähte aufmerksam den Hang hinab. War es nur in seiner Einbildung oder bewegten sich dort unten tatsächlich Lichter? Zwei schienen es zu sein, und je länger Ion hinsah, desto deutlicher flackerten sie in der Dunkelheit.

Er sprang auf und lief hangabwärts, immer auf die Lichter zu. Nur um kurze Zeit später vor Poias' elendem Karren zu stehen. Die Lichter waren zwei brennende Fackeln, die rechts und links neben dem leeren Kutscherbock steckten.

Dorcas schnaubte erfreut. Sie streckte den Hals nach ihm aus und Ion kraulte sie zwischen den grauen Ohren. »Meine liebe Alte, ich freue mich auch, dich zu sehen. Du kannst ja nichts dafür.«

Im Inneren des Karrens rumpelte es. Dann stieß jemand die Tür auf. Grünliche Dämpfe umwaberten einen hohen Spitzhut.

»Die Götter haben mir gesagt, hier draußen ist jemand, der dringend ein Nachtquartier braucht.«

»Nein«, sagte Ion. »Du kannst nicht hier sein. Verschwinde.«

»Und du könntest dich etwas erfreuter zeigen. Statt dass du im kalten, dunklen Wald nächtigen musst, schenke ich dir eine Nacht in himmlischer Bequemlichkeit. Du bist Ehrengast in meinem Wagen.«

Während Poias noch redete, wurde Ion bewusst, wie müde er war. Und der Lichtschein der beiden Fackeln war so tröstlich. Er wollte nicht allein in der Finsternis zurückbleiben.

»Wohin wirst du mit mir fahren, wenn ich schlafe?«

Im Schein der Fackeln sah Poias aus wie ein verschlagener Fuchs. »Wohin wohl? Zurück nach Adama, an den Königshof. Ich habe dir versprochen, dass du dort Hilfe finden wirst.«

Ion schüttelte den Kopf. »Du weißt, was dieser Bienenkönig mit mir tun wird.«

»Natürlich. Er will dich blenden.«

»Wenigstens sagst du ausnahmsweise mal die Wahrheit.«

Wie zum Trost machte Dorcas den Hals lang und knabberte liebevoll am Saum seines schmutzigen Gewandes.

Ion legte kurz die Arme um sie. Dann drehte er sich um und lief in die Dunkelheit.

»Bleib hier«, hörte er Poias hinter sich rufen. »Mach nicht noch größere Fehler! Bei allen Göttern, du gehst ausgerechnet zu *ihr, zur uralten Sybille!* Ob Götter oder Untere, jeder, wirklich jeder kennt sie. Warum hast du nicht gleich einen riesigen Gong geschlagen und gebrüllt: Hier bin ich!«

Ion blieb stehen. »Ich habe einen Rat gebraucht.«

»Warum hast du dann nicht mich gefragt?«

»Eher würde ich eine giftige Kröte schlucken als einen Rat von dir annehmen.«

»Jetzt komm zurück, Junge. Wir beide gehen zusammen den richtigen Weg, ich verspreche es.«

Die Lichter flackerten fern und klein, wie Glühwürmchen. Um Ion herum war es dunkel, still und kalt.

Um ein Haar wäre er umgekehrt.

Noch einmal hörte er Poias rufen: »Die Wege da draußen sind gefährlich, Ion. Hüte dich vor dem Wald und vor den wilden Tieren!«

Hüte dich vor den wilden Tieren. Ion hatte noch das Lachen des Bäckers im Ohr. »Das habe ich heute schon mal gehört. Wie könnte ich dir jemals trauen? Leb wohl.«

Keine halbe Stunde später hörte er das Hecheln.

Um Poias nicht noch einmal in die Arme zu laufen, hatte er sich wieder nach oben gewandt. Halb hatte er gehofft, ein weiteres Mal auf die Höhle der uralten Sybille zu treffen, er hätte die Aufseherin für ein Nachtquartier bezahlen können. Aber er hatte sie wohl verfehlt.

In absoluter Dunkelheit war er inzwischen auf allen vieren unterwegs, tastete sich von Wurzel zu Baumstamm. In dem Augenblick, als ihm vor Erschöpfung alles egal wurde und er sich nur noch auf den Boden sinken lassen wollte, hörte er das Hecheln.

Es wuchs an, dröhnte förmlich durch die Dunkelheit. Was es auch war, es musste sich um eine große Zahl von Tieren handeln.

Er wartete, starrte in die Dunkelheit.

Und sie kamen. Schwarze, massige Umrisse, spitze Ohren, geöffnete Mäuler. Er konnte ihren heißen, stinkenden Atem riechen.

Wölfe. Dutzende von ihnen.

Wölfe waren die Urangst auf dem Gut. Seine allergrößte Angst, die ihm als Junge oft den Schlaf geraubt hatte.

Er selbst hatte nie Wölfe auf dem Gut erlebt, aber Lysias und die älteren Knechte erzählten oft und gerne von einem nächtlichen Wolfsangriff kurz vor seiner Geburt. Wie die Pferde und Rinder in Todesangst geschrien hatten, wie das Blut wie eine rote Flut über den Boden geflossen war. Wie sie den jüngsten Knecht am Morgen auf dem Hof gefunden hatten, ein Häuflein blutige Haut und abgenagte Knochen und sonst nichts. Nur an seinem Beutel, in dem er sich immer ein Stück Honigbrot für die Nacht aufbewahrte, hatten sie ihn erkannt.

Und jetzt waren Wölfe hinter ihm her. Ion floh blindlings, er stolperte und keuchte, das Hecheln dicht im Nacken. Er wusste, er war verloren, aber er gab nicht auf. Etwas in ihm brodelte, das Lachen des Bäckers, Poias' Verrat, der schwarze Traumdämon, der Bienenkönig, die reine Wut trieb ihn an. Alle wollten ihn ins Verderben reißen, alle prophezeiten ihm, dass die wilden Tiere kämen, und jetzt kamen die Wölfe. Aber so einfach würde er es ihnen nicht machen!

Vor ihm ragte ein riesiger gezackter Schatten dunkel in den Nachthimmel. Eine Fichte war es, so breit und hoch wie sonst drei Bäume. Mit der Höhe hatte er kein Problem und Wölfe konnten nicht klettern.

Als er schon glaubte, die Rinde des Baumstamms und damit die Rettung unter seinen Händen zu spüren, verlor er den Boden unter den Füßen. Er machte einen letzten Schritt ins Leere und stürzte haltlos in die Tiefe.

Danach wusste er nichts mehr.

Ion

Das Signalhorn ruft laut und gebieterisch nach ihm. Ion will gehorchen, doch er kommt nicht vom Fleck, er kann sich nicht rühren. Dennoch sieht er beide, den steinernen, den goldenen Jüngling, aber weit entfernt, undeutlich, winzig klein. Nichts, das ihm jetzt Angst machen muss.

Der Schwarze steht vor ihm. Ion steigt der vertraute Gestank nach Blut und Fäulnis in die Nase.

»Du findest mich selbst hier noch?«, fragt er. »Hast du nichts Besseres zu tun?«

»Wach auf, Mensch! Du bist in einen Felsspalt gestürzt, dein Leib ist zerschmettert.« Schwarze Schwingen umflattern Ion, steigen nach oben wie Rauch. »Du stirbst!«

Noch bevor Ion richtig wach war, wusste er, dass der Dämon im Traum die Wahrheit gesagt hatte. Er konnte sich nicht bewegen, bereits beim kleinsten Versuch durchzuckten ihn wüste Schmerzen.

Er lag flach auf dem Rücken, den Blick nach oben gerichtet. Wobei sein Rücken sich grauenvoll verkrümmt anfühlte, wie ein an mehreren Stellen gebrochenes Schilfrohr. Rings um ihn ragten die grauen Felswände in die Höhe, und unendlich weit oben gab es einen gezackten Spalt und darüber einen blauen Himmel, über dessen Anblick er sich freute. Zumindest war die elende Nacht vorüber.

Noch während er nach oben spähte, entdeckte er große schwarze Vögel, die über dem Spalt kreisten.

»Ihre Flügel sind riesig. Hier herunter kommen sie nicht«, dachte er und schlief erleichtert wieder ein.

Er erwachte jäh und war überzeugt, dass seine eigenen Rippen ihm das Herz durchstießen. Mit jedem Herzschlag vibrierte der Schmerz durch seinen Körper, sein Rückgrat war ein glühender Strang, sein Kopf eine berstende Frucht. Eine größere Zahl seiner Knochen schien ihm zerschlagen zu sein.

Mühsam hob er den Kopf an und versuchte, sich ein Bild von seinen Beschädigungen zu machen.

»Kreiah! Kreiah!«

Ion blinzelte zur Seite. Er entdeckte schwarze Vogelaugen, in denen sich ein Sonnenstrahl spiegelte.

Der Vogel breitete die Flügel aus, sie stießen fast an die Wände des Spaltes. Seine Augen glänzten, sein Schnabel war scharf wie ein Dolch.

Der Vogel hüpfte näher.

Ion prüfte alle Körperteile nacheinander durch. Er konnte nur mit dem Kopf wackeln.

Er wackelte mit dem Kopf. Der Vogel hüpfte ein Stück zurück.

»Verschwinde«, flüsterte Ion. Und dann, als er merkte, dass seine Stimme noch vorhanden war, lauter und mutiger: »Weg von hier, *Kschsch!*«

Der Vogel erhob sich lautlos und flog den Felsspalt hinauf. Oben gesellte er sich zu den anderen Vögeln, die noch immer am Himmel kreisten.

Erschöpft legte Ion den Kopf zurück. Die Öffnung hoch über ihm war umrahmt von Wurzeln, dick wie Männerarme, die sich in den Fels krallten. Bestimmt gehörten sie zu der riesigen Fichte, die Ion kurze Zeit für seine Rettung gehalten hatte.

Ob die Wölfe sich wohl geärgert hatten, als ihre Beute von einem Augenblick auf den anderen verschwunden war? Jedenfalls konnte er froh sein, dass keiner von ihnen mit in die Tiefe gestürzt war. Dann wäre er jetzt vermutlich schon tot.

Er hatte großen Durst, sein Mund und seine Kehle waren ausgetrocknet. Falls seine Trinkflasche den Sturz heil überstanden hatte, steckte sie in seinem Beutel, den er schmerzhaft unter seinem Rücken spürte.

Während er noch überlegte, wann wohl der nächste Vogel zu ihm herabstoßen würde, schlief er wieder ein.

Die schwarzen Schwingen umflattern ihn.

»Du stirbst. Gib auf, fall hinab in die ewige Dunkelheit.«

»Nein.« Die Schwingen stinken nach Verwesung und rauben Ion den Atem. »Ich will nicht dorthin.«

»Ich bin dein Fluch, mir ist Gewalt über dich gegeben, im Leben

und im Tod. So reiße ich dich jetzt hinab in die tiefsten Tiefen des Tartaros!«

Schwarzer Rauch umnebelt Ion die Sinne. Er spürt, wie der Dämon ihn mit nach unten zieht. Neben sich hört er Wasser rauschen, als er den Kopf dreht, sieht er Flüsse nach unten strömen wie flüssiges Blei. Sie ergießen sich in einen Abgrund, so weit unten, so tief und grundlos, dass er aufschreit vor Angst. »Nein!«

Da tritt mit einem Mal eine helle Gestalt zwischen den strömenden Wassern hervor. Ion hat den Eindruck von Federn und von überwältigender Freundlichkeit. Wie tröstlich diese neue Gegenwart ist!

Der Helle baut sich unerschrocken vor dem Schwarzen auf. »Bist du nicht ein wenig voreilig, mein Freund? Noch ist der Sterbliche nicht gestorben. Seit wann fallen Lebende in den Tartaros?«

Der Schwarze besteht nicht länger aus Hauch und Rauch, er hat die Gestalt eines riesigen Drachen angenommen. Und er faucht vor Wut. »Du bist ein Himmlischer! Du hast hier nichts verloren. Das ist gegen die Ordnung!«

»Du reißt einen lebendigen Sterblichen in den Tartaros. Ist das etwa nicht gegen die Ordnung?«

»Ich bin ein Fluchgeist, geschaffen und gerufen!«

»Ach was. Wer würde dich Scheusal freiwillig rufen?«

Der schwarze Drache duckt sich und rückt näher an die helle Gestalt heran. Er scheint sie zu beschnüffeln. »Ich erkenne dich und deinesgleichen«, sagt er lauernd. »Du bist ein Helfer und sie hat dich gerufen. Das hätte sie nicht tun dürfen. Der Sterbliche gehört mir!«

»Du bekommst ihn«, sagt der Helle. »Aber zuerst musst du gegen mich kämpfen und gewinnen.«

»Du wagst es!« Die Stimme des Schwarzen hallt über der grundlosen Tiefe.

»Ich wage es«, sagt die Stimme des Hellen gelassen.

Ein Traum, denkt Ion. Es ist nur ein Traum, dennoch wird er diesen Anblick nie mehr vergessen: Hoch in der Luft, über einem schwindelerregenden Abgrund, kämpfen ein riesiger schwarzer Drache und eine kleine helle Gestalt gegeneinander. Es ist ein Kreischen und Schreien, ein wildes Durcheinander von Schatten und Licht. Am Anfang überwiegt die Dunkelheit, nur ab und zu blinkt es in dem Knäuel auf, wie ein winziger Stern in der Nacht. Der schwarze Drache scheint den Hellen mit Zähnen und Klauen zu zerfetzen und Ion rechnet mit dem Schlimmsten.

Brüllend steigen die Kämpfer in die Höhe, drehen sich schneller und schneller, ein rasender Wirbel aus schwarzen Fetzen und aufblitzenden Lichtern.

Gleich ist es vorbei.

Da steigt ein Kreischen zum Himmel, ein Ton, erfüllt von unglaublicher Wut und blankem Entsetzen.

Etwas fällt neben ihm wie ein Stein in die Tiefe. Ion blickt ihm nach: Es ist der schwarze Drache, der trudelnd in den Abgrund stürzt.

Der helle Kämpfer ist ganz in seiner Nähe, Hände auf den Knien. Er japst und keucht, er ist am Ende seiner Kräfte. Die Federn an seinen großen Füßen sind geknickt und stehen kreuz und quer ab.

»Wie hast du das gemacht?«, fragt Ion scheu.

Der Helle muss ein paar Mal ansetzen, bevor er genug Luft für eine Antwort hat. »Den Kniff habe ich mir von Pyktes abgeschaut, dem Gott der Ringkämpfer. Auch wenn er einen richtig miesen Charakter hat, ein paar gute Tricks hat er auf Lager.«

»Und was geschieht jetzt?«, fragt Ion.

»Jetzt«, sagt die helle Gestalt, »musst du leider aufwachen.«

»Nein. Bitte nicht.«

Ion drehte den Kopf hin und her, er wollte nicht aufwachen. So licht, so tröstlich war dieser Traum gewesen. Schnell wieder einschlafen …

Zu spät.

Sein Mund fühlte sich rau und rissig an. Der Schmerz war zu einem allumfassenden Pochen geworden, das ihm die Luft raubte und ihn wie ein Tier wimmern ließ.

Lass nach, bei den Göttern, lass nach. Oder lass mich schnell sterben.

Mühsam öffnete er die verklebten Augen. Der Himmel hoch über ihm war wieder licht und blau. Die Nacht hatte er wohl verschlafen.

Wie viele Nächte und Tage wohl schon? Wie lange lag er schon hier unten?

In seinem Inneren spürte er eine brennende Leere, Hunger, nahm er an. Seine Zunge lag dick und geschwollen in seinem Mund.

Wieder blickte er nach oben. Die kreisenden Vögel waren verschwunden, der Himmel stand blau und leer über ihm.

Er dachte an den Tod. Sterbende Tiere auf dem Gut fielen ihm ein, Schafe, die sich weit hinten im Stall verkrochen und nicht mehr hervorkamen, egal, wie sehr man sie lockte. Er erinnerte sich an den Tod einer Stute, die er sehr geliebt hatte. Am Ende war sie klein und verkrümmt dagelegen, als hätte der Totengott der Tiere sie sich handlich geschrumpft für den Transport ins Jenseits.

Wartete der Totengott der Menschen schon auf ihn? War Thanatos schon unsichtbar hier im Spalt anwesend?

Er hob den Kopf und sah an sich herab. Klein und verkrümmt, handlich geschrumpft für den Transport.

Es würde nicht mehr lange dauern.

Wenigstens war es ein Glück, dachte er, dass es hier unten keine Fliegen gab, die ihn am Ende so quälen würden wie die arme kleine Stute damals.

Ein Ruf ließ ihn aufblicken.

Hoch oben am Himmel flogen wieder Vögel. Sie waren schlanker und graziler als die früheren, kreisten auch nicht über dem Spalt, sondern flogen zielstrebig in einer Formation, die ihn an einen großen Vogelflügel erinnerte.

Noch einmal rief einer der Vögel, und andere in der Schar nahmen den Ruf auf.

Es waren Kraniche. Hunderte von ihnen.

Kranichtag.

Er sah die Kraniche frei und unbehindert über den Himmel ziehen und war sich sicher, dass heute Kranichtag war.

Sein beleidigter Kranich im Hühnerstall. Lysias und die Mutter und alle anderen auf dem Gut würden ihn fliegen lassen und dabei an ihn denken.

Heute war sein Kranichtag. Sein Kranich flog da oben, gut gefüttert und stark, zusammen mit den anderen Kranichen der Mädchen und Jungen, die heute erwachsen wurden. Und alle auf dem Gut dachten an ihn.

Mit einem Mal durchströmte ihn unbändige Zuversicht. Er lag hier unten, die Knochen im Leib zerbrochen, doch er würde es überstehen. Irgendwann würde er frei sein, so wie all die Kraniche, die heute freigelassen wurden, die den Himmel erreichten und frei waren zu fliegen, wohin sie auch wollten.

Er hätte aufspringen und vor Freude tanzen wollen.

Ersatzweise nickte er ein klein wenig mit dem Kopf.

Seine Freude verdoppelte die Schmerzen.

Wenig später ließ ihn ein Flattern und Rascheln aufblicken.

Ion

Was er zuerst sah, war ein Blitzen von Gold, dazu blendend weiße Schwingen, die sich mit unglaublicher Geschicklichkeit im engen Felsschacht nach unten bewegten. Dann erkannte er einen goldenen Wagen, auf dem ein gedrungener Mann in einem gefältelten Lederrock saß, der Ion vage bekannt vorkam. Doch obwohl er unbedingt herausfinden wollte, woher er den Mann kannte, konnte Ion seinen Blick nicht von dem Ross abwenden, das vor den goldenen Wagen gespannt war und jetzt unendlich sanft vor ihm auf dem Boden landete.

Das schneeweiße Ross blinzelte mit seinen langen Wimpern und neigte mit elegantem Schwung den Kopf vor ihm.

»Wie hat sie das gemacht?«, fragte Ion schwach.

»Ich habe dir gesagt, dass meine Dorcas die größte Rennerin unter der Sonne ist. Und jetzt sage ich dir außerdem, dass sie auch die größte Fliegerin unter der Sonne ist. Kein Himmelsross außer ihr hätte diese Nummer geschafft.«

Poias kletterte vom Kutschbock und klopfte seinen Lederrock ab.

»Himmelsross«, sagte Ion. »Ich dachte, du nennst sie nur aus Jux so.«

Er lag flach auf dem Rücken und konnte den Blick nicht von Dorcas wenden. Die Stute schimmerte weißer als Perlmutt, der Kopf war schlank und vollendet, der Körper schöner als jede Fantasie eines Bildhauers. Nur die Augen waren dieselben wie vorher, leuchtend und klug. Augen, die nie zu dem alten Klepper gepasst hatten.

Hatte er wirklich Flügel gesehen?

»Nun zeig's ihm noch mal«, sagte Poias übellaunig. »Sonst denkt er wieder, ich hätte ihn nur betrogen.«

Im engen Spalt warf Dorcas ihre Flügel nach oben, ein schimmerndes, weißes Spektakel aus Muskeln und Federn. Dann machte sie den Hals lang und stupste Ion vertraulich an die Schulter.

»Kann«, er musste sich räuspern, »kann sie sprechen?«

Poias grunzte. »Das fehlte noch. Nein, sie ist zum Glück ein Pferd, wenn auch ein himmlisches. Hast du noch weitere Fragen?«

»Wer bist du?«

»Frag mich besser, wer ich gerne gewesen wäre«, sagte Poias. »Dein Helfer in der Not. Der, auf den du vertraust, der alles zum Guten wenden kann.« Er betrachtete seine gefiederten Füße. »Die Sache ging wohl einigermaßen schief. Weitere Fragen?«

»Trinken«, krächzte Ion. »Hast du etwas da?«

Poias griff nach einem goldenen Trinkhorn. Es war bis zum Rand gefüllt mit einer prickelnden Flüssigkeit. Behutsam hob er Ions Kopf und setzte das Trinkhorn an seinen Mund.

Ion dachte nicht darüber nach, wie das gefüllte Horn den haarsträubenden Flug in den Spalt überstanden hatte. Er trank und trank, bis das Horn leer war.

»Was war das?«, fragte er hingerissen.

»Nektar«, sagte Poias verdrießlich. »Willst du vielleicht auch etwas essen?« Ion nickte und bekam einen Klumpen in den Mund gesteckt.

»Ambrosia«, kam Poias seiner Frage zuvor. »Nur wenige Sterbliche haben davon gekostet, das verspreche ich dir.«

Nektar schmeckte, als würde man in einem prickelnden See aus Aprikosenwein schwimmen. Ambrosia schmeckte, als hätte jemand geröstete Nüsse mit Honig und einer großen Menge kühler Luftblasen vermengt. Ion schloss die Augen und überlegte kurz, ob sich nicht alles Ungemach allein für diesen Geschmack gelohnt hatte.

»Vergiss es«, hörte er Poias sagen. »Du kommst von einem irdischen Gut mit wunderbar herzhafter Kost: gebratenes Fleisch, guter Käse, ehrlicher Wein. Glaube mir, praktisch alle Götter würden mit Freuden tauschen. Nektar, Ambrosia, pah. Es hängt einem schnell zum Hals heraus.«

Er bettete Ions Kopf zurück auf den Boden und betrachtete stattdessen seinen reglos daliegenden Körper.

Mühsam sagte Ion: »Es ist wohl … einiges zerbrochen.«

»Ich kann keine Toten zum Leben erwecken«, sagte Poias ruhig, während er beide Hände auf Ions Brust legte. »Aber sonst gibt es eigentlich wenig, was ich nicht kann.«

»Magische Hände«, sagte Ion. Er wollte lachen und stöhnte vor Schmerz auf. »Meine Mutter hatte ja so recht.«

»*Schsch*«, machte Poias. »Halt jetzt einfach still.«

Poias' Hände bewegten sich über seinen Leib, und es fühlte sich an, als würden zarte Insekten durch sein Inneres streifen. An manchen Stellen verharrten sie, zupften und raspelten hier und da mit winzigen Kauwerkzeugen, tauchten dann weiter durch geheimnisvolle Gänge und Flussläufe noch in die entlegendsten Winkel seines Körpers. Es fühlte sich unglaublich an, sanft und prickelnd, beruhigend und aufregend zugleich.

»Du bist ein Gott«, murmelte Ion atemlos. »Nur ein Gott darf von seinen Altären essen. Bei allen Himmeln, da bin ich mit einem Gott gereist und war blind.«

»Bevor du allzu euphorisch wirst«, sagte Poias, der mit geschlossenen Augen seinen Leib befühlte, »sollst du wissen, dass genau zweiundfünfzig deiner Knochen und Wirbel zerschmettert und Leber, Milz und Nieren praktisch unbrauchbar sind. Es wird also noch eine ganze Weile dauern und es wird vielleicht sogar wehtun, also spar dir vorerst die Huldigungen und lass mich meine Arbeit machen.«

Es dauerte eine ganze Weile und es tat ziemlich heftig weh. Ion lenkte sich ab, indem er Poias intensiv betrachtete.

Er sah aus wie der Magier Poias. Nein, er sah aus wie der Magier Poias, den man in ein Verjüngungs- und Verschönerungsbad getaucht hatte. Er hielt die Augen konzentriert geschlossen, und ja, er schimmerte aus sich heraus, als wäre sein Inneres von Lichtern hell erleuchtet.

Ion stöhnte und wand sich vor Qualen und konnte doch kein Auge von Poias wenden. *Ein Gott hier auf Erden, an seiner Seite.*

Endlich trat Poias von ihm zurück und wischte sich den Schweiß von der Stirn. »Ich bin fertig«, sagte er. »Möchtest du mich gerne weiter anstarren oder willst du ausprobieren, ob alles zu deiner Zufriedenheit ist?«

Versuchsweise wackelte Ion mit dem Kopf.

»Gut«, sagte er.

»Bei Epikur, dessen Schlangen mehr Heilkünste beherrschen als er selbst«, knurrte Poias. »Was ist mit dem Rest?«

Gleich darauf stand Ion wieder auf seinen Füßen. Er wippte, er ging in die Knie, er streckte die Arme in die Luft.

»Was hast du getan?«, fragte er.

»Magische Hände«, sagte Poias kurz angebunden.

Er war vollkommen wiederhergestellt. Nein, mehr als das, es war, als hätte Poias in seinem Inneren hier und da Störendes fortgenommen, andere Dinge verbessert. Er blickte die grauen Felswände empor, die sein Gefängnis und sein Grab gewesen waren, und spürte plötzlich größte Lust hinaufzuklettern.

Er drehte sich zu Poias um. »War es nur in meinem Traum oder hast du den Schwarzen wirklich besiegt?«

»Besiegt ja«, sagte Poias. »Aber wenn du mich fragst, ob du den Fluchgeist los bist, leider nein. Der kommt wieder heraufgekrochen. Einer wie er gibt niemals auf, er wird dich dein Leben lang verfolgen, so lange, bis du irgendwann über deine Träume wahnsinnig wirst. Allein dafür ist er geschaffen.«

Ion schluckte. »Was für Aussichten.«

»Dir bleiben nur ein paar Tage Aufschub. Deshalb sollten wir zusehen, dass wir dich schleunigst aus diesem Loch herausbringen.«

Poias schwang sich auf den Bock und klopfte neben sich. »Komm herauf zu mir.«

Ein Gott auf einem goldenen Himmelswagen, dachte Ion wieder. *Und ich sitze neben ihm.*

Dorcas, das weiße Himmelsross, drehte den Kopf nach hinten und schnaubte.

»Was ist?«, fragte Ion.

»Sie will, dass du den Wagen nach oben lenkst«, sagte Poias grantig. »Anscheinend hat sie einen Narren an dir gefressen.«

Er reichte Ion die Zügel.

Abermals verschlug es Ion den Atem, als das Himmelsross die Flügel in die Höhe warf. Wie von einem mächtigen Aufwind getragen stiegen sie senkrecht empor. Schon im nächsten Augenblick lag der Spalt unter ihnen und Dorcas breitete ihre fantastischen Schwingen ins weite Blau des Himmels aus.

»Ihr Götter! Das ist bestimmt das Schönste, das ein Mensch erleben kann«, rief Ion hingerissen, während das Himmelsross übermütig eine Runde nach der anderen flog. »Etwas Besseres kann es nicht geben.«

Poias nahm ihm die Zügel aus der Hand. »Ja, er gefällt dir«, sagte er zu Dorcas. »Aber wenn du weiter mit deinen Flugeinlagen prahlst, darfst zur Abwechslung du dich mit dem Fluchgeist herumprügeln. Was hältst du davon?«

Das Pferd wieherte laut, legte die Flügel dicht an den Leib und schoss Kopf voran steil nach unten. Die Baumkronen kamen in schwindelerregender Geschwindigkeit auf sie zu und Dorcas machte keine Anstalten, ihnen auszuweichen.

»Hab keine Angst, Junge. Solche Spiele liebt sie«, rief Poias.

In halsbrecherischem Zickzack kurvte Dorcas zwischen den mächtigen Bäumen hindurch. Um am Ende sanft wie eine weiße Feder den goldenen Karren auf den Waldboden zu setzen.

Sie drehte den Kopf zu Ion und prustete leise. Es klang wie Lachen.

Ion kletterte vom Bock. Im Wagen lagen schimmernde Seidentücher und er fragte schüchtern: »Darf ich?«

Poias nickte. »Bitte sehr.«

Während Ion Dorcas liebevoll abrieb, fragte er: »Warum hast du mich zu dem Bienenkönig gebracht?«

»Es wäre ein Weg gewesen«, antwortete Poias. »Vielleicht der leichteste.«

Verständnislos schüttelte Ion den Kopf. »Und nun?«

»Und nun? Nun ade, mein Junge.«

Das Seidentuch in der Hand, fuhr Ion herum. »Was?«

Poias seufzte. »Spätestens nach meinem Auftritt hier bin ich nur noch eine Gefahr für dich. Deshalb muss ich fort, so schnell wie möglich. Wenn es nicht ohnehin schon zu spät ist … Nein, spar's dir«, wehrte er Ions Einwände ab. »Wenn ich bei dir bleibe, sind wir alle verloren. So aber kannst du vielleicht den Weg noch finden.«

»Ich allein?«

»Ab jetzt ja.«

Ich hatte einen Gott an der Seite und habe es nicht gewusst.

»Welchen Beistand hättest du mir geleistet? Kannst du mir wenigstens sagen, worum es bei alldem geht? Wie soll ich allein zurechtkommen? Nein! Bitte, bleibt doch!«

Das Sonnenlicht blitzte in den goldenen Rädern, als Dorcas, Poias und der Wagen senkrecht aufstiegen. Es war wie ein spöttischer Abschiedsgruß.

»Wohin soll ich gehen?«, rief Ion verzweifelt hinterher. »Was soll ich tun? Sag mir doch wenigstens, wohin ich gehen kann! Poias! Dorcas!«

Der Himmel war blau und leer.

Sie flogen himmelaufwärts. Die Luft war friedlich und still, dennoch schlingerte der goldene Wagen, als drohte jeden Augenblick der Absturz.

»Wenn du weiter die Kurven so eng fliegst, wird mir schlecht.« Poias klammerte sich an den Bock. »Du bist wütend, ich weiß. Natürlich war ich schroff zu ihm. Der Junge hat jetzt Wichtigeres zu tun, als mir nachzutrauern.«

Der Karren wurde hin und her geschleudert wie ein Blatt im reißenden Strom.

»Erklären, erklären. Er hat ohnehin schon zu viel erfahren, zu viel gesehen. Muss ich es dir wirklich noch einmal sagen? Wir handeln gegen die Ordnung. Jeder dahergelaufene Bocksfüßige aus der Unterwelt kann uns vor Gericht schleifen. Zeus und Hades werden gemeinsam den Vorsitz haben, muss ich dir noch mehr androhen?«

Ein besonders heftiger Ruck warf ihn um ein Haar vom Bock.

»Bei allen Göttern, Dorcas, ich habe es versucht! Der Junge kann es ohne uns schaffen. Er muss! Und wir beide gehen in Deckung, am besten für eine lange Zeit.«

Das Schlingern und Rucken ging jäh zu Ende. Müde und matt schlich der Wagen durch den Himmel. Das Ross davor war ein trauriger Anblick, grau und triefäugig. Abgesehen von den welk hängenden Flügeln hatte es verblüffende Ähnlichkeit mit Dorcas, der uralten Schindmähre des Magiers mit Namen Poias.

»Bei Hippios, dem pferdeverrückten Narren! Gut. Gut. Du hast gewonnen, wie immer.«

Dorcas rollte feurig die Augen, warf die Flügel und den schönen Kopf nach oben und wieherte fragend.

»Was ich jetzt vorschlage? Drei mörderische Arai, aber mein Ross erwartet, dass ich den nächsten Plan schon fertig im Ärmel habe. Wir beide fliegen nun weiter nach oben und machen auf dem Parnassosgipfel halt. Und dort in luftiger Höhe werden wir eine Zeit lang nachdenken, du und ich. Wirst du jetzt endlich anständig fliegen?«

Kedros

Kedros erwachte.

Einige Augenblicke hielten ihn noch Reste eines dunklen Traumes gefangen, dann flog die Erinnerung fort, so wie ein nächtlicher Spuk von der klaren Morgensonne weggefegt wird.

Es gab nichts Dunkles, im Gegenteil, es gab nur Licht und Freude. Heute war sein Kranichtag und der feierliche Beginn der Inselspiele, der Tag seines ersten großen Wettkampfs! Mit einem jubelnden Satz sprang er von seinem Lager.

»Bitte, junger Herr. Nimm Rücksicht auf einen greisen Sklaven«, sagte Alphio. Dabei lächelte er eines seiner seltenen Lächeln. »Wie soll ich dir beim Ankleiden helfen, wenn du wie ein Sturmwind davonwirbelst?«

Nur mit Mühe hielt Kedros still, während sein Aufwartsklave ihm das Festkleid anzog, das er in tagelanger Arbeit gebügelt und gefältelt hatte.

»Du tust dir schwer, an einem Ort zu verharren. Das ist kein Wunder nach dem, was dir geschehen ist«, sagte Alphio.

Er legte Kedros die Hand auf die Schulter, eine ungewohnte Geste. »Ich war niemals gerne Sklave. Es gibt wahrlich spannendere Dinge im Leben, als dir, Archontensohn, jeden Morgen die Schuhe anzuziehen. Aber dennoch, ich würde jeden Tag dieses Sklavenlebens freiwillig noch einmal leben wollen, allein um den Tag zu erleben, an dem du nach Hause zurückgekehrt bist.«

Kedros sah in sein müdes altes Gesicht. Und dann tat er etwas, das er seit zehn Jahren nicht mehr getan hatte: Er umarmte und drückte Alphio, so fest er nur konnte.

Alphio erwiderte seine Umarmung. Dann trat er einen Schritt zurück und verneigte sich würdevoll. »Jetzt geh hinaus, es ist dein großer Tag. Sieh deinem Kranich beim Fliegen zu und gewinne den Insellauf. Die Götter mögen dir beistehen, Archontensohn.«

Im Garten der Archontenvilla warteten neben dem Pfauenhaus seine Eltern, seine kleinen Brüder mit ihrer Amme, der Rat der Zwölf und weitere wichtige Malesier, Männer und Frauen, alle in festlichen Gewändern.

Mit all diesen Gästen hatte er gerechnet, nicht aber mit der großen Schar junger Männer, die etwas abseits im Schatten der hohen Schirmpinien standen und in lauten Jubel ausbrachen, als sie ihn erblickten.

Er musste sie nicht zählen. Es waren die hundert Jünglinge, seine Freunde, für die er seine Freiheit gegeben hatte. Und obwohl nicht wenige von ihnen Schwestern und Brüder hatten, die heute ebenfalls ihren Kranichtag feierten, waren sie alle ohne Ausnahme zu ihm gekommen.

Einer aus der Schar trat nach vorne. Es war ausgerechnet Darios, der ein vollendeter Athlet war, aber selten mehr als drei Worte sprach.

»Sie haben mich als Sprecher gewählt, damit es nicht zu feierlich wird. Also sage ich dir, dass wir um nichts auf der Welt versäumen wollten, wie dein Kranich fliegt. Und das war es auch schon. Wir hoffen, die Überraschung ist gelungen.«

Eine rot gewandete Priesterin des obersten Inselgottes winkte Kedros heran. Mit erhobenen Händen erbat sie den Segen der Götter. Dann rief sie laut: »Freut euch mit uns, alle, die ihr hier seid! Der Sohn des Archonten lässt seinen Kranich fliegen.«

Kedros sah das stolze Lächeln seiner Eltern, er sah, wie seine kleinen Brüder wacklig auf ihren Beinen balancierten und sich dabei am Gewand ihrer Amme festhielten.

Unter den Jubelrufen der Gäste öffnete die Priesterin die Tür des Pfauenhauses.

Der Kranich ließ sich Zeit. Langsam, scheinbar lustlos schritt er der Freiheit entgegen. Geraume Zeit blieb er unter der offenen Tür stehen. Dann trat er einen Schritt heraus und fing an, fahrig im Erdreich zu picken.

Er schien vergessen zu haben, dass er Flügel hatte.

Er war zu lange ein Gefangener, dachte Kedros. *Er kann nicht mehr fliegen.*

Alle Gäste im Garten schienen den Atem anzuhalten.

Da gab einer seiner kleinen Brüder einen lauten Juchzlaut von sich.

Es war wie ein Weckruf. Der große Vogel reckte den Kopf, dann breitete er die Flügel aus und flog auf. Seine Flügel trugen ihn stark und verlässlich, er flog in den Himmel hinauf, endlich frei von Fesseln und Beengung.

Unter Applaus und Freudenrufen traten die Eltern zu ihm und umarmten ihn.

»Sieh hin«, sagte seine Mutter. »Das ist dein Kranich, Kedros. Damit beginnt dein wahres Leben. Deine Bestimmung.«

»Unser Sohn«, sagte der Vater. »Gerettet und geliebt. Liebling der Götter.«

Gerettet und geliebt.

Er hatte nur vage Erinnerungen. Ketten, die ihn beengen, Flammen und Hitze, ein rauer Stein. Ein böser Mensch, der ihn gefangen hält. Sein Geist hatte all den Schrecken eingeschlossen und weggesperrt.

Lebendig dagegen war seine Erinnerung an die Frau, die schließlich für seine Freiheit gesorgt hatte.

»Ich kann es nicht mehr mitansehen. Es ist ein Frevel vor den Göttern.«

Eine kleine, korpulente Frau, die sonst das Brot des Bäckers verkaufte und an diesem Vormittag, als er fort war, um neues Korn zu kaufen, all ihren Mut zusammengenommen hatte.

Was der böse Mensch, ihr Ehemann, ihr dafür wohl angetan hatte?

Dankbar dachte er an den Schmied, der ihm die Ketten an jenem ersten Abend angelegt und ihn, ohne zu zögern, wieder davon befreit hatte.

»Es war nicht recht getan«, hatte er ruhig gesagt und jede Bezahlung der Bäckersfrau zurückgewiesen.

Unbewusst rieb Kedros sich die Handgelenke, fasste sich an den Hals.

Sein Vater hatte ihn beobachtet. Jetzt legte er den Arm um seine Schultern. »Blick nicht zurück, Kedros«, sagte er. »Heute ist ein Tag der Freude. Dein Kranich fliegt hinauf in die Freiheit und gleich beginnt dein erster Insellauf. Denk nur daran.«

Vor sechs Tagen erst war er zurückgekehrt, er hatte kaum Zeit zur Vorbereitung. Als sein Trainer ihn glückstrahlend in Empfang nahm, erklärte er ihm die Änderungen. Die Laufstrecke war kurzfristig verlegt worden. Wo sie früher dem Auf und Ab von Malios' Küste gefolgt war, verlief sie jetzt in einem großen Kreis um den Hügel des lächelnden Inselgottes.

»Aber warum?«, fragte er verwundert.

»Als du fort warst, gab es mehrere Felsabstürze an der Küste. Die Strecke mag jetzt langweiliger sein, aber sie ist sicher. Wir wollen keinen einzigen jungen Mann mehr verlieren.«

Nachdem er die ersten Übungsläufe absolviert hatte, konnte der Trainer es nicht fassen. »So viele Wochen hast du nicht üben können, aber du bist genauso schnell wie zuvor. Fast schneller und stärker. Es ist ein Wunder.«

»Ich konnte üben«, sagte er. »Jeden Tag viele Stunden lang.«

Der Trainer blickte verlegen zu Boden. Es gab Gerüchte, aber niemand wusste etwas Genaues über sein Schicksal in der Fremde, niemand wagte danach zu fragen.

Er nutzte die sechs Tage nach Kräften und lief vom Sonnenaufgang bis zum Abend, ausdauernd und federnd. Er empfand es sogar als Vorteil, sich um die Strecke, um Anstiege oder Hindernisse, keine Gedanken mehr machen zu müssen. So konnte er sich auf seine Schritte konzentrieren und seine Kräfte für die Runden einteilen.

Das habe ich gelernt.

Bei den ersten Probewettläufen merkte er schnell, dass auch die anderen jungen Malesier hart trainiert hatten. Zwar lief er regelmäßig als Erster oder Zweiter durchs Ziel, aber einige seiner Freunde waren ernsthafte Konkurrenten geworden und schenkten ihm nichts.

Es wird eine spannende Sache werden, dachte er nun, als sich die zweihundert Wettkämpfer des Insellaufes am Startpunkt trafen, einem rot markierten Felsen. Dabei spürte er keine Sorge oder Angst, nur prickelnde Vorfreude.

Ein rot gekleideter Priester rief den Segen des Inselgottes auf die Läufer herab. »Sieh sie an, großer Schützer. Sie sind dein irdisches Ebenbild an Schönheit und Kraft. Ihre Leistung ist die Opfergabe an dich, oh Höchster!«

Anschließend wurden die Athleten vorgestellt. Selbst seine größten Konkurrenten klatschten in die Hände und jubelten, als sein Name genannt wurde.

»Kedros, Sohn des Archonten«, kündigte der Ausrufer ihn an. »Der Insellauf heute wäre nichts ohne dich und ist alles mit dir.«

»Auf ein letztes Wort vor deinem großen Lauf, Kedros.« Neben dem Startpunkt stand, auf einen Sklaven gestützt, der Ratsälteste. Wie ein weiser Marabu, der die jungen Vögel bei ihrem ersten Ausflug beraten wollte.

»Lass dir all das Lob nicht zu Kopf steigen. Wir alle auf Malios wollen dich als Helden feiern. Aber du kannst uns ruhig die kalte Schulter zeigen. Du hast ein Recht darauf, als Kedros zu laufen. Der Junge, der sich noch vor zwei Jahren wütend im Staub gewälzt und mit den Zähnen geknirscht hat, wenn er bei den Läufen nicht Sieger war.«

»Das habe ich nie getan«, sagte Kedros impulsiv.

»Nein?«, tat der Ratsälteste verwundert. »Mein Gedächtnis spielt mir wohl einen Streich. Aber egal, ich wünsche dir den Segen der Götter, mein junger Kranich. Lass dich von unseren Erwartungen nicht beschweren, schüttle alles von dir ab und fliege davon, fliege, so schnell und weit du nur kannst. Siegen musst du von mir aus nicht.« Er legte die Arme um Kedros und drückte ihn, die Umarmung eines sehr alten, sehr leichten Vogels.

Zweihundert Läufer standen am Start und warteten darauf, dass ein kleiner Junge einen Stein vom roten Felsen fallen ließ.

Das Signal. Da war es.

Zweihundert junge Malesier, alle zwischen vierzehn und zwanzig Jahren, rannten los.

Kedros war im hinteren Feld. Dutzende nackter Rücken bewegten sich vor ihm, Dutzende Beine wirbelten Staub auf, der ihm in der Nase kitzelte. Während er hinter den anderen herlief und versuchte, seinen Rhythmus zu finden, dachte er plötzlich: Früher bin ich tatsächlich geflogen. Ich bin allen davongeflogen. Er versuchte, noch federnder, noch leichter zu laufen, doch das Gefühl von damals wollte sich nicht einstellen. Stattdessen fühlte er sich schwer, mit Gewichten an die Erde gefesselt. War es die Gefangenschaft, die ihm in den Gliedern steckte?

Er musste gegen das bleierne Gefühl ankämpfen, das ihn nach unten zog. Seine Kräfte schwanden, das spürte er. Jeder Schritt schmerzte, er bekam keine Luft mehr, dabei hatte der Wettlauf gerade erst begonnen. Aber er lief weiter und weiter, kämpfte gegen seine Schwäche an, weil ihm nichts anderes übrig blieb, weil er nur so überleben konnte.

Das habe ich gelernt, dachte er wieder.

Dreißig Runden um den Inselgott. Der rote Fels tauchte auf, die zweite Runde begann. Vor ihm, neben ihm, dicht hinter ihm rannten keuchend die anderen Läufer. Unwillkürlich zählte er seine Schritte: Zwölf … sechzig …

Nein, er wollte nicht mehr zählen. Er war auf Malios und war frei, konnte fliegen wie ein Vogel.

Aber das Zählen half ihm, stellte er überrascht fest. *Zwölf, sechzig, dreihundertsechzig.* Seine Beine kannten den Rhythmus und mit jeder Zahl überrundete er einen Konkurrenten.

Fünfzehnte Runde. Längst war er im vorderen Feld. Seine Beine beugten und streckten sich im Takt der Zwölf, der Sechzig und der Dreihundertsechzig. Runde um Runde um Runde. Er dachte an nichts anderes mehr, war nur noch Körper und Anstrengung, Atmen und Qual. Durchhalten.

Auch das hatte er in der Gefangenschaft gelernt.

Und dann war es die dreißigste Runde. Noch einmal überrundete er einen Läufer, vor sich sah er den roten Felsen, Start und Ziel in einem. Er schlug an den Felsen und erschrak, als ohrenbetäubender Jubel einsetzte.

»Kedros!«

»Kedros hat im Insellauf gesiegt!«

»Kedros, Liebling der Götter!«

Die anderen Läufer schlugen an, einer nach dem anderen. Alle kamen zu ihm, schweißüberströmt und außer Atem. Sie umarmten ihn und ließen ihn unter großem Hurra hochleben. Kein Einziger von ihnen wirkte enttäuscht oder neidisch.

Im größten Jubelgefühl dachte er: Was, wenn sie mich haben gewinnen lassen? Um gleich darauf mit unendlicher Erleichterung zu spüren: Es hatte keine Bedeutung. Wenn sie ihn so sehr liebten, war es ein Sieg, wertvoller als jeder andere.

Der Tradition gemäß krönte die Mutter des Siegers ihren Sohn feierlich mit dem Lorbeerkranz. Doch als Kedros' Mutter nach dem Kranz greifen wollte, war das Podest leer. Es entstand einige Unruhe, bis die Übeltäter sich als Kedros' kleine Brüder entpuppten, die beide im Gebüsch hinter dem Podest hockten und den Kranz in seine einzelnen Blätter zerpflückten.

»Wir können einen neuen Kranz besorgen«, sagte der Spielleiter.

»Nein«, widersprach Kedros. »Genau so ist er richtig.«

Während der gesamten Siegesfeier trug er den zerrupften Kranz auf dem Kopf. Und das Lachen der Malesier tönte über die ganze Insel und erfreute den lächelnden Inselgott.

Er stand an einen Baum gelehnt, betrachtete Meer und Himmel. Violett und Blau, ein zarter Streifen Orange, der sich am Horizont bildete und den Abend ankündigte.

Die weißen Spitzen der Wellen, die regelmäßige Bewegung. Als würden auch sie zählen. *Zwölf, sechzig …*

Nein. Nicht mehr daran denken. Er hatte gesiegt, auch über den bösen Bäcker.

Sein Vater trat neben ihn. »Kedros, warum bist du noch hier? Gehst du nicht mit den anderen zum Fest an den Strand?«

»Ich kann später noch dorthin.« Er sah seinen Vater an. »Zuerst würde ich gerne mit unseren Hausgöttern sprechen. Denkst du, dass das möglich ist?«

»Heute Abend schon?«, fragte sein Vater. »Das Gespräch mit den Hausgöttern läuft dir nicht weg. Bist du dir sicher, Kedros?«

Kedros nickte. Seit er denken konnte, hatte er sich auf das erste Gespräch mit den Hausgöttern gefreut. Es musste der Abschluss dieses unglaublichen Tages sein. Seines Kranichtages.

Vor der Tür zur großen Halle blieb Kedros stehen.

»Wenn du noch nicht bereit bist, verschieben wir das Ritual«, sagte sein Vater.

»Denkst du, sie werden ärgerlich sein, wenn ich sie in ihrer Ruhe störe?«

»Nein. Sie werden glücklich sein, dass du dem Bösen entronnen bist. Es sind unsere Hausgötter, sie sind mit uns im Bunde.«

Die große Halle war abgedunkelt. Die Flammen der zahlreichen Kerzen verbreiteten ein ruhiges goldenes Licht. Ein größerer Kontrast zum strahlenden Sonnenlicht des Tages und zu den lautstarken Jubelfeiern war nicht denkbar.

Kedros saß im Untergewand mit gekreuzten Beinen auf der geflochtenen Matte, ganz wie sonst der Vater.

Sein Vater stand vor dem Schrank der Ahnen und verneigte sich tief. Dann hob er die Vase mit den krummen Stöcken heraus und stellte sie vor Kedros.

Der Vater wandte sich an die Hausgötter. »Hier stelle ich euch meinen Sohn vor. Schlimme Wochen liegen hinter ihm, er ist nicht mehr der Junge, der er war, bevor wir ihn verloren. Der frühere Kedros würde jetzt bei seinen Freunden sein, sich zum ersten Mal am Wein berauschen, tanzen und jubeln und sich als Sieger feiern lassen. Der neue Kedros aber sucht die Stille und die Einsamkeit und möchte noch am Abend seines Kranichtags mit unseren Göttern reden.«

Er drehte sich um und sah Kedros liebevoll an. »Soll ich ehrlich sein? Ich vermisse den Jungen, den Götterliebling, der strahlt wie die Sonne selbst und heute unbeschwert seinen Sieg feiern würde. Aber ich habe tiefen Respekt vor dem neuen Kedros. Wenn ich dich ansehe, weiß ich, dass ich mir um Malios keine Sorgen machen muss.«

Dein Vater wird sterben. Er wird sich im Jenseits vor Hunger selbst verzehren, vor Durst sein eigenes Blut trinken. Jeden Tag stirbt er einen elenden Tod und ist am nächsten Tag wieder am Leben, sein Los auf ewig bejammernd.

Das Gift, das der böse Mann während seiner Gefangenschaft in ihn eingeträufelt hatte. Es hatte keine Wirkung mehr.

Der Vater nickte Kedros zu. »Ich ziehe mich jetzt zurück. Du aber sprich mit unseren Göttern, sie erwarten dich. Es ist dein Tag, deine Stunde.«

Kedros blickte auf die Vase und die krummen Stöcke, die im Kerzenlicht schwarz aussahen. Die Stille in der Halle war überwältigend.

Ein Flüstern drang durch den abgedunkelten Raum.

»Kedros.«

»Starke Zeder.«

»Liebling der Götter.«

Kedros hielt den Atem an. Er konnte die Hausgötter tatsächlich hören.

»Warum kannst du die Beine nicht stillhalten, Archontensohn?«

Er blickt nach unten. Seine untergeschlagenen Beine rucken und zucken, als hätten sie ein Eigenleben.

»Warum siehst du nicht die Schatten an der Wand, Archontensohn?«

Die Schatten tanzen im roten Licht an den Wänden. Er kennt diese Schatten und dieses Licht, es ist ihm unendlich vertraut. Aber hier in der großen Halle gibt es keinen Ofen und keine rote Glut, nur den Schimmer der vielen Kerzen.

»Warum siehst du nicht die Farbe deiner Haut, Archontensohn?«

Im Licht der Kerzen ist er weiß wie Kalk, wie Stein. Dabei ist seine Haut sonnenverbrannt, wie es nicht anders sein kann nach sechs Tagen Lauftraining.

»Sieh doch.«

»Sieh doch.«

Die Götter flüstern jetzt unaufhörlich.

»Tier aus Stein.«

»Nichts ist, wie es scheint.«

»Lug, Archontensohn.«

»Trug, Archontensohn.«

»Es tut uns so leid.«

»So leid.«

Hinter Kedros öffnete sich die Tür der großen Halle.

»Und«, hörte Kedros seinen Vater sagen. »Haben unsere Ahnen dich auf die übliche Weise willkommen geheißen? Haben sie dir ein schwieriges Rätsel gestellt?«

»Das haben sie, ja.« Kedros versuchte, sich zu sammeln. Er war zutiefst verstört.

»Lass mich teilhaben, mein Sohn. Was haben sie gesagt?«

Er drehte sich zu seinem Vater um, unendlich erleichtert, in sein vertrautes Gesicht zu blicken. »Sie sprachen von Schatten an der Wand. Von der Farbe meiner Haut. Von meinen Beinen.« *Die auch jetzt noch rucken und zucken*, stellte er grauenerfüllt fest. »Sie sprachen von Lug und von Trug.«

»Was denn? Haben sie dir etwa frei heraus die Wahrheit gesagt?«

Sein Vater kommt auf ihn zu, er hat den Mund weit aufgerissen, seine Zunge ist eine schwarze, sich windende Schlange. Er lacht, und Kedros kennt dieses Lachen. Es kommt nicht von seinem Vater.

»Haben sie dir die Wahrheit gesagt, dass alles hier nur ein großer Spaß ist? Ein Spaß, von mir ersonnen? Mein Geschenk zu deinem Kranichtag?«

Alles geschieht in einem Augenblick. Die Flammen der vielen Kerzen verblassen, werden zu Punkten, zu Flimmern, lösen sich auf. Die Große Halle wird zur Backstube, die Götter in ihrer Vase zur Stange, an die er gekettet ist.

Der Bäcker steht lachend vor ihm und hält ihm etwas auf der offenen Hand hin. Es ist ein gebackener Kranich, wie sie die Bäckersfrau schon seit Tagen verkauft. Das Auge ist eine verschrumpelte Rosine.

Kedros' Bauch und sein Magen sind leer und schmerzen.

Er hat einen ganzen Tag auf Malios verbracht. Seinen Kranichtag.

Er hat einen ganzen Tag die Mühle gedreht und nichts gegessen.

Er greift nach dem Kranich und verschlingt ihn mit drei Bissen.

Smirkos

Herse war verändert.

Zwar kam sie nach wie vor hüftwiegend und mit einem breiten Lächeln in den Ziegenstall. Wie sonst lockte sie die Ziegen mit ihrer dunklen Stimme und liebkoste Smirkos ausgiebig.

Dennoch, sie war anders. Oder warum hüpfte sein Herz nicht mehr vor Freude, wenn sie vor ihm stand? Lag es an ihrem Geruch? Ihre Hände rochen in den letzten Tagen streng.

Sie war auch nicht mehr so schön, fand Smirkos. Ihr Gesicht schien ihm verrutscht zu sein, Wangen und Mund zu breit, die Augen zu rund, die Ohren allzu sehr an der Seite.

»Was ist los, mein Süßer?«, fragte Herse, als er sich brummelnd in der Ecke herumdrückte. »Bist du krank?«

Irgendwann kam er doch nach vorne. »Na also, da bist du ja.« Wie sonst wollte Herse ihn herzen und kraulen, doch Smirkos wich instinktiv vor ihr zurück.

»Du bist nicht mehr derselbe wie früher«, sagte sie und krauste die Stirn. »Magst du mich nicht mehr?«

»Dich nicht mehr mögen? Aber ich liebe dich doch«, meckerte Smirkos. Herse schien Kummer zu haben und das betrübte ihn.

Als sie draußen war, drehte er sich zu Einhorn um.

»Weißt du, ich liebe sie wirklich«, vertraute er ihr an. »Wenn sie nur ein wenig besser riechen würde, wenigstens die Hände. Das ist nicht einfach mit diesem Geruch.«

Einhorn sah ihn mit ihren hübschen waagrechten Pupillen an, still und verständnisvoll, wie es ihre Art war. Und sie roch auf höchst angenehme Art und Weise nach nichts.

Die beiden Böcke hatten sich von den Schlingen schnell erholt, viel zu schnell für seinen Geschmack. Wie zuvor drängten sie sich nach vorne ans Gatter, stampften mit den Hufen, warfen ihre dicken Köpfe zurück und schmeichelten Herse.

Doch statt sich wie bisher auf Streit und Keilerei mit ihnen einzulassen, blieb Smirkos jetzt entspannt neben Einhorn liegen und sah ihnen zu. »Ihr Wichtigtuer! Was wollt ihr nur von ihr? Sie ist ein Mensch und ihr seid nur zwei blöde Böcke! Macht euch ruhig weiter lächerlich.«

Bei ihrem nächsten Auftritt vor Adamas Stadtmauer drängten sich noch mehr Zuschauer als sonst um die goldenen Ziegen. Auf der Wiese herrschte eine ausgelassene Feststimmung; Smirkos fiel auf, dass viele Kinder gebackene Vögel in der Hand hielten, mit eingeritzten Federn und Rosinen als Augen.

Die Vorstellung war schon fast zu Ende, da warf ihm ein kleines Mädchen einen gebackenen Vogel zu.

Smirkos schnupperte kurz daran, doch das Ding roch übel nach Menschenhand und er verschmähte es. Dennoch drehte er sich um, pflückte eine Blume und überreichte sie dem Mädchen mit einer Verbeugung.

Während die Zuschauer beeindruckt raunten und Beifall klatschten, kam Smirkos plötzlich ein Wort in den Sinn.

Kranichtag.

Es war, als würde das Wort eine Bresche in eine Mauer schlagen, und ein frischer Wind räumte ihm den Kopf auf. Er war wieder zu Hause, und es war Kranichtag, sein großes Fest in diesem Frühjahr. Auch wenn für ihn nur die struppige Dohle geflogen wäre, die an Megalos' Leimrute hängen geblieben war. Dohlen konnten fliegen, sogar ausgezeichnet, und sie wäre nur für ihn in den Himmel geflogen.

Sein Fest. Sein Ehrentag. Seine Familie. Sein Dorf der Töpfer.

Smirkos ließ den Kopf hängen. Der vertraute gehörnte Schatten zeichnete sich am Boden ab. Die Bresche in der Mauer schloss sich wieder.

»Ich heiße Smirkos und ich bin ein Mensch«, murmelte er. »Smirkos. Und dabei bleibt es.«

Doch das, was einmal sein Kampfruf gewesen war, klang in seinen Ohren wie kümmerliches Gemecker.

Nach dem Auftritt wollte Herse wie sonst die Ziegen in den Stall bringen.

»Halt, Magd. Dieser hier geht mit mir, wir beide haben heute noch etwas zu erledigen«, sagte der Zauberer. Er legte Smirkos einen Strick um den Hals und führte ihn durch das Stadttor hinein nach Adama.

Vor nicht allzu langer Zeit hatte Smirkos sich noch sehnsüchtig gewünscht, einmal die Königsstadt mit ihren prächtigen Gebäuden und goldenen Kuppeln zu erkunden, statt Tag für Tag auf der Wiese vor dem Stadttor Kunststücke vorzuführen. Jetzt aber, da der Zauberer ihn hangaufwärts durch Adamas Gassen zog, konnte er nur daran denken, dass der Halsstrick scheuerte, das Pflaster abscheulich hart unter seinen Hufen war und ihm auf seinem Weg viel zu viele Menschen begegneten, die alle lärmten und widerlich rochen.

Die Menschen wurden allmählich weniger, die Gassen stiller, je weiter sie nach oben kamen. Auf einem kleinen Platz hielt der Zauberer schließlich an. Im Schatten eines Baumes ergoss sich ein klarer Wasserstrahl in ein kleines gemauertes Becken. Doch obwohl Smirkos Durst hatte, beachtete er den Brunnen nicht. All seine Sinne richteten sich auf das flache, graue Haus vor ihm, auf den Eingang, in dem Perlenschnüre im Wind klackerten.

Sein Fell sträubte sich ohne erkennbaren Grund.

In dem großen Raum hinter den Perlenschnüren war es so dämmrig wie im Ziegenstall. Doch statt Stroh und Heu gab es hier Brote, bergeweise Brote, fertig gebackene, die auf einem Tisch gestapelt waren, und ungebackene, die auf Teigbrettern auf den Ofen warteten.

Noch während Smirkos den Hals reckte und die Brote bestaunte, trat ein weiß gekleideter Mann aus dem Dämmerlicht nach vorne.

»Ich hatte früher mit dir gerechnet.«

»Es macht mehr Spaß, wenn man am Ziel ist.«

»Heißt das, du bist so weit?«

»Das heißt es.«

Eines verstand Smirkos: Der Zauberer und der weiß gekleidete Herr der Brote, sie kannten sich. Mehr noch, sie gehörten zusammen. Sie waren eins, wie die beiden Böcke im Stall eins waren.

Am Strick zerrte der Zauberer ihn nach vorne.

»Sieh ihn dir an! Was sagst du zu meinem Tier aus Gold?«

»Gute Arbeit, Bruder. Aber was sagst du zu meinem Tier aus Stein?«

An der hinteren Wand, im Schatten von zwei lodernden Öfen, bewegte sich etwas. Smirkos wollte nicht hinsehen, er beäugte weiterhin den Perlenvorhang und die Brotstapel auf dem Ladentisch. Aber seine Augen saßen zu beiden Seiten seines Kopfes und konnten in zwei Richtungen sehen. Und so sah er es doch.

Tier aus Stein. Das, was dort hinten die Mühle schob, war kein Tier, sondern ein Mensch, verborgen unter einer Schicht aus Mehl und Dreck. Im Gesicht saßen die Augen wie dunkle Kohlen.

»So viele Tage an der Mühle und er hat immer noch Kraft«, sagte der Weißgekleidete. »Eine starke Zeder, wahrlich. Es war ein hartes Stück Arbeit, ihn zu brechen, aber ich bin am Ziel.«

In Smirkos' Kopf rastete etwas ein. Kedros. Der Junge im Wald damals, der mit dem schönen Gewand. Starke Zeder. Kedros. Aber jetzt ist er nackt und in Ketten, wie ein Tier. Und ich hänge am Strick. Wir haben dasselbe Los.

Smirkos sah, wie sich die Arm- und Beinmuskeln des Jungen unter der Mehlschicht abzeichneten. Er schob die Mühle mit einer unglaublichen Kraft und schien seine Fesseln schier zerreißen zu wollen. Doch die Ketten hielten stand und schnitten tief in sein Fleisch.

»Er ist nicht hier. Zur Feier seines Kranichtages habe ich ihn nach Hause geschickt«, sagte der Herr der Brote und lachte. »Gerade läuft er sein großes Rennen. Er erlebt sein Fest, seinen Sieg, seine Familie, den besten Tag seines Lebens. Nur um am Ende wieder bei mir zu landen. Das wird ihn endgültig zerbrechen.«

»Wirst du ihn dann schlachten, so wie ich den meinen?«

»Das ist nicht nötig. Er wird sich in sich selbst einschließen, in ein immerwährendes Gefängnis ohne Türen. Kein Mensch und kein Gott wird ihn dort mehr erreichen können. Der Fluch wird erfüllt sein.«

»Dann sind wir am Ziel. Schlag ein, Bruder, auf unseren Sieg!«

Die beiden Brüder schlugen klatschend die Handflächen aneinander. Smirkos duckte sich.

»Bleibt noch der Dritte, der Seher«, sagte der Herr der Brote. »Unser Bruder macht mir Sorgen. Der Seher entwischt ihm ein ums andere Mal, er reist unbehelligt durchs Land, ja, er hat sogar die uralte Sybille aufgesucht. Wie kann das sein, frage ich dich?«

»Es liegt am Fluch. Unser Bruder ist schwächer als wir«, antwortete der Zauberer.

»Das ist wahr. Aber das ist es nicht allein. Jemand hilft dem Seher. Ich kann ihn spüren. Ihn *riechen.*« Mit geblähten Nasenflügeln witterte der Weißgekleidete nach allen Seiten. »*Ein Himmlischer.* Er sorgt dafür, dass unser Bruder nicht vorankommt.«

»Sie hat einen Helfer geschickt? Gegen die Ordnung? Das bedeutet ein Schiedsgericht«, sagte der Zauberer.

»Schiedsgericht!« Voller Verachtung spuckte der Weißgekleidete aus. »Zeus und Hades im Vorsitz, vielleicht auch noch dieser unerträglich blendende Apollon, von dem uns Unteren nur die Augen tränen. Und dazwischen die Höchste selbst mit ihrem Gezirpe und Vogelgezwitscher. Ich pfeife auf ein Schiedsgericht.«

»Aber was dann?«

»Wir regeln die Sache als Arai. Die Himmlischen tricksen und lügen, also müssen auch wir uns nicht länger an die Regeln halten. Sobald Tier aus Stein, Tier aus Gold vollendet sind, werden wir Jagd auf den Dritten, den Seher, machen. Wir werden ihn genüsslich zerreißen, zerfleischen, zermalmen und anschließend in den tiefsten Tartaros ziehen. Den Himmlischen will ich sehen, der uns daran hindern wird!«

»Recht hast du! Wir beide sind so stark und mächtig, wie unser Bruder schwach ist. Wir Arai werden siegen, die Hölle wird triumphieren! Darauf schlag ein, Bruder!«

Am Strick folgte Smirkos dem Zauberer die Gassen abwärts. In seinem Kopf summte und brummte es. Dort oben, in der dämmrigen Stube mit den Öfen und den vielen Brotlaiben, hatte er etwas Wichtiges gesehen und gehört. Wenn er nur darüber nachdenken könnte! Stattdessen erschreckte ihn jeder dahergelaufene Hund und jeder aufflatternde Vogel, zuckte er bei jedem Rufen und Pfeifen zusammen. Fliegen setzten sich auf seine Augen und der Strick des Zauberers zog und zerrte an ihm, ohne dass er sich dagegen wehren konnte.

Tier aus Gold. Der Zauberer hatte recht. Er war kein Mensch mehr.

»Na, mein Hübscher? Da bist du ja wieder!«

Herse stand am Eingang zum Ziegenzelt. Sie nahm den Strick aus der Hand des Zauberers entgegen und wollte Smirkos wie üblich willkommen heißen und liebkosen.

Smirkos wich vor ihren Händen zurück, angewidert drehte er den Kopf zur Seite.

»Nun, Magd? Mir scheint, du hast einen Verehrer verloren«, spottete der Zauberer.

»Was ist los mit dem Bock, Herr?« fragte Herse. »Ich bin schon mein Leben lang bei den Ziegen, ich putze und füttere und miste sie, aber so einen wie ihn habe ich noch nie erlebt. Zuerst himmelt er mich an wie der feurigste Liebhaber, dann zeigt er mir die kalte Schulter. Und bei den Göttern, er kann Dinge, die ein Tier wie er nicht können darf.«

Der Zauberer lachte. »Was würdest du sagen, Magd, wenn der Bock hier früher einmal ein Mensch war? Wenn ich ihn nur in den Ziegenleib gehext hätte?«

»Ich würde dir aufs Wort glauben, Herr«, sagte Herse ernst. »Aber dann könntest du ihn doch auch wieder zurückverwandeln.«

»Das könnte ich. Wenn er denn ein Mensch wäre. Aber leider

ist und bleibt er ein stinkender kleiner Bock. Ich habe nur meinen Spaß mit dir getrieben, Herse.«

An Smirkos' Ohren drang die Unterhaltung wie fernes Gemurmel. Alles in ihm drängte hinein in den Ziegenstall, zur Tränke, zu den vertrauten Gerüchen und zur Wärme der Ziegenleiber.

»Ich glaube, du lügst, Herr«, sagte Herse.

Endlich zurück im Stall, den Bauch von Wasser und Heu zum Platzen voll, wollte Smirkos sich erschöpft und erleichtert zu Einhorn kuscheln.

Ein heller Schein fiel über ihn. Vor ihm stand Herse im Schlafhemd, ein brennendes Talglicht in der Hand.

»Nein. Gib nicht auf, mein Kleiner«, sagte sie. »Du bist in Wahrheit ein Mensch. Und ich werde um dich kämpfen.«

Ion

Früh am Morgen stand Ion auf einem Felsvorsprung hoch über der Ebene. Der Himmel war noch grau und farblos, im Osten zeigte ein Schimmer den baldigen Sonnenaufgang an. Die Stadt in der Ferne war ein blasses Traumgebilde, nur eine Ahnung im Morgendunst.

Er wusste, es war sinnlos, dennoch behielt er den Himmel genau im Blick. Doch die einzige Bewegung dort oben kam von einem Schwarm dunkler Vögel, deren Name Ion nicht kannte und die zielstrebig in den Sonnenaufgang flogen.

Die Morgenstimmung hatte etwas Tröstliches. In seinen Gedanken wanderte Ion zurück zum Gut, er stand wieder auf dem Dach des Kornspeichers und richtete seinen Blick auf die Marktstadt und den Silberstreifen des Meeres.

Inzwischen hatte er sein Kranichfest erlebt, war einem Gott begegnet und hatte ihn wieder verloren.

Und die blasse Stadt in der Ferne war nicht die Marktstadt zu Hause, sondern Adama.

Langsam stieg er durch die Gassen hügelaufwärts, dabei rief er sich seine Träume der letzten Nacht ins Gedächtnis. Fast alle Bilder waren unklar und verschwommen, aber er war sich sicher, dass er weder dem Bienenkönig noch der Hundertäugigen begegnet war.

Wenn nicht der Königspalast sein Ziel war, warum war er nach Adama zurückgekehrt? Wohin sollte er sich wenden?

Auf einem kleinen Platz vor einem Brunnen kehrte eine grauhaarige Frau die Straße. Neben ihr stand geduldig ein struppiger Esel.

»Wohin des Wegs?«, fragte die Frau.

»Ich weiß es nicht«, antwortete er. »Zum Palast des Königs vielleicht? Sag du es mir.«

Die Frau hielt ihrem Esel ein trockenes Stück Brot vors Maul. »Seit ich dich zur uralten Sybille geschickt habe, gehst du mir nicht mehr aus dem Kopf. Sag mir, habe ich dir mit meinem Rat einen Bärendienst erwiesen?«

Der Esel kaute geräuschvoll.

»Es hat die Dinge nicht einfacher gemacht«, sagte Ion.

Die Straßenkehrerin nickte versonnen.

»Nichts ist, wie es scheint«, sagte Ion. »Ich weiß nicht, wohin ich gehen soll. Hast du noch einen Rat für mich?«

»Mein Esel rät dir dringend, keinen Rat mehr von mir anzunehmen. Aber er ist nur ein Esel, und wenn ich du wäre, würde ich zu Trophon gehen.«

»Trophon? Wer ist das?«

»Der Gott der Umkehr.«

»Und ist er auch uralt wie die Sybille?«

»Nein. Trophon ist niemals alt, niemals jung«, sagte die Straßenfegerin. »Er ist ein Gott. Nimm dich in Acht vor ihm.«

»Und was bist du?«

»Ich bin ein armes Weib mit einem Esel, das die Straße kehrt und dabei Augen und Ohren offen hält.«

»Nichts weiter?«

Sie schüttelte den Kopf. Der Esel riss sein Maul sperrangelweit auf und gähnte.

»Der Gott der Umkehr«, sagte Ion nachdenklich. »Umkehren. Das war auch der Rat der uralten Sybille.«

»Ich rate dir, die uralte Sybille rät dir. Vertraue niemandem, der dir rät. Nur dir selbst.«

»Wo finde ich Trophon?«

»Im Westen. Zwei Tagesreisen von hier.«

Das Wandern war ein Vergnügen. Er bewunderte seinen Körper, seine neu erworbene Kraft. Wenn er sein Leben lang für Wettkämpfe trainiert hätte, Laufen und Springen und Werfen, wäre sein jetziger Körper wohl das Ergebnis.

Er sah sogar besser aus, befand er, als er in der hellen Mittagssonne sein Spiegelbild in einem Teich prüfte. Seine Haare waren wirr und staubig, ja, aber seine runden Wangen waren markanter geworden und die Nase schmäler. Auch sein Mund gefiel ihm bedeutend besser als früher. Und bestimmt war er ein Stück gewachsen.

Dankbar dachte er an Poias und seine Künste.

Poias war ein Gott. Und ein Helfer, warum hatte er ihn nicht einfach aus der verzwickten Geschichte herausgenommen und zurück aufs Gut geführt?

Es war derselbe Poias, der ihn vom Gut weg und ins Verderben geführt hatte, rief er sich ins Gedächtnis.

Aber er war ein echter Gott und ein Helfer, zweifellos.

Und nun war er wieder zu einem Gott unterwegs, von dem er noch nie gehört hatte. Trophon.

Es war der zweite Tag seiner Wanderung, und je weiter er nach Westen kam, desto mehr belebte sich die Staubstraße mit Fußgängern und Eselskarren. Am Straßenrand verkauften Bäuerinnen Obst und Brot, hielten fliegende Händler ihre Waren feil.

»Kannst du mir sagen, warum auf dieser Straße so viele Menschen unterwegs sind?«, fragte er einen Mann, der ihm entgegenkam. Er hatte ein freundliches Gesicht und graue Haare, die ihm wie die Stacheln eines Stachelschweins vom Kopf abstanden.

»Nun, sie sind alle auf der Wallfahrt zu Trophon, entweder auf der Hinreise oder auf dem Rückweg. Hast du noch nichts vom Trophon-Orakel gehört?«

»Nein«, schwindelte Ion. »Was ist mit diesem Trophon?«

»Lass uns ein wenig im Schatten dieses Baumes sitzen. Dann erzähle ich dir von ihm.«

»Ich bin froh um eine Verschnaufpause«, sagte der grauhaarige Mann, während er sich das Gesicht mit einem Tuch abwischte. »Weißt du, ich komme gerade von Trophon. Deshalb stehen mir noch sämtliche Haare zu Berge. Und dabei habe ich Glück. Viele, die bei Trophon waren, können nicht mehr sprechen oder in ihrem ganzen Leben niemals mehr lachen. Verglichen damit ist die Sache mit meinen Haaren nur eine Kleinigkeit.«

»Was geschieht dort bei Trophon?«

Der Mann dachte nach. »Es ist nicht leicht, davon zu erzählen, was bei Trophon geschieht«, sagte er. »Du gehst mit Opferkuchen in beiden Händen hinauf zum Höhleneingang, dann musst du dich durch einen stockfinsteren Spalt in die Tiefe stürzen. Das heißt, nein, Junge, das stimmt so nicht, vielmehr zieht Trophon dich hinein, tiefer und tiefer, ganz so, als würdest du in einen Backofen geschoben. Aber nein, das ist auch wieder nicht wahr, vielmehr ist es, als risse dich der dunkelste, wildeste Fluss mit ins Unbekannte. Und dann …«

»Und dann?«, fragte Ion.

»Und dann ist es ganz plötzlich vorbei, du tauchst wieder auf und dir stehen die Haare zu Berge. Zumindest war es bei mir so.«

Der Mann erhob sich und nahm seinen Stab. »Es freut mich, wenn ich dir weiterhelfen konnte, junger Pilger.«

Ion sah ihm nach. Seine Haare blieben gesträubt wie bei einem erschreckten Hund.

Während er zusammen mit der immer größer werdenden Pilgerschar weiterwanderte, fiel ihm ein Verkaufsstand am Straßenrand auf, der bunte gewebte Tücher feilhielt. Geometrische Formen, leuchtende Farben, Vögel und Bäume, tiefblauer Himmel: Die Tücher sahen genauso aus wie die Webarbeiten seiner Mutter und Ion wurde unwiderstehlich davon angezogen.

Am Stand selbst war niemand zu sehen. Doch direkt daneben

stand eine junge Frau hinter einem Tisch voller Fläschchen und Tinkturen. Ihre Haare waren lang und schwarz und so lockig, dass sie sich fast zu bewegen schienen.

»Gefallen dir meine Tücher?«, fragte sie.

Ion nickte. »Sehr.«

Die junge Frau schüttelte leicht den Kopf. »Sie sind nur bunter Tand, nur Augenweide. Was du wirklich suchst, ist ein Weg. Und den findest du bei mir. Probier das hier.«

Sie reichte ihm einen Becher, in dem eine dunkle, dicke Flüssigkeit schwappte.

»Trink das, schlafe tief und fest und finde dein Schicksal«, sagte sie. Ihre Zähne waren spitz zugefeilt, ihre Zunge schwarz und ihre Haare ringelten sich wie träge Schlangen.

»Nein«, sagte Ion laut. »Du kannst mich nicht aufhalten. Ich träume nicht. Das hier ist die Wirklichkeit. Du hast keine Macht über mich.«

Er warf den Becher von sich und lief hastig weiter. Als er einen Blick zurück wagte, waren die leuchtenden Tücher, der Tisch und die junge Frau mit den Schlangenhaaren verschwunden. In der Luft hing schwarzer Rauch.

Der Weg zu Trophon endete in einer weiten Ebene vor einem ockerfarbenen Hügel. Eine Menschenschlange zog sich in Windungen hinauf zu einer großen schwarzen Öffnung auf halber Höhe des Hügels: der Eingang zu Trophons Höhle, von dem der Mann mit den gesträubten Haaren erzählt hatte.

»Sei gegrüßt, mein Junge.« Ein Priester in gelber Tracht war an seiner Seite aufgetaucht. »Du möchtest Trophon dein Anliegen vorbringen?«

Ion sah, wie Dutzende gelb gekleideter Priester auf die neu eingetroffenen Pilger einredeten. »Ja, das will ich.«

Der Priester nickte bedächtig. »Du weißt, wie schwierig dein Vorhaben ist? Wie gefährlich?«

Ion wies auf die Schlange der wartenden Pilger. »Allzu schlimm scheint es nicht zu sein, wenn so viele Menschen für die Gefahr anstehen.«

»Das kann jeder erst beantworten, wenn er in Trophons Höhle gewesen ist.« Der Priester zauberte hinter seinem Rücken einen runden Korb hervor. »Zuallererst musst du Safrankuchen kaufen. Opfergaben für Trophon.«

Ion blickte auf die gelben Kuchen. »Warum?«

»Trophon ist ein anspruchsvoller und jähzorniger Gott. Trittst du ohne Opferkuchen vor ihn, tötet er dich. Du kannst mir ruhig glauben, wir haben schon genug tote Pilger aus der Höhle gezogen. Zwei Kuchen brauchst du, in jeder Hand einen. Macht vier Drachmen.« Er klimperte mit seinem Geldsack.

»Ich habe keine vier Drachmen«, sagte Ion.

»Warum verschwendest du dann meine Zeit?«, sagte der Priester und ließ ihn stehen.

Der Westwind wehte ockerfarbene Staubwolken von Trophons Hügel herab. Ion stand im Schatten eines mannshohen Felsbrockens und beobachtete, wie sich oben am schwarzen Schlund die Pilger zitternd am Rand der Höhle aufstellten, einer nach dem anderen, um dann jäh zu verschwinden, wie bei einem schlechten Theatertrick. Andere tauchten ebenso plötzlich wieder aus der Dunkelheit auf und wurden wie Schiffbrüchige von Priestern mit wollenen Tüchern in Empfang genommen.

Was wollten sie alle von einem Gott, der Umkehr verhieß? Waren so viele Menschen unzufrieden mit ihrem Dasein? Hatten sie alle schreckliche Fehler in ihrem Leben gemacht und hofften nun auf einen neuen Anfang?

Unten in der Ebene lief der Betrieb ohne Unterbrechungen weiter, ähnlich, wie zu Hause auf dem Gut die Schafe in ihren Pferch getrieben wurden. Die gelben Priester redeten auf die neu eintreffenden Pilger ein und verkauften ihnen Opferkuchen, die Schlange rückte langsam vorwärts.

Keiner achtete auf Ion, niemand versuchte ihn aufzuhalten, als er weit abseits von Höhle und Pilgerscharen begann, den ockerfarbenen Hügel zu erklimmen. Er hätte den Grund für sein Tun nicht nennen können, spürte nur eine unbestimmte Lust, sich die Welt von der Höhe des Hügels aus anzusehen.

Der Weg nach oben war schwieriger als gedacht. Bei jedem Schritt lösten sich Erdbrocken unter seinen Füßen und brachten ihn zum Straucheln. Schräg zum Hang kletterte er weiter, ständig nach Halt suchend, längst hatte er die Pilger und Trophons Höhle aus den Augen verloren. Hier hinten auf der Rückseite des Hügels gab es nur schroffe ockerfarbene Felsen, Leere und Wind.

Warum hatte die Straßenkehrerin ihn zu diesem Ort geschickt? Wegen ihr war er bei der uralten Sybille gelandet, bei den Wölfen und schließlich im Felsspalt. Wegen ihr hatte er Poias und Dorcas verloren.

Warum nur hatte er wieder auf sie gehört?

Umkehren.

»Hilfst du mir?«

Ein kleines Mädchen saß auf einem Stein, Ion schätzte es auf acht oder neun Jahre. Bis auf einen zerrissenen Rock war es nackt. Und es wirkte sehr verlassen.

»Wie kommst du hier herauf?«, fragte Ion behutsam. »Warten deine Eltern dort unten in der Schlange auf das Trophon-Orakel?«

»Mein Tier ist fortgelaufen«, sagte das kleine Mädchen. Sein Gesicht war schmutzig und verweint. »Ich habe überall nach ihm gesucht und kann es nicht finden.«

Ion setzte sich neben sie. »Was ist das für ein Tier?«

»Eine Schildkröte. Sie ist weggelaufen.«

Ion musste lächeln. »Sehr weit kann sie nicht gekommen sein.«

»Sie ist fort«, wiederholte das Mädchen.

»Vielleicht kann ich sie für dich finden. Ich habe im Moment ohnehin nichts Besseres zu tun.«

Das Mädchen sah ihn besorgt an. »Kennst du dich mit Tieren aus?«

Wieder lächelte Ion. »Oh ja. Ich komme von einem großen Gut mit vielen Tieren.«

Das Mädchen nickte ernst. »Dann darfst du sie suchen.«

Als Ion von der Suche zurückkehrte, saß das Mädchen wie zuvor auf dem Stein. Sehr dünn und einsam sah es aus.

»Ich habe deine Schildkröte nicht gefunden«, sagte Ion. Und dann stellte er die Frage, die von den vielen Fragen, die ihm während der langen Suche gekommen waren, übrig geblieben war: »Wer bist du?«

Das Mädchen stand auf.

»Du sagst nicht die Wahrheit«, sagte es. »Du hast mein Tier gefunden.«

Das Mädchen hob die Hand und begann, in den Himmel zu zeichnen. Es malte mit den Wolken und dem Sonnenlicht, bis eine schimmernde Schildkröte am Himmel stand, so groß wie der Horizont.

»Siehst du? Da ist mein Tier. Du hast es gefunden«, sagte das Mädchen glücklich.

Es streckte beide Hände zum Himmel, da fiel etwas herab wie ein Stein und ließ sich auffangen. Eine Schildkröte, nicht länger ein Wesen aus Wolken und Licht, sondern sehr handfest und irdisch mit Panzer und Kopf.

Ion schluckte. »Wer bist du?«, fragte er noch einmal.

Im selben Augenblick entdeckte er einen Spalt im ockerfarbenen Fels, gerade so groß, dass ein Mensch durchschlüpfen konnte.

»Trophons Höhle«, sagte er. »Es gibt einen hinteren Eingang.«

Er sah das kleine Mädchen an. »Du bist Trophon.«

Das Mädchen umklammerte seine Schildkröte und lächelte ihn scheu an. »Ich bin es.«

»Du bist ein Kind?«

»Götter können jede Gestalt annehmen.«

Im gleichen Augenblick stand vor Ion ein Riese. Er hatte Augen wie glühende Kohlen und Stierhörner, und seine Stimme hallte vom Berg wider. *»Götter können jede Gestalt annehmen.«*

Ion wich zurück. Doch da war wieder das kleine Mädchen, das ihn mit großen unschuldigen Augen ansah.

Er versuchte, sich zu sammeln. »Wenn du hier hinten bist, wen treffen die Menschen vorne, wenn sie sich kopfüber in deine Höhle stürzen?«

»Sich selbst.«

»Wer hilft ihnen?«

»Sie helfen sich selbst.«

»Und was ist mit mir? Kann ich nicht auch von vorne kommen, mich kopfüber in die Höhle stürzen und mir selbst helfen?«

»Nein. Du kannst dir nicht selbst helfen.« Das Mädchen streckte die Hand nach ihm aus. »Komm.«

Im Inneren des Hügels war es warm und stockdunkel. Ohne die kleine, etwas klebrige Hand des Mädchens wäre Ion völlig orientierungslos gewesen.

»In meiner Höhle gibt es Geräusche«, sagte die Stimme des kleinen Mädchens neben ihm. »Sie sind leider unvermeidlich. Beachte sie nicht weiter.«

Ion hörte die *Geräusche.* Da gab es ein sattes Klatschen, als würde jemand unentwegt Getreidesäcke aus großer Höhe nach unten werfen. Waren das die Pilger, die in die Höhle gezogen wurden? Zwischendurch erhoben sich klagende Stimmen und Ausrufe des Schreckens, die von einem Raum gleich nebenan zu kommen schienen.

»Wo bin ich …«

»Ich wollte nicht …«

»Bei den Göttern …«

»Hilf doch …«

»Trophon …«

Um ihn herum war es stockfinster, aber er hatte wenigstens die kleine Hand des Mädchens. Was hatten die armen Seelen jenseits der Wand?

»Hab keine Angst. Sie finden mich. Alle«, hörte er das Mädchen sagen. »Jedem wird geholfen, jedem auf seine Weise.«

»Aber du bist nicht bei ihnen.«

»Das ist nicht wichtig. Und jetzt duck dich, hier wohne ich.«

Die Höhle war klein, niedrig und in ein goldenes Licht getaucht. Dabei gab es weder ein Feuer noch eine Lampe, stellte Ion fest. Das Licht kam direkt aus dem Felsen.

Die Wände waren dick mit gelbem Staub bedeckt und Ion sehnte sich auf der Stelle nach frischer Luft.

»Das kommt von den vielen Opferkuchen«, erklärte das kleine Mädchen. »Ich ersticke in Opferkuchen. Jeder andere Gott beneidet mich. Weißt du, wie sehr sogar die allerhöchsten Götter nach den Opfergaben der Menschen lechzen? Sie brauchen keinen Trank, keine Nahrung, aber die Verehrung der Sterblichen macht sie trunken und satt.«

»Aber ihr Götter habt Trank und Nahrung«, widersprach Ion. »Nektar und Ambrosia.« Noch in der Erinnerung zog sich sein Gaumen vor Lust zusammen. »Beides schmeckt so gut, dass man dafür sterben könnte.«

Das kleine Mädchen legte den Kopf schief. »Du hast von Nektar und Ambrosia gekostet?«

»Mir ist bereits ein Gott begegnet«, sagte Ion.

»Wie war er?«, fragte das Mädchen.

»Wundervoll«, sagte Ion. »Und auch sein Pferd, Dorcas, war einfach wundervoll. Die beiden flogen mit einem goldenen Wagen durch den Himmel. Er hat mich aus einem tiefen Felsspalt gerettet und geheilt. Dabei habe ich zuvor nicht einmal geahnt, dass er ein Gott ist.«

Das Mädchen lächelte. »Ich weiß, von wem du sprichst. Er ist der Helfer, jeder kennt ihn.«

»Ich wünschte mir so sehr, Poias wäre wieder bei mir.« Ion sah das Mädchen an. »Bist du auch ein Helfer?«

»Oh nein«, sagte sie mit ihrer süßen Stimme. »Ich bin Trophon, der Gott der Umkehr. Und ich warne dich, im Gegensatz zum Helfer kenne ich keine Barmherzigkeit.«

Noch immer hielt sie die Schildkröte an sich gedrückt. Ihr Gesicht war rund und unschuldig.

»Warte.«

Das Mädchen setzte die Schildkröte auf den Höhlenboden, und als es sich aufrichtete, stand ein kleiner, gebeugter Mann vor Ion. Er hatte fast keine Haare mehr und war sonnenverbrannt, als hätte er viele Jahre auf den Feldern gearbeitet. »Ist es so besser für dich?«

Ion nickte.

Schweigend blickte der kleine Feldarbeiter mit der dunklen Haut ihm in die Augen. Es war ein Blick in den Grund seiner Seele. Dorthin, wo alles offenbar war und es keine Möglichkeit zum Entrinnen gab.

»Ich bin verflucht«, sagte Ion. »Kannst du mir helfen?«

»Ja.«

»Kennst du meinen Fluch?«

»Ja.«

»Kannst du ihn mir sagen?«

»Ja.«

Trophon sah ihn unverwandt an. Es gab kein Entrinnen.

»Einer muss zum Tier aus Stein werden,
der andere zum Tier aus Gold.
Der Dritte aber wird sehend blind sein.«

»Der Dritte bin ich«, sagte Ion. Er schüttelte den Kopf. »Das ist doch nur ein Spruch, ein Lied. Das passiert doch nicht in Wirklichkeit.«

»Der sehend blind ist, wird blind sehend sein. Ich bin der Gott der Umkehr.«

»Ich verstehe dich nicht.«

»Du verstehst. Ich bin der Gott der Umkehr. Wer sich ängstigt, kann nicht geheilt werden.«

»Ich muss blind werden, um zu sehen.«

»Du musst blind werden.«

Ion lehnte sich an die Felswand. Sie war warm und roch süß nach den Opferkuchen.

»Der Bienenkönig hätte mich geblendet«, sagte er. »Deshalb hat Poias mich an seinen Hof gebracht. Aber er musste fortgehen, und jetzt bin ich allein.«

»Ja.«

»Wirst du mir helfen, wenn ich blind bin?«

»Nein.«

»Wenn alles vorüber ist, kann Poias, kann der Helfer mich wieder sehend machen?«

»Nein. Ich bin ein Gott, was ich an dir tue, bleibt unveränderlich.«

Verzweifelt fragte Ion: »Gibt es keinen anderen Weg?«

»Nein.«

»Wer seid ihr Götter, dass ihr solche Dinge von uns verlangt?«

»Schreie und tobe, Mensch. Die Wände dieser Höhle hallen wider von euren Klagen. Es ändert nichts an eurem Schicksal.«

»Dann sind die Götter machtlos?«

»War dein Poias machtlos? Er ist ein Gott.«

»Und ein Helfer.«

»Er ist ein Gott des Himmels und ein Helfer der Menschen.«

»Sie sagen, du bist jähzornig und tötest Menschen.«

Der kleine, sonnenverbrannte Mann lächelte.

»Dich nicht.«

Ion drückte sich an die warme Felswand. Er dachte an die dampfenden Leiber der Pferde, an den Atem der Kühe, wenn sie ihn am Morgen brummend begrüßten.

»Was geschieht jetzt?«

»Was geschehen muss.«

Trophon hob die Hände.

»Warte. Wird es wehtun?«

»Wie jeder Abschied.«

Als es geschehen war, fragte Ion: »Und wenn es umsonst war?«

Niemand antwortete ihm.

Kedros

»Wasch ihn.«

Der Bäcker befiehlt seiner Frau im Morgengrauen. Der Laden hat noch geschlossen, die ersten Brote sind im Ofen.

Die Frau blickt ihren Mann erschrocken an. Dann läuft sie und kehrt mit einer Schüssel voll Wasser zurück.

Sie taucht einen Schwamm ein und berührt Kedros damit. Die erste Berührung ist so heftig, dass sie schmerzt. Erschrocken weicht er zurück, seine Ketten klirren gegen den Stein.

»Nana«, sagt sie unwirsch. »Es ist nur Wasser.«

Als sie ihn wieder mit dem Schwamm berührt, stellt er fest, dass das Wasser frisch und kühl ist. Eine Wohltat, von der er unzählige Male geträumt hat.

Er versucht, die Bäckersfrau anzusehen, doch sie hält ihr Gesicht abgewandt.

Sie war diejenige, die ihn gerettet hat.

Nein. Nicht in der Wirklichkeit. Niemand hat ihn gerettet, und bestimmt nicht diese Frau. Es war alles nur Lug und Trug, genau wie jetzt ihre Zuwendung. Niemand berührt ihn sanft, wäscht ihn mit himmlisch kühlem Wasser.

Lug und Trug. Nur ein Trick, um ihn weiter in den Abgrund zu treiben.

Als die Bäckersfrau die Waschschüssel wieder forttträgt, ist er zum ersten Mal seit vielen Wochen sauber.

Wie ein Mensch, denkt er.

Der Tag an der Mühle verläuft anders als sonst. Verstört und tief beunruhigt findet er nicht in den Takt der zwölf, der sechzig, der dreihundertsechzig Schritte.

Es liegt an den Blicken. In letzter Zeit hat ihn niemand mehr angesehen, heute machen alle Kunden große Augen. Er ist sichtbar für jedermann, nackt und bloß und verwundbar.

Es liegt auch an dem Flüstern.

»Was hat er wohl getan?«

»So jung, so schön.«

»Ein elendes Los.«

Die Blicke, das Flüstern. In seiner Nacktheit fühlt er sich wie gehäutet, wie rohes Fleisch.

Am Mittag weint er und bettelt um seine Mehlschicht.

»Ab jetzt wäschst du ihn jeden Morgen«, befiehlt der Bäcker seiner Frau.

Da ist dieser Ort tief in ihm, an dem er nichts mehr weiß, nichts mehr spürt. Er ruft ihn, lockt ihn und verspricht ihm das Ende aller Nöte.

Noch darf er nicht dorthin gehen. Noch ist er der Läufer.

Er hat in Malios gegen zweihundert Athleten gewonnen, nun kämpft er einen Wettkampf gegen seinen einzigen, letzten Gegner.

Den Bäcker. Den Teufel.

Der Ort tief in seinem Inneren ist grau und kühl, wie das Meer vor Malios im Winter. Schon bald wird er ihn willkommen heißen und alles wird gut sein.

Aber noch ist es nicht so weit. Noch muss er kämpfen.

Während er sich keuchend gegen den Stein stemmt, blitzen Erinnerungen in ihm auf. Der unentschlossene Kranich. Seine starken Flügel, die ihn in den Himmel tragen. Der rote Startfelsen. Die Mutter, die ihn als Sieger bekränzen will. Die kleinen Brüder, der zerrupfte Kranz und das Lachen, das über die Insel tönt.

Der Bäcker dreht sich von seinem Arbeitsbrett zu ihm. »Lug und Trug«, sagt er. »Dein Kranich ist im Pfauenhaus krepiert. Er liegt dort im Staub, stinkt und verwest. Sie holen ihn nicht einmal heraus, weil sie ihn und dich vergessen haben.«

»Du lügst.«

Der Bäcker nimmt das Teigmesser zur Hand.

Wieder blitzt eine Erinnerung in Kedros auf. Der Tempel. Das Haus der Göttin. Ihre silberne Statue. Ein Gebet, denkt er … er will der Göttin sagen, dass es ihm leidtut, dass die Strafe hart ist, unerträglich hart …

»Sie hört dich nicht.« Der Bäcker kommt mit dem Messer auf ihn zu. Er sieht zu, wie der Bäcker den Arm hebt, spürt das Messer in seine Seite eindringen. Es tut ihm nicht weh.

Der Bäcker nickt. Dann streicht er mit der Hand über die Wunde, leckt Kedros' Blut von seinen Fingern ab.

»Ich habe gewonnen, Läufer«, flüstert er ihm ins Ohr. »Du spürst den Schmerz nicht mehr, und bald kennst auch du keine Erinnerung mehr, keine Hoffnung, kein Gefühl. Und dann, stolze Zeder, bist du das Tier aus Stein. Dann drehst du die Mühle, ohne zu fühlen, ohne zu wissen, ein Ding aus Knochen und Muskeln, du drehst und drehst und der Fluch wird erfüllt sein.«

Der Bäcker verlässt den Raum und Kedros legt sich auf den Stein nieder. Im Licht der allerletzten Glut sieht er etwas, das ihn für einen Augenblick fesselt. Dann fällt er in die Leere seines Schlafes.

Am nächsten Morgen, während er den Stein schiebt, fällt ihm wieder ein, dass etwas in der Backstube anders und ungewöhnlich ist. Doch er kann die Ursache nicht fassen.

Erst am Mittag, während er an den Stein gelehnt seine Suppe löffelt, begreift er plötzlich.

Seit er hier gefangen ist, huschen Mäuse über den Boden, sie wohnen in den dunklen Winkeln hinter den Öfen. Ihre Spuren im Mehl kennt er in- und auswendig, er hat sie Hunderte Male gesehen.

Doch da gibt es jetzt eine neue Spur.

Den ganzen restlichen Tag denkt er darüber nach. Die neue Spur gehört zu keiner Maus. Es muss etwas Federleichtes sein, ein Wesen, das nur winzige Striche im Mehl hinterlässt.

Er kann sich kein leichtes Wesen ausmalen, das hier hinten zwischen den Öfen existieren könnte.

Er erinnert sich, es gab eine Zeit, da hat er die Mäusespuren im Mehl verwischt, weil er es hasste, wie der Bäcker die kleinen Tiere unter seinen schweren Schuhen zertrat. Schon lange ist ihm das egal, es geht ihn nichts mehr an.

Aber heute Abend, gleich als der Bäcker und seine Frau hinten im Haus verschwunden sind, kniet er sich neben den Stein und verwischt die neuen Spuren im Mehl, so weit seine Ketten es zulassen.

Und der Bäcker kehrt später im Licht der roten Glut zurück, redet und verhöhnt ihn und *merkt nichts.*

Am nächsten Tag sieht er sie. Im Morgengrauen, im selben Augenblick, als der Bäcker in die Backstube kommt. Zwei winzige Schatten, die hinter einen der Öfen flattern.

Während er schlaftrunken den Stein anschiebt, überlegt er, ob es ein Traum gewesen sein kann. Aber er träumt schon seit Wochen nicht mehr, seine Nächte sind weiß und leer.

Um die Mittagszeit, nachdem die Bäckersfrau ihm den Napf Brotsuppe hingestellt hat, sieht er sie wieder. Ein Huschen im dunklen Winkel. Zwei kleine Schemen.

Er stellt seinen fast geleerten Napf auf den Boden.

Da kommen sie heran, ohne Scheu, hüpfen auf den Rand des Napfes, tunken ihre Schnäbel in den Suppenrest.

Es sind Vögel, erkennt er staunend. Zwei struppige Vögel, einer braun, einer weiß, die nach den Brotbrocken picken und ihn zwischendurch mit runden, schwarzen Augen ansehen.

Als er kurz darauf den Stein wieder anschiebt, verschwinden sie nach hinten ins Dunkel.

In der Nacht erwacht er jäh. Da ist ein Traum oder eine Erinnerung oder beides: Draußen vor dem Perlenvorhang leben kleine Vögel, hüpfen über den Platz, fliegen frei umher. Sie wohnen bei einem Brunnen, dessen Wasser sie trinken und in dem sie baden können.

Wie lange hat er nicht mehr an den Brunnen und die Vögel gedacht?

Die beiden Vögel hinter den Öfen sind lebendig und frei, sie können gehen, wohin sie nur wollen. Niemand hat sie angekettet, niemand hält sie in dieser Gluthölle fest. Sie müssen wissen, dass draußen vor dem Perlenvorhang die Freiheit ist.

Geht fort von hier, denkt er. *Schnell!*

Am nächsten Mittag stellt er seinen Napf wieder auf den Boden. Da kommen sie herangehuscht, und diesmal fällt ihm auf, wie zart und zerbrechlich sie aussehen. Zwei winzige Vögel mit dürren Beinchen und kreuz und quer abstehenden Federn. Wie sollen sie die Gluthitze der Öfen überleben?

Geht doch fort, denkt er wieder. *Was wollt ihr hier?*

Es ist wieder Morgen, gerade ist er gewaschen worden. Er friert, trotz der Hitze der frisch geschürten Öfen. Die Bäckersfrau will die Waschschüssel aufheben und forttragen, da kommen die Vögel angeflattert.

Die Augen der Frau werden rund. Kedros hebt die Hand zum Mund. *Kein Laut, bitte. Der Bäcker erschlägt sie sonst.*

Sie wendet das Gesicht ab und geht wortlos mit der Waschschüssel hinaus.

Am Mittag wartet die Bäckersfrau mit dem Napf Suppe, bis der Bäcker hinten im Haus verschwunden ist. Kurz blickt sie zur geschlossenen Tür, dann streut sie hastig Brotbrösel und stellt einen weiteren Napf mit Wasser in die Dunkelheit hinter dem Mahlstein.

Außerhalb seiner Reichweite. Nicht für ihn.

Kedros schiebt die Mühle und sieht den kleinen Vögeln zu, wie sie die Brösel aufpicken und im Napf baden, wie sie flattern und Wasser verspritzen, alles im Rücken des Bäckers, der sie nicht zu kümmern scheint.

Seid auf der Hut, ihr, arglosen Wesen. Ihr wisst nicht, was er ist.

Der nächste Tag vergeht und die Vögel sterben nicht, sie harren bei ihm im glutheißen Winkel aus. Wenn sie im Wassernapf der Bäckersfrau baden, denkt Kedros an das Meer von Malios. Dann taucht er zusammen mit den Vögeln ins Wasser und steigt langsam wieder empor, die Kühle bis zum Letzten auskostend. Das zu erleben ist das größte Glück, das er sich vorstellen kann.

Der Bäcker ist der Teufel, dennoch geschehen in seiner Backstube, buchstäblich hinter seinem Rücken, Dinge, von denen er nichts ahnt. *Gute Dinge.*

In der Nacht wacht er auf und hat Angst, dass sich die Vögel als Lug und Trug des Bäckers erweisen. Dass er am Morgen aufwacht und zwei winzige Skelette neben dem Stein liegen.

Doch schon im Morgengrauen flattern sie wieder zutraulich herbei und blicken ihn mit ihren schwarzen Perlenaugen an.

Am Mittag bringt die Bäckersfrau frische Brotkrümel und einen Wassernapf. Sie sagt kein Wort zu Kedros, doch sie wartet einen Moment, bis die Vögel kommen und die Krümel aufpicken.

Gute Dinge geschehen. Und der Teufel weiß nichts davon.

Der Bäcker hat sich zu ihm umgedreht und beobachtet ihn.

Kedros hält den Kopf gesenkt und schiebt den Stein. *Nicht an die Vögel denken.*

Gerade eben war er noch mit ihnen im Meer von Malios. Er weiß, sie baden auch jetzt noch im Wassernapf, arglos und unbekümmert.

Hat der verfluchte Stein seinen Klang geändert? Hat er, Kedros, die unschuldigen Wesen, das Liebste, was er hat, verraten?

Der Bäcker nimmt sein Teigmesser zur Hand und kommt nach hinten. Er sticht auf die gewohnte Weise zu und diesmal stöhnt Kedros auf.

»Was ist da los?«, fragt der Bäcker. Einem misstrauischen Tier gleich wittert er nach hinten, in die Schatten der Öfen.

Der Wassernapf, denkt Kedros.

Doch auf dem Boden hinter dem Mahlstein steht kein Napf. Und im Mehlstaub gibt es keine einzige Spur.

Ion

Ein blinder Junge bewegt sich ungeschickt durch Adamas Gassen. Immer wieder hält er inne, tastet mit seinem Stock nach Hindernissen, sucht das Pflaster nach Stolperstellen ab.

Manche Menschen, die ihm unterwegs begegnen, würden dem Jungen gern helfen. Aber niemand wagt sich in die Nähe des großen und hässlichen Hundes, der den Blinden beharrlich begleitet. Sein Maul ist blutverkrustet, seine Augen sind klein und wachsam und seine Ohren von vielen Kämpfen ramponiert. Ab und zu läuft der Hund ein Stück voraus, als habe er genug vom langsamen Stolpern des Blinden. Doch immer wieder kehrt er zurück und nimmt seinen Platz neben oder knapp hinter dem Jungen ein.

Der blinde Junge scheint den Hund nicht zu bemerken, viel zu sehr ist er damit beschäftigt, Hauswände abzuklopfen und mit seinem Stock den Weg zu erkunden. Bei alldem wirkt er hilflos seinem Schicksal ausgeliefert. Ein kundiger Arzt könnte sehen, dass er erst seit Kurzem erblindet ist.

Es ist ein mühseliger Aufstieg voller Hindernisse, und der Blinde braucht fast den ganzen Tag dafür. Bis er bei Anbruch des Abends innehält und sich den Schweiß von der Stirn wischt.

Prüfend zieht er die Luft ein: Es riecht nach blühenden Bäumen, nach Staub, nach dem Schweiß von Menschen und Pferden, nach Honig und nach Blut.

Er ist angekommen.

Es dauert nicht lange, bis schwere Schritte auf ihn zukommen. Genau wie er es erwartet hat.

»Was suchst du im Palast des Königs?«

»Ich will König Melitorgos einen Schatz anbieten.«

»Wirklich, einen Schatz? Dann nur herein, blinder Fremder. Deinen Hund musst du allerdings draußen lassen.«

»Er ist nicht mein Hund.«

»Bist du dir sicher, dass der Hund das auch weiß? Er steht direkt neben dir und er sieht ziemlich gefährlich aus.«

Der blinde Junge zögert. Dann beugt er sich hinab, tastet nach dem Kopf des Hundes und flüstert ihm ins Ohr. Der große Hund verharrt eine Zeit lang, als müsse er über die Worte des Jungen nachdenken. Anschließend geht er still fort und verschwindet im Schatten einer Gasse.

Doch schon bald darauf kehrt er wieder zurück und die ganze Nacht über werden die Wächter auf dem Platz vor dem Palast seinen Schatten sehen. Egal, wie sie mit ihren Keulen drohen und mit Steinen nach ihm werfen, der Hund lässt sich nicht vertreiben.

Derweil wird der blinde Junge durch lange Gänge geführt. Der Geruch nach Blut und Honig verstärkt sich.

»Dich kenne ich doch«, sagt einer seiner Begleiter. »Du bist das Orakel, das dem König weggelaufen ist. Dein Magier ist auch verschwunden. Warum, bei den Göttern, kehrst du freiwillig in den Palast zurück?«

»Ich bin zurückgekommen, um dem König einen Schatz zu bringen. Doch zuvor will ich hier im Palast die Wahrheit verkünden«, erklärt der Blinde. Er legt die Hand an den Mund und ruft laut: »König Melitorgos ist ein stinkender Sack voller Würmer, eine menschliche Kloake und den Göttern ein Gräuel. Das ist die Wahrheit, von der die ganze Welt wissen soll.«

Anschließend wartet er ruhig.

Nur allzu gut erinnert er sich an den heillosen Schrecken, den ihm die blühenden Gärten, die Wolken von Bienen und die Schlitze in der Kerkermauer eingejagt hatten.

In Wahrheit ist alles halb so wild, denkt er jetzt. Gut, es gibt im Kerker des Königs kein Lager, nur den nackten, kalten Fußboden. Aber er hat schon schlimmer genächtigt.

Dafür sind die Bienen friedliche Zeitgenossen. Sie hausen gleich neben ihm in hohlen Tonröhren. Lange Zeit befühlt er die Röhren und freut sich über das Summen.

Dann nimmt er seine Kräfte zusammen und konzentriert sich.

Noch nie zuvor hat er es bewusst getan. Es kommt ihm vor, als erforsche er als Fremdling ein unbekanntes Land, dabei kann er nicht wissen, ob die Bewohner des Landes ihm freundlich oder feindlich gesonnen sind. Doch er hat Glück und seine Aufgabe ist geradezu ein Kinderspiel.

Heute Nacht wird er gut schlafen.

Ion

Er war schon wach und lauschte den Bienen, als Schlüssel rasselten und die Kerkertür sich öffnete. Die Wächter waren zurückgekehrt.

»Sieh dich vor, Junge, du hast Bienen am Mund sitzen«, warnte einer von ihnen.

Ion schüttelte leicht den Kopf. »Lasst sie ruhig, wo sie sind. Wisst ihr nicht, dass die Bienen die Vögel der Musen sind?«

»Der Kerl ist blind, verrückt und jetzt auch noch Bienentänzer«, sagte der Wächter. »Ein Glückspilz sieht anders aus.«

Die Hände wurden ihm mit einer klebrigen Substanz bestrichen. Er spürte, wie sich die Bienen darauf niederließen, zunächst sanft und vorsichtig, dann heftig und drängelnd, um auch noch Platz am süßen Tisch zu finden.

Die Wächter zogen ihn in die Höhe. Er hielt die Hände mit den Bienen vor sich gestreckt und ließ sich ohne Gegenwehr durch die Gänge leiten.

Am Ende des Weges hörte er ein Gewirr von vielen Stimmen, einige erschrockene Ausrufe. Eine Hand legte sich auf seine Schulter und eine Stimme neben seinem Ohr rief laut: »Der Bienentänzer kommt zum König. Macht Platz für den Bienentänzer!«

Die Hand schob ihn durch eine Schar von Menschen nach vorne. Die Bienen auf seinen Händen bewegten sich und kitzelten ihn sachte.

»Sieh an, da treffen wir uns wieder, junger Seher.« Die Stimme gehörte zweifellos dem König. »Was ist aus deinem Magier geworden, den ich mit Reichtümern überschüttet habe?«

»Er hat sich davongemacht. Auf einem goldenen Wagen«, antwortete Ion wahrheitsgemäß.

»Schade, sehr schade. Ich hätte euch gerne zusammen als Bienentänzer gesehen. Aber einer ist besser als keiner.«

Der König grunzte und Ion spürte am Luftzug, dass die Schwanenflügel hastiger gefächelt wurden.

»Man hat dich inzwischen geblendet, wie ich sehe. Wirst du von nun an für mich träumen? Dann könnte es sein, dass ich Gnade vor Recht walten lasse.«

»Ich träume die Zukunft nicht mehr.«

»Das ist traurig, für mich, aber vor allem für dich«, sagte Melitorgos. »Dann wollen wir jetzt einmal meine Lieblinge fragen, was sie von dir halten.«

Ion konnte spüren, wie der König mit seinem Stöckchen Druck auf die Bienenleiber ausübte. Zuerst sanft, dann immer heftiger, bis die Bienen lautstark summend protestierten.

»Meine pelzigen Lieblinge, warum fliegt ihr nicht endlich auf?«, hörte er den König fragen.

Hinter Ion sagte eine Stimme halblaut: »Ich glaube, sie stechen ihn nicht einmal.«

In das Gemurmel der Umstehenden und das Summen der Bienen hinein rief Ion: »Ich habe einen Schatz für dich, mein König.«

Der Druck des Stöckchens ließ nach, die Bienen beruhigten sich.

»Was ist das für ein Schatz?«

Er musste das kollektive Einatmen, das erschrockene Keuchen der Höflinge nicht hören. Auch so wusste er, dass die Bienen in einer einzigen braunen Wolke aufgestiegen waren. Und er wusste, wo sie sich niedergelassen hatten.

Ion verneigte sich leicht. »Das, mein König, ist mein Schatz für dich.«

Er konnte den pfeifenden Atem des Königs hören. »Sie sind alle auf meinen Händen und sie stechen mich«, sagte Melitorgos schwach. »Meine Lieblinge stechen mich.«

»Hör mir zu, König. Du denkst, du bist unsterblich, aber du irrst dich. Du stirbst schon im nächsten Jahr, in derselben Nacht, in der du davon träumst, in einem Fass voller Honig zu ertrinken. Nicht ich sage dir das voraus, sondern deine Bienen, die dich besser kennen als du dich selbst!«

König Melitorgos wimmerte. »Die Bienen, die Bienen! Es tut so weh! Kannst du sie wieder von mir nehmen?«

»Ja, das kann ich.«

Er lauschte auf das Geräusch ihrer Schleier. Ein leises und gleichzeitig ungeduldiges Rascheln. Hunderte Augen, die sich berührten.

»Warum bist du hierher zurückgekommen?«, fragte sie.

»Ich musste etwas herausfinden. Hier war es am leichtesten.«

»Du hast dich verändert«, sagte sie.

»Zum Guten oder zum Schlechten?«

»Du bist schöner geworden. Bis auf deine Augen. Die sehen furchtbar aus.«

»Wie trübe Spiegel?«

»Eher wie Asche. Verbrannt und erloschen.« Er fühlte, wie ihr Finger über seine Augenbrauen strich. »Hat dein Magier dir das angetan, um mit dir noch mehr Gold zu verdienen?«

»Nein.«

»Dein Auftritt heute war beeindruckend. Unser König hat sich völlig verstört in seine Gemächer eingeschlossen. Ihm die Bienen auf den Leib zu jagen und sie dann noch seinen Tod vorhersagen zu lassen, etwas Schlimmeres hättest du ihm nicht antun können.«

»Die Bienen wissen nicht das Geringste über seinen Tod«, sagte Ion. »Und ich auch nicht.«

»Wenn es erfunden war, hättest du ihn schon morgen sterben lassen können oder in drei Tagen. Warum gewährst du ihm noch so viel Zeit?«

»Damit er genügend Zeit hat, Angst vor dem Tod zu haben.«

»Er wird den Schrecken überwinden und von Tag zu Tag weniger an deine Prophezeiung glauben.«

»Oh nein. Seine Bienen werden ihn jeden Tag daran erinnern.«

»Er wird sie vernichten.«

»Das wird ihm nicht gelingen. Die Bienen kennen eine Menge

Verstecke im Palast. Sie werden den König von heute an jeden einzelnen Tag heimsuchen.«

»Woher weißt du das?«

Ion lächelte. »Die Bienen haben es mir versprochen.«

Ihre Stimme klang mitleidig. »Du hörst dich an wie einer, der nicht mehr bei Verstand ist. Bist du noch immer ein Seher?«

»Ein Seher? Ich bin blind.«

Als Trophon die Hände von ihm genommen hatte, war er im ersten Augenblick verblüfft gewesen. Blindsein war nicht die Schwärze, die er sich vorgestellt hatte, keine undurchdringliche Nacht. Blindsein war am ehesten mit einem dichten Nebel vergleichbar, in dem man herumirrt und verzweifelt versucht, etwas zu erkennen. Doch wie sehr man die Augen auch anstrengt, es gibt nichts zu entdecken, keinen Umriss, keinen Schatten oder Schemen. Der Nebel bleibt grau und leer.

Das war sein Blindsein. Eine graue, leere und kalte Welt.

Mitleidige Hände hatten ihm herausgeholfen aus Trophons Höhle, hatten ihn zurück auf die Landstraße geführt, er erkannte es am Geruch nach Feldern und Dung. Sie hatten ihm einen Opferkuchen, einige kleine Münzen und einen hölzernen Stab in die Hand gedrückt.

Mitleidige Stimmen waren um ihn gewesen. »Wieder ein junges Leben zugrunde gerichtet. Trophon ist wahrlich ein grausamer Gott. Blinder Junge, geh fort von hier. Geh mit dem Segen der anderen, der freundlichen Götter.«

Die Stimmen entfernten sich und um Ion wurde es still. Nein, nicht still. Bienen summten, Vögel zwitscherten, der Wind blies über die Ebene.

Vorsichtig und zögernd setzte Ion den ersten Schritt in den undurchdringlichen Nebel.

»Du musst blind werden«, sagte er und lachte. »Blind wirst du sehen. Verlass dich darauf.«

Ohne die mitleidigen Menschen wäre er in den ersten Tagen umgekommen. Passanten, die zufällig des Weges kamen, führten ihn ein Stück oder warnten ihn vor Hindernissen, gaben ihm zu essen, zu trinken.

Bis plötzlich keiner mehr seinen Arm fasste und ihn leitete, keiner ihm Brot oder eine Münze in die Hand drückte.

»Was ist los?«, fragte er die Sehenden, die seinen Weg kreuzten. »Warum hilft mir keiner mehr?«

»Der Hund«, sagten sie. »Es liegt an ihm.«

»Ich weiß nichts von einem Hund.«

»Da läuft er doch, direkt neben dir.«

Er tastete nach dem Hund. Nichts.

Wieder fragte er die Sehenden. »Was ist das für ein Hund?«

»Er ist ein riesiger, hässlicher Köter.«

»Er hat verkrustetes, stinkendes Blut am Maul.«

»Geht er vielleicht über die Friedhöfe, gräbt Leichen aus und frisst sie? Genauso sieht er aus.«

»Ich weiß es nicht«, sagte Ion. »Es ist nicht mein Hund.«

Als die Menschen fort waren und er an eine Mauer gelehnt dasaß, roch er den Hund. Er stank beträchtlich.

Eine vage Hoffnung flackerte in ihm auf.

»Bist du vielleicht Poias?«, fragte er. »Oder Dorcas? Seid ihr zu mir zurückgekommen?«

Keine Antwort.

Das offene Maul des Hundes musste ganz nah an seinem Gesicht sein, er hörte das Hecheln, spürte den heißen Atem. Instinktiv ballte er die Hand zur Faust und schlug nach dem Hund. Im selben Moment spürte er, wie scharfe Zähne nach seinem Arm schnappten.

»Geh fort! Ich will dich nicht!«

Doch schon am Abend war der Hund wieder da.

Zuerst roch Ion seinen Gestank. Dann nahm ein anderer Geruch seine Sinne voll und ganz in Beschlag: Frisches Brot, Oliven, geröstete Zwiebeln. Direkt unter seiner Nase.

Der Hund bot ihm eine Wiedergutmachung an. Und die war unwiderstehlich.

»Sie sagen, du bist groß und gefährlich. Wenn du gewollt hättest, wäre ich jetzt tot«, sagte er kauend. »Stattdessen bringst du mir Essen. Bist du vielleicht doch Poias? Hast du Hundegestalt angenommen?«

Die einzige Antwort war eine Wolke Gestank. Es roch nach allem, was ein Hund auf dem Friedhof finden kann.

»Die Antwort würde dir ähnlich sehen«, sagte Ion. »Aber du bist es wohl wirklich nicht.«

Am nächsten Morgen, während er neben dem Hund herlief, legte er die Hand auf das verkrustete Fell. Es fühlte sich warm und tröstlich an.

Die Hundertäugige hatte die Hand auf seinen Arm gelegt. Ion spürte die Ringe, die sie an allen Fingern trug.

»Wenn es nicht dein Magier war, wer dann?«, fragte sie. »Wer hat dich geblendet?«

»Ein Gott.«

»Unser König hält sich für göttlich. Aber ich kenne niemanden, der je einem echten Gott begegnet wäre.«

»Ich bin es. Sogar mehrfach.«

»Vielleicht stimmt es. Du wirkst furchtlos. Wie ist es, einem Gott zu begegnen?«

»Immer wieder überraschend.«

»Was dieser Gott dir angetan hat«, sagte sie, »bist du nicht wütend auf ihn? Ich an deiner Stelle wäre es.«

»Es hat auch sein Gutes«, sagte Ion. »Die Bienen des Königs verraten mir jetzt alle ihre Geheimnisse.«

Er hörte das Rascheln ihrer Schleier, als sie sich erhob.

»Du kannst gehen, niemand im Palast wird dich behelligen. Die Wächter sind alle auf Bienenjagd.«

Die Passanten in Adama wichen einem blinden Jungen aus, der sich vom Königspalast abwärts durch die Gassen arbeitete, zögernd und ungeschickt und mit seinem Stock nach Hindernissen tastend.

Manch einer hätte ihm wohl gerne geholfen, wäre da nicht dieser schreckliche Hund gewesen.

»Pass auf deinen Hund auf. Ich habe einen Korb voller Hühner bei mir.«

»Pass auf deinen Hund auf. Ich führe ein Kind an der Hand.«

»Pass auf deinen Hund auf. Mein Esel fürchtet sich vielleicht.«

»Du bist es«, sagte Ion.

»Ja, ich.« Die Stimme seufzte ein wenig. »Ich habe dich zur Sybille und zu Trophon geschickt. Und doch bist du wieder zurück in der Stadt, und blind dazu. Mein Esel sagt, ich bin eine schlechte Ratgeberin. Er ist wütend auf mich.«

Ion schüttelte lächelnd den Kopf. »Das ist nicht wahr«, sagte er. »Dein Esel vergöttert dich.«

»Woher weißt du das?«

»Er sagt es mir.«

Sie schwieg, als müsste sie sehr genau über seine Worte nachdenken. »Verstehst du sie alle?«

»Noch lange nicht. Bisher nur den Hund hier an meiner Seite. Seit gestern die Bienen des Königs. Und jetzt auch deinen Esel.«

»Du bist erst am Anfang. Es werden von Tag zu Tag mehr dazukommen«, sagte sie. »Hoffentlich hilft es dir.«

»Und du?«

»Ich? Ich bin nur ein armes Weib, das die Straße kehrt.«

»Ja«, sagte Ion. »Das bist du wohl.«

Der Hund drückte sich von hinten an seine Beine. Offensichtlich wollte er weiter.

Ion hob den Kopf in Richtung der Straßenfegerin. »Soll ich weiterhin nur mir vertrauen?«

»Dir und allen, die zu dir sprechen.«

Als Ion weiterlief, hörte er die Stimme.

»Sie tut so: ›Ich bin ein armes Weib, das die Straße kehrt.‹ Sie lügt.«

»Nein«, sagte Ion. »Als ich mit ihr geredet habe, war sie genau das.«

»Sie tut so«, beharrte die Stimme. »Ich bin, der ich bin. Sie ist eine andere. Sie lügt. Und der Esel ist ein Dummkopf.«

Ion lächelte. Er wurde es nie müde, die Stimme des Hundes zu hören, rau und ungelenk, ohne die Fähigkeit zur Verstellung. So, stellte er sich vor, würden die Pferde und Kühe auf dem Gut mit ihm reden.

»Weißt du«, sagte er, »über uns gibt es sieben Himmel und unter uns drei Höllen. Das hat mir ein Gott gesagt. Manchmal kommen die Götter zu uns auf die Erde, manchmal die Dämonen, und alle sind sie nicht, was sie scheinen. Die Dinge sind nicht immer einfach zu verstehen.«

Er fühlte mit seinem Stock nach Hindernissen, während der Hund eine Zeit lang schwieg. Dann sagte er störrisch: »Der Esel ist ein Dummkopf.«

»Das ist er bestimmt nicht«, sagte Ion.

Wieder blieb es längere Zeit still. »Sie hat gesagt, du musst allen vertrauen, die zu dir sprechen.«

»Das tue ich.«

»Aber ich gehe auf Friedhöfe, grabe Leichen aus und fresse sie.«

»Das gefällt mir nicht. Aber ich vertraue dir trotzdem. Du warst der Erste, der zu mir gesprochen hat.«

Es war ein denkwürdiges Erlebnis gewesen.

Auf seiner Wanderung war er durch ein Dorf gekommen, er hatte es am Geruch nach Herdfeuer und Stallungen erkannt. Er hörte Schritte, Türenschlagen, Stimmen, Menschen waren um ihn, aber niemand sprach ihn an. Dabei sehnte er sich nach einem kühlen Trank und einem Stück Brot und noch mehr nach einem freundlichen Wort. Sie sahen doch, dass er blind und auf Wanderschaft war!

»Die Götter mögen euch und euer Dorf segnen«, sagte er aufs Geratewohl. »Ist da jemand?«

Keiner gab ihm Antwort. Es musste an dem Hund liegen, der neben ihm herlief. Der aussah wie ein blutrünstiges Ungeheuer und den Menschen Furcht einjagte.

Warum hatte der Hund sich überhaupt an seine Fersen geheftet? Er machte die Dinge nur noch schwieriger für ihn. Und er wollte sich offensichtlich nicht mehr abschütteln lassen.

Das Dorf lag längst hinter ihnen, als er plötzlich spürte, dass der Hund neben ihm bedrückt war. Das Gefühl war überdeutlich, es gab keinen Zweifel, dass den Hund eine Sorge plagte. Ion hatte kaum Zeit, sich darüber zu wundern, als er zum ersten Mal die Stimme hörte.

»Ich. Allein.«

Er wusste sofort, wer da sprach. Aber er konnte und wollte es nicht glauben.

»Ich. Du. Nicht mehr allein. Besser jetzt.« Die Stimme grollte und knurrte, als würde sie sich gegen die ungewohnten Laute wehren.

Vor Verblüffung setzte Ion sich mitten auf die staubige Straße. »Du kannst sprechen.«

Der Hund legte sich neben ihn, rückte dicht an ihn heran. Ion spürte seinen schweren, warmen Körper, seinen Herzschlag. »Ich bleibe. Passe auf dich.« Es klang bittend und stolz zugleich.

»Ja«, sagte Ion. »Das tust du wohl.«

Smirkos

Als Herse beim Morgengrauen in den Stall kam, wusste Smirkos, dass es ungemütlich werden würde. Umsonst duckte er sich hinter Einhorn ins Stroh und kniff die Augen fest zusammen. Ohne Umstände hob Herse ihn hoch, stellte ihn auf seine vier Hufe und führte ihn nach draußen. Einhorn folgte ihnen, nicht verschlafen, sondern neugierig und hellwach.

Herse warf einen raschen Blick auf den Eingang des anderen Zeltes. »Uns bleibt nicht viel Zeit, Kleiner. Fangen wir also an.«

Der feuchte Sand klumpte unter seinen Hufen, der kalte Morgenwind fuhr ihm unters Fell. Er wollte einfach nur zurück ins Ziegenzelt und weiterschlafen, aber Herse zeigte kein Erbarmen.

»Ich glaube fest daran, dass du unter diesem Ziegenfell ein Mensch bist. Reden kannst du als Bock natürlich nicht, schreiben hast du vielleicht nie gelernt, aber malen kann jedes Kind. Mal mir also eine Blume in den Sand.«

Einhorn hatte aufmerksam zugehört. Beim Wort »Blume« hob sie jetzt den goldenen Vorderhuf und zeichnete zierlich eine Blume in den Staub, komplett mit Stiel und fünf Blütenblättern.

Smirkos hatte nur grummelnd zugesehen.

»Sie kann es, aber hier geht es um dich«, sagte Herse zu ihm. »Gib dir Mühe, mir zuliebe. Wenn du ein Mensch bist, hast du ein Zuhause. Mal mir also die Hütte, in der du geboren bist.«

Smirkos' Hütte bestand aus zwei wackeligen Strichen, da hatte Einhorn bereits ein hübsches Haus mit Dach und Fensterläden gezeichnet.

Herse seufzte. »Versteh doch, worum es geht. Du sollst mir zeigen, dass du ein Mensch bist. Du musst irgendetwas besser können als Einhorn. Sie ist nur eine dressierte Ziege!«

Aber es wurde nicht besser, im Gegenteil. Herse gab keine Ruhe, unablässig redete sie auf ihn ein, während Einhorn freudig sämtliche Kunststücke zeigte, die der Zauberer ihr je beigebracht hatte. Smirkos sah ihr zu, er gähnte und fror und wurde dabei immer verdrossener. Was wollte Herse von ihm? Sollte sie Einhorn dressieren und ihn in Frieden schlafen lassen.

Am Ende wurde Herse ungeduldig. »Na los doch«, sagte sie. »Irgendetwas wirst du doch noch zustande bringen. Du hast die großen Böcke in deinen selbst geknüpften Schlingen gefangen, bist du jetzt auf einmal dümmer als sie? Ja, anscheinend bist du genau das, dümmer als der einfältigste Ziegenbock!«

Smirkos duckte sich und wünschte, er könnte seine Ohren versperren. Aber sie waren groß und offen und hörten alles.

Irgendwann wischte Herse sich müde über die Stirn. »So kommen wir nicht vom Fleck.«

Sie ging in die Hocke und legte beide Arme um Smirkos.

»Kleiner, du bist doch in mich verliebt. Und ich bin ein Mensch, du bist in eine Menschenfrau verliebt. Würdest du dir vielleicht wünschen, ich wäre eine Ziege?«

Smirkos blinzelte. Herse als Ziege, mit goldenem Fell und ihrer Zahnlücke, leise meckernd und gut riechend. Es war wie die Erfüllung all seiner Träume.

»Bestimmt willst du mich nicht als Ziege«, sagte Herse. »Und ich will dich auch nicht als Bock, sondern als hübschen Jungen. Deshalb musst du wieder ein Mensch werden. Und wenn wir uns nicht beeilen, wacht der Herr auf. Dann haben wir beide verloren. Wie fangen wir es nur am besten an?«

Merkwürdig sah sie aus, wenn sie ihre Stirn krauste, die Haut dabei in Falten warf. Das Fell der Ziegen blieb immer glatt.

»Wenn ich nur wüsste, warum dieser böse Mensch dich verzaubert hat. Wer du vorher warst. Warte, ich will noch etwas versuchen.«

Smirkos sah ihr nach, als sie auf Zehenspitzen ins Zelt des Herrn schlich. Es gab eine Zeit, da hätte er alles dafür gegeben, dort drinnen bei ihr zu sein. Jetzt betrachtete er sinnend Einhorn und stellte sich vor, wie Herse wohl als Ziege aussähe. Sie hätte zwei wohlgeformte Hörner, eine rosige Nase und wunderschöne gelbe Ziegenaugen …

»Gib acht, Kleiner!« Herse war zurück und riss ihn aus seinen Träumereien. »Wenn du ein Mensch bist, wirst du diese Dinge erkennen. Klopf mit dem Huf darauf, wenn du dich daran erinnerst. Und beeil dich, der Herr erwacht bald.«

Sie legte etwas aus braunem Leder auf die Erde.

»Das ist ein Schuh. Klopf darauf, wenn du so einen hattest.«

Von der Seite sah Einhorn aufmerksam zu, mischte sich aber nicht ein.

»Weiter«, sagte Herse drängend. »Kennst du das hier? Ein Gürtel. Das ist ein Messer. Und das ein Löffel.«

Inzwischen war die Sonne über den Bäumen aufgegangen und tauchte den Platz zwischen den beiden schwarzen Zelten in klares Licht.

»Mach mit und klopf endlich auf etwas«, sagte Herse eindringlich. »Wenn du dich nicht erinnerst, sind wir verloren. Das ist ein Besen. Und das eine Trinkflasche. Kennst du das?«

Smirkos' Ohren zuckten. *Kennst du das? Kennst du das?* Nichts kannte er. Sollte sie doch endlich Ruhe geben! Wütend riss er den Vorderhuf in die Höhe und schlug damit auf die tönerne Flasche.

Die Flasche zerbrach.

Rote Scherben auf roter Erde.

Gebannt starrte er darauf. Bilder formten sich. Ein Feld von roter Erde, das Feld seines Vaters. Darauf tummelten sich Ziegen und Böcke. Und er war keiner von ihnen, sondern der Junge, der sie hütete. Bevor der alte Bettler aufgetaucht war, ihm – unsäglich widerwärtig – einen Kuss auf die Lippen gedrückt und ihn damit verwandelt hatte.

»Sieh dir das an! Jetzt hast du die Flasche zerschlagen!«

Doch Herse war weit weg. Smirkos stand ganz still, um die Bilder nicht zu vertreiben. Er sah die Steinmauern, die das Feld des Vaters begrenzten. Den Baum, in dessen Schatten er geschlafen hatte. Megalos, seinen großen, dummen Bruder, der ihn auf seine Schultern geladen und nach Hause getragen hatte.

»Kleiner, was ist los?« Herse kniete sich vor ihn und betrachtete ihn aufmerksam. »Ich glaube, da ist etwas. Erinnerst du dich? Hattest du etwas mit Ton zu tun?«

Langsam bewegte er seinen Kopf auf und ab. »Heißt das *Ja?*«, fragte Herse. »Dann warst du vielleicht ein Töpfer?«

Smirkos. Er war Smirkos Töpfersohn. Wie lange hatte er nicht mehr daran gedacht. Wieder nickte er mit dem Kopf, diesmal heftiger. *Ja.*

»Gut so!« Sie klatschte in die Hände.

Smirkos blickte Herse an und wusste, sie sah nur waagrechte Pupillen in gelben Ziegenaugen. Und jeden Augenblick konnten sich sein neues Wissen, seine Erinnerungen wieder verflüchtigen. Dann wäre er wieder ein Tier, kein Mensch mehr.

Aber er liebte Herse und sie war ein Mensch. Ein Kuss hatte ihn verwandelt, vielleicht konnte ein weiterer Kuss ihn erlösen.

Er wölbte seine Lippen nach vorne, so weit es nur ging, und reckte sich Herse entgegen. So verharrte er. Sie würde ihn verstehen, sie *musste …*

Und sie verstand, sie kam zu ihm und küsste ihn! Herse küsste ihn lange und ausdauernd, mit kühlen, wunderbar schmeckenden Lippen. Und er küsste sie feurig zurück, wie er in einem lange zurückliegenden Leben einmal eine Lehmerin geküsst hatte. Herrlich fühlte sich das an! Jetzt war er nicht länger ein Ziegenbock, er war wieder Smirkos Töpfersohn!

Erst nach einer seligen Ewigkeit ließ Herse von ihm ab.

»Alle Achtung, Kleiner«, sagte sie atemlos. »Jetzt hast du es endgültig bewiesen. Du bist ein Mensch.«

Smirkos blickte rasch an sich herab. Dieser Kuss, war er nicht wie ein Beben gewesen? Hatte er nicht die Kraft, ihn sang- und klanglos zurückzuverwandeln?

Aber so einfach war es dann wohl doch nicht.

»Jetzt denk nach«, sagte Herse. »Warum hat der Herr dich verzaubert?«

Er hatte nicht die geringste Ahnung, bis heute nicht. Aber eines wusste er: Da gab es diesen anderen Jungen in dem Raum mit den vielen Brotlaiben. Von dem Weißgekleideten angekettet an den Mühlstein, wie ein Tier. Er und dieser Junge, sie beide gehörten zusammen, hatten dasselbe Schicksal. Aber wie sollte er das Herse erklären?

Entschlossen nahm er eine ihrer Kordeln ins Maul und zog daran.

»Du willst mir etwas zeigen?« Er nickte. »Gut. Gehen wir.«

Als er an Herses Seite die Lichtung verließ, hörte Smirkos leises, melodisches Gemecker. Er drehte den Kopf. Da stand Einhorn vor dem Eingang zum Ziegenzelt, sanft und schön wie immer, und sah ihnen nach.

»Ich hab dich wirklich gern«, meckerte er in ihre Richtung. »Du erinnerst mich an meine Schwester Irini. Du hast dieselben Ohren. Und sie wusste auch immer alles besser.«

Zusammen mit Herse betrat er die Stadt Adama durch das Stadttor. Und diesmal hing er nicht am Strick, wie er hochzufrieden feststellte.

»Der Herr wird fuchsteufelswild werden, wenn du fort bist«, murmelte Herse. »Vielleicht verwandelt er mich auch in eine Ziege. Aber das wäre es wert. Enttäusche mich ja nicht.«

In den kühlen Morgenstunden herrschte reges Treiben in Adamas Gassen. Menschen riefen und lachten, Ochsen brüllten, Hunde bellten. Der Schrecken fuhr Smirkos in die Glieder. Seine tierischen Instinkte gewannen die Oberhand, nervös warf er den Kopf zurück.

»Ruhig, Kleiner. Ich bin hier, gleich neben dir.«

Er konzentrierte sich auf Herse, ihr entschlossenes Gesicht, die bunten Kordeln ihres Lederumhangs. So ging es besser.

Ich bin wieder ein Mensch, dachte er. Und ich habe Herse an meiner Seite. Was soll jetzt noch schiefgehen?

In der großen Stadt Adama gab es eine Menge Bäckereien, in denen Öfen loderten und Brote auf der Theke gestapelt lagen. Smirkos linste durch jeden offenen Eingang und schüttelte jedes Mal den Kopf.

»Nein. Hier ist es nicht«, sagte er eifrig zu Herse. »Und hier auch nicht. Es gab dort einen Vorhang aus Holzperlen. Ich glaube, es war weiter oben am Hang. Ich erinnere mich, da war ein Brunnen. Probieren wir es hier entlang. Kommst du? Ich finde den Weg, ganz bestimmt.«

Laut meckernd lief er Herse voraus. Passanten wurden aufmerksam.

»Was hast du da für einen goldenen Bock, Mädchen?«, fragte ein Lastenträger. »Hast du ihn vielleicht gestohlen? Und warum meckert er so laut? Ist er krank?«

Herse drehte sich nervös zu Smirkos. »Ich weiß, dass du mir etwas sagen willst. Und ich wünschte wirklich, ich könnte dich verstehen, aber aus dem Maul eines Ziegenbocks kommt nur Gemecker. Die Leute werden schon aufmerksam, deshalb sei jetzt lieber still und such nach dem richtigen Weg.«

Und endlich, nach langem Suchen und Umherirren, standen sie auf dem Platz mit dem Brunnen, vor dem Perlenvorhang.

Smirkos' Fell sträubte sich. Er nickte Herse zu.

»Also hier«, sagte Herse. Sie reckte das Kinn vor und strich sich die Haare hinter die Ohren. »Was, Kleiner, finden wir hinter diesem Vorhang?«

Ion

Jemand bläst das Signalhorn.

Ion fährt aus dem Schlaf.

Um ihn herum liegt nächtlich still der Olivenhain, in dem er sich zum Schlafen niedergelegt hat. Über den Baumkronen steht ein halber Mond, der dunkle Himmel ist von Sternen übersät. Der Anblick erfüllt ihn mit Wehmut, aber was kann an Mond und Sternen so traurig sein?

Ein Schatten bewegt sich lautlos durch die Olivenbäume, kommt auf ihn zu. Ein Mann ist es, groß, im schwarzen Mantel. Er trägt das Signalhorn an einem Riemen, das Gesicht bleibt im Schatten verborgen. Ion kennt diesen Mann und weiß, er will ihm nichts Gutes.

»Du hast geglaubt, der Himmlische hätte mich besiegt? Hast geglaubt, es wäre vorüber?« Ion kennt auch die Stimme, sie klingt wie heiseres Fauchen. »Aber wir sind noch lange nicht fertig miteinander. Dein Helfer hat sich unter einem Stein verkrochen wie Ungeziefer. Jetzt bist du allein, mir ausgeliefert. Sieh also her!«

Schwarze Schwingen umflattern Ion, lösen sich jäh in Rauch auf und geben den Blick frei. Auf den steinernen Jüngling, der auf der Rennbahn stirbt, auf den goldenen Jüngling, der am Feuer verblutet.

»Die beiden hast du mir schon oft gezeigt. Damit jagst du mir keine Angst ein. Jetzt nicht mehr«, sagt Ion ruhig. »Denn ich kenne sie. Der eine ist Mehlsklave in einer Bäckerei, der andere ist ein verzauberter Ziegenbock. Sie sind beide in Adama. Ich kenne auch deine Brüder, den Bäcker und den Zauberer. Ihr drei macht Jagd auf uns, weil wir die Eidechse verletzt haben, damals auf der Lichtung.«

»Was soll das heißen?«, faucht der Schwarze. »Das alles kannst du nicht wissen! Sehend blind, das ist dein Fluch! Es sei denn ...«

Scharfe Klauen packen Ions Kopf, reißen sein Gesicht grob nach oben. Ein Gestank nach Blut und Fäulnis weht ihn an.

»Du bist wirklich und wahrhaftig blind!« Die Stimme des Schwarzen schnappt über vor Wut. »Wer hat das getan?«

»Ein Gott, Trophon. Ich glaube nicht, dass er Angst vor dir hat.«

»Er nicht. Aber du wirst Angst haben, blinder Narr. Die Himmlischen haben von Umkehr geredet, nicht wahr? Davon, dass du den Fluch wenden kannst? Aber die Götter haben dich belogen, dein Opfer war umsonst. Meine Brüder sind mächtiger denn je. Tier aus Stein, Tier aus Gold, die Flüche vollenden sich, heute noch ...«

Ion fuhr aus dem Schlaf. Noch halb im Traum gefangen versuchte er, seine Umgebung zu erkennen, den halben Mond und die Sterne am Himmel, die Bäume des Olivenhains, wo er sich zur Nacht niedergelegt hatte. Doch da gab es nur den Nebel, grau, kalt und leer. Den Nebel, in dem sich jede Bedrohung und jedes Grauen verstecken konnte. Er würde in seinem Leben nie wieder etwas anderes sehen als diesen Nebel. Die Vorstellung erfüllte ihn mit Angst und Schrecken.

»Träume«, sagte der Hund verschlafen neben ihm. »Kenne ich. Die Pfoten wackeln, die Kehle bellt, und im Kopf bist du ganz woanders. Rennst durch die Wälder und über die Felder, einem Federtier oder Felltier hinterher. Und am Ende wachst du auf und ist alles gelogen.«

»Ich fürchte, dieses Mal nicht«, sagte Ion seufzend.

Die Nacht war vorüber. Ion spürte die Morgensonne mild auf seinem Gesicht. Neben ihm huschten Mäuse durchs Gras, Vögel flatterten zwischen den Baumkronen hin und her.

Seit er blind war, verbrachte er seine Nächte auf dem freien Land, an Waldrändern und in Olivenhainen. Hier hatte er gelernt, die Geräusche einzuordnen, die der Wind, die Bäume und die Tiere machten. In einer großen Stadt wie Adama, in der die Menschen Tag und Nacht ihren Geschäften nachgingen, käme er nicht zur Ruhe.

»Frühstück«, sagte er.

Auch das Feuerschüren hatte er als Blinder gelernt. Er konnte einen Tontopf in die Flammen stellen und aus Wasser, Gerstenschrot und Honig Grütze kochen. Immerhin, dachte er.

Der Hund kam heran. »Frühstück«, wiederholte er. Ion spürte den Luftzug, als er erwartungsvoll wedelte. Dafür, dass er bevorzugt Leichen fraß, hatte der Hund eine erstaunliche Vorliebe für Gerstengrütze entwickelt. Inzwischen versteckte er sich sogar umsichtig hinter Büschen und Hecken, wenn mildtätige Menschen Ion beschenkten.

Ion goss einen Teil der Grütze in die ausgehöhlte Wurzel, die dem Hund als Napf diente.

Genau in diesem Augenblick überfielen ihn die Bilder.

Wohin er auch blickt, kahle Erde erstreckt sich bis zum Horizont. Vereinzelt gibt es Bäume und Büsche, doch sie sind seit Langem tot, stehen als bleiche Skelette vor dem grauen, tiefen Himmel.

Während er noch inmitten der toten Wüste nach einem Zeichen von Leben oder Hoffnung sucht, gerät das Erdreich vor ihm in Aufruhr. Risse klaffen auf, zuerst einer, danach ein zweiter, ein dritter. Feuer und Qualm schlagen aus der Tiefe, im Schein der Flammen kriechen drei schwarze Kreaturen an die Oberfläche. Als sie sich brüllend aufrichten, sind sie Drachen mit blutroten Augen und schuppigen Flügeln.

Ion erkennt alles in quälender Deutlichkeit, doch er kann kein Glied rühren. Auch nicht, als die drei Drachen auf ihn zukommen, langsam, in unerbittlicher Zielstrebigkeit. Hilflos steht er vor ihnen, hört das Kratzen ihrer Klauen, riecht ihren Gestank nach Tod und Verderben.

Das sind sie, denkt er, während die Drachen vor ihm den Himmel verdunkeln. Das ist ihre wahre Gestalt. So erwarten sie mich.

»Wach auf«, sagte der Hund wie aus weiter Ferne. »Du hast Angst. Deine Angst stinkt.«

Ion fand sich im Nebel seiner Blindheit wieder. Er keuchte und zitterte.

»Wieder Traum?«, fragte der Hund neben ihm.

»Nein. Kein Traum.« Ion atmete tief durch. Er tastete nach dem umgestoßenen Tontopf, der zum Glück heil geblieben war. »Bilder waren plötzlich in meinem Kopf. Dinge, die mir Angst machen.«

»Bilder nur. Nicht schlimm.« Der Hund kratzte sich lautstark. »Jetzt Frühstück?«

Der Wind strich über die Blätter der Bäume, wehte Staub die Straße entlang. Der Hund lief neben ihm her, Ion hörte das gleichmäßige Scharren seiner Pfoten. Das Wehen des Windes, das Scharren der Pfoten machten den Schrecken kleiner. Sie waren unterwegs.

»Wohin gehen wir?«, fragte der Hund.

»Nach Adama. In die große Stadt, in der wir schon waren.«

»Darf ich über den Friedhof gehen, Leichen graben und fressen?«

»Nein. Du wirst doch satt bei mir.«

Schweigen. »Wenn ich will, tu ich«, sagte der Hund. »Du siehst mich nicht.«

»Aber du musst jetzt bei mir bleiben. Mich schützen. Es ist wichtig.«

Eine Zeit lang liefen sie schweigend nebeneinander. Ion spürte das verkrustete Fell unter seiner Hand.

»Was suchen wir in der großen Stadt?«

»Einen Sklaven und einen Ziegenbock.«

»Ziegenböcke sind Dummköpfe.«

»Dieser nicht. Er ist eigentlich ein Mensch.«

»Nein«, sagte der Hund entschieden. »Böcke sind Böcke. Menschen sind Menschen.«

»Ich habe dir schon gesagt, dass es nicht immer so einfach ist. Denk an die Straßenkehrerin. Was war sie?«

»Eine Lügnerin.«

Wieder schwiegen sie. Nebenan auf dem Feld stieg eine Lerche in die Luft, ihr Gesang ein jubelnder Lobpreis des Sonnengottes.

»Oh Sol,
warme gefiederte Sonne,
Leben und Licht,
durch dich sind wir,
durch dich fliegen wir …«

Wenn er es wollte, konnte er die Käfer unter der Baumrinde wispern hören und die Würmer unter der Erde. Wenn er es wollte, konnte er *jedes einzelne Tier* auf der Welt verstehen. Und wenn er es wirklich wollte, würden selbst das Rauschen der Bäume und das Flüstern der Grashalme Sinn ergeben. Es war überwältigend und absolut unbegreiflich.

Aber was half es ihm? Die schwarzen Drachen gingen ihm nicht mehr aus dem Sinn, die Furcht vor ihnen war ihm tief ins Herz gefahren.

Und doch war er jetzt unterwegs nach Adama, dorthin, wo die Fluchgeister ihn schon erwarteten.

Tier aus Stein, Tier aus Gold. Die Flüche erfüllen sich, heute noch … Warum hielt er sich nicht in den Wäldern versteckt, bis der Schrecken vorüber wäre?

Nein. Der Schwarze hatte ihn im tiefsten Felsspalt aufgestöbert, er würde ihn überall finden. Ebenso gut konnte er die Sache gleich zu Ende bringen. Und wenn er an den steinernen und goldenen Jüngling aus seinen Träumen dachte, spürte Ion, dass er ohnehin keine Wahl hatte. Zu dritt waren sie verflucht, zu dritt mussten sie sich ihrem Schicksal stellen.

Den Fluch umkehren …

»Und wenn Sklave und Bock gefunden, was dann?«, fragte der Hund neben ihm.

»Ich weiß es nicht«, sagte Ion ehrlich. »Poias ist ein Gott und ein Helfer, der es gut mit mir meinte. Er wollte, dass ich blind werde, also muss es irgendeinen Sinn haben. Es muss auch einen Sinn haben, dass ich plötzlich die Sprache der Tiere verstehe.«

Der Hund nieste. Dann sagte er: »Dort vorne ist eine Mauer. Aus Steinen.«

»Ja und?«

»Dort wohnen *Eidechsen.* Gleich passiert es wieder.«

Schon drang an Ions Ohr ein feines Flüstern. »Du bist verflucht, Mensch, du und mit dir zusammen zwei weitere Menschen. Und ich kann dir den Grund dafür nennen.«

Ion drehte sich in Richtung des Flüsterns. »Das ist sehr aufmerksam von dir«, sagte er freundlich. »Aber du musst wissen, ich bin unterwegs schon einigen deiner Schwestern und Brüder begegnet.«

Die Eidechse klang enttäuscht. »Du weißt es also schon.«

»Jede Eidechse in Helladien scheint meinen Fluch und die Ursache zu kennen. Es hat sich bei euch herumgesprochen. Aber ich bin dir und allen Eidechsen sehr dankbar. Ihr habt mir schon viel geholfen.«

»Gern geschehen«, wisperte das Stimmchen geschmeichelt.

Beim Weiterlaufen brummte der Hund: »Hat sie dasselbe gesagt wie alle Eidechsen?«

»Ja.«

»Keine von ihnen hat dir je geholfen. Du lügst.«

»Ich war nur höflich. Warum denkst du, jedermann würde lügen?«

Die Welt um ihn herum sang und säuselte, raschelte und raunte. Käfer bahnten sich ihren Weg durchs Erdreich. Mäuse machten sich Sorgen um ihre Brut. Der Wind hielt Zwiesprache mit den Bäumen.

Er sah nichts, aber er hörte *alles*. Nein, dachte er, es war viel mehr als Hören. Es war Fühlen, Wissen und Begreifen, alles gleichzeitig.

Neben ihm fragte der Hund: »Sklave oder Ziegenbock, wer zuerst?«

Ion konzentrierte sich. Er sah den Zauberer vor sich, wie er seine goldenen Ziegen vorführte und ihn dabei unablässig anstarrte. Dann den Bäcker, der ihn auslachte und verhöhnte, hinter ihm der elende Sklave an der Mühle.

Er musste sich entscheiden, sofort. *Die Flüche erfüllen sich, heute noch.*

»Sklave«, sagte er.

Kedros

Er weiß nicht, wie sie es bewerkstelligen. Jeden Tag sind sie um ihn, vom Morgengrauen bis zur Dunkelheit. Doch sobald der Bäcker nach hinten kommt, sind sie verschwunden. Immer.

Die Vögel müssen Zauberkräfte besitzen.

Die Bäckersfrau versorgt sie weiterhin mit Brotkrumen und Wasser. Kedros weiß, in welche Gefahr sie sich damit bringt. Und er weiß, dass die Frau es ebenfalls weiß. Es ist ein Bündnis der Schwachen gegen den Teufel.

Dennoch, in den dunklen Nächten wünscht er sich, die Vögel wären fort. Seit sie bei ihm ausharren, spürt er wieder alles, den Stein, die Hitze, die Ketten, die endlose Mühe und Qual. Er ist so müde und der Ort in ihm, kühl und grau wie das Wintermeer vor Malios, wartet schon seit vielen Tagen auf ihn. Wie lange soll er noch stark sein?

Doch wenn die beiden Vögel dann am Morgen auf ihren dünnen Beinchen herbeitrippeln und ihn mit schief gelegten Köpfen ansehen, weiß er wieder, dass sie das Kostbarste sind, das sich zu hüten lohnt.

Inzwischen kennt er alle ihre Eigenheiten, und vor allem der weiße Vogel hat es ihm angetan. So klein und zerzaust er aussieht, ist er doch ein fantastischer Flugkünstler. In der Hitze der Glutöfen flattert und fliegt er seine ausgelassenen Saltos und Spiralen, legt die Flügel an und wagt waghalsige Abstürze, nur um am Ende immer traumwandlerisch sicher im Wassernapf zu landen.

Der braune Vogel sieht ihm dabei zu, und manchmal scheint es Kedros, als schüttle er weise den Kopf.

Benehmen sich Vögel immer so? Er hat keine Erinnerung.

Wenn der Bäcker zu ihm kommt und mit dem Messer zusticht, hält Kedros den Kopf gesenkt und verbeißt sich jeden Laut. Er spielt den Fühllosen, tut alles, um die Vögel zu schützen.

Er ist stark, aber unendlich müde.

»Wenn du ihn nicht bald von diesen Ketten freimachst, stirbt er.«

Die Bäckersfrau sagt es im Morgengrauen, kurz nachdem sie ihn gewaschen hat.

Nein, denkt er entsetzt. Damit macht sie den Bäcker nur misstrauisch. Jede noch so kleine Änderung bedeutet höchste Gefahr.

»Was geht es dich an, Weib?«

Es liegt an den Vögeln, natürlich. Sie geben auch ihr Kraft zum Widerstand. Kedros umklammert die Stange, die Angst um die Vögel macht ihn schwindeln.

»Ich kann es nicht länger mitansehen. Es ist ein Gräuel vor den Göttern.«

»Ich frage dich noch einmal, Weib: Was geht es dich an?«

Die Frau steht vor dem Bäcker, will seinem Zorn standhalten.

Doch dann senkt sie den Kopf, sie scheint förmlich zu schrumpfen. »Nichts. Verzeih.«

In der Nacht schläft er kaum, und als die Bäckersfrau am nächsten Morgen mit rot verweinten Augen die Backstube betritt, ahnt er das Schlimmste.

Der Bäcker folgt ihr und jagt sie mit herrischen Worten hinaus. Dann kommt er ohne Umschweife nach hinten. Sein Messer hält er in der Hand, seine Augen lodern. Kedros erwartet seinen Stich und wappnet sich, doch der Bäcker wendet sich an die Schatten hinter den Öfen.

»Mit der Macht der Unterwelt, der Dunkelheit und des Feuers, mit der Macht des Todes und der Verzweiflung gebiete ich: *Zeigt euch!*«

Nichts rührt sich. Kedros wagt nicht zu atmen. Diesmal gewinnst du nicht, denkt er. Über die Vögel hast du keine Macht.

Da sieht er im Schatten eine winzige Bewegung, hört aus dem Zwielicht einen winzigen Laut. Die Vögel kommen herangetrippelt, wehrlos und zerbrechlich, und in Kedros formt sich ein lautloser Schrei.

Nein!

Ion

Wir suchen Brot?«, fragte der Hund. »Gibt viel Brot in der großen Stadt, hier und da und dort. Wie soll ich richtiges Brot finden?«

Ion versuchte sich zu erinnern. »Die Bäckerei ist nicht hier unten in den Gassen, sondern weiter oben am Hang. Dort wo die Menschen sonst nur wohnen.«

»Nach oben also. Keine Sorge. Meine Nase findet richtiges Brot.«

Der Hund ging geradewegs auf sein Ziel los und Ion war dankbar dafür, ihm folgen zu können. Er war in Adama von so vielen Klängen umgeben, die er nicht einordnen konnte. Da gab es ein Krachen, ein Klappern, ein Surren und Schleifen, ein Brüllen und Brodeln und alles wurde untermalt von Rufen, Flüchen und Gelächter … Ihm war klar, dass er dem morgendlichen Tun und Treiben der Händler und Handwerker lauschte, dennoch fühlte er sich in der Stadt wie in einer fremden Welt, in der jeder Klang eine Bedrohung sein konnte.

Ion seufzte leise. Er würde sein ganzes Leben lang blind bleiben, daran hatte Trophon keinen Zweifel gelassen. Also musste er wohl lernen, mit mehr als Windrauschen und Vogelgesang zurechtzukommen.

»Riechst du schon etwas?«, fragte er.

Der Hund schnüffelte lautstark. »Friedhof. Ganz in der Nähe.«

»Bleib bei mir«, sagte Ion nervös.

»Kein Friedhof da«, sagte der Hund. »Witz. Lustig?«

Hunde machten Witze. Eidechsen erzählten von seinem Fluch. Bienen verschworen sich mit ihm gegen den König. Fluchgeister erwarteten ihn, um ihn in Stücke zu reißen.

»Du lachst«, sagte der Hund zufrieden. »War lustig.«

Sie bogen um eine Ecke – und da hingen sie. Ion sah Farben leuchten: rote und gelbe Blumen, sattgrüne Gräser, den tiefblauen Himmel. Die gewebten Tücher seiner Mutter.

Eine junge Frau mit langen schwarzen Haaren stand davor.

»Erinnerst du dich an mich?« Auch ihre Augen und Lippen waren schwarz. Dennoch fand Ion sie schön, wie eine Blume, die sich nur in der Nacht öffnet.

»Du hast vergessen, dass ich blind bin«, sagte er. »Wie kann ich dich und die Tücher also sehen?«

»Weil ich dich sehend machen kann«, sagte die junge Frau. »Trophon hat dich belogen, du kannst wieder geheilt werden. Du musst nicht alles glauben, was die Götter dir erzählen. Sag dich von ihnen los und geh deinen eigenen Weg.«

Ion konnte den Blick nicht von ihren Haaren lösen. Sie bewegten sich im Wind wie glänzende Schlangen.

»Was soll ich also tun?«

»Warum willst du dich sinnlos opfern? Nicht du hast damals das Blut der Eidechse vergossen. Vergiss die beiden anderen, sie sind längst verloren. Komm mit mir und rette dich.«

Sie streckte eine weiße Hand mit schwarzen Fingernägeln nach ihm aus. »Ich bin die einzige Frau, die du in deinem Leben noch sehen wirst. Bin ich nicht schön?«

»Doch, du bist schön«, sagte Ion. »Aber du bist nur eine Ausgeburt der Dämonen.«

»Und wenn? Du hast die Arai in ihrer wahren Gestalt gesehen. Ich schenke dir ein ungleich gnädigeres Ende, wenn ich dich mit hinab in den Tartaros nehme. Du wirst mich sehen und Freude an mir haben, bis zuletzt.«

Ion wich zurück. »Geh fort von mir, oder muss ich erst meinen Hund rufen?«

Sie zischte verächtlich. »Als hätte ich Angst vor einer irdischen Kreatur. Aber renn von mir aus in dein Unglück, du blinder Narr. Die Arai werden dich zerfetzen.«

Tücher und Mädchen verdunkelten sich, als würde sich Rußflimmer darüberlegen. Dann waren sie fort und mit ihnen jede Farbe in seiner grauen Nebelwelt.

Sie war nicht wirklich gewesen. Aber es hatte so gutgetan, etwas zu sehen.

»Du hast geredet. Jemand war da und doch nicht da.« Der Hund klang beunruhigt.

»Es ist gut. Führ mich einfach weiter zum Brot.«

»Glaube, schon gefunden.«

Ion hörte das Plätschern von Wasser, roch den Duft von frisch gebackenem Brot.

»Ja. Wir sind da«, sagte er.

In der Kehle des Hundes grollte es. »Brot riecht gut, aber ist schlechter Ort«, sagte er. »Müssen wir Angst haben?«

»Ich weiß es nicht. Vielleicht.«

»Wenn du so sagst, habe ich Angst«, sagte der Hund.

»Du bist ein Hund, der über Friedhöfe geht und Leichen ausgräbt. Und du hast Angst?«

»Ja«, sagte der Hund unerschütterlich. »Aber ich passe auf dich. Versprochen.«

Von vorne wehte Ion ein warmer Hauch an. Dort musste der Eingang mit den Perlenschnüren sein.

»Sklave finden wir hier?«, fragte der Hund.

Ion nickte. Er dachte an den elenden weißen Jungen, die Ketten, den Stein.

»Ihr Götter, lasst ihn noch nicht am Ende sein«, sagte er leise.

»Und wenn doch am Ende?«, fragte der Hund.

»Er ist nicht am Ende«, mischte sich ein hohes Stimmchen ein.

»Wer redet da?«, fragte Ion.

»Was da piepst? Ist ein Geschnäbelter«, sagte der Hund. »Hier oben wohnen viele Geschnäbelte. Klein und fedrig, mit jeder Menge Knochen.«

»Er ist nicht am Ende«, zwitscherte das Stimmchen wieder. »Er ist stark. Und er hat Helfer.«

Poias, dachte Ion sofort. *Poias und Dorcas.* »Wie sehen sie aus, die Helfer?«, fragte er atemlos.

»Wie wir. Sie sind wie wir.«

»Es sind *Vögel*?«

Der Hund brummte abfällig. »Vögel. Fedrige Wische. Die sollen Helfer sein?«

»Der Hund versteht nichts davon«, sagte das Stimmchen nachdrücklich. »Sie helfen ihm. Er ist stark und er lebt, noch. Beeilt euch.«

Kedros

Zerzaust, hilflos und unschuldig, so sitzen die beiden Vögel zu Füßen des Bäckers.

Jetzt wird er sie töten, unter seinen schweren Stiefeln zertreten. Es ist seine leichteste Übung.

»Verschon sie, bitte«, sagt Kedros flehend. »Sie haben sich verirrt und nicht mehr hinausgefunden.«

Der Bäcker beachtet ihn nicht. Er steht einfach nur da und stiert voller Hass auf die Vögel herab. »Himmlisches Geschmeiß! Ihr wagt es, euch bei mir einzunisten!«

Seine Wut ist schrecklich anzusehen, doch sie prallt an den Vögeln ab wie an einem Schutzwall. Der Bäcker tobt, er stampft auf und stößt Verwünschungen aus, doch er kann sich den Vögeln nicht nähern. Sie haben tatsächlich Zauberkräfte, mächtig genug, um den Teufel in Schach zu halten.

Und so wundert Kedros sich auch nicht, als der braune Vogel jetzt den Schnabel öffnet und dem Bäcker antwortet, mit der kräftigen Stimme eines erwachsenen Mannes:

»Ruhig Blut, mein unterirdischer Freund. Das hier ist selbstverständlich und unangefochten dein Reich. Wir sind nur zwei arme

Durchreisende und haben uns eine Zeit lang aufgewärmt. Deine Feuer sind beeindruckend, man merkt, dass du vom Fach bist.«

Der braune Vogel schüttelt sich kurz, dann flattert er nach oben auf den Mahlstein.

»Sieh doch nur, in welch harmloser Gestalt wir reisen«, fährt er fort. »Wir haben hier weder Ketten gesprengt noch Steine zermalmt. Obwohl wir es«, jetzt blickt er Kedros mit schief gelegtem Kopf an, »jederzeit hätten tun können. Mit dieser Kralle.« Er hält sie in die Höhe.

Der Anblick der feierlich erhobenen Kralle ist so absurd, der winzige Vogel mit seiner Männerstimme so vollkommen verrückt, dass Kedros zu lachen beginnt. Hat er bis hierher durchgehalten, nur um am Ende den Verstand zu verlieren?

»Lach weiter, mein Junge«, sagt der Vogel. »Es gefällt ihm gar nicht, wenn du lachst.«

»Schluss damit!« Mit einem harten Ruck zieht der Bäcker Kedros an der Kette zu sich heran.

»Spiel dich nur weiter auf, du himmlischer Schwindler, du Erzbetrüger«, faucht er den Vogel an. »Ich bin ein Fluchgeist und das hier ist mein *Tier aus Stein*. Es gehört mir, und ich verfahre mit ihm, wie es mir beliebt. Die Gesetze des Himmels und der Unterwelt sind auf meiner Seite.«

»Genau darüber will ich mit dir reden, Freund aus der Tiefe. Vielleicht könnten wir ja …«, beginnt der Vogel. Dann verstummt er.

Am Eingang klackern die Perlenschnüre. Eine junge Frau in einem kurzen Lederumhang betritt die Bäckerei. Sie könnte eine

Magd sein, die Brot kaufen will, würde ihr nicht auf dem Fuß ein goldener Ziegenbock folgen, der aufgeregt meckert.

»*Schschsch*«, macht die junge Frau zu ihm. Sie sieht sich mit großen Augen in der Bäckerei um.

Der Bäcker hat noch immer das Messer in der Hand. »Was suchst du hier?«, fragt er barsch.

Sie behält das Messer im Auge, antwortet aber mit fester Stimme. »Dieser Ziegenbock hier ist in Wahrheit ein Mensch. Er hat mich hierher geführt, warum, weiß ich nicht.«

Kedros denkt an einen Jungen mit viel zu großen Strohsandalen, der an einem verhängnisvollen Tag vor fünf Jahren den Priester gespielt hat.

Jetzt hat die junge Frau ihn entdeckt. Und sie blickt nicht wie die meisten Menschen hastig beiseite, sondern sieht sich alles ganz genau an.

»Mein Herr ist böse, wenn er einen Menschen in ein Tier verwandelt«, sagt sie zum Bäcker. »Aber das hier ist noch viel schlimmer. Wie kannst du einem Jungen so etwas antun?«

Der Bäcker knurrt. »Was mischst du dich ein, dummes Weib? Du hast keine Ahnung, worauf du dich hier einlässt.«

»Das ist wahr, Mädchen. Du wirst wohl schon bald ein paar Überraschungen erleben«, sagt der braune Vogel auf dem Mahlstein laut und vernehmlich. Die Augen der jungen Frau werden rund vor Erstaunen.

»Bei den Göttern, so ist es. Ich habe keine Ahnung, worauf ich mich hier einlasse«, murmelt sie. »Also erklärt es mir.«

Wieder geraten die Perlenschnüre am Eingang in Bewegung. Ein riesiger, abscheulich hässlicher Hund schiebt sich herein, gefolgt von einem schmalen Jungen. Kedros erkennt ihn sofort, er ist derjenige, der vor vielen Tagen Brot in der Bäckerei gekauft hat. Seine Augen waren damals rot und entzündet, nun sind sie tot und erloschen.

Der blinde Junge legt die Hand auf den Rücken des Hundes, eine Geste voller Zuneigung und Vertrauen. Wie sich das Fell wohl anfühlt, der lebendige Hundekörper, die Nähe? Kedros weiß es nicht mehr, er kann es sich nicht einmal mehr vorstellen, nach so vielen Wochen am Stein.

Da sind wir nun, denkt er. *Alle drei.*

Ion

Was siehst du?«, fragte Ion flüsternd.

»Brot. Viel Brot.«

»Was noch?«

»Kettenhund.«

»Einen Hund?«

»Kettenmensch.«

»Was siehst du noch?«

»Frau mit goldenem Ziegenbock. Der Bock ist ein Dummkopf.«

»Bei allen Himmeln, ja«, sagte Ion. »Was noch? Erzähl mir alles, was du siehst.«

»Mensch mit weißen Kleidern. Riecht böse. Zwei Gefiederte, braun und weiß, winzig klein und voller Knochen.«

»Du sprichst mit dem Hund, verstehst du mich auch?«

Eine neue Stimme mischte sich ein. Ihr leichtes Meckern verriet sie.

»Du bist der verwandelte Junge«, sagte Ion.

»Ich bin Smirkos Töpfersohn, ja. Und du bist Ion, das wusste ich schon auf der Wiese vor dem Stadttor. Und der am Mahlstein ist Kedros, der sein feines Gewand im Wald verdorben hat. Weißt du noch?« Smirkos redete, ohne Atem zu holen. »Ich bin mit Herse hier, sie ist die beste Ziegenmagd der Welt, sie hat mir einen fabelhaften Kuss gegeben und mich daran erinnert, dass ich ein Mensch bin. Sie kann mich nicht verstehen, weil aus meinem Ziegenmaul nur Meckern kommt. Aber du kannst es. Bei den Göttern, bin ich froh, dass ich endlich wieder mit jemandem reden kann.«

Ion wollte antworten, doch ein Lachen schnitt ihm das Wort ab. Er erkannte dieses Lachen sofort. Der Bäcker lachte wie damals, laut und triumphierend und bösartig. Bestimmt hielt er sich den Bauch dabei.

»Alle sind sie gekommen, was für ein Spaß! Sie können es nicht erwarten, ihre eigene Vernichtung zu erleben. Es ist so weit, der Fluch erfüllt sich. Brüder, es ist angerichtet. Kommt schnell herbei!«

Der Ruf des Bäckers dröhnte laut und vibrierte nach wie Donnerhall.

Anschließend wurde es still.

Da gab es diesen glühend heißen Nachmittag, in seiner Erinnerung war er fünf oder sechs Jahre alt. Er spielte im Schatten des Innenhofes mit einem hölzernen Wagen, als zwei Knechte in heller Aufregung hereingestürmt kamen. Sie hatten zwei himmelhohe Staubsäulen entdeckt, die sich über den Viehweiden dem Gut näherten, lautlos und tödlich.

Letztendlich war der Wirbelsturm mit knappem Abstand vorbeigezogen, außer einigen eingedrückten Zäunen und umgestürzten Bäumen hatte es keinen Schaden gegeben. Aber Ion erinnerte sich an diesen einen Augenblick, als sie alle mit pochenden Herzen im Hof standen und wussten, dass die Staubsäulen, und mit ihnen die absolute Zerstörung, unaufhaltsam waren.

Alles war wie damals. Dieselbe Gluthitze, dieselbe atemlose Stille. Dieselbe Angst.

Die Perlen des Vorhangs klackerten.

Etwas kam herein, nicht wirbelnd wie ein Sturm, sondern langsam, schwer und ungeschlacht. Tisch und Tröge wurden umgestoßen und krachten zu Boden, aber da gab es keine Schritte, keine Stimme, kein menschliches Geräusch. Ion hörte ein schweres Flappen, ein Knacken, ein Schmatzen und Grunzen. Er roch Ausdünstungen nach feuchten Höhlen, nach Gräbern, nach Schlachtungen.

Der Hund neben ihm begann zu knurren.

»Was geschieht da?«

Doch der Hund knurrte weiter, tief und drohend, wie Ion es noch nicht von ihm gehört hatte.

»Was siehst du?«, fragte er dringlich.

»Wir müssen Angst haben. Sehr viel Angst.«

Ion spürte, wie der Hund an seiner Seite den Körper anspannte, ein Paket aus Sehnen und Muskeln, bereit zur Flucht.

»Lauf weg«, sagte er leise. »Schnell.«

»Nein. Ich passe auf dich.«

»Dann sag mir, was du siehst. Beschreib alles, so gut du nur kannst.«

»Es sind Drachen«, mischte Smirkos sich mit zittriger Meckerstimme ein. »Zwei, nein, drei, auch der Herr der Brote ist jetzt ein Drache. Riesengroß sind sie, schuppig und pechschwarz. Ihre Augen glühen und ihre Mäuler triefen.«

»Was, bei den Göttern«, sagte eine Mädchenstimme und verstummte.

»Habt ihr sie gehört? Das war sie«, flüsterte Smirkos. »Das war meine Herse, und ich habe sie hierher geführt. Ihr Götter, was machen wir jetzt?«

»Tier aus Stein«, sagte eine Stimme träge.

»Tier aus Gold«, eine zweite.

»Sehend blind«, eine dritte.

Die Stimmen hatten nichts Menschliches mehr. So klangen riesige Ungeheuer, die in der Tiefe auf Beute lauerten. Die unbeirrt auf ihre Opfer warteten, Jahr um Jahr um Jahr.

Und die nun am Zug waren.

»Der Fluch erfüllt sich.«

»So will es die Ordnung.«

»Die Hölle trägt den Sieg davon.«

»Bei Aithon, der zugegebenermaßen in Adlergestalt auftritt, aber Vogel ist schließlich Vogel und mir reicht es jetzt«, sagte eine Männerstimme laut und vernehmlich. »Bestimmt werde ich mir einen Haufen Ärger einhandeln, aber …«

Es gab ein Knistern, ein Zischen, dann einen ohrenbetäubenden Knall.

»Was ist jetzt geschehen?«, flüsterte Ion.

»Brauner Geflügelter ist auf einmal Mensch. Hat Federn nur noch an den Füßen. Sehr große Füße.«

Die Erleichterung ließ Ion fast taumeln. *Poias.* Er war tatsächlich hier. Sie waren nicht allein.

»Und der weiße Vogel? Wie sieht er aus?«

»Wie vorher. Kleiner Geflügelter mit zu viel Knochen. Sitzt auf dem Kopf des Menschen.«

»So. Da wären wir also«, sagte Poias. Beim Klang der Stimme hüpfte Ions Herz. »Und um nicht unnötig Zeit zu verschwenden: Verschwindet ihr Arai freiwillig?«

Die Antwort war ein Brüllen und Grollen aus drei Kehlen gleichzeitig.

»Wer bist du, Himmlischer?«

»Hast du die Gestalt eines Hänflings angenommen, weil du so mächtig bist?«

»Willst du es mit uns dreien aufnehmen?«

»Ich werde euch lediglich an den Wortlaut des Fluches erinnern«, sagte Poias ruhig. »*Tier aus Stein, Tier aus Gold, sehend blind.* Dem Fluch gemäß müssten also zwei der Jungen hier zu Tieren geworden sein, aber ich sehe nur Menschen. Der eine hängt sein Herz an zwei hilflose Vögel und bangt um sie, der andere ist der feurigste Liebhaber, den eine Menschenfrau sich nur wünschen kann. Tun etwa Tiere so etwas? Wenn ihr mich fragt, so habt ihr als Fluchgeister versagt. Der Fluch ist nicht erfüllt.«

»Du lügst, himmlischer Erzbetrüger.« Die Stimme des Drachen vibrierte vor Bosheit und Hass. *Der Bäcker*, dachte Ion.

»Du willst uns mit Worten umgarnen, mit Lügen und Fallstricken einwickeln. Aber du strengst dich umsonst an. Tier aus Stein ist mein Fluch und er ist erfüllt. Ich werde es dir beweisen.«

Kedros

Er steht am Meer und spürt den nassen Sand unter den Füßen. *Himmlisch kühler Sand.*

Der Wind fegt über das Wasser, kräuselt dunkle, graue Wellen auf. *Himmlisch kühler Wind.*

Er weiß, das Meer vor ihm ist das Wintermeer von Malios. Sein Sehnsuchtsort, seit so vielen Wochen. Der Ort, an dem er versinken kann und nie wieder auftauchen muss. Ein Ort der Freiheit.

Das graue Wasser lockt ihn, es ruft nach ihm. Dort wird es ihm für immer wohlergehen. *Komm!*

Warum folgt er dem Ruf nicht einfach?

Liegt es an den Vögeln? Sie waren es, die ihn bis jetzt zurückgehalten haben, kleine, hilflose Wesen, die er vor dem Bösen beschützen musste.

Aber das ist vorbei. Die Vögel sind nicht länger hilflos, sie sind nicht das, was sie zu sein schienen. Jetzt ist die Erinnerung an sie nur ein lästiges Hindernis auf dem Weg zur Erlösung, die direkt vor ihm liegt.

Aber ich habe die beiden geliebt.

Da gibt es noch andere, die er geliebt hat. Sie sind alle hier, auf Malios. Und er ist ihnen so nah wie seit einer Ewigkeit nicht mehr.

Wenn er will, kann er sie sehen, alle, die er geliebt hat. Jetzt gleich. Sein Herz beginnt heftig zu klopfen.

Fort ist der Sand und ebenso das Meer. Seine Füße stehen jetzt auf Marmorplatten, vor der Villa des Archonten. Tausende Male ist er über diesen Marmor gelaufen. Im Sommer ist er angenehm kühl, im Winter so kalt, dass es an den Sohlen schmerzt.

Jetzt ist Winter, aber er fühlt nichts.

Vor die Türen sind schwere Windfänger aus Holz gestellt, seitlich von ihnen dringt Licht heraus. Drinnen im Festsaal, er erinnert sich, brennen große Feuer in Eisenschalen, werden Platten voller Speisen aufgetragen. Musikanten und Schauspieler geben ihr Bestes, um Abwechslung in die langen Abende zu bringen.

Er kann die Musik und die Stimmen hören. Nichts hindert ihn daran, einen Blick auf das Fest zu erhaschen.

Mit dem Auge am Spalt steht er da und wagt nicht zu atmen. Er sieht seine Mutter, seinen Vater, seine kleinen Brüder, die in der großen Halle Haschen spielen auf ihren kurzen Beinchen. Viele Gäste sind versammelt, die weißhaarigen Greise aus dem Ältestenrat, aber auch eine Gruppe junger Männer, die den Vater umringen und mit ihm diskutieren. Und der Archont hört ihnen zu, er nickt und lächelt.

Instinktiv sucht er nach seinem Platz an der Tafel. Er ist besetzt von einem schwarzhaarigen Jungen, der ruhig und konzentriert der Diskussion lauscht. Kedros kennt den Jungen, er ist einer der hundert Jünglinge, an deren Stelle er mit den Chrysiern gegangen ist. Der Junge sieht ihm sogar ein wenig ähnlich. Sein würdiger Ersatz.

Er stellt sich vor, wie er in den Festsaal eintritt. Alle würden erschrocken aufspringen, ihn für einen Geist halten.

Würden sie sich freuen?

Nein, es spielt keine Rolle mehr. Sie haben nie nach ihm gesucht, haben ihn nur allzu schnell aufgegeben. Was dort drinnen im Festsaal geschieht, hat nichts mehr mit ihm zu tun. Er steht hier draußen wie hinter einer Wand aus fließendem Wasser, durch die man nur Schemen erkennen kann.

Seine Liebe ist eine leere Erinnerung, nichts weiter. Er liebt nichts und niemanden mehr.

Er ist frei.

Wieder steht er am Strand des grauen, kalten Wintermeers von Malios. Aber nun darf er sich hineinfallen lassen und vergessen. *Endlich.*

Er tritt näher ans Wasser und beugt sich nach vorne. Salziger, kühler Dunst steigt ihm in die Nase. Jetzt wird ihn das Meer willkommen heißen, ihn umarmen.

Er beugt sich tiefer über den Meeressaum, breitet die Arme aus. Jetzt ist er dort, wohin er sich schon so lange sehnt, fort von der Gluthitze der Öfen, frei von Schmerzen und Pein …

Dunkle Stöcke treiben vor ihm auf dem Wasser. Sie gefallen

ihm nicht, erinnern ihn an die Stange, an die er gekettet war. Wenn er an seinen Sehnsuchtsort geht, will er endgültig frei sein.

Er steht knöcheltief im kalten Wasser, sammelt die Stöcke ein, wirft sie achtlos auf den Sand.

Anschließend geht er weiter hinein ins Meer.

Himmlisch kühles Wasser. Es löscht jede Erinnerung, jedes Gefühl aus. Das ist es, wonach er sich sehnt. Er geht immer weiter.

Vom Ufer her fliegt ihm ein Flüstern hinterher.

»Kedros. Archontensohn …«

Er wirft einen Blick hinter sich. Die Stöcke stecken aufrecht im Sand. Wie in einer Vase.

Nein. Kein Flüstern mehr.

Er geht weiter, ohne sich noch einmal umzusehen. Das Wasser reicht ihm inzwischen über die Brust. Doch er hört das Flüstern noch immer.

»Wir sind dir gefolgt.«

»Kalt ist es bei dir.«

»Sterbenskalt.«

»Wir wohnen schon so lange bei deiner Familie.«

»Immer im Warmen.«

»Wir sind nicht mehr die Jüngsten.«

»Hör uns an.«

Während sein Leib allmählich fühllos wird, kommt ihm sein Gehör wundersam geschärft vor. Obwohl er schon außer Hörweite des Strandes ist, versteht er jedes Wort der Hausgötter.

»Alles ist wie schon einmal.«

»Nichts ist wahr.«

»Lug und Trug.«

»Nein«, sagt er laut. »Dieser Ort hier ist wahr. Ich kenne ihn schon so lange. Wenn ich jetzt gehe, werde ich frei sein.«

»Bleib noch für kurze Zeit, Archontensohn.«

»Lass uns dir etwas erzählen.«

»Danach geh, wohin du willst.«

Über das Rauschen des Meeres hinweg hört er die Stöcke flüstern und murmeln.

Wovon erzählen sie?

Von einem zerstörten Ort. Sie beschreiben eingestürzte Häuser, zerborstene Mauern, vertrocknete Brunnen. Sie erzählen von verlassenen Häfen, überwucherten Plätzen und von einer alles umfassenden Leere. Einem Ort, an dem keine Menschen mehr leben.

Doch erst als die Stöcke von einem geschmolzenen Goldklumpen sprechen, der einmal ein Inselgott gewesen ist, erkennt er, von welchem Ort die Rede ist.

Malios.

»Was wollt ihr?«, sagt er unwillig. »Ich will eure Geschichten nicht hören. Soll das eines eurer berühmten Rätsel sein?«

»Es ist die Zukunft, Archontensohn.«

»Es wird so geschehen.«

»Ohne dich.«

»Ich glaube euch nicht. Mein Vater ist der Archont, er wird jedes Unheil von Malios abwenden. Meine beiden Brüder werden ihm nachfolgen.«

»Glaube uns oder glaube uns nicht.«

»Es ist die Zukunft.«

»Du und Malios, ihr seid eins.«

»Euer Schicksal ist untrennbar verknüpft.«

»Stirbst du, stirbt Malios.«

»Lebst du, lebt Malios.«

»Hört auf damit«, sagt er gequält. Es gibt kein Zurück. Zwischen ihm und Malios liegt endgültig und eisig das Meer.

»Du hast uns angehört, Archontensohn.«

»Du bist frei.«

»Geh jetzt, wohin du willst.«

Smirkos

Der Junge in Ketten lag hingestreckt auf dem Mahlstein.

Einer der schwarzen Drachen stieß ihn an, wieder und wieder. Der Kopf des Jungen schlug hart auf den Stein, aber er lag weiter in tiefem Schlaf. Auch als der kleine weiße Vogel zu ihm flatterte und ihn sanft mit dem Schnabel liebkoste.

»Hier habt ihr es, mein Tier aus Stein«, sagte der Drache. »An einem Ort, wo es nie wieder zu erreichen ist. Und jetzt, himmlischer Betrüger, behaupte noch einmal, der Fluch sei nicht erfüllt!«

Smirkos stampfte voller Unruhe auf. Tier aus Stein, Tier aus Gold, das bedeutete ohne jeden Zweifel, dass er als Nächster an der Reihe war. Er konnte nicht länger stillhalten, seine tierischen Instinkte gewannen die Oberhand: *Lauf weg! Gefahr!*

Aber dann sah er, dass Herse vor den Drachen stand. Und sie reckte das Kinn empor.

»Ihr seid schreckliche Kreaturen und ich habe große Angst vor euch«, sagte sie. »Dennoch, was das Tier aus Gold betrifft, hier stehe ich und bezeuge die Wahrheit: Der kleine Ziegenbock ist ein Mensch.«

»Meine Herse«, flüsterte Smirkos stolz.

»Was mischst du dich ein, Magd«, fauchte der Drache, der gestern noch der Zauberer gewesen war. »Nur weil er dir meckernd hinterherläuft? Er ist mein Tier aus Gold und wird heute noch geschlachtet.«

»Dann schlachtest du kein Tier, sondern tötest einen Menschen«, entgegnete Herse. »Und wenn ich ihn da mit den großen Federfüßen richtig verstanden habe, so ist der Fluch damit nicht erfüllt.«

»Soso. Der Fluch ist also nicht erfüllt.« Der Zaubererdrache rückte nahe an Herse heran, beugte sich mit seinem schuppigen Hals über sie. »Wir werden gleich sehen, wie sich der Fluch erfüllt. Und du selbst wirst der Beweis sein. Du hast es nicht anders gewollt.«

Smirkos reckte alarmiert den Kopf. Was tat das schwarze Ungeheuer mit Herse, seiner Herse? Wollte es sie beißen, oder, bei den Göttern, etwa *küssen*?

Er blinzelte. Herse war verschwunden. An ihrer Stelle stand eine schneeweiße Ziege und blickte verwirrt um sich. Ihre gelben Augen waren von einer wundervollen Tiefe, ihre Ohren rosig und wohlgeformt und ihre Hörner genau auf die richtige Weise geschwungen.

»Herse! Du bist wunderschön«, meckerte er hingerissen.

Sie ist eine Ziege, sagte eine warnende Stimme in ihm, die er sofort wieder vergaß. Noch nie hatte er ein so perfektes Mädchen gesehen. Wen interessierte es, welche Gestalt sie hatte? Niemals würde er eine andere lieben können. Und wenn sie jetzt eine Ziege war, so wollte er eben ein Ziegenbock bleiben. Nichts anderes war mehr wichtig.

Er drängte sich dicht an Herse, rieb seinen Kopf an dem ihren. Und als er die Lücke zwischen ihren Vorderzähnen entdeckte, war er so glücklich, dass er die triumphierende Frage des Zaubererdrachen nicht mehr hörte.

»Wen liebt er jetzt? Eine Menschenfrau? Oder eine stinkende Ziege? Er gehört mir, er ist mein Tier aus Gold!«

Ion

Tier aus Stein, Tier aus Gold, die Flüche meiner Brüder sind erfüllt«, sagte der dritte Drache. »Und nun, Seher, bist du an der Reihe! Denk daran, wenn wir dich jetzt töten und in den tiefsten Tartaros schleudern, wem du dein Los zu verdanken hast: den Himmlischen, die gelogen und betrogen haben!«

Ion hörte ein Kratzen, ein Scharren, den Klang von schweren Körpern, die sich langsam und schrecklich zielstrebig auf ihn zuwälzten. Jeden Augenblick würden sich Klauen und Zähne in sein Fleisch schlagen. Und er sah nichts, nur den vermaledeiten Nebel. Er konnte nicht fliehen, sich nicht verstecken, nur hilflos warten.

Jetzt waren die Fluchgeister so nahe, dass er ihre Ausdünstung riechen konnte, den Geruch nach Blut und Verwesung, den Gestank des Schwarzen in seinen Träumen.

»Wir zerfetzen dich.«

»Fleisch und Knochen.«

»Blut muss fließen.«

»Nein! *Groaaaah!*« Ion spürte einen heftigen Stoß, als der Hund sich vor ihm aufbaute. »Ich passe auf dich! Kämpfe!«

Der Hund knurrte und bellte und geiferte. Er klang zum Fürchten. »Keine Angst! Keine Angst! Drachen sind nur zweimal so groß wie Pferd. Pferde fürchten mich. Warum nicht auch Drachen?«

Die Anwort war ein klatschender Schlag, ein erbärmliches Winseln. Ion tastete suchend nach dem Hund, fand nichts.

»Was ist passiert?«, fragte er entsetzt. »Hund, hörst du mich? Geht es dir gut?«

»Nicht gut. Aber geht.« Der Hund klang schwach, als sei ein Felsbrocken über ihn gewälzt worden.

»Wir töten!«

»Zerfetzen!«

»Blut!«

Ein glühender Haken bohrte sich in Ions Arm. Ein zweiter. Er schrie auf.

»Die Götter sind meine Zeugen. Ich wollte wirklich nur zusehen«, hörte er Poias sagen. »Aber jetzt … Nun denn, großer Zeus, Schleuderer von Donnern und Blitzen, steh mir bei!«

Im selben Augenblick brach ein mörderisches Gewitter in der Backstube aus. Es donnerte, es krachte und prasselte, das Ganze untermalt vom Grollen und Fauchen der Drachen.

Wumms! Klatsch! Rumms!

»Was ist da los?«, rief Ion in den Lärm hinein.

»Mann mit Federfüßen. Wirft mit Holzscheiten auf Drachen.« Der Hund klang zusehends munterer. »Jetzt mit Broten. Jetzt mit Kugeln aus Teig. Trifft immer. Ist schnell wie der Wind. Drachen sprühen Funken vor Wut, aber erwischen ihn nicht. Ja! Weiter so!«

»Ion, hör mich an!« Poias keuchte und japste. »Ich kann die Biester zwar eine Zeit lang ärgern, nicht aber ihre Macht brechen. Das kannst nur du. Nimm den Kampf auf!«

»Ich soll kämpfen?«, fragte Ion erschrocken. »Aber wie?«

»Du bist der Seher. Weißt du nicht, was du kannst?«

Ions Gedanken überschlugen sich. Was konnte er?

Tiere. Er konnte mit ihnen sprechen. Mehr noch, sie waren seine Verbündete.

Wenn er sie riefe, kämen alle unterirdischen Tiere zur Hilfe herbei, Maulwürfe und Mäuse, Tausendfüßler, Würmer und Asseln. Auf seine Bitte hin würden sie Gänge und Gruben in die Erde graben, würden den Arai buchstäblich den Boden unter den Füßen abgraben, bis sie in der tiefsten Unterwelt landeten.

Die Idee war gut. Aber egal, wie sehr sich die Tiere der Tiefe anstrengten, ihre Gänge und Gruben würden nicht bis hinab in den Tartaros reichen. Oder vielleicht doch?

Die Drachen fauchten und brüllten, ihre Wut ließ die Bäckerei erbeben. »Nehmt dies! Und dies!«, rief Poias. »Beeil dich, Ion! Lange halte ich nicht mehr durch!«

Denk nach! Ion verschloss seinen Geist und konzentrierte sich. Er könnte die gefährlichsten Raubtiere auf der ganzen Welt zusammenrufen, Bären, Hyänen, Löwen und Wölfe, Geier und Adler, Skorpione, Giftschlangen und Riesenspinnen.

Andere, fremdartige Tiere kamen ihm in den Sinn. Graue Riesen mit Nasen, die zum Boden reichten. Vögel mit Körpern, so groß wie Kälber, mit grausamen Schnäbeln. Riesige Echsen, die still wie Baumstämme im Wasser lagen und einen Menschen im Ganzen verschlingen konnten.

Er hatte solche Tiere noch nie gesehen, nie zuvor von ihnen gehört. Aber er wusste, es gab sie. Auf seinen Ruf hin würden sie kommen, Tiere noch aus den entferntesten Gegenden der Welt, er spürte es. Seine persönliche Armee gegen die Arai. Alle Tiere, selbst die gefährlichsten, würden tun, worum er sie bat, genau wie die Bienen im Palast des Königs.

Gegen ein solches Heer der Tiere wäre selbst das größte Heer der Menschen chancenlos. Die Vorstellung von so viel Macht berauschte ihn, jagte ihm Schwindel ein.

Aber es würde keine Schlacht gegen Menschen sein, sondern gegen unsterbliche Dämonen. Auch wenn die Tiere in der Schlacht siegten, die Arai kämen zurück, wieder und wieder und wieder.

Weißt du nicht, was du kannst? Worauf spielte Poias an?

Ion dachte an Berge und Meere. Und erkannte mit einem Schaudern, dass er auch Berge und Meere herbeirufen könnte. Gut möglich, dass Poias an feuerspeiende Vulkane dachte, an himmelhohe Meereswellen, an Sintfluten, Erdbeben und schreckliche Stürme. Er könnte alles herbeirufen, hier in den Hügeln von Adama ein nie geahntes Inferno entfesseln. War es das, was Poias mit seiner Macht meinte?

Nein. Er würde nur den unschuldigen Bewohnern Adamas schaden, nicht den Arai. Egal, welch hohe Berge sie begraben, welch tiefe Meere sie ertränken würden, sie kämen immer wieder.

Denk nach!

Am Ende fiel ihm nur eine einzige Möglichkeit ein, so klein und lächerlich, dass er sich dafür schämte.

Er atmete tief durch und rief.

Kedros

Er ist nun weit draußen im Meer, der Strand nur noch ein heller Strich am Ende des grauen Wogens. Selbst wenn die Hausgötter noch zu ihm sprechen sollten, kann er sie nicht mehr hören. Gut so.

Das Wasser reicht ihm bis zum Kinn. Jetzt muss er sich nur noch nach vorne sinken lassen. Dann wird das Wintermeer von Malios ihn willkommen heißen.

Die erste Welle schlägt über seinen Kopf, nimmt ihm die Luft zum Atmen. Instinktiv will er die Hände zum Gesicht heben, doch etwas Schweres hält sie unnachgiebig fest.

Die Ketten, denkt er. Aber das kann nicht sein.

Die nächste Welle rollt heran. Er keucht, ringt nach Luft und begreift jäh, in gnadenloser Klarheit.

Er ist nicht am Ort seiner Sehnsucht. Er ist genau dort, wo der Bäcker ihn haben will. Das war der Sinn der wochenlangen Zurichtung, ihm jede Hoffnung und jedes Gefühl auszutreiben, damit er am Ende nur noch an Tod und Leere glaubt.

Lug und Trug.

Wie lange hat er gegen den Bäcker gekämpft, mit all der Stärke, zu der er fähig war? Ist das alles umsonst gewesen?

Er fühlt seinen Körper nicht mehr, hat keine Luft zum Atmen. Nur noch die Kraft für ein Stoßgebet.

Ich will zurück. Helft mir.

Doch er weiß, dass die Hausgötter ihn nicht mehr hören. Sie haben ihn in die Freiheit entlassen.

Welle um Welle rollt jetzt heran. Er ertrinkt bereits, das Wasser läuft ihm in Mund und Nase.

Aber das geschieht nicht wirklich. In Wahrheit gibt es weder das Meer noch das Wasser, er selbst ist nicht hier auf Malios, sondern noch immer in der Bäckerei, angekettet am Mahlstein. Er ertrinkt nur in der Trugwelt des Bäckers.

Er muss einen Weg aus dieser Welt finden.

Du hast keine Macht über mich, denkt er. Der andere Junge sitzt nicht auf meinem Platz in der Halle. Niemand hat mich auf Malios vergessen. Sie lieben mich und warten auf meine Rückkehr. Ich glaube nicht an deinen Trug. Das Wasser ist nicht wirklich.

Einen Moment lang gibt das Meer ihn frei, für einen einzigen Atemzug, ehe die nächste Welle wieder über ihn schwappt.

Ich glaube nicht an deinen Trug. Du hast keine Macht über mich.

Das Wasser gibt ihn frei, und es kehrt zurück, sobald er den Gedanken loslässt. Es ist ein mörderisches Wogen, ein Ringen auf Leben und Tod. Und seine Kraft geht zu Ende.

Schon einmal hat er den Bäcker besiegt, erinnert er sich, in der Nacht, als er ihn ausgelacht hat. Er klammert sich an den Triumph.

Du hast keine Macht. Wieder und wieder denkt er es. *Du hast keine Macht.*

Langsam, scheinbar widerwillig, sinkt das Wasser um ihn herum. Gleichzeitig spürt er seinen Körper wieder, stechende Schmerzen durchzucken ihn und halten ihn wach.

Du hast keine Macht. Ich besiege dich und deinen Trug. Ich besiege dich.

Und dann, nach einem schier endlosen Kampf, ist das Wasser fort und er stürzt hart auf den kalten Sand. Der schon kein Sand mehr ist, sondern der Stein seiner Mühle, den er wie einen Freund begrüßt.

Reglos liegt er da, zu Tode erschöpft. Lärm dringt an sein Ohr, doch erst allmählich begreift er, dass vor ihm in der Backstube ein wüster Kampf tobt. Die schwarzen Drachen giften und geifern, sie stampfen und wirbeln mit ihren Schwänzen das Mehl vom Boden auf, während der Mann mit den Federfüßen wie entfesselt um sie herumspringt und sie mit einem Hagel von Wurfgeschossen eindeckt. Durch Wolken aus Mehlstaub hindurch entdeckt er an der Wand den blinden Jungen und seinen Hund. Der goldene Ziegenbock duckt sich hinter den umgestürzten Verkaufstisch, und neben ihm, verbirgt sich da nicht noch eine weitere Ziege?

Da pickt ihn etwas sanft an der Wange. Kedros wendet den Kopf; als er den kleinen weißen Vogel erblickt, den er nur zu gut kennt, lächelt er.

Kedros

Die Perlenschnüre am Eingang bewegen sich.

Eine Frau kommt in die Bäckerei, grauhaarig, in einem staubigen Kittel. Am Strick führt sie einen Esel bei sich.

In dem Moment, da sie eintritt, findet der wilde Kampf ein jähes Ende. Die drei Drachen fahren grollend herum. Der Mann mit den Federfüßen stützt die Hände auf die Knie und atmet tief durch.

Während der Esel interessiert an den Broten schnuppert, betrachtet die Frau die Szenerie, die sich ihr bietet, sämtliche anwesenden Tiere, Drachen und Menschen, Kampfspuren und Verwüstungen, mit größter Gelassenheit.

»Was suchst du hier?«, faucht der Bäckerdrache.

»Ich weiß es nicht genau«, sagt sie. »Vielleicht könnte ich ein Brot kaufen?«

»Nein, das kannst du nicht. Verschwinde von hier, wenn dir dein Leben lieb ist. Siehst du nicht, wen du hier vor dir hast? Fürchtest du dich nicht?«

Die Frau blickt sich weiterhin um, als sei sie zum Aufräumen und Auskehren der Backstube bestellt worden. »Mein Esel hier behauptet, er sei von jemandem gerufen worden«, sagt sie.

Der blinde Junge an der Wand richtet sich hoch auf, mit der Hand auf dem Rücken des Hundes. »Von mir«, sagt er.

Die Frau nickt. »Das war klug von dir. Genau genommen war es die einzige Möglichkeit, mich einzuladen. Und hier bin ich.«

»Du bist nicht eingeladen, verrücktes Weib!« Der Bäckerdrache baut sich vor der Frau auf. »Verschwinde auf der Stelle, mitsamt deinem Esel. Sonst bist du die Erste hier, die sterben wird.«

Sie seufzt ein wenig. »Mein Esel ist ein sturer Bursche. Er meint, wir sollten besser hierbleiben.«

»Dann hast du es nicht anders gewollt.« Drohend bäumt sich der Bäckerdrache auf, plötzlich aber hält er in der Bewegung inne. Mit geblähten Nüstern nimmt er Witterung auf. »Ich rieche Verrat, Brüder. Sie ist nicht das, was sie scheint.«

Die grauhaarige Frau wirkt nicht im mindesten beunruhigt. Jetzt wendet sie den Kopf und sieht ihn, Kedros, direkt an. Ihr Blick dringt in sein Innerstes und erkennt alles, seine Not und Verzweiflung, seinen winzigen Rest an Kraft. Kedros fühlt sich ausgeliefert und getröstet zugleich: Unendliche Macht liegt in diesem Blick und zur gleichen Zeit unendliches Erbarmen.

Sie löst sich von ihm und wendet sich den Drachen zu. »Ihr wirkt siegesgewiss«, sagt sie. »Dann ist der Fluch also erfüllt?«

Der Bäckerdrache peitscht gereizt mit dem Schwanz. »Wer bist du?« Der Esel beginnt zu niesen.

»Spürt ihr es nicht?«, fragt die Frau. »Ich bin die, die ihr Arai eure Mutter nennt. Durch mich seid ihr in der Welt. Und jetzt frage ich noch einmal: Habt ihr den Fluch erfüllt?«

»Ja, Göttliche, alles ist erfüllt«, faucht der Bäckerdrache. »Und das, obwohl du heimlich einen Helfer ausgesandt hast, der uns selbst hier noch aufs Schmählichste attackiert hat, gegen jegliche Ordnung. Wir dagegen haben alles Recht des Himmels und der Hölle, den Seher zu töten und die Sache zu Ende zu bringen. Am Ende triumphieren wir!«

»Ihr Arai schwört mir also, dass alles der Ordnung entspricht? Dass der Fluch erfüllt ist? Dass ihr den Seher jetzt töten und mit in den Tartaros nehmen dürft?«

»Bei den ewigen Höllenqualen, wir schwören es.«

Kedros sieht, wie der blinde Junge sich dichter an den Hund drückt. Die Angst steht ihm ins Gesicht geschrieben.

Die Frau schweigt eine Zeit lang. Dann sagt sie zwei Worte.

»Es sei.«

Ion

Gerade noch spürte er Todesangst.

Die Hitze der Backstube, der Gestank der Drachen, das Fell des Hundes unter seiner Hand, alles verschwindet in einem Augenblick.

Bilder steigen in ihm auf. Bleiche Baumskelette ragen in den Himmel, eine kahle, tote Wüste erstreckt sich bis zum Horizont. Er kennt diese Wüste bereits aus seinem Traum, er weiß, dass die Erde im nächsten Moment aufklaffen und Tod und Verderben gebären wird. Und wirklich tut sich der Erdboden vor ihm auf, doch statt Feuer und Schwefel steigen sanft drei Quellen empor, ergießen sich als roter, weißer und goldener Regen über das ausgetrocknete Land.

Ion tritt näher und erkennt staunend Wein, Milch und Honig. Um ihn herum verwandelt sich die Wüste in einen blühenden Garten, Gräser wachsen, Büsche und Bäume ergrünen, Blumen öffnen ihre Blüten. Bienen summen und Vögel zwitschern in den Zweigen.

Eine Bewegung unter den Bäumen macht ihn aufmerksam. In ihrem grauen, staubigen Kittel kommt die Straßenkehrerin auf ihn zu. Den Esel führt sie am Strick.

»Ist das hier wirklich?«, fragt Ion.

»Frag deinen Hund, er ist der Spezialist für Lügen. Was ist wirklich?« Der Esel reckt den Kopf und rupft frische, grüne Blätter von den Bäumen.

»Mein Esel ist sehr stolz, dass du ihn gerufen hast. Er hält sich selbst für einen großen Krieger, der die drei Arai im Alleingang besiegt hätte.«

Ion blickt auf den Esel, der zufrieden kaut. »Das ist nicht wahr«, sagt er. »Du lügst.«

Plötzlich lacht die Straßenkehrerin, fröhlich und ausgelassen. »Sieh dorthin!«

Auf den ersten Blick erkennt Ion nur üppiges Wachstum, Bäume und Sträucher, Gräser und Blumen. Erst als er genauer hinsieht, entdeckt er inmitten des wuchernden Grüns einen Kreis nackter, dürrer Erde, eine letzte Erinnerung an das tote Land. Etwas bewegt sich dort, drei schwarze Kreaturen, etwa so groß wie Hasen. Sichtbar verzweifelt versuchen sie, dem Kreis zu entrinnen, doch Gräser und Zweige treiben sie wieder zurück.

Ion kann den Blick nicht lösen. Jetzt sind die schwarzen Kreaturen nicht größer als Ratten, nein, klein wie Mäuse. Während er ihnen bei ihren sinnlosen Fluchtversuchen zusieht, schrumpfen sie. Jetzt sind sie nur noch so groß wie Käfer. Jetzt wie Würmer.

Es scheint, als hätten sämtliche Vögel in den Bäumen auf diesen Augenblick gewartet. Ein flatternder Schwarm löst sich von den Zweigen und landet auf der Erde, dort, wo sich gerade drei schwarze Würmer ins Erdreich wühlen wollen.

Dutzende Schnäbel sorgen für das Ende. Die Würmer werden gnadenlos zerpickt und aufgefressen.

»Was war das?«, fragt Ion benommen.

»Nichts von Bedeutung«, sagt die Straßenkehrerin. »Nur das, was Fluchgeistern zustößt, wenn der Fluch nicht erfüllt ist.«

Ion

Die Hitze der Backstube, das Fell des Hundes unter seiner Hand, der undurchdringliche Nebel vor seinen Augen, alles war in einem einzigen Augenblick wieder da.

Er war zurück. Aber etwas hatte sich verändert.

Um ihn herum herrschte Stille. Und in dieser Stille lag ein ungeheures Versprechen, etwas, woran er noch nicht zu denken wagte.

Jemand stupste ihn unsanft in die Seite. »Wach auf«, hörte er den Hund sagen. »Merkwürdige Dinge geschehen.«

»Was ist passiert?«, fragte Ion.

»Drachen wurden kleiner und kleiner. Haben gepiepst wie Mäuse. Ich hätte gerne aufgefressen, aber weg waren sie. Wie mit Besen gefegt.«

Schwarze Würmer, von Vögeln aufgepickt. Es war tatsächlich geschehen. Aber er konnte es nicht recht begreifen. Waren die Fluchgeister jetzt wirklich fort, der Fluch endgültig gebrochen? Nach so viel Angst, so vielen Irrwegen und Mühen, am Ende so einfach, so leicht?

»Arme alte Straßenkehrerin ist jetzt jung. Leuchtet wie Sonne und Sterne. Hat also gelogen«, sagte der Hund nachdrücklich.

»Was siehst du noch?«, fragte Ion.

»Kleiner weißer Vogel ist jetzt Pferd. Mit Flügeln. Ist ein …«

»Sag niemals, dass Dorcas ein Dummkopf ist«, sagte Ion heftig. »Sie ist das klügste Tier, das ich kenne. Und das schönste. Sie hat mich gerettet.«

»Pfff«, machte der Hund. Es klang eifersüchtig.

»Ich bin schön?«, fragte eine Stimme. Sie klang rau und melodisch, wie die Töne einer Rohrflöte.

»Ja, du bist schön«, sagte Ion. »Und klug bist du auch.«

»Pfff«, machte der Hund wieder. »Du bist höflich und lügst Eidechsen an. Und Pferde.«

Dorcas schnaubte leise. Es klang wie Lachen.

Ion hörte Poias fragen: »Dann ist es jetzt vorüber, Höchste?«

»Ja, die Arai sind fort«, sagte eine Stimme, die ihn an Wind und Vogelgesang denken ließ. *»Du hast deine Aufgabe gut erledigt, Helfer. Ich danke dir.«*

»Immer zu Diensten, Höchste.«

»Das Böse ist vertrieben«, sagte die Göttin. *»Jetzt ist es an der Zeit, das Gute zurückzubringen.«*

Ion hörte ihre federleichten Schritte, die sich nach hinten bewegten. Und vor dem Mahlstein stehen blieben.

»Kedros, starke Zeder. Du kannst nun heimkehren, schöner Archontensohn, Liebling der Götter. Dein wahres Leben beginnt jetzt, und was immer du anrührst, wird von den Göttern gesegnet sein. Den Fluch aber sollst du vergessen, als wäre er nie gewesen.«

Ion lauschte verstört. So ging es also aus? Kedros wurde von der

Göttin gesegnet, er konnte in sein Leben zurückkehren und den Fluch vergessen, als wäre nie etwas geschehen. Er selbst aber würde nie vergessen können, was geschehen war, denn er blieb für den Rest seines Lebens blind.

Was war mit ihm? Poias, warum sagte er nichts? War seine Rolle in der Geschichte nicht einmal erwähnenswert?

Da lachte jemand. Und dieses Lachen passte zu keiner Segnung und keiner Glücksverheißung.

»Archontensohn, Liebling der Götter, so nannten sie mich zu Hause«, sagte Kedros. »Ich weiß nicht mehr, wo mein Zuhause ist. Du glaubst, damit ist die Sache beglichen? Du kannst in einem Augenblick aussehen wie ein armes Bettlerweib und im nächsten wie die Sonne selbst, es ist mir egal. Was willst du mir anbieten? Alles, was mir wichtig war, ist verbrannt in den Öfen, zerrieben auf dem Stein, verfault im Mund des Bäckers. Wer seid ihr Götter, uns zu verfluchen? Wer seid ihr, uns Glück zu versprechen? Wer gibt euch das Recht, uns zu zerbrechen und wiederaufzubauen wie Lehmfiguren?«

Ion dachte an einen Lederbeutel, der drei Tagesreisen entfernt in einer Höhle über dem Feuer baumelte. Unendliches Leben, unendliche Qual, geschenkt von einem Gott.

Wer seid ihr Götter. Wer gibt euch das Recht.

Kedros

Die Göttin steht vor ihm, sie, die ihm alles genommen, alles angetan hat. Der Bäcker, das Böse schlechthin, war ihr Werkzeug. Schlimmer noch, ihr Kind.

»*Du bist frei, Kedros*«, sagt die Göttin. »*Meine Verheißung bleibt bestehen. Du wirst ein Segen für Malios und alle Menschen sein.*«

Sie hebt die Hände, doch er schüttelt heftig den Kopf.

»Es sind deine Ketten, der Fluch war dein Werk. Wir waren Kinder und du hast uns das Schlimmste angetan. Ich pfeife auf deine Rettung und auf deinen Segen.«

Die Göttin schweigt einen Augenblick. Dann tritt sie in den Schatten der Öfen zurück.

Die Perlenschnüre vor dem Eingang geraten in Bewegung. Herein kommt die Bäckersfrau, gefolgt von einem Mann, dessen Gesicht und Hände Kedros nie vergessen hat.

»Er muss von den Ketten los«, sagt die Bäckersfrau. »Jetzt gleich. Sonst stirbt er. Du hast sie ihm angelegt, du kannst sie lösen.«

Die Frau und der Schmied blicken nur auf Kedros, das übrige Geschehen in der Backstube scheinen sie nicht wahrzunehmen.

Der Schmied trägt einen Sack mit Werkzeug bei sich. »Ich bin froh, Weib, dass du mich geholt hast«, sagt er. »Es war nicht recht getan, damals. Und damit du es weißt, ich will keinen Lohn dafür. Aber sag mir eines, Frau: Was geschieht mit dir, wenn der Bäcker, dein Mann, zurückkehrt?«

Sie sieht ihn an, schüttelt den Kopf. »Es muss ein Ende haben. Tu es jetzt sofort, Schmied.«

»Das wird jetzt wehtun«, sagt der Schmied zu Kedros, während er Zangen und Sägen herausholt. »Aber nicht mehr als das Anlegen der Ketten, das verspreche ich dir.«

Die Bäckersfrau und der Schmied sind fort, die Ketten liegen geöffnet am Boden. Kedros macht einen zögernden Schritt vom Stein weg. Ihn schwindelt, es fühlt sich an, als würde er eine steile Klippe hinunterspringen.

Er macht noch einen Schritt. Dann hält er inne und blickt die Göttin an.

»Hast du sie dazu gezwungen?«

»Nein. Es war ihr eigener Wille. Die Frau und der Schmied hätten dich schon längst gerettet. Nur die Furcht vor dem Bäcker hat sie davon abgehalten.«

»Ja«, sagt Kedros. »Wer will es ihnen verdenken?«

Irgendwie schafft er es bis zur Eingangstür mit ihren Perlenschnüren. Er lässt sie durch seine Finger gleiten, dabei wirft er einen letzten Blick auf den goldenen Ziegenbock, auf den Jungen mit Augen wie Asche.

Drei Jungen, die einst im Wald gespielt haben.

Er teilt den Perlenvorhang und tritt hinaus.

Die Welt draußen gleißt wie tausend lodernde Öfen. Tränen laufen über sein Gesicht, aber er will seine Augen nicht schließen. Nicht um alles in der Welt.

Er hört Wasser plätschern. *Der Brunnen neben dem Eingang.* Unzählige Male hat er von dem Wasser geträumt, hat sich vorgestellt, wie es sich klar und kalt in die Steinummauerung ergießt. Jetzt bleibt er stehen und wartet darauf, dass er wieder sehen kann.

Da ist der Wasserstrahl, und da sind auch die kleinen, braunen Vögel. Sie flattern um den Brunnen, sie baden und schütteln sich unbekümmert.

Als er näher herantritt, sich das Wasser über Arme und Hände laufen lässt und sich erfrischt, bleiben sie am Rand des Brunnens sitzen, sehen ihm zu, die schwarzen glänzenden Augen auf ihn gerichtet.

Er lächelt und denkt dabei an zwei andere Vögel, einer braun, einer weiß.

Dann geht er weiter, immer hügelabwärts.

Auf halber Höhe beginnt er zu rennen.

Smirkos

Smirkos brummte bereits der Kopf. Doch er hatte keine Wahl, er *musste* nachdenken. Zu viel Unbegreifliches geschah um ihn herum.

Da war als Erstes Herse hier neben ihm, wunderschön und wohlriechend, sein perfektes Ziegenmädchen. Er hätte sie stundenlang anhimmeln können, gleichzeitig aber erinnerte er sich an eine andere Herse, die ihm erst heute Morgen mit ihrem Kuss bewiesen hatte, dass er ein Mensch war. Und diese Herse war ganz sicher keine Ziege gewesen. Welche von beiden liebte er denn nun? Da sollte sich noch einer auskennen!

Und es gab noch mehr Rätsel. Die abscheulichen schwarzen Drachen, denen Herse so heldenhaft standgehalten hatte, waren sang- und klanglos geschrumpft und verschwunden. Kedros war auch fort, neben der Mühle lagen noch die geöffneten Ketten, dabei hatte Smirkos nicht gesehen, dass jemand ihn befreit hätte. Am meisten beunruhigte ihn allerdings die Frau, die im Dämmerlicht der Bäckerei schimmerte wie der Morgenstern.

Und diese Frau kam jetzt auf ihn zu. Er wich zurück.

»*Smirkos Töpfersohn*«, sagte sie. Beim Klang ihrer Stimme zuckten seine Ohren. »*Auch du hast das Recht, mir zu zürnen. Es ist wahrlich kein leichtes Los, als Bock unter Ziegen leben zu müssen. Aber das ist nun vorüber.*«

»So schlimm war es auch wieder nicht«, wollte Smirkos einwenden. Doch das Meckern verging ihm, als die schimmernde Frau ihre Hand auf ihn legte.

Etwas geschah mit seinem Ziegenleib. Er wurde von unsichtbaren Händen an den Vorderbeinen gepackt und hochgezogen. Sein Rückgrat streckte sich und richtete sich auf.

Sein Gesicht verformte sich, als wäre es ein Klumpen Ton in der Hand eines unsichtbaren Töpfers. Gleichzeitig schienen auf seinem Kopf allerhand Dinge in neue Positionen zu rutschen.

»Ich weiß, was passiert ist. Ich bin wieder ein Mensch«, brummelte er benommen, während er seine Hände betrachtete, merkwürdig bleiche, fünffingrige Gebilde, mit denen er nichts anzufangen wusste.

»*Ist es gut so?*«, fragte die schimmernde Frau.

Smirkos nickte, dabei fühlte er sich überhaupt nicht wohl in seiner neuen Menschenhaut. »Aber jetzt will ich, dass aus Herse auch wieder ein Mensch wird«, sagte er.

Die schimmernde Frau lächelte und machte eine federleichte Geste mit ihrem Finger.

Da stand seine Herse, in ihrem Umhang mit den bunten Kordeln, die Zöpfe hochgesteckt, und blickte verwirrt um sich. Bis sie ihn entdeckte und zu strahlen begann.

»Du bist es, nicht wahr? Ja, natürlich bist du es. Wusste ich es doch, dass du einen verflixt hübschen Burschen abgeben wirst.«

Smirkos grinste stolz und fühlte sich gleich viel besser.

»Aber bei Pan und seinen Ziegen«, sagte Herse. »Sieh dich an! Du bist ja zur Hälfte immer noch ein Böckchen.«

Smirkos blickte an sich herab. »Ihr Götter, ich habe noch immer Ziegenbeine«, rief er entgeistert.

Da lachte jemand. Es war der Mann mit den fedrigen Füßen. »Verzeih mir, Höchste. Ich würde es niemals wagen, dich auszulachen. Aber da hat wohl einer großen Gefallen an seiner Ziegennatur gefunden. Ich nehme an, selbst Apollon würde sich an dieser Rückverwandlung die strahlenden Zähne ausbeißen.«

Smirkos betrachtete seine zottigen Schenkel, seine schwarzen Hufe.

»*Dann bist du jetzt also ein Faun*«, sagte die schimmernde Frau zu ihm. »*Sag mir, junger Faun, fühlst du dich unwohl in dieser Gestalt?*«

»Nein«, sagte Smirkos irritiert. »Überhaupt nicht. Wenn du schon fragst, es gefällt mir, nicht überall bleich und glatt zu sein. Aber warte.«

Er drehte sich zu Herse um. »Magst du meine Beine?«

»Ob ich deine Beine mag?« Sie lachte, als sei das die komischste Frage der Welt. »Du bist ein Faun, du hast wunderschöne Beine.«

»Meinst du, ich kann mit dieser Gestalt wieder ein Töpfer sein?«, fragte Smirkos zweifelnd.

Herse dachte mit gekrauster Stirn nach. »Nein, das glaube ich nicht«, sagte sie. »Aber ich weiß etwas anderes. Du und ich, wir kümmern uns um die goldenen Ziegen des Zauberers. Und dann fangen wir noch wilde Ziegen ein und zähmen sie. Damit kenne ich mich aus. Irgendwann haben wir die größte Ziegenherde Helladiens und wir werden ihre Hirten sein.«

Sie nahm ihren Umhang ab. »Aus dem gleichen Leder nähe ich dir hübsche weite Hosen«, sagte sie, während sie den Umhang geschickt um Smirkos' Ziegenbeine band. »Niemand außer mir wird deine wahre Natur kennen, und ich kann ein Geheimnis hüten. Sag, liebst du mich denn überhaupt noch, jetzt, da du ein schöner Faun bist?«

»Und ob«, sagte er selig. »Übrigens, falls du es nicht mitbekommen hast, ich heiße Smirkos. Smirkos Töpfersohn.«

»Dann gehen wir jetzt, Smirkos?«

»Wohin du willst.«

Hand in Hand mit Herse drehte er sich noch einmal um. »Leb wohl, Ion. Ich glaube, ich vergesse dich mein ganzes Leben nicht.«

Ion

Herses Schritte und Smirkos' Hufklappern verklangen. Es wurde still.

»Was siehst du, Hund?«

Der Hund klang ungewöhnlich respektvoll. »Frau, die schimmert wie Sonne und Mond, steht direkt vor dir.«

Jetzt, da er es wusste, konnte er ihre Nähe spüren, kühl und wärmend zugleich. Er musste an einen sprudelnden Quell denken, der von hellem Sonnenlicht beschienen wird.

Wie damals auf der Lichtung, dachte er.

»Ich kenne dich«, sagte er mit belegter Stimme. »Du bist die hohe Frau, die Göttin des Tempels. Ich erinnere mich an deine silberne Statue. Dir huldigen jeden Tag viele Hundert Menschen. Du vollbringst Wunder. Ich bitte dich, mach mich wieder sehend.«

Er hatte nicht darum betteln wollen und es doch getan. Beschämt schwieg er.

»Das kann ich nicht, Ion.«

Er nickte. »Ich weiß es ja.«

»Aber ich kann deinen Kummer spüren. So wie Apollon das Leid der uralten Sybille spürt. Jeden Tag, jede Nacht, jeden Augenblick.«

»Aber wie kann das sein?«, fragte Ion. »Apollon muss Hunderte, ja Tausende Liebschaften haben. Wie soll er sich da an eine einzelne erinnern?«

»Wir sind Götter. Wir vergessen nichts. Auch dich nicht.«

Ion fühlte eine Berührung an der Wange, als hätte Seide ihn gestreift.

»Das war's«, hörte er Poias sagen. »Sie ist fort.«

»Das war's?« Verwirrt schüttelte Ion den Kopf.

»Den Rest überlässt die Höchste mir. Das heißt, wenn ich dir als ein sehr unbedeutender Gott aus dem siebten und untersten Himmel noch gut genug bin.«

»Ja. Natürlich.« Ion schluckte. »Seit du fort bist, habe ich mir gewünscht, du wärst wieder an meiner Seite.«

»Dabei hast du dir doch einen würdigen Vertreter gesucht.«

»Umgekehrt. Er hat mich ausgesucht.«

»Redet von mir?«, fragte der Hund misstrauisch.

»Was hast du vor, junger Seher, jetzt, da alles vorüber ist?«, fragte Poias.

»Ich gehe zu meinem Gut zurück«, sagte Ion. »Es ist mein Zuhause, dort sind alle, die ich liebe. Gut möglich, dass ich am Anfang die Eier zerbreche und die jungen Saaten niedertrample, aber ich kann lernen. Lysias wird sich an einen blinden Gutsherrn gewöhnen müssen.«

»Immerhin ein Gutsherr, der mit seinen Tieren sprechen kann«, sagte Poias. »Aber lass mich dir noch eine Frage stellen. Als du vorhin darüber nachgedacht hast, was du wirklich kannst: Was hast du gesehen?«

Ion schwieg eine Zeit lang. »Jedes Tier auf Erden«, begann er schließlich, »und ich meine buchstäblich *jedes*, würde mir zur Seite stehen, wenn ich seine Hilfe bräuchte. Und es sind nicht nur die Tiere, auf irgendeine Weise verstehe ich auch Gräser und Bäume, selbst den Wind in den Zweigen. Ich könnte nach Belieben Wolken und Regen herbeirufen. Wenn ich es mir nur wirklich wünschte, würden Berge emporsteigen oder einstürzen, Flüsse ihre Richtung ändern, Vulkane glühendes Feuer spucken ... Was ich gesehen habe, ist alles«, er lachte ein wenig, »viel zu groß und zu heftig. Jedenfalls für mich.«

»Aber all das kannst du, blinder Seher. Das ist deine Gabe«, sagte Poias. »Sie ist dir von den Göttern verliehen und bleibt dir bis an dein Lebensende. Du solltest sie nicht aus Furcht kleinhalten.«

»Poias, das ist verrückt. Ich soll Berge versetzen? Meere teilen? Stürme entfesseln?«

»Nein«, antwortete Poias entschieden. »Das überlass getrost den Göttern, die Spaß an solchem Getöse haben.«

»Aber was werde ich dann tun?«

»Nun, du kannst Wölfe friedlich neben Lämmern liegen lassen. Du kannst arme, geplagte Mitmenschen von Egeln und Würmern befreien. Du kannst Vögel vor Leimruten und Bären vor Fallgruben warnen. Du kannst Steine erweichen und Wasser aus ihnen sprudeln lassen. Kurzum, du kannst Wunder tun, und davon eine ganze Menge.«

Ion schüttelte stumm den Kopf.

»Geh jetzt ruhig erst einmal auf dein Gut zurück«, sagte Poias. »Wenn die Zeit für dich gekommen ist, wirst du es selbst merken. Deine Gabe wird stärker, sie wird dich in die Welt schicken.«

Bedrückt sagte Ion: »Soll ich ehrlich sein? Dieses Leben als Wundertäter, das du mir ankündigst, es macht mir Angst.«

»Ja. Natürlich tut es das«, sagte Poias. »Aber hör mir zu. Du weißt, ich bin der Helfer. Mit Brot, Käse und Wein von deinem Gut werde ich es im Hundeschwanz eine Zeit lang aushalten. Dort kann ich dich lehren, deine Gabe klug einzusetzen.«

»Dann kommst du mit mir?«, fragte Ion atemlos. »Wir fahren zusammen zum Gut zurück?«

»Nicht direkt. Ich habe noch zwei, drei Kleinigkeiten zu erledigen, bevor ich mich häuslich in deiner Nähe niederlasse. Sagen wir, in zehn Tagen, an der alten Stelle im Hundeschwanz?«

»Ich breche heute noch auf«, sagte Ion entschlossen. »Ich bin gut zu Fuß und der Hund begleitet mich, ich bin nicht allein.«

»Du willst den ganzen Weg von Adama bis zu deinem Gut laufen? Dafür brauchst du mindestens zwanzig Tage.«

»Wir haben den Weg damals in einer einzigen Nacht geschafft«, erinnerte sich Ion. »Dank Dorcas, weißt du noch?«

»Ich habe ein Geschenk für dich«, sagte Poias unvermittelt.

»Was ist es?«

Poias legte ihm die Hand auf die Schulter und geleitete ihn durch den Perlenvorhang nach draußen. Ion hörte das Wasser des Brunnens plätschern, fühlte den frischen Wind. Und roch etwas, das er nur zu gut kannte.

»Pferdeäpfel«, sagte er. »Von Dorcas?«

»Nein«, sagte Poias. »Mein Geschenk an dich. Ein Wagen und ein Pferd.«

Vorsichtig machte Ion einen Schritt nach vorne und streckte die Hände aus. Er fühlte seidenweiches Fell und darunter lebendige, pulsierende Wärme. Das Pferd. *Sein Pferd*. Das Geschenk eines Gottes.

Poias sagte: »Allerdings …«

»Allerdings?«

»Ich weiß, dass du dich mit Pferden auskennst. Doch du wirst Geduld brauchen.«

»Was ist das für ein Pferd?«

»Eine junge Stute.«

»Damit sollte ich wohl zurechtkommen.«

»Das wirst du sicher.« Poias seufzte ein wenig.

Er half Ion auf den Bock hinauf und gab ihm die Zügel in die Hand.

»Wer bist du?«, fragte eine Stimme. Sie klang hoch und ungestüm, wie eine frisch geschnitzte Schilfpfeife.

»Der Wagenlenker«, antwortete Ion.

»Wagenlenker, ha«, sagte die junge Stute. »Willst du wissen, was ich bisher mit Wagenlenkern gemacht habe?«

Ion spürte einen heftigen Ruck. Der Wagen wurde nach vorne gerissen, er verlor die Zügel und landete bäuchlings auf dem Bock. Die Stute wieherte hell auf.

»Ja, so etwas habe ich befürchtet«, sagte Poias.

Ion setzte sich wieder auf. »Es wird gehen«, sagte er zögernd.

Poias reichte ihm die Zügel. »Vielleicht hilft es dir, wenn du weißt, dass sie eine von Dorcas' Nachkömmlingen ist.«

Ion vergaß zu atmen. »Was sagst du da?«

»Oh ja. Die Kleine ist zur Hälfte ein Himmelsross. Der Vater ist allerdings ein irdischer Hengst, wild und ungezähmt, aber irdisch. Vielleicht wird es dadurch ein wenig leichter.«

»Kann … kann sie fliegen?«

»Nein. Wenn ich ehrlich bin, so hat sie bisher noch keine himmlischen Eigenschaften gezeigt. Aber du wirst mit ihr auf alle Fälle schneller zu deinem Gut kommen als zu Fuß. Das hoffe ich jedenfalls.«

Die junge Stute schnaubte. Es klang wie Lachen.

»Nun mach dich auf den Weg, junger Seher«, sagte Poias. »Wir treffen uns im Hundeschwanz. Auf bald, Ion.«

Zu Ions Erstaunen setzte sich die junge Stute widerstandslos in Bewegung. Der Wagen rollte zunächst gemächlich durch Adamas gepflasterte Gassen. Kaum aber waren sie durch das Stadttor und draußen auf der Landstraße, zog die Stute an und legte gehörig an Tempo zu.

»Langsam.« Ion nahm die Zügel fester.

»Du bist nicht der Wagenlenker«, sagte die Stute mit ihrer jungen hohen Stimme. »Ich lenke den Wagen. Du sitzt oben auf dem Bock und bist blind.«

»Pferd hat recht, irgendwie«, erklärte der Hund. Er war auf den Wagen gesprungen und hockte jetzt neben ihm. Ion roch seinen Gestank.

Die Fahrt wurde schneller und schneller. Ion musste sich am Bock festhalten.

»Langsam, bei den Göttern. Willst du, dass ich mir den Hals breche?«

»Sie hat keine himmlischen Eigenschaften, leider«, äffte die junge Stute Poias nach. »Sie ist nur ein ganz normaler irdischer Gaul. Du kannst froh sein, wenn du mit ihr in zwanzig Tagen zu deinem Gut kommst.«

»Poias hat es nicht so gemeint.«

»Er weiß nichts!«

»Von mir aus. Aber hör jetzt mit der wilden Jagd auf!«

Der Wagen fegte rumpelnd über die Straße, brach nach links und rechts aus.

»Halt!«

»Bleib ruhig«, sagte der Hund neben ihm. »Pferd macht alles richtig.«

»Was ist los mit dir? Ich dachte, alle Pferde sind Dummköpfe.«

Einen Moment lang herrschte Schweigen. Ion fragte sich, ob der Hund und das Pferd sich heimlich Zeichen gaben.

»Pferd weiß, was es tut«, sagte der Hund. »Vertrau!«

Der Wagen wurde noch schneller. Die junge Stute wieherte hell.

»Ich bin Tochter von Dorcas Himmelsross«, rief sie triumphierend. »Sie hat es in einer Nacht geschafft. Ich schaffe es auch!«

Das Rumpeln nahm ein jähes Ende. Aber die Fahrt wurde deshalb nicht langsamer. Stattdessen pfiff Ion der Wind um die Ohren, und es ging … *steil aufwärts!*

»Ja!«, riefen Pferd und Hund gleichzeitig. »Wir fliegen!«

Während die junge Stute übermütig Kreise und Kapriolen flog und der Wagen wie auf spiegelglattem Wasser hinter ihr herglitt, stieg plötzlich unbändige Freude in Ion auf. Es war dasselbe Gefühl wie damals, als er Dorcas auf ihrem Flug durch den Himmel lenken durfte. So frei, so wunderbar! Etwas Schöneres konnte es nicht geben!

Sein Pferd, jung und schön, konnte fliegen. Morgen schon würde er zu Hause auf dem Gut sein. Poias erwartete ihn im Hundeschwanz und würde ihm weiterhin beistehen. Ihm war verheißen, Großes und Gutes zu tun. Und ja, selbst wenn er blind war und bleiben würde, selbst wenn er irgendwann das Gut verlassen musste und etliche Abenteuer und Gefahren auf ihn warteten: Er stand unter dem Schutz der Götter.

»Fliegen gefällt dir?«, fragte der Hund neben ihm.

»Oh ja«, sagte Ion und legte den Arm um ihn. »Ich sehe den blauen Himmel!«

Lilli Thal arbeitete nach dem Abitur als Krankenpflegerin, studierte anschließend mittelalterliche Geschichte, gründete eine Familie, studierte zum zweiten Mal Information und Multimedia, programmierte Computer und schreibt seit dem Jahr 2000 Geschichten.

Ihre Bücher wurden von Presse und Lesern begeistert aufgenommen und mehrfach ausgezeichnet: Mit dem *Martin* für den besten Kinderkrimi des Jahres 2002, dem *Harzburger Eselsohr*, dem *Preis der jungen Jury Wien* und einer Nominierung für den *Deutschen Jugendliteraturpreis*.

FSC
www.fsc.org
MIX
Papier aus verantwortungsvollen Quellen
FSC® C014496

2. Auflage 2021

Umschlag von Elsa Klever, Hamburg
Druck und Bindung: GGP Media GmbH, Pößneck
www.gerstenberg-verlag.de
ISBN 978-3-8369-5919-3